上海社会科学院出版社
SHANGHAI ACADEMY OF SOCIAL SCIENCES PRESS

目 录

一 独相七年胡惟庸 / 001

名列《明史·奸臣传》之首的胡惟庸，以阿谀奉承、进献美色得皇上信任。他独居相位七年，大权独揽，卖官鬻爵。相府门庭若市。为避嫌他令子侄利用旧相府开设"逍遥宫"，以酒色淫乐招待京城官员。"逍遥宫"事发，胡党狗急跳墙，商定于元宵起事。阴谋败露，胡惟庸、陈宁、涂节被处死。洪武十八年（1385）林贤下海招倭事发，李善长与众多功臣被定为逆党，坐诛达三万人。

二 拥兵自立朱高煦 / 043

明成祖朱棣次子朱高煦，骁勇善战，被封汉王，阴谋夺嫡失败后，徙封乐安州。在乐安，高煦荒淫残暴，强抢民间迎娶的新娘，强行奸污。夫人祁氏责骂他不要脸，竟被他拔剑刺死！仁宗驾崩，太子瞻基赴京继位，高煦阴谋中途截杀未果，遂举兵反叛，在山东另立朝廷，设五军，封王斌等为太师。宣宗御驾亲征，率大军围困乐安城，高煦不得已出城投降，被缚送京城，安置在西华门外的石室中。宣宗前往察视，高煦竟伸脚将他勾倒。宣宗大怒，命人用三百余斤重铜钟将他罩住，堆积柴薪烧炙而死。

三　擅权乱国王振 / 063

明英宗朱祁镇九岁登基，太监王振自幼服侍他，英宗尊称他"王先生"，不久升司礼太监。权势欲极强的王振屡屡干政，太皇太后欲杀他，顾命大臣力保方免。太皇太后死后，王振独揽军政大权，被群臣尊为"翁父"。他大肆敛财，残害忠良，轻启战端，挟持幼主远征瓦剌。土木堡一役全军覆没，英宗被俘，王振死于乱军之中。景帝即位后，群臣声讨阉党罪行，王振被族诛，抄没家产金银数十库，珠宝无数，名马数百匹。

四　"夺门功臣"石亨、曹吉祥 / 093

明英宗远征瓦剌兵败被俘，御弟郕王朱祁钰继位为景帝。一年后英宗返回北京，被坐稳帝位的弟弟幽禁在南宫，达七年之久。后朱祁钰患病，一伙投机分子密谋策划"夺门之变"，迎英宗复位。"夺门"功臣石亨、曹吉祥掌握军政大权，大肆卖官鬻爵，招降纳叛。英宗依靠李贤等老臣，否定"夺门"，清查石亨等篡权卖官等罪行，处死石亨、石彪叔侄。太监曹吉祥狗急跳墙发动兵变，被忠于朝廷的孙镗等率军剿灭。曹吉祥父子被处磔刑。

五　西厂头目汪直 / 115

汪直是瑶族人，自幼被俘阉割入宫。当时万贵妃权倾后宫，汪直助纣为虐，帮万贵妃给怀孕的宫妃堕胎，得升任御马监太监。后又提督西厂，权势远在东厂之上，屡屡制造震惊朝野的大案，随意拘捕京官边将，朝野不安。宪宗迫于内阁压力，下令撤销西厂。但一个月后又下旨重设西厂，汪直疯狂反扑，逼走首辅商辂，逮捕董方等数十名朝臣。汪直权势日大，宫中传言"只知有汪太监，不知有皇上"。

宪宗生性懦弱，内惧万妃，外惧汪直。汪直想立边功，宪宗遂降旨命他总镇大同、宣府，长期驻守边关。随后有人举劾汪直及其党羽陈钺等冒功挑起边衅之事，宪宗趁势将汪直调任南京御马监太监，汪直被贬后遭到彻底清算，贬为奉御，重操打扫清洁旧业。

六 "立地皇帝"刘瑾 / 135

明武宗朱厚照宠信刘瑾、马永成等太监（号称"八虎"）。他们诱帝嬉游淫乐，不理朝政。韩文率百官上书要求诛杀"八虎"。消息泄露，刘瑾等连夜向武宗哭诉，说司礼太监王岳勾结外廷害他。武宗信谗，立罢王岳，命刘瑾掌司礼监。武宗耽于淫乐，刘瑾趁他玩得高兴时去奏事，遂得为皇上代言，人称"立地皇帝"。刘瑾掌权后疯狂报复弹劾他的官员；擅作威福，令百官跪奉天门外曝晒；仗势贪贿，述职和巡视官员须向他交上万两"常例银"。宁王以重金贿赂刘瑾，得南昌左卫为王府护卫，遂致叛乱。

正德五年（1510），太监张永与杨一清平定安化王叛乱。武宗设夜宴慰劳张永，张永出示叛王檄文，参奏刘瑾十七项大罪。武宗拟将刘瑾谪居凤阳，结果在刘瑾家抄出黄金白银几百万锭、上千副盔甲武器及暗藏匕首的折扇。经三堂会审，刘瑾被"凌迟三日"处死。

七 浪荡天子朱厚照 / 169

明武宗朱厚照十五岁登基，生性骄奢淫逸，当太子时就在太监罗祥陪同下偷偷出宫逛"相公堂子"。大婚后，他不喜欢大家闺秀出身的皇后和妃子，花费几十万两银子在皇城西北修建豹房，广招乐妓，掳掠民间妇女，恣意淫乐。京城玩厌了，他竟然偷偷闯关来到边城宣府，营建"镇国府"，自封"威武大将军镇国公朱寿"，还让兵部给自己发饷六千石。他下令将豹房的珠宝美女运来宣府，还亲率士兵在街上强抢民女和寡妇，以此为乐。他迷恋太原乐户刘良女，带着她"南征"。"南征"途中，他在清江浦捕鱼落水，差点淹死，不得已回京，次年病死于豹房。

八　久怀异志朱宸濠 / 193

宁王朱权帮助朱棣取得天下，却被封在贫瘠的江西，故历代宁王怨恨朝廷，暗蓄反意。第五代宁王朱宸濠趁武宗朱厚照荒淫无道、刘瑾专权之际，以重金贿赂刘瑾，将南昌左卫改为王府护卫，势力骤增。正德十四年，宁王设宴擒杀巡抚孙燧等官员，打出"清君侧"旗号，举兵反叛朝廷，率兵围攻安庆。王守仁率兵抄其老巢南昌，在黄家渡大败叛军，宁王及世子谋臣数百人被俘。武宗朱厚照正游幸江南，闻宁王被俘，竟荒唐地命令王守仁将叛藩放归鄱阳湖，让自己御驾亲征去"活捉"他！王守仁只得将宁王交付太监张永。张永出主意让他上书朝廷称："奉威武大将军令擒贼。"把功劳算在朱厚照头上。朱厚照兴高采烈地押解叛藩回京，在通州将其赐死。

九　媚上窃权严嵩父子 / 209

严嵩是进士出身，诗词书法有一定的造诣。赖同乡首辅夏言提携，当了礼部尚书。他取媚嘉靖帝，上疏建议尊嘉靖生父为"睿宗"。还写了两篇马屁文章《庆云赋》和《大礼告成颂》。嘉靖佞信道教，醮祀时所焚"青词"也数严嵩写得最好。严嵩排挤夏言入阁掌权，擅专国政二十余年。他手段毒辣，利用嘉靖多疑猜忌，诬陷夏言通敌致死。他与其子严世蕃控制吏、兵两部，大肆卖官鬻爵，敛聚大量财富，仅在京郊就有150余处庄田，在其家乡袁州，70%良田属袁家。严世蕃妻妾成群，生活奢靡。他在酒筵上狂言："朝廷不如我富！""朝廷不如我乐！"

后经御史邹应龙举劾，严世蕃被捕，严嵩被勒令退休。严世蕃从戍所潜回，与党羽罗龙文等阴谋报复篡逆，大建宫室，被巡江御史林润告发。严世蕃等被斩首，家产被抄没。严嵩流落荒郊，饿死墓庐。

十 "九千岁"魏忠贤 / 241

魏忠贤原是河北一个无赖，因逃避赌债忿而自宫。太监孙暹荐他入宫当了一名"奉御"。他结交太监魏朝和司礼监王安。后又与魏朝争夺客氏得逞。客氏是皇长孙朱由校的乳母，朱由校继位后，客氏权倾后宫，魏忠贤竟被封为司礼秉笔太监。朱由校嗜爱木工活，魏忠贤得以控制朝廷。他与客氏勾结，疯狂盗取内库金银珠宝；又大肆收受贿赂，名码实价买卖官职。

魏忠贤被党徒尊为"九千岁"，明熹宗朱由校颁旨也称"朕与厂臣"。各地官员争相献媚，花费巨万银两为魏忠贤建生祠数十座。

朱由校去世后，信王朱由检继位。明思宗朱由检将客氏逐出宫廷；解散万余名阉军，开始——剪除他的爪牙；"五虎"之首崔呈秀被抄家自杀，继而准备将魏忠贤安置到凤阳。他离京时将搜刮的金银珠宝装了40辆大车，用千余名骑兵护送。如此排场激怒了明思宗，遂派兵捉拿他。魏忠贤被迫自杀身亡。

魏忠贤死后被戮尸，客氏被杖死。籍没的家产可供朝廷数年军饷。

后 记 / 273

一 独相七年胡惟庸

- ▲ 阿谀奉承，极尽谄媚
- ▲ 花园召对，刘伯温直言
- ▲ 旧相府如人间仙境
- ▲ 招兵买马到妓馆
- ▲ "元宵夜子时举事！"
- ▲ 倾世权相人头落地

从奏差到丞相

名列《明史·奸臣传》之首的胡惟庸是淮西定远人。元末群雄蜂起，朱元璋投奔郭子兴起兵濠州，势力日渐壮大。至正十五年（1355）朱元璋率军攻下和州，胡惟庸前来投奔他的定远老乡李善长，当了朱元璋元帅府一名跑腿传信的奏差。后来朱元璋攻城略地，占据的地盘越来越多，占领的城池需要派遣官员管理。胡惟庸先后当过宁国主簿和县令、吉安州通判，复升任湖广佥事。吴元年（1367），朱元璋自立为吴王，建立朝廷，当了丞相的李善长又提携这位同乡，召他进京任太常寺少卿。

朱元璋建立大明王朝后，因李善长的举荐，胡惟庸终于取得皇上的信任，进入中书省当了一名参知政事。中书省相当于现代的国务院，是当时国家的管理中枢。中书省的首脑是左右丞相。右丞相徐达长年领兵在外征战，左丞相李善长因病长期在临濠家中休养，只是遥控中书省。胡惟庸的上面还有左丞汪广洋和右丞杨宪。胡惟庸与李善长既是同乡，又是儿女亲家：胡惟庸将女儿嫁给了李善长之侄李佑。不过善于观察官场形势的胡惟庸敏锐地感觉到：李善长虽然封韩国公，功臣第一，食禄四千石，享受人臣至高的荣誉，但他长期称病住在临濠，远离了权力中心，显然皇上对李善长并不完全信任。自己既然得以进入国家权力中枢，必须力邀圣宠打开局面。

中书右丞杨宪也是权势欲极盛的人。他出身检校，专以侦伺搏击他人为能事。杨宪不甘与汪广洋同掌中书省政事。他利用一个偶然的机会，胁迫地方御史刘炳诬告汪广洋溺爱媵妾，事母不孝，向大力提倡孝道的朱元璋告阴状，遂使汪广洋被贬谪海南。

谁知螳螂捕蝉，黄雀在后。杨宪阴谋陷害汪广洋之事被揭发后，胡惟庸趁机出班举劾杨宪在审理事案时草菅人命，致使五名官员死于酷刑之下；且在查抄犯人家产时隐匿大量浮财据为己有，贪赃枉法。胡惟庸的有力指控终于置杨宪于死地，朱元璋当即下令将他斩首弃市。

杨宪伏诛后，汪广洋事母不孝之罪得以平反昭雪，复从流徙之地召回。汪广洋是文臣中跟随朱元璋较早的，曾经主持过江西、山东两行省政务，均有所建树，因而为朱元璋赏识，调入中书省，由参政而升任左丞。他因杨宪陷害而无端被贬，朱元璋也觉得有些对不住这位老臣，不仅在大封功臣时对他和刘伯温同赐伯爵(文臣中封伯爵的仅他们二人)，还任命他为中书省右丞相。

汪广洋是个善理繁剧的好手，在右丞相这个职位上本应该有所作为。然而卸任的李善长表面看上去是个很宽厚的人，内心却极为尖刻。他不甘心汪广洋这无名小卒任相位，遂在中书省安下胡惟庸这枚钉子。

胡惟庸只是一名参政，本对身为右丞相的汪广洋构不成威胁，然而朱元璋的驭臣之道是不让任何人大权独揽，总要在他身边找一个制约他的人。他找的这个人就是野心勃勃而又能说会道的胡惟庸。

胡惟庸利用李善长原来在各部及地方行省的老关系，大包大揽中书省的重要政务，把右丞相汪广洋晾在一边。汪广洋在杨宪得宠时吃过亏，一看这位胡惟庸的阴险比杨宪有过之无不及。他天天围着皇上转，万一给你来个小报告，岂不又得遭殃？因此他主动交好胡惟庸，绝不与他争权，自甘做一个甩手丞相。自己终日与一班文人雅客(丞相府当然不缺这一类人)，泛舟玄武湖、秦淮河，狎妓夜游，诗酒唱和，倒也乐在其中。在这一段时期，他居然写出了许多好诗，得到宋濂、刘伯温等人的赞赏，也结识了秦淮河的许多名妓。有这样一位风流儒雅的丞相大人做知己谁不高兴呢？一时间，汪大人那笔漂亮的行楷题写的"××书寓"招牌遍布秦淮河上。

与此同时，胡惟庸在攫取权力的道路上纵横捭阖，一路高歌猛进！

阿谀奉承，取媚皇上

这天，朱元璋在御书房召见胡惟庸。

"微臣胡惟庸叩见皇上，吾皇万岁万岁万万岁！"胡惟庸在朱元璋面前永远是那么诚惶诚恐，叩头请安一点也不马虎。

"胡爱卿平身，赐坐。"

"启禀皇上，微臣在吾皇面前，犹如蝼蚁之见太阳，小草之朝圣岳，诚惶诚恐而尤为不及，岂敢贸然端坐？皇上您就赐臣站着回话吧！"胡惟庸这套阿谀奉承的颂词说得极顺溜，一点也不觉得脸红。

"好好好，你愿意站着说就站着说。"朱元璋也觉得身为大臣，这种过分的谦卑有些可笑，"朕来问你，现在中书省两名参知政事，宋冕调到江西去了，侯至善又免了职，中书省只剩下汪广洋和你两个人，忙得过来吗？"

胡惟庸一脸谄笑，得意地禀奏："禀皇上，做臣子的只要心里时时不忘圣上的恩典，自然会事半功倍，再忙也忙得高兴啊！这一阵子微臣不仅把两位参政撂下的许多事担了起来，还开始着手改革李相爷时代的一些积弊，以求政通人和，使皇上的政令顺畅下达，六部及各地行省的请示迅速上传圣聪，以供皇上决策。"

这番话使朱元璋听了很舒服，他说："嗯，朕没看走眼，卿家确是个干才，幸亏李善长把你举荐到中书省来，不然你还在太常寺管那些礼乐祭祀之事呢！"

听朱元璋这么说，胡惟庸马上警惕起来：皇上是不是怀疑我和李善长的关系？他得赶紧撇清自己，"启禀皇上，微臣早于至正十五年就在和州归顺了皇上，比李相也只迟两年。李相虽因是定远同乡举荐了微臣，但微臣对李相许多做法深不以为然。天下乃皇上的天下，中书省只应是皇上的走狗和应声虫，李相某些特立独行的做法实不可取。微臣现在正把他实行的那一套纠正过来。所以微臣最近撤裁了李相安插在中书机要部门的一些亲信，代之以皇上亲自选拔的一批国子生。为了皇上的权威，微臣也顾不得开罪李相了。"

胡惟庸做这些事，一则是取悦朱元璋；一则是做出姿态，撇清自己与李善长的关系。为了巩固自己的地位，尽量取得皇上的信任，他这样做也是权衡利弊之后不得已而为之。胡惟庸一边说着，一边偷偷窥探朱元璋的神态。见他嘴角露出一丝得意和赞许的浅笑，胡惟庸放心了许多。他在心里想，皇上再圣明，也架不住我拣他听着舒服的往耳朵里灌啊！

胡惟庸为了攫取相位，挖空心思博取皇上的欢心。他深知朱元璋以一代英主自居，就拼命给他戴高帽，"皇上以布衣取天下，堪比斩蛇起义的汉高祖刘邦；平定四海、统一宇内之功，虽秦皇汉武犹有不及"。在朝堂上，他不放过任何为朱元璋歌功颂德的机会，"功高岱岳，德被四海"之类的颂词从他嘴中随口而出。有时竟令朱元璋都觉得有些过分，叫他多奏实事，"毋滥用侈辞"。除此而外，他还不断地揣测皇上喜好，削尖脑袋投其所好。

要说朱元璋喜欢什么，除了至高无上的皇权，就是女色了。有人说朱元璋好色，是因为他二十来岁当了和尚，清心寡欲的寺庙生涯使他积聚了太多对女人的渴望。打天下时他在攻城略地的同时攫取各式各样的美女，以满足他异于常人的旺盛性欲。当了皇帝之后，更是名正言顺地三宫六苑，妃嫔成群。皇上正在盛年，宫中有专职的内官到各地遴选秀女，成群结队地选进宫来，供皇上享用。也有朝中一些大臣为了邀宠，把自己长得标致的女儿献给皇上当妃子，比如豫章侯胡美之女胡顺妃、巩昌侯郭兴之妹郭宁妃即是。胡惟庸也想走这条道成为皇亲国戚，无奈自己长相不佳，生出的女儿也是些歪瓜裂枣，不堪入龙目。因此他只好多动点脑子另辟蹊径了。

这天，胡惟庸在御前奏事之余，瞅着朱元璋高兴，试探地奏道："时下春暖花开，京郊一片春色盎然。陛下整日在宫中操劳国事，忧国忧民。依微臣之见，该抽暇备驾到郊外去巡游放松一下，以慰圣心。"

朱元璋道："朕在宫里也闷得慌，想到外面去看看。只是车驾一动，一大堆人马前呼后拥，你还能看什么？再说，朕也不想仅仅为了看看景致惊动老百姓。"

"陛下心中时刻记着百姓，真仁君也！"胡惟庸时时不忘给朱元璋戴高帽子。他又奏道："微臣倒有一法，既令吾主得阅春色又不劳师动众，惊动百姓。"

"哦？卿有何法？"

"微臣府后有一桃园，百数株夭桃开得甚为茂盛。臣斗胆请陛下驾幸桃园一游。"

"这倒是个好主意，"朱元璋满心高兴地说，"朕明日就去游园，卿家回去准备准备。"

"微臣遵旨。"

桃园中的艳遇

第二天早朝后,朱元璋果然只带数十名侍卫内官,来到胡惟庸的丞相府,胡惟庸早率妻儿在府前迎驾。朱元璋身着杏黄色的常服,在胡惟庸的引导下来到花园。花园门口的架子上停着两只色彩斑斓的虎皮鹦鹉,它们一见穿杏黄色衣服的朱元璋就扯着嗓子叫起来:"皇上驾到!皇上驾到!"倒把朱元璋吓了一跳。他对胡惟庸说道:"胡爱卿,怎么你府上的鸟儿如此通灵性,连朕也认得出来?"殊不知胡惟庸为了取悦皇上花了不少功夫才把这对畜牲教会。

进了花园,迎面耸立着一座猴山,十来只大小猴子在假山石上蹦跳翻筋斗。胡惟庸扔过去几个苹果,只见两只老猴眨巴眨巴眼睛,从假山石洞中扯出一条横幅挂在山石上,上书"万寿无疆"四个大字。众猴还一本正经地朝朱元璋作揖打躬。有两只小猴只顾抢苹果而没有作揖,老猴一巴掌扇过去,打得它们吱吱乱叫。

胡惟庸领着朱元璋来到府后的桃园,果然百数株桃树粉色桃花开得极为茂盛。朱元璋流连树下,心旷神怡,十分畅快。

桃林深处有一小巧的茅舍,里面似有人声。朱元璋警惕地问:"胡爱卿,那茅舍里没有外人吧?"

胡惟庸笑道:"陛下放心,臣这园子里决不会有外人。也许是因为皇上驾到,传说中的美貌狐仙也来恭迎圣驾吧?"

"哦?若是狐仙朕倒要会她一会。哈哈哈!"

这时,胡惟庸借口准备酒筵告退。朱元璋隐隐听到茅舍内有女孩在唱曲子。他令侍卫们远远停在视线所及的地方,不得前移一步,独自一人仗剑向茅舍走去。转过几株高大的桃树,听清了茅舍中传出女孩清亮悦耳的小曲——

说凤阳,道凤阳,凤阳本是好地方。

自从出了朱皇帝，家家户户不纳粮……

朱元璋自即吴王位以后，随即恩旨蠲免了濠州的粮税，让家乡人民休养生息。现在家乡的百姓居然编了歌谣来歌颂他，令他深为振奋。这声音如此清亮悦耳，人到底长什么样呢？怀着好奇心，他蹑手蹑脚地走近茅舍，拨开挡在低矮窗户前的芭蕉叶朝里面望去。开始不甚习惯屋里的黑暗，只听见一片哗哗的舀水声。继而定睛一瞧，竟让他大吃一惊！

原来茅舍中央摆了一个硕大的木桶，木桶里盛满了水，水面上漂浮着红白两色的桃花瓣。一个大约十五六岁的妙龄女子正在桶中沐浴。发髻盘在头顶，一双纤纤玉手抓着花瓣在身上擦洗。当她偶尔站起，玲珑的香肩和胸前一对玉兔般的乳峰清晰可见。那女子面貌十分姣好，此时此地，如此美色对朱元璋是极大的诱惑。他径直寻着茅舍的竹篱门，排闼而入！

那女孩突然发现闯进来一个男人，尖叫一声，慌忙把水面的花瓣拢到胸前遮羞。

"你是什么人？快出去！"她瞪大眼睛叫道。

"哈哈哈哈！"朱元璋笑着走近木桶，"小美人，朕游园出了一身汗，正想洗个澡。"

说着他迅速扒掉身上的衣服，跳进木桶中，抱住吓傻了的女孩，一双大手在她身上游弋。

朱元璋在木桶中抱着女孩亲热一番后，随即将她轻轻抱起，跨出木桶，径直抱到旁边的竹榻上，直接临幸了她。

或许是被这突如其来的袭击吓坏了，或许是因为疼痛，那女孩竟眩晕过去。等那女孩终于醒过来了，朱元璋问她道："你是什么人？为什么在这里？"

那女孩发现自己赤身露体，慌忙抓过旁边的衣服，怯怯答道："奴家是看园子的女儿，我姓张。你把我……你是谁啊？"

朱元璋笑笑说："是胡大人叫你在这里洗澡的吗？朕就是当今皇上。朕今日临幸了你，自有你的好处，赶快谢恩吧。"

那女孩果然在床上叩了个头，轻声说了句："谢皇上。"

朱元璋整理好衣冠，走出茅舍。站在远处的侍卫们虽听到了女孩的哭叫声，但知道皇上神威盖世，一个弱女子断不能威胁他的安全；若是贸然上前坏了皇上的好事，岂不要掉脑袋？他们见皇上潇潇洒洒走出来，知好事已毕，放下心来护卫着皇上往回走。

走不多久胡惟庸远远迎上来，见朱元璋满面红光，他那刀条脸上堆满了谄笑："陛下，桃林春色如何？"

朱元璋知道他话中所指，率性问道："胡爱卿，那小妮子是你安排的吗？"

"微臣恐陛下在宫中久食珍馐有些厌了，故而备点山野小吃，陛下还满意吗？"

"那姓张的女子朕已临幸了，明天把她送到宫中去吧。"

"启奏陛下，臣以为若将她送到宫中，必与一般美人妃嫔无异，莫若陛下将她留在这园子里，陛下若有暇驾幸，岂不可重温山野村姑的雅趣吗？"

朱元璋一想也有理，把她留在胡府，让胡惟庸养着，自己偶尔抽空来临幸几次，花园茅舍，泉傍树下，岂不平添几分乐趣。于是就点头答应了。

而胡惟庸有他自己的打算。这次费尽心机以女色取悦皇上成功了，今后把张女养在府中，皇上图个新鲜野趣多来临幸几次，每来一次就将自己与皇上的关系拉近一些。这样，中书省的相位不就非他莫属了吗？

花园召对，刘伯温的直言忠告

功夫不负有心人，到了洪武六年（1373），胡惟庸终于深得朱元璋的信任，升任右丞相。而汪广洋在他的排挤下，在中书省始终无所建树。时值广东行省缺一个参政，胡惟庸在朱元璋面前力奏汪广洋善于处理地方行省政务，他原来在江西山东都干得很好。朱元璋也知一山难容二虎，终于迁就自己越来越宠爱的胡惟庸，将汪广洋调到广东去了。

从此，胡惟庸独掌中书省大权，他那占地甚广的府邸门口，也名正言顺地挂上了"丞相府"的镏金匾额。

朱元璋建国以来，承袭了汉唐以来的丞相制，他一直想找一个像辅佐唐太宗李世民的魏征那样的贤相，来辅佐自己管理偌大的国家。建国之初，朱元璋大封功臣，将帮助他取天下最得力的文武二将李善长、徐达封为左右丞相。当时徐达领军北伐，担负着驱逐残元政权及各地军阀，统一全国的繁重任务，根本无法回京履职。朝政遂为左丞相李善长一人把持。朱元璋是猜忌心很重的人，他虽然与李善长结成了儿女亲家，将其长子李祺招为驸马，但仍心存忌惮，怕李善长在朝廷培养自己的势力，架空自己这个皇帝。且李善长年迈多病，长期住在临濠遥控朝政，这始终不是个办法。

朱元璋打天下最得力的助手就是被称为"明初三杰"的李善长、徐达、刘伯温。李善长管后勤，筹集粮草武器源源不断地供给前方；徐达统率诸将南征北战；刘伯温任军师，大小战役的战略部署由他筹划。刘伯温不是淮西集团的人，虽受朱元璋器重，尊称为"先生"。但他屡遭李善长排挤，于是学汉初留侯张良急流勇退，回到浙江青田老家过优哉游哉的田园生活。曾经，朱元璋因为选择中书省丞相人选，又把他召回京城，在御花园设酒招待他，这就是有名的"花园召对"。

朱元璋令宫人在听雨亭摆下酒菜瓜果，令侍从统统退下，让他与刘伯温君臣二人单独对饮。

朱元璋举起酒杯："先生请。"

刘伯温慌忙起立举杯过顶："老臣惶恐，祝陛下圣体康健，万寿无疆。"

"坐下，坐下！"朱元璋说，"今日君臣小酌，先生就不必拘礼了，我们俩随意说说话儿。"

"臣遵命。"

"先生，今日召见，令朕想起十年前朕慕名礼聘爱卿及宋濂、叶琛、章溢等进京时初次见面的情景。当时正是战事紧要关头，你我一见如故，先生陈时务十八策，为朕筹划取天下之大计。后陈友谅攻陷太平，众将惶恐，纷议弃城退军。先生独排众议，力主伏兵邀击，结果大破陈友谅。后又用先生之计捣其巢穴，鄱阳湖大战，陈友谅赴死。朕还兵取张士诚，然后北伐中原。一切悉如先生所谋划。想起当年你我君臣一心，所向披靡，那是多么快意的日子！"

对昔日的辉煌，刘伯温淡然一笑。他谦恭地道："一切皆因陛下天命所归，合当取天下。微臣既投明主，自当参赞军事，聊尽绵薄之力。"

朱元璋犹自沉浸在亢奋的回忆中，"经过那几仗，朕的大将们都服了先生，说卿是朕的诸葛军师。哈哈，诸葛武侯出师未捷身先死，未能辅佐后主取得天下，而朕却统一了江山。朕登基之后，先生又草拟'军卫法'，参与制定'大明律'，有卓越的治国才能。遗憾的是不久先生因丧妻告假回乡了。如今朝政日繁，辅臣不力，朕有意召先生回京，委以丞相重任，先生意下如何？"

刘伯温闻言，惶恐地离席叩拜道："陛下，千万不可！臣已年过花甲，体弱多病。陛下不是定下例规：官员年满六十者一律致仕，岂可因臣坏了规矩？"

朱元璋知不可强求，无可奈何地说："先生请起，那依卿之见，朝中诸臣任谁为宜？"

刘伯温稍作沉思之后慢条斯理地奏道："臣以为换宰相犹如换大厦的梁柱，须用大木。若束一捆小木代之，则大厦即将倾覆了。"

"大木？何人为大木？"朱元璋说，"大臣中声名显赫者多为武将，徐达挂了个右丞相虚衔，实际并未参与朝政。再论文臣，中书省这班人，除了李善长，你觉得谁是可堪造就之才？右丞杨宪如何？"

当时杨宪尚未事发受诛，很受朱元璋器重。但刘伯温不愿逢迎圣意，他直率地说："杨宪有相才，却无相器。杨宪私心太重。"

"那汪广洋呢？"

汪广洋的文才刘伯温颇为赞赏，可是他秉公而论说："此人有才气，且善理繁剧。只是他谨小慎微，容易是非莫辨，恐非相才。"

"那么，李善长新荐入中书省的胡惟庸呢？"

刘伯温鄙夷地哼了一声："哼，此人阴鸷如劣马，用之驾辕难免翻车之祸。"

朱元璋生气地道："照你这么说，朕这宰相没人可当了？"

刘伯温冷静地奏道："臣细观朝中诸人，觉得相位仍以留任李善长为宜。他是开国勋臣，且能调和诸将。方今天下甫定，由他任相，方可服众。"朱元璋道："奇怪！李善长数次潛言害你，甚至逼你告病下野。先生以德报怨，仍力荐他为相，这是为何？"

刘伯温揖道："老臣蒙陛下召见，为了大明江山社稷，理应外举不避仇，内举不避亲，岂敢以个人恩怨坏国家大事？"

朱元璋不由得以掌击桌，感慨道："先生不计恩怨，不思报复，真是襟怀坦荡的忠贞之士啊！"

这番花园召对能被记载在史书中，可以想象当时并未能完全保密。当事人闻知心态各异：李善长对自己排挤刘伯温略有悔意；汪广洋与刘伯温诗酒唱酬关系好，他本胸无大志也无所谓；杨宪当然恨得牙痒痒，恨不能吃了刘伯温这老贼，只是他没折腾多久就掉了脑袋；唯有胡惟庸这匹刘伯温心目中的"劣马"，竟凭着自己的不懈努力赢得了朱元璋的信任，稳稳地在相位上坐了下来。

洪武八年（1375），当了两年右丞相的胡惟庸开始了他对刘伯温的疯狂报复，先是指使处州地方官员诬告刘伯温谋兴建墓地是看中那里有"王气"，有谋反之嫌。刘伯温不得不进京申辩，被滞留在驿馆数年不得回家。胡惟庸奉旨携御医去为他看病，刘伯温吃了御医的草药，回家后肚子鼓胀结了一坨硬块，不久身亡。史载刘伯温留下一道遗表，嘱咐子孙："胡惟庸在，上表无益。惟庸败后，上必思我，有所问，以此表密奏之。"胡惟庸叛乱被处决的罪状中，有一条就是毒死功臣刘伯温。

相府门庭若市，求官者络绎不绝

自洪武六年（1373）把汪广洋从中书省挤走迁调广东，胡惟庸就坐稳了右丞相的位子。由于他善于揣摩圣意，惯用歌功颂德的手法讨好朱元璋，且投其所好贡献美女珍玩，哄得皇上迷迷糊糊，完全把花园召对刘伯温的忠告抛到脑后，对胡惟庸百般信任，把偌大中书省完全交给了他。

履任之初，胡惟庸的确兢兢业业、克己奉公，成天待在中书省有条

一　独相七年胡惟庸

不紊地处理极为繁巨的政事。由于没有副手，六部五府上报的请示公文都要他一一批阅，并拣其重要的呈报皇上御览。胡相每天披星戴月，从凌晨一直忙到深夜方回相府休息，第二天五鼓又要上早朝，的确非常辛苦。但为了攥紧到手的权力，他一直甘之如饴。朱元璋派到中书省的耳目，也一直把胡相一心为国、公而忘私的好印象传递到皇上耳中。因此朱元璋完全摒弃了他是李善长所荐的成见，并得意于皇权的神威，把明明是自己对头所荐之人驯为俯伏在脚下的走狗。他与胡惟庸形成了一种默契：只要你忠于我，我就授给你独霸一方的权力。

史载："自杨宪诛，帝以惟庸为才，宠任之。独相数载，生杀黜陟，或不奏径行。"这两行字里面包含了多少不可告人的黑幕！胡惟庸凭借一人之下万人之上的相权，生杀黜陟，居然可以不请示皇上独断专行。这样，他可以随意任免官吏，大开卖官鬻爵之门。那几年，胡惟庸丞相府那扇黑漆大门前，日夜车水马龙，门庭若市。外地进京述职官员前来拜码头的，被谪黜的官吏来送礼求情的；以及形形色色需要到中书省打通关节的人络绎不绝，挤满了相府的门庭。虽然见不到丞相本人，相府自然有师爷管家接待。分别按官吏的大小、礼物的分量酌情处置。有的径直就办了，放个把州县官的实缺不必禀报丞相，把名单递交吏部，求情者待在驿馆里听消息就是。自然有些重大事情是需禀报丞相方可定夺的，你把贡献的礼金留下，耐心等着吧。

这天，胡惟庸下朝回到相府，相府总管进书房来回事："启禀相爷，山东行省司有一姓陈的候补道员求见。此人候补实任多年，他称山东济宁府尹丁忧出缺，想请相爷关照吏部让他出任此职。"

胡惟庸皱起眉头，"罢了！现在正风传相府门庭若市，地方失职官吏竞相奔走，甚至还有诬我卖官鬻爵者。树大招风啊！幸赖万岁宠信有加，对这些传言未加理会。然而人言可畏啊，今后凡求职或有过之臣，令其直接向有关部司申报，尔等不得接见。听到没有？"

总管显然得了求职者的好处，仍不屈不挠地压低声音禀报："该员愿孝敬相爷十万两银子，相爷只需向吏部关照一声，何乐而不为？"

胡惟庸申斥道："哼，你眼里只看见银子，不想想这十万两银子与本相的声誉孰轻孰重？"

总管抽了自己一个耳光,"小人该死!相爷所虑极是。不过小人有一办法,相爷不必放弃这类到手的钱财,又使人无所察觉。"

"嗯?"胡惟庸将信将疑。

于是总管将他的计划禀报:"京城富商文富向驸马李祺购得李善长的旧相府,拟与相爷的女婿李佑合作,利用那里招待京城权贵。今后一切有求于相府的人都到那里接待,把事情悄无声息地就办了,以免影响相爷的声誉。"

这倒是个好主意,胡惟庸点头首肯道:"此事尔等妥为谋划,千万别太张扬,以免惊动他人。万一有什么风吹草动,也要文富一个人扛着。告诉他只要李佑没出事,逮到哪儿都能把他捞出来。"

"相爷放心,小的一定关照他。"

旧相府变成"逍遥宫"

计划经胡惟庸首肯后,旧相府立刻粉刷装饰一新,四处张灯结彩,极尽豪华,雕梁画栋,髹漆一新。按文富的设想,要把这里办成京城官员休息享受的最好去处,所以命名"逍遥宫"。

开张的这天,李佑和文富经过慎重筛选,邀请京城十余位高官赴宴。宴席上的山珍海味美酒佳肴且不说,光是那张银光灿灿的纯银餐桌和十几把纯银座椅,就让赴宴的官员惊得合不拢嘴。文富向客人介绍说:"这套纯银餐桌椅原是东吴王张士诚的宝物,鄙人以重金购得献给李公子,诸位大人是第一次享用这套餐桌椅的客人,难得啊!"

客人们平生第一次体会这般奢靡享用,更何况满桌的龙肝凤胆、珍馐美味更让他们大快朵颐。酒足饭饱之后,文富一击掌,屏风后立刻有十几名美妓身穿薄纱至庭前献舞。令人惊讶的是,她们边舞边脱卸身上的衣饰,脱得只剩下抹胸和遮羞的流苏。客人们瞪大了眼睛盯着她们,扯开喉咙亢奋地叫好。

这些妖艳女子是从秦淮河各大青楼招来的妓女,她们原本不识羞耻为何物,在文富的调派下拥向餐桌旁,各自搂住一位官员,坐在他们大腿上劝酒。

这时，平日满嘴仁义道德的高官均已原形毕露，毫无忌惮地与妓女调起情来。

饭后，赴宴的官员们在妓女的搀扶下进了两厢的客房。

第二天，相府总管就把那个求官的山东候补道员送来逍遥宫，让他直接向李佑交了十万两银票。李佑包他五日内收到吏部任命，因为昨晚前来赴宴的官员中就有主管吏部铨调的主事。

自然，李佑也让这个乡巴佬开了眼界，让妓女陪他在逍遥宫销魂一夜，看在他贡献了十万两银子的份上。

旧相府里胜似仙境的饮宴和淫乐，很快在京城的官员们中间传开来。首先是那些参与过的官员，忍不住隐隐约约地向同僚们炫耀一番。更多的人听说过此事，自己却无缘参与，怀着既羡又妒的心理把它渲染得绘声绘色，活灵活现。总之，它成了官员们时下最流行的话题。

每天朝会前，四五品的官员往往来得早，候朝的这段时间是他们叽叽喳喳互相交流的快乐时光。

一位矮个子官员挑起了话题："诸位大人，近日闲来做何消遣啊？近日京城里可有好玩去处呢！"

"徐大人说的无非夫子庙秦淮河那些风月场所吧？那些粉头妓女姿色平常不说，还一身暗病，不小心染上就麻烦了。"

"呸，谁叫你去那些破地方！"矮个官员鄙夷地说，"告诉你们一个好去处，李善长李相爷的旧邸，现在卖给了一个姓文的富商，他与胡相爷的女婿合作，在那里开了个'逍遥宫'。里面的装饰金碧辉煌，不啻皇宫。连餐桌椅都是银子铸造的。招待客人的佳肴美酒、山珍海味应有尽有。更妙的是宴席间有妙龄女子歌舞助兴。你道她们那舞怎么跳的？跳一圈脱一件衣饰，跳着跳着就脱光了。"

"啊，妙哉！然后呢？"围住矮个子官员的人越来越多。一听这话，大家齐声叫好。

"然后就一个女孩服侍一个客人，坐到你膝头劝酒。"

"喝完酒呢？"癖好此道的官员追问。

"喝完酒嘛，大厅两厢有十来间小巧卧房，墙上装饰着春宫画。那些女孩子挽扶着客人进房。以后的事就不用我说啦，诸公可以尽情想象，哈哈哈。"矮个子官员自知再说下去就不堪入耳了，连忙打住。

"妙！妙！竟然有如此人间仙境，就是一日花上百两银子，也不虚此行啊！"一位姓李的郎中跃跃欲试。

"如此享受，恐怕不止一百两吧。"矮个子又以过来人的身份说道，"不过李大人既然感兴趣，李公子看在相爷同僚的面子上，免费招待一回也未可知。不过李大人，你还行不行啊？"

"哈哈哈……"众人捧腹大笑。

旧相府里的宴乐接连举行了几次，参与的官员也越来越多，自然都是京城五府六部中胡惟庸信得过的官员。上至侍郎、都督，下至握有实权的郎中、主事。像山东候补道那类求官的事在宴席上就可搞定。胡惟庸相府顿时门前冷落车马稀，平日熙熙攘攘前来求官送礼的人骤然减少，几至绝迹。这种反常现象使锦衣卫那班专司侦察的人如坠云里雾中。

年轻的燕王朱棣即将就藩，朱元璋为了让他历练从政的经验，近来经常让他参与一些军国大事的处理。此时，他匆匆进宫，向父皇及太子朱标行礼道："儿臣参给父皇及太子殿下请安。"

朱元璋见他行色匆匆，问道："棣儿，有何事禀奏？"

朱棣奏道："儿臣得锦衣卫禀报，近日以来，平时十分热闹的胡惟庸相府门前车马渐稀，门庭冷落，这种现象颇为奇怪。而李善长废置的旧相府入夜灯火通明，笙歌不绝。一连数日，京城许多文武官员、富商巨贾麇集在那里饮宴。据说，官级低微者不得入门，而时有外地官员献纳巨金入内，以求升迁官职。阍者称只要舍得出银子，这里没有办不到的事。"

朱元璋眉头紧皱，拍案怒道："大胆！难道李善长在临濠待腻了，又回京城干起卖官鬻爵的勾当？"

太子朱标道："李善长老谋深算，这种有失身份的事他是不会干的。听说那座旧邸早已划归驸马都尉李祺名下。"

驸马都尉李祺是京城有名的浪荡子，难怪太子有些怀疑他。可是朱元璋却要维护女婿的声誉，他说："李祺现在住在朕建的驸马都尉府，他与汝妹临安公主感情甚笃，想也不会去那里胡闹。"

朱棣献计道："父皇，儿臣以为，可选取一名面生可靠的人，乔装外地官员去那里以巨金求升迁，看他们是否真的买卖官职，或者还有别的不法勾当。"

太子赞成说："四弟此计甚好。"

"嗯。棣儿可于王府官属中挑选一人乔装前往，"朱元璋拍板道，"为了消除其顾虑，朕赐他手书'免罪'二字，令其相机行事。"

说毕，朱元璋在一张窄窄的纸条上用朱笔书写"免罪"二字交给朱棣。

"儿臣遵旨。"

交五万两银子求官的通判

华灯初上时，一辆装饰颇为华丽的马车驶至旧相府门前。仆役们照例上前打帘迎接。车上下来一位穿着有些土气的地方官员。

来人下车后有些畏畏缩缩地走近门房。

"劳烦贵驾通报一声，山西平阳府通判王俞求见。"

门房斜睨了他一眼，"去去去！一个小小通判也来凑热闹，也不瞧瞧这是什么地方！"

来人识趣地塞过来一锭银子。门房接过掂了掂，心想这个土佬倒还懂规矩，便说："你等着。"

门房进去禀报，一会儿出来说："算你造化，公子让你进去。"

来人东张西望走进去，像是被里面的华丽装饰惊呆了。在厅堂里，文富用怀疑的眼光打量着来人，问道："你是哪里来的？"

"俺是山西平阳人，在本府任通判，分管钱粮。"

"唔，那倒是个肥差。难怪衣着车马如此光鲜。"文富问道，"你到相府来，是慕名来玩玩呢，还是有事相求？"

"不瞒公子说，俺久居仕途，意欲图个升迁，故此前来有求于公子。"

"哈哈！你怎知本公子能帮你？"

"相府冠盖如云，朝中权贵云集，下官故知公子必能有助于俺。"

文富心想：这土佬想升官想疯了，大概揣的银子不少，不用跟他兜圈子。于是对他说："罢了，实说吧，你想求个什么官职？"

"若能得个实缺知府，下官于愿足矣。"

文富道："通判升同知犹可说，要越级擢升知府，少不了十万两银子，你出得起吗？"

那通判以商量的口气说："下官带来五万两银票，其余一半待吏部迁调令下来再交如何？"

"好吧，你还算懂规矩，本公子就交了你这个朋友。"文富接过通判的银票仔细验看，然后说，"今晚就不用回驿馆了，在这里见见世面吧。"

文富吩咐道："来人，领这位大人去歇息。"

立刻有仆人将通判领至花厅奉茶。花厅装饰得富丽堂皇，厅前挂有一个鸟笼，一只虎皮鹦鹉见有客人走近，猛然叫道："大人发财，大人发财！"

通判笑笑，将一块块碎银扔进笼子里。鹦鹉用爪子抓住，连连点头欢叫："大人发财，大人发财！"

通判想：有意思！这里的畜牲都晓得要钱。

这时，一个艳妆妓女走到他身边，嗲声嗲气地说："大人，请到奴家屋里坐坐吧。"

通判连连退缩，"这……这，小姐，下官不敢……"

"有什么不敢的，大人来吧！"

妓女牛皮糖般赖在通判身上，将他拖进卧房。房中异香扑鼻，墙上那些赤裸裸的春宫画吓得他连忙把眼睛闭上。

那妓女在小圆桌上的酒杯里倒了两杯酒。

"大人，奴家陪大人喝酒好不好？"

两杯酒下肚，通判有些晕乎，那妓女顺势坐上他膝头，几下麻利地扒掉他身上的衣服。

通判满脸通红："小姐，下官不敢做此苟且之事。"

那妓女可怜巴巴地泣道:"大人若不要我,我必受主人责罚,大人可怜可怜我吧!"

这时,那通判刚刚喝下的掺着春药的酒发作上来,二人顺势倒在卧榻上翻滚起来……

燕王朱棣匆匆来到宫中向朱元璋报告。

"父皇,儿臣遵旨派人混入李善长旧邸察看,那个叫文富的商人把旧相府装饰成富丽堂皇的风月场所,美其名曰逍遥宫。他豢养一班妖艳妓女,以不堪入目的歌舞淫乐招待赴宴的官员,因此京城权贵蜂拥而至。由于结交了有权势的朝臣,买卖官职的事也容易做成。儿臣派去的那名王府参军交了五万两银票,就让他等候知府的实缺,说三五天内吏部就会有迁调令下来。"

朱元璋一听拍案大怒:"这还了得,堂堂国都竟有如此藏污纳垢之所!朕三令五申文武官员不得出入风月场所嫖娼宿妓。是谁竟敢明目张胆聚众淫乐,还肆无忌惮地拿朕的州府官职做交易?那姓文的不过一介商贾,他哪来这么大的能耐?他背后一定有什么人撑腰,一定要查出这个人来!"

燕王朱棣从容禀道:"此事发生在李善长旧邸,与他的子侄干系甚大。但李善长致仕已久,若真要买卖官爵,只有现任吏部和中书省手握实权者才能做到。胡惟庸相府以前门庭若市,现在却冷落下来,实在反常。据驸马都尉李祺说,相府旧邸是李佑经手卖给文富的,李佑是胡惟庸的女婿。如果他们俩联手,打着胡惟庸的旗号,什么官员招不来?"

朱元璋一直信任胡惟庸,对他卖官敛财的传闻不大相信。他的逻辑是:一个人拥有至高无上的权力,还要钱干啥?但这件事牵涉到李善长,对于蛰伏在临濠的这只病虎他始终存在戒心。如果新老两届丞相联手对付自己,那是多么可怕的事!

于是,他指示道:"兹事体大,不能放任过久。棣儿,朕命你全权处理此事。不管这帮蟊贼的后台是谁,先把那姓文的抓起来严审,不怕他不招!"

"儿臣遵旨。"

燕王率兵查抄淫窟

这天晚上又是旧相府大宴宾客的日子，文富胆大，竟敢把早已拆下的"丞相府"镏金大匾又挂出来。两旁却仿效秦淮河青楼挂出一串红灯笼，灯笼上"逍遥宫"三个字神秘而诱人地闪亮着。

这天晚上应邀的客人有刑部侍郎韦皓、户部主事赵乾等高官。韦皓手捻白胡须环顾四周道："老夫早就听说这里是其乐无穷的人间仙境，诸位大人给老夫介绍介绍吧。"

赵乾逢迎地说："韦大人既知这里是人间仙境，那仙机不可泄露啊！韦大人待会儿亲历其境就知道了。哈哈哈……"

文富笑着说："诸位大人请入席吧！"

雀屏开处，纯银餐桌上摆着格外丰盛的珍肴美酒。

"韦大人请上座。各位大人请入席。"

韦皓坐在上首的银餐椅上，摸摸银光闪亮的餐桌和桌上的金盏银匙，赞叹道："这就是东吴王张士诚的那套银餐桌椅吗，果然名不虚传！只是这东吴王的器物，按理只有当今皇上才能享用，我等在此饮宴似有僭越之嫌啊。"

一位官员揶揄道："韦大人不愧为刑部侍郎，万岁面前的宠臣。今日这桌酒席我们不吃也罢，以免落个欺君之罪。"

"李大人言重了！老夫不过玩笑罢了，哪有放着这等珍馐美味不吃之理。既来之，则安之，皇上怪罪下来，还有老夫在前面顶着呢。"

"诸位大人，请！"文富端起酒杯。

酒过三巡，文富一击掌，照例是妓女们献上艳舞。须发皆白的韦皓面对此景发了呆，张大的嘴边流出了涎水。他刚张口喊出一串"妙！妙！……"竟然因兴奋过度头一歪倒在了银椅上。

"韦大人怎么啦？停，停！你们快过来。"

两个半裸的妓女忙跑过来，像两枚肉弹似的左右夹着韦皓，又是揉胸口，又是掐人中，好不容易把他弄醒。

"大人，大人，您把我们吓死了！"险境刚过，那俩妓女缠着韦皓撒起娇来。

"啊,小乖乖,别怕,老爷我是逗着你们玩儿的。今晚你们俩都陪我,好吗?"

一妓女坐到他膝上,捻着他的白胡须,"老爷子,你行吗?"

"谁说老爷我不行?待会儿给你们一点厉害瞧瞧!"韦皓一面大动手脚,一面夸着海口,众官员也给他捧场。

"韦大人老当益壮,真神勇啊!"

"哈哈哈哈……"

这时,一队京营兵勇举着刀枪跑步穿过夜深寂静的街道,后面是骑在马上的燕王和御史台官员。

来到旧相府前,燕王一声号令,兵勇一拥而入冲了进去,把刀架在佣人的脖子上。

燕王率御史台官员走进旧相府,一抬眼看见那串闪烁的红灯笼,立即命令士兵:"把那些写有'逍遥宫'字样的灯笼给我摘下来,留作罪证。"

燕王又问守门仆役:"赴宴的官员都在哪里?"

"在,在宴会厅。"

"给我冲进去搜查,一个也不许跑掉!"

御史台官员率领士兵冲进宴会厅,妓女一见明晃晃的刀枪,吓得尖叫着往餐桌底下钻,官员们一个个呆若木鸡。

文富强作镇定地问:"你们是什么人?竟敢明火执仗地闯进来,知道这是什么地方吗?"

御史台官员说:"我们是御史台的,奉命查抄嫖娼宿妓的不法场所。"

韦皓一拍桌子,"放肆!这里是皇上敕建的丞相府,老夫是刑部侍郎,没有刑部的命令谁敢查抄?"

"本藩在此,谁敢抗旨?"燕王在王府护卫的簇拥下走进来厉声说。

韦皓等连忙跪下叩头,"恭迎四殿下,臣等罪该万死!"

燕王命令道:"都与我拿下!"

燕王朱棣奉旨率兵查抄旧相府"逍遥宫"淫窟，一举抓获嫖娼宿妓的官员十名，妓女十二名及文富等一干经营淫窟人犯，缴获赃银十五万两，僭用宫廷银餐桌椅一套及诸多违法器物。

经过初审，文富供认自己蓄谋收购相府旧邸，借其名头开办风月场所逍遥宫，意在牟取暴利。还说想不到京城的官员如此经不起女色诱惑，竟相趋之若鹜。至于谁是他的后台，无论怎样用刑他都不肯招认。还口出狂言说大明官员谁不要钱？他有钱就能买到一切。

听了燕王的禀报，朱元璋恨恨地说："如此狂徒，死有余辜！传朕的旨意，刁民文富立即斩首弃市。抓获的官员都是些什么人？"

"十人中官职最高的是刑部侍郎韦皓，这老东西是刑部尚书吴云和胡惟庸的亲信，气焰嚣张得很。另一个户部主事赵乾，也与胡惟庸关系密切。"

"户部主事赵乾？胡惟庸举荐去赈济荆蕲水灾的是不是此人？"

太子朱标禀道："正是他。荆蕲灾情紧急，父皇命他即日告庙离京，他身肩王命，擅自逗留京师，延误赈灾，罪不可赦。"

朱元璋一听拍案怒道："朕闻湖北灾情严重，千里泽国，哀鸿遍野，命他即日离京，代朕宣慰赈济灾民。他竟敢逗留京师，流连风月场所，置万千灾民于不顾。如此逆臣要他何用？传旨：户部主事赵乾以严重渎职之罪斩立决，另派他人前往赈灾。其他涉案官员，经大理寺审明后，一律削除官职，流徙一千里！"

朱元璋召功臣喝酒

逍遥宫事发，涉案人员中那位神秘的李公子李佑正是胡惟庸的女婿。尽管由于胡惟庸的庇护没有抓到他。生性多疑的朱元璋不能不对自己宠信多年的胡惟庸有所警觉。洪武十年（1377），胡惟庸由右丞相升任左丞相，至此其独居相位控制中书省已有四年多，太子和功臣屡有不满。为了平息舆论，朱元璋决定仍将汪广洋从广东调回，担任右丞相。但汪广洋仍只是左丞相胡惟庸的助手，是个摆设，朱元璋只是借他起牵制作用,也借以平息朝野舆论的责难。

每年冬季徐达在外征战备边回到京城,朱元璋喜欢微服去徐府同徐达喝喝酒、下下棋,有时也邀几位功臣一起喝酒,联络感情,显示他做了皇帝不忘故旧。他深知将帅们对胡惟庸的积怨颇多,也有意来听听他的意见,就要徐达约了几位国公爷。

卫国公邓愈与宋国公冯胜是近邻,二人相约骑马来到魏国公府。徐达的府邸原是朱元璋吴王府旧址,皇宫建成后赐给徐达居住。

邓、冯二人下马进府后,看见徐达和先到的大都督李文忠迎了出来。

邓愈和冯胜行礼道:"参见大将军、大都督。"

徐达把他们让进里面,"二位将军请坐,皇上一会儿就到了。"

邓愈问道:"大将军,皇上宣我们来你这里,没什么事吧?"

徐达说:"近来边关无事,想来是许久未聚,皇上想同我们一起喝喝酒。"

"哈哈,皇上赐宴,却让大将军你做东,皇上也够抠门的。"冯胜故意逗笑。

李文忠认真解释道:"冯将军有所不知,皇上若宣你我等人进宫,哪怕只喝喝酒叙叙旧,就有人猜疑:这么些将军聚在一起,不知有什么事?"

邓愈发泄不满道:"胡惟庸独揽中书大权这么多年,一人之下,万人之上,生杀予夺,好不威风!也不知皇上为什么那么器重他?"

冯胜撇撇嘴,不屑地说:"这小子有什么真本领?还不是惯会溜须拍马,阿谀奉承那一套。我学学他在朝堂上的丑态。"

他撩起袍服,做个要下跪的姿势,学着胡惟庸的鸭公嗓子唱颂道:"吾皇以布衣取天下,张皇师旅,吊民伐罪,救万民于水火中,功盖嵩岳,德被四海,虽秦皇汉武、周武成汤不及也!"

他学得惟妙惟肖,众人为之捧腹。

李文忠是朱元璋的外甥,他为舅皇辩护道:"皇上也不全信他,不是也曾斥责他'数典忘祖,滥制侈词'吗?"

"话虽如此,但歌功颂德的话谁不爱听?架不住这小子成天灌迷魂汤,皇上再精明也让他灌迷糊了。要不他一个宁国小吏,凭什么位居首辅,把你们这些开国元勋全不放在眼里?听说,刘伯温就是他给毒死的……"

涉及敏感话题,徐达连忙制止他:"黑胜,不许乱说。"

"传闻虽不尽可靠,但胡惟庸飞扬跋扈,劣迹昭彰却是事实。今日舅皇来此,我等为了社稷江山,也要相机进谏才是。"李文忠嘱咐大家。

徐达也说:"文忠所言极是。皇上召见我等是信得过我们这些一起打江山的部将。对于朝政之弊,我们不说话谁还敢说?诸位将军既有意见,还须直言进谏才是。"

"说就说,我不怕!大不了皇上不爱听,一发脾气把我这公爷撤了,我仍回家当我的乡绅去!"脾气火爆的冯胜一拍大腿说。

这时,听到外面大声传呼:"皇上驾到!"徐达等忙出庭至阶前跪接:"臣等恭候陛下,吾皇万岁万万岁!"

身着常服的朱元璋扶起徐达道:"众爱卿平身。"

徐达将皇上让至大厅上座。朱元璋兴致盎然地说:"徐皇兄,朕因国事缠身,难得清闲,今日到你这里来喝酒,你拿什么招待朕?"

徐达奏道:"臣启陛下:昨日臣率孩儿们去鸡鸣山打猎,猎得野鹿一头及雉鸡山兔等物,堪为陛下佐酒。"

"如此甚好,诸位将军,朕带来了上好的御酒,今日我们不拘君臣之礼,大家开怀畅饮如何?"

"好呀!皇上赐酒,我等定要一醉方休!"嗜酒如命的冯胜第一个响应。

"黑胜,最近可曾酗酒滋事?"朱元璋问他。

冯胜尴尬地傻笑道:"嘿嘿!皇上屡加惩戒,黑胜怎敢胡闹?不过每天在家喝几盅闷酒而已。"

"那好吧,今日朕准许你喝个醉,让徐皇兄弄个猪笼子把你抬回去。"

众人哈哈大笑。

徐达盼咐摆酒,徐府家人仆役端上热腾腾的鹿脯山鸡等野味及各式菜肴。皇上居中,左边徐达、邓愈,右边李文忠、冯胜各据一席,厅堂后面乐队吹奏着丝弦细乐。

徐达作为主人首先举杯祝颂道："祝吾皇圣躬康泰，国运隆昌，大家干一杯！"

"好好好！"朱元璋喝过一杯酒，环顾四周回忆道，"徐皇兄，记得当年每次卿等打了胜仗回来，朕都要在这里设宴犒劳众将，那时可没有鹿脯松鸡吃，不过皇后亲自下厨烧的大块肥肉和肘子，大家也吃得挺香的。"

冯胜刚啃完一只鸡腿，抹抹嘴说："陛下，现在海内承平，元人让我们赶到沙漠里去了，看来没多少仗打啦，我等是不是也可像文臣一样，致仕回乡，打打猎，抱抱孙子，过过悠闲的生活。"

"胡说！残元未亡，西域戎羌亦成心腹之患，东南还有倭寇、洞蛮不时骚乱，屡发叛乱。你们这些大将每年均须备边练兵，岂容懈怠？"

"陛下，臣等食国家俸禄，自应忠勤王事，秣马厉兵。一旦边疆有事，只待陛下颁诏，立即领兵出战。虽血洒沙场，马革裹尸，在所不辞！"邓愈慷慨激昂地说，"然而令臣等感到忧虑的是：千里江堤，溃于蚁穴。陛下率我等千辛万苦打下的基业，会毁在一班专横跋扈的宵小之徒手里。"

邓愈是武将中最有头脑和学识的，所以朱元璋任命他为御史大夫兼太子谕德。他对邓愈的话极为重视，问道："邓爱卿所指为谁？试为朕说之。"

不待邓愈开口，急性子的冯胜抢着开炮，"说就说！我们看不惯的就是陛下那么宠信胡惟庸，让他独掌中书省大权数年之久。这家伙不过一宁国小吏，靠舔李善长的袍角提拔到中书省，如今小人得志便猖狂，在朝廷里专横跋扈，不可一世，简直就像秦时的奸臣赵高。"

"大胆！照你这么说，朕成了昏君秦二世了？"朱元璋发起火来。

徐达连忙出面劝慰道："陛下息怒。冯胜虽出言鲁莽，然其疾恶如仇，忠心可嘉。胡惟庸初任右相时尚能谨慎从政，然其野心勃勃，自从赶走汪广洋之后，他羽翼日丰，渐渐擅自专权，生杀黜进，有时不奏明皇上径自行事。四方躁进之徒和失职有过之臣，争相奔走其门，馈献的金帛名马古玩，不计其数。望陛下明察！"

徐达的话很有分量，朱元璋心里一惊。但他装着生气地说："徐皇兄，侮谤大臣罪可是不轻的！你们举劾胡惟庸，需有事实根据。你先说说，'失职有过之臣奔走其门'是怎么回事？"

"据臣所知，此类事言官时有举劾，全给胡惟庸勾结通政司扣下了，到不了陛下御案之上，"徐达坦然说道，"先别说那班贪污渎职的文官争走其门；就拿臣属下的武官来说，去年吉安侯自陕西归来，大讲排场靡费国帑，陛下责其奢侈，降其俸禄。他内心不服，胡惟庸过府安慰他，并馈赠金帛。又如平凉侯出抚苏州，因贪恋酒色贻误公事，受到陛下处罚。胡惟庸竟投其所好，赠以美女。这二位憨侯爷因此被胡惟庸倚为心腹，经常去相府喝酒。"

这些事例说得朱元璋心惊肉跳，他最怕朝中文臣武将内外交通沆瀣一气。但他故意轻描淡写地说："奇怪，你说说胡惟庸贪受别人贿赂，他又花钱笼络这些侯爷干吗？"

邓愈暗讽道："哼，有备无患嘛！"

李文忠也乘势奏道："舅皇，非但如此，胡惟庸在六部安插心腹，刑部尚书吴云、户部主事赵乾就是他举荐提拔上来的。他甚至把手伸到甥儿的大都督府来，有几位参军司马经常到相府喝酒，是否受其贿赂尚未可知。甥儿正密切注视他们的动向。"

朱元璋终于坐不住了，"此事非同小可！文臣决不许干预军旅之事，"他降旨道，"文忠，立即查明这几名参军司马之事，轻则降职流徙边卫，重则立斩勿赦！"

"甥儿遵旨。"

朱元璋召这班将帅来一同喝酒，就是要听取他们对胡惟庸的意见，但他又怕他们到外乱讲一气，于是慎重地对他们说："朕今日与你们所谈之事，一句也不许外传。特别是冯胜，你要是灌多了黄汤在外面胡呲乱说，朕定饶不了你！"

冯胜嘟囔着说："不让说不说就是。大不了让他胡惟庸成了气候，老子又带着我那帮兄弟反他！"

朱元璋安慰道："你们放心，朝政之事朕自有妥善安排，不可操之过急。朕与卿等辛辛苦苦打下的江山，决不会让谁篡夺了去。"

众人齐声道："陛下圣明。"

"徐皇兄，不要让此事坏了我们的兴致。"朱元璋又举起酒杯，"来来来，我们还是继续喝酒吧。"

胡党狗急跳墙密谋起事

然而，后来又发生了一件事令朱元璋深为震怒。洪武十年（1377）北方气候反常，漳、洮、永定诸河相继发生水灾。漳河水挟着上游的泥沙如脱缰野马冲进河北境内，年久失修的河堤顿时被冲开一个大口子，附近十几个村庄被淹没，灾民流离失所，哀鸿遍野！

可这时，灾区的父母官大名府尹常谦却在妓馆里狎妓饮酒行乐。朝廷拨发30万两济赈银他只拨给5万两修堤，其余25万两不知去向。大名府百余名生员在太庙集会声讨常谦，却被常谦派兵驱散，还将为首生员抛入江中！愤怒的生员们委托河南道监察御史谢翌进京告状。谢翌拦太子车辇，将数百名生员泣血联名的诉状递上。太子呈给皇上，朱元璋大怒，命河北都司派兵密捕常谦进京，严审25万两赈银去向。谁知常谦在途中驿站竟被两个装成客商的人用毒酒灌杀！锦衣卫侦得常谦家人曾来胡惟庸府报信，常谦之死很可能是胡惟庸杀人灭口。此事使朱元璋更增加了对胡惟庸的怀疑。

洪武十一年（1378）朱元璋命各地官员奏事直呈御前，不得关白中书省。这是明显不信任胡惟庸的信号。种种迹象表明，朱元璋对胡惟庸长达数年的宠信已经完结。胡惟庸感到这位手段莫测的皇上，可能会选择适当时期对自己下手。

困兽犹斗，胡惟庸是不会任人宰割的。在这关键时刻，他把自己在朝中的心腹御史大夫陈宁和御史中丞涂节密召入府暗商大计。

陈宁是《明史·奸臣传》第二号人物。他初名陈亮，朱元璋赐他改名宁。他是贯彻朱元璋"严刑峻法"最力的人。在苏州有"陈烙铁"之称。连劝谏他的儿子都被他打死了。恰巧朱元璋是最疼爱儿女的人，闻知此事，深为反感，"陈宁对自己的儿子陈孟麟尚且如此，何况君父呢！"这话传到陈宁耳中，让他十分恐惧，因而与心怀异志的胡惟庸一拍即合。

胡惟庸领着陈宁、涂节走进起居室。起居室挂有一些字画，他掀起一幅中堂，按了一下机关，墙体竟慢慢移动，露出一个通往密室的暗门。三人在暗门内摸索着走下数级台阶，进入一间极为隐蔽的密室。密室墙上挂着照明的油灯，也挂着刀剑和毒药瓶，在危急时可自行了断，以免被缉拿遭受"寸磔"之苦。

他们在椅子上坐定，渐渐习惯了密室的幽暗，陈宁问道："相爷叫我们来，有何事吩咐？"

胡惟庸说："日前李善长旧邸事发，皇上降旨斩了赵乾，流徙了韦皓等人。这几个月皇上连发诏书：一是命臣民言事直达御前；一是各地州府事毋需关白中书省。二位大人对这些举措有什么看法？"

"哼，这摆明是对相爷不信任。这样的诏书一发，那帮对相爷有积怨的人必争相谤劾，以邀圣宠。然后皇上就可借某事大做文章，以为罢黜相爷的借口，甚至……"陈宁没有说下去，显然那话不吉利。

涂节附和道："是啊，卸磨杀驴是皇上一贯的伎俩，相爷必须预为防范啊！"

听他俩这样说，胡惟庸心里笃定了，"二位大人，本相实对你们说了吧。事至今日，我等已别无出路，只有密谋起事，推翻朱明王朝。"

陈宁、涂节相继表忠道："我二人一定拥戴丞相改朝换代，荣登大宝。"

"若得二位大人相助，事成当以天下共享之。"胡惟庸也信誓旦旦。

"谢丞相！我想此事丞相早已深思熟虑，不知有何定鼎之计？"陈宁问。

"想得天下光靠我辈文人不行，必须要有兵马。朱元璋想尽办法解除将领兵权，使得那班侯爷人人自危，怨声载道。像平凉侯费聚、吉安侯陆仲亨他们经常来相府喝酒泄愤。这些侯爷不难为我所用。还有一些将领被贬谪，像胡济德等人亦可联系以为外援。明州卫指挥林贤是我外甥，可令他下海招倭，许以财帛，倭兵不出三日即可抵达京城。"

陈宁点头道："外援不可不备，然一旦举事，远水难救近火。我以为最好能在京城诸卫中策反一支队伍，届时矫旨宫中内变，令其率兵杀入皇宫之内，事即可成矣。我在中书省翻阅天下军马籍，现辖京城诸卫都督指挥中多有定远老乡，如锦衣卫指挥佥事毛骧就是。相爷是否认识此人？"

"认识。此人生性贪婪，曾因抄家时私匿犯官珠宝奇珍被言官参劾，本相有意庇护他，将此事按下，陈大人可以乡里之情接近他，然后投其所好，多许金帛。若得此人倒戈为内应，则大事不难成矣！"

陈宁道："谨遵丞相吩咐，当尽快与他联系，只是多许金帛之事……"

"陈大人勿虑。我已命人在二位所来车座下塞满金锭，估计不下万金，以为二位大人活动之资。"

胡惟庸深谋远虑，他卖官贪贿积累的亿万家财，现在用在刀口上了。

妓馆中策反指挥毛骧

三个人分头做谋划起事的准备。胡惟庸利用请吉安侯陆仲亨和平凉侯费聚来相府喝酒之机，用言语激起两位莽侯爷对朱元璋处罚他们的不满，让他们与昔日的部属联络，许以高官厚禄，到时候率部反水，杀奔京城。

胡惟庸在两位侯爷离开相府时，也在他们坐骑的鞍辔腹带中暗置千两黄金，作为活动之费。两位侯爷得此厚赠，自然笑得合不拢嘴，喜滋滋地走了。

陈宁的重要任务就是去找锦衣卫指挥佥事毛骧。他打听到这个好色之徒这几天都泡在秦淮河的妓馆月香楼里。

陈宁去的时候，刚好碰上毛骧在妓馆里撒泼，追打妓女阿红。

"你这臭婊子，敢嫌老子没钱！老子睡你是看得起你，惹火了老子让锦衣卫来砸了你这婊子窝！"

陈宁徐徐走来，笑着说："毛大人别来无恙？怎么这样大的火气？"

毛骧一惊，"啊，御史大夫，您——怎么也来这儿了？"

"哈哈，七情六欲，人之常情。毛大人日夜为皇上操劳，偶尔到这里来放松放松无可厚非。只是这里的姑娘也不容易，她们服侍你图的还不是几个钱吗？毛大人怎么偏爱吃霸王鸡呢？"

毛骧不安地搓着手："只因一时阮囊羞涩，她们提起钱就让我心烦。"

陈宁大方地对鸨母说："毛大人是老夫同乡，以后毛大人在这里的一切花销都记在老夫账上。"

他又从袖中取出一块金子，"阿红姑娘，这块金子你先拿去买些脂粉吧，以后好好服侍毛大人，不要接别的客人了。"

他又对鸨母道："妈妈，忙你的去吧，老夫借你的房间与毛大人说说话儿。"

鸨母把陈宁和毛骧领到楼上她自己房间里，这里清幽私密，正是谈话的好去处。陈宁关上房门，问毛骧说："毛大人手头怎么如此窘迫，去年你在苏州抄犯官家得的那颗夜明珠，少说也值上万两银子呀，还不够你在风月场中花的吗？"

"大……大大人，此事您是听谁说的？"

"嘿嘿，实对你说了吧。去年你抄家时隐匿犯官珠宝之事，已有当事人举劾。皇上最恨这种事，监守自盗者必杀无赦！是胡丞相与老夫念你是定远老乡，令尊在世时我们也有交情，所以才把这封举劾信压下了。"

毛骧"扑通"一声跪下，感激涕零地说道："两位大人如此关怀晚辈，毛某当结草衔环以报！"

陈宁又拉又吓，一席话就说得毛骧死心踏地，被牢牢拴在他们叛乱的战车上，命他在锦衣卫内部拉一批人做内应。不过毛骧现在在锦衣卫没有实权，只有刘遇贤等十几个卫士还是他的铁哥们可供调遣。

陈宁知道只有银子才能买通这些人，于是说："我这里带有十锭金，你拿去兑成银子，让刘遇贤给他手下的人每人发五十两安家银子，随时待命，听你调遣。你还有什么可依靠的力量吗？"

毛骧道："有一班亡命之徒，盘踞在鸡鸣寺一带，为首的是一个叫魏文进的配军，这些人若以重金收买，也可利用。"

陈宁遂命道："你速与那姓魏的联系，让他开个价。不管多少银子，让他听命于相府，届时大闹京城，让他们顾此失彼。"

明州卫指挥林贤下海招倭

　　胡惟庸寄望两位憨侯爷联络旧部招兵买马，可是陆仲亨和费聚一合计，他俩已是待罪之身，一出京城就会被锦衣卫盯上。别说招兵买马，与旧部聚聚会喝喝酒都有小报告到皇上面前，弄得不好就把老命给赔上了！胡惟庸给的那些金子放在家里不放心，于是两位侯爷天天出没在秦淮河畔的妓馆中，搂着跟他们孙女一般大的雏妓恣意行乐，直到把腰里揣的金子花光。

　　侯爷们指靠不上，胡惟庸立即派相府俞管家赶去浙江海边的明州卫，给外甥林贤捎去一封密信，让他迅速下海招倭。必须招得三五千倭人，在正月十五元宵节之前直扑京城。京中有人接应，得手之后许倭人任意掳掠宫室富户三日。林贤则亲率明州卫五千官兵，装着追剿倭寇，追随进京，成为叛乱的中坚力量。胡惟庸早就运了百余万两贪贿的黄金至明州秘藏。他指示林贤可以动用这批金银，作为收买部下和通倭之用。

　　林贤得令，立即带着金银乘船出海，找那些盘踞在外海小岛上的倭人头目。这些头目与林贤甚为熟悉，彼此都不会为难。只是当他提出让他们远离沿海入侵数百里外的京城时，几个倭寇头目叽里咕噜商量一番之后，一致摇头拒绝。

　　只有在灰鳖洋的西霍山岛上，一个叫平獭的倭人首领对此事感兴趣。平獭手下啸聚了千余名罪犯和浪人，拥有十几艘海盗船。平獭是个充满幻想的狂人，他对明朝皇宫里的财宝和女人充满了向往。

　　"林将军，听说你们朱皇帝，漂亮妃子多得是？"

　　"朱元璋有十六个妃子，还有后宫三千佳丽。你可以把她们中最漂亮的抢回来做压寨夫人。"林贤投其所好地谄媚道。

　　"哈哈哈哈！"平獭开怀大笑。

　　平獭和林贤约定，正月初十率船队从杭州湾登陆，在明州卫部队的掩护下直扑京城。为此，林贤答应立即送三千两黄金过海来，供他鼓舞士气之用。

三天之后林贤派人来西霍山岛联络，催平濑发兵时，忽见岛上一片喊杀声，停泊在岛边的海盗船也冒出浓烟。原来平濑与盘踞在四平头岛另一伙倭人为争夺地盘打起来。双方势力相当，一场残酷的厮杀严重地摧毁了平濑匪伙的战斗力。他自顾不暇，哪里还能去攻打京城？林贤送的三千两黄金白白在东海里打了水漂！

这使林贤在胡惟庸谋反事发后，并没有被供出，且得以隐匿脱身。直至洪武十八年（1385）大肆清查胡党，林贤才在锦衣卫的严刑逼供下，把下海招倭的严重罪行大白于天下。

欲擒故纵，请君入瓮

洪武十二年（1379）冬天，朱元璋开始查探刘伯温被毒害一事。这是一个信号，表明朱元璋将要对胡惟庸动手了。他首先以知情不举及同谋罪将右丞相汪广洋贬谪海南，接着索性派锦衣卫将汪广洋追杀于江上。

这是一着敲山震虎的妙棋。胡惟庸见皇上连没犯什么事的汪广洋都放不过，自己更是罪在不赦了！他不得不加快了图谋起事的脚步。

可是一个偶发的事件将一切都打乱了！

正月春节刚过，元宵临近。胡惟庸的公子在秦淮河月香楼妓馆花天酒地地玩了一整天。因为京城形势紧张，胡惟庸不许他在外面过夜，傍晚时分，喝得醉醺醺的胡公子上车回府。

车夫摇动鞭子驶上大街。胡公子醉意未醒，口齿不清地叱喝："快……快跑！"

车夫禀道："公子，街上人多，跑得太快会轧着人的。"

"轧、轧着人才好玩呢。叭唧！脑浆子洒一街。哈哈，快给我跑！"

他嫌车夫跑得慢，一掌把车夫推下车，自己站在车上左右开弓猛挥鞭子。马匹受惊狂奔起来，胡公子酒后站立不稳，一头摔下车去，车轮恰好从他头上辗过。

车夫见状狂呼："快拦车，快救公子！"

几个路人奋力将马车拦住，这时胡公子已经毙命，脑浆洒了满街。

一　独相七年胡惟庸　|　031

路人将血肉模糊的尸体搬上车。马车驶回丞相府，车夫跪在胡惟庸面前战战兢兢，"公子喝醉了酒，抢着要驾车。他把小的推下去，猛甩鞭子，马匹受惊狂奔，把公子颠下了车，车轮刚好压着脑袋……"

胡惟庸怒不可遏地逼向车夫："你这狗奴才，还我儿命来！"说着狂怒地拔出壁上的挂剑，一剑刺在车夫胸口，车夫当即毙命。

胡惟庸余怒未息地喝叱，"来人，将他的尸体扔出去喂狗！"

胡府的家奴将车夫尸体抬出府门，车夫的妻儿闻讯赶来，抚尸痛哭。

路人围拢来议论纷纷。有了解内情的人说明原委，叹息道："这世道当朝宰相杀一个车夫，还不像捏死一只蚂蚁。"

一位秀才模样的路人愤怒地说："不，公子是一条命，车夫也是一条命。王子犯法与庶民同罪，当朝宰相就能随意杀人吗？"

"这位秀才说得对，看他妻室儿女多可怜啊！我们到有司衙门告他去！"

围观的路人群情激愤，立刻一呼百应，扶起抚尸痛哭的车夫妻女，合力抬起车夫尸体往有司衙门奔去。

民众抬尸告状震动京城，有司衙门不敢怠慢。因为告的是当朝宰相，小小有司衙门不敢到丞相府去拿人。但是当官的政治嗅觉灵敏，他们从皇上近来几次诏书中觉察到胡惟庸失宠的趋势，于是把这个案件上报到代皇上处理日常事务的太子朱标面前。

太子详细询问了案情之后，匆匆向朱元璋禀报。

"启禀父皇，今日有司衙门报告，胡惟庸的大公子酒后驾车坠死车下，胡惟庸一怒之下将车夫杀死，并将尸体抛出府门。路人忿忿不平，拥着苦主抬尸游街告状，要求惩办凶手。"

"车夫是胡惟庸亲手杀的吗？"

"儿臣已查问明白，确是他一怒之下抽出堂上所挂之剑亲手将车夫刺杀。"

"好！这回胡惟庸做得好哇！按照我朝律法，杀人者偿命，王子犯法与庶民同罪，"朱元璋非常兴奋，"速命刑部饬令有司缉拿杀人凶犯审讯定罪，不得有误。"

这道谕令是对太子发的。可是朱标心里犯难：胡惟庸是当朝宰相，就这样令有司衙门去逮捕他，行吗？站在一旁的燕王朱棣也在思考这个问题，他从容奏道：

"父皇，据儿臣观察，胡惟庸的党羽近日活动频繁，似准备有所动作。若此时拘捕胡惟庸，彼等必然销声匿迹。即使以杀人罪处置了胡惟庸，其党羽无所撼动，祸根依然存在。依儿臣之见，父皇佯装震怒，命其偿死，但并不急于拘捕他。胡惟庸必因恐惧命其党羽举事，届时就可以谋逆罪将其一网打尽。"

太子慨叹道："这些年父皇对胡惟庸恩宠有加，他是一人之下万人之上，还没有哪个宰相有他这么大的权柄。他还有什么不满足，竟敢冒天下之大不韪，铤而走险地谋逆呢？"

朱元璋正色道："对权力的贪婪使他不满足受制于朕的地位。最近直达御前的密奏中，有几名地方官举劾胡惟庸，说他处心积虑排斥异己，培植党羽，把六部和许多州府堂官都换成了他的亲信。他们列举的名单有百数十人之多。他这样做意欲何为？还不是在为改朝换代作准备？胡惟庸擅权对朕确是个沉痛的教训。朕当时起用他，谁知竟养虎为患。这次他既然跳出来了，一定要彻底清算。"

菜筐里发出的叛乱信号

丞相府里为暴毙的公子举行了丧礼。胡惟庸时刻担心民众抬尸游街告状的事。见有司衙门终于没敢来拘捕他，于是上朝主动请罪，说自己丧子情急之下，失手"误伤"车夫，愿以巨额赔偿金安抚其妻女，请圣上宽宥他莽撞之罪。

朱元璋义正词严地斥责道："人死不能复生，你即使赔偿一个金铸的人，它能与妻子儿女说话吗？你身为宰相，难道不知我朝律法，杀人必偿命，王子犯法与庶民同罪。就是朕的皇儿杀了人也要法办，何况你胡惟庸？"

一席话说得胡惟庸瑟瑟发抖，只能一遍一遍请求皇上宽恕。他又怂恿六部大臣为他求情，朱元璋既没有吐出一个"杀"字，也没有说出一个"赦"字就退了朝。捡回一条命的胡惟庸惴惴不安地回了相府。

杀人案未了结,胡惟庸心急如焚。他觉察到锦衣卫对他的监视加强了,陈宁、涂节已无法潜入府中与他密商对策,他只有独自做出生死存亡的决策,设法通知他们。

冬日的早晨,菜市场人头攒动,熙熙攘攘。相府总管拎着一个大菜筐走到一个菜摊前,交待摊主说:"这是菜单子,你好好拾掇拾掇,拿筐里的白布盖上。我先去取河蚌海鲜,回头来拿。"

总管走后,摊主揭开筐内的白布,筐底躺着两个信封,分别写着"御史大夫陈府收"和"御史中丞涂府收"的字样,摊主警惕地左右瞧瞧,将书信揣入怀中。

陈宁收到胡惟庸的密信,一大早赶到月香楼找毛骧。他让妓女阿红替他去买莲子羹,待阿红走后,关上门对毛骧说:"事急矣!胡相爷决定元宵夜子时举事,以钟楼上的烟花为号,届时要魏文进带齐他的人,乔装耍龙舞狮等把式,趁观灯人乱之时杀入皇宫。你和刘遇贤等要做好内应。"

毛骧担心说:"皇宫禁卫森严,我们这点人马恐不济事。"

"你们只管往里冲,胡相爷在宫中还有内应,"陈宁给他打气,"只要抓到皇上,任他千军万马也莫奈我何!"

皇上借故将胡惟庸打入天牢

元宵节一天天逼近,胡党叛乱的准备也在紧锣密鼓地进行。这时又发生了一件意外的事。

新春正月,占城使臣进京朝贡。朝贡队伍浩浩荡荡地走过大街,前面是穿着民族服装的使臣,后面两头大象驮着珊瑚、琥珀、犀角、珍珠、香料等贡品。另一辆彩车上架着两支七八尺长的大象牙,后面的兽笼里关着一头狮子和一只猛虎。

宫中的大太监刘会出宫办事,看到这场热闹后回宫,在服侍朱元璋抽水烟时讲起这回事,朱元璋警惕地问:"你说是哪国的使臣?"

"南洋占城的正副使臣,还有礼部的通事陪着他们。"

"占城国使者来朝,怎么朕不知道?"

"奴才听说他们已经来京好几天了。"

"哼,占城使臣来京几天还不安排觐见。中书省这班混账东西,朕饶不了他们!"

第二天早朝时,朱元璋借此事发难,责问胡惟庸,中书省为什么不安排占城使臣觐见?胡惟庸将责任推给礼部尚书,礼部说他们已报告中书省,胡相最近事忙没有安排觐见事宜。

朱元璋借此发挥,大发雷霆:"哼,你们这班狗官,食君俸禄,竟敢目无君父。你们到底有哪些阴谋,朕今天要查个水落石出!来人,将胡惟庸和六部堂官统统押入天牢严鞫。"

众臣如闻晴天霹雳,扑通下跪。殿外武士涌入,将他们一个个摘去冠带押了下去。

走出殿堂的时候,胡惟庸安慰六部堂官道:"诸位大人,陛下一时震怒,大家受点委屈不要紧,他气消后会让我们回来的。"

这时他用眼睛的余光瞥见御史大夫陈宁,故意接着说:"明天就是元宵节了,我们该怎么过还是怎么过。"

陈宁会意地点点头,迅速走开。

皇上为一桩平常小事将胡惟庸及其党羽打入天牢,这给了人们一个明确的信号:胡惟庸的好日子到头了。墙倒众人推,连日来举劾胡惟庸的奏折纷至沓来。有举劾他卖官鬻爵的;有举劾他贪赃枉法的;有举劾他结党营私图谋不轨的;最致命的是原御史中丞——因得罪胡惟庸被降为员外郎的商皓的一封举劾书。它历数胡惟庸七宗罪:"其一,胡惟庸定远旧宅井中忽生出石笋,又传其祖父三世冢上夜晚火光烛天,消息传到中书省,众人争相道贺,胡惟庸慨然受之;其二,陈宁不是中书省的官员,却坐中书省秘密档案库,查阅档案中的军马籍,意在网罗军界中的淮西定远老乡为其所用;其三,胡惟庸常召陈宁、涂节二人于中书省枢密室密商,外置岗哨卫兵,任何人不得入内;其四……"

商皓因胡惟庸的陷害,由正二品御史中丞降为六品员外郎,他把一肚子怨气都在举劾书里发泄出来！且条条直指胡惟庸怀有异心阴谋叛乱。这正是朱元璋所需要的。他指示太子朱标亲自接见商皓，勉励他继续揭发胡惟庸的其他罪行，并且暗示扳倒了胡惟庸可以让他官复原职。

涂节因恐惧仓皇告变

御史中丞涂节下朝后回到府中，把自己关在书房里，如热锅上的蚂蚁般坐立不安。他把菜摊主送来的那封密信藏在书架上那个大肚弥勒佛的肚子里。这会儿他将信封中的字条取出。拿着在书房中来回踱步，思忖着在这生死关头，下一步该如何走？

此时，涂夫人走进书房，见状甚为诧异。

"老爷，好端端地在屋里兜什么圈子，你没事吧？"

"没事，没事。"

"咦，你手里拿的什么？给我看看。"

涂节连忙把字条藏在身后，"本官随便写的，有什么好看的？"

夫人一把夺了过来，"不对，这不是老爷的字呀！这写的什么呀？'元宵夜子时举事。'举事，不就是谋反吗？"

涂节忙上去掩她的口，"你嚷什么？找死啊！"

涂夫人不依不饶地问："你说，这是谁给你写的字条？"

"是……是胡相爷。"

"胡相爷？胡惟庸！你不是说他今天让皇上抓起来了吗，原来他是要谋反呀！老爷，你也是他一伙的？天哪，这可是灭门之罪啊！"涂夫人急得直扯自己头发。

涂节安慰她说："夫人别急，下官正想修本举劾胡惟庸，以图免罪。"

"那你还磨蹭什么？快写吧，要不皇上一审胡惟庸，他供你出来，咱们全族就都没命了！"

"夫人言之有理，下官这就修本。"

第二天早朝后，太子匆匆进宫禀奏："启禀父皇，今日早朝后，涂节说有事求见儿臣,我问他什么事,他支支吾吾,递给儿臣一个密封的奏折。我猜一定与胡惟庸案有关,儿臣不敢自专,请父皇御览。"

朱元璋接过奏折,拆开一看,里面赫然夹着一张字条:"元宵夜子时举事!"

"涂节举劾胡惟庸与陈宁合谋叛逆。看,这就是胡惟庸手书给涂节的字条。这两天审讯胡贼时他尚负隅顽抗,现人证书证俱在,看他有何话说!"

太子和燕王传看字条,太子说:"果然是胡惟庸的笔迹。"

燕王道:"可见他们早有预谋,想趁元宵夜街上观灯人多,宫中也时有人进出,可能疏于防范时动手。只是不知他们有多少兵马?何人指挥?在什么地方集结?儿臣以为应立即拘捕陈宁、涂节。蛇无头不行,叛军见他们被捕,知事已败露,可能不敢贸然行动。"

朱元璋想了想,果断布置道:"棣儿,朕命你亲率锦衣卫立即逮捕陈宁、涂节,后回宫布防。标儿速回后宫,安抚母后,加强宫门戒备,今晚任何人不得出宫,以防万一。"

太子、燕王同声道:"儿臣遵旨。"

元宵节夜晚的叛乱

这时,元宵节夜幕渐浓,京城街道上热闹非凡,家家户户灯火通明,争鸣鞭炮。尤其是宫前场地上聚集了许多舞狮玩龙队伍,及各类杂技表演,吸引了许多市民围观。

在一块宽敞的场子里,魏文进一伙亡命之徒也乔装成卖艺把式,舞刀弄棍,吸引了许多围观者。魏文进在大冷天赤膊露出一身横肉,把一杆大刀舞得呼呼响,博得围观者阵阵掌声。

御史大夫陈宁的家在钟鼓楼附近。他的两个孙儿同一些小伙伴在街上放花炮玩。陈宁让家人买来一大筐花炮,要孩子们拿到钟楼上去放。因怕士兵不让孩子们上去,陈宁还手书一张字条。见了御史大夫的字条谁不遵行?于是孩子们兴高采烈地抬着那筐花炮上了钟楼。

陈宁交代孙子们:"记住,筐里那个最大的花炮要在钟楼上撞12下钟的时候燃放,送灶王爷子时上天,大概还有半个时辰吧。"

孩子们欢呼雀跃地把那筐花炮抬到钟楼城墙上去了。陈宁见他们远去,站在那儿得意地拈须冷笑。

不久,燕王率领王府护卫和一队锦衣卫匆匆赶来,将陈宁的御史大夫府团团围住。

锦衣卫上前"砰砰"打门。陈宁知道此时兵马来到,定是来捉拿他的。他坦然出迎。见燕王高踞马上,也不跪拜行礼,明知故问道:"王爷这么晚来,有什么事吗?"

燕王厉声道:"本藩奉旨捉拿逆贼陈宁,与我拿下!"

锦衣卫一拥而上,陈宁昂首挺胸受缚,面带一丝冷笑,望着钟楼方向。

这时,他的两个孙子和几个邻居的孩子在钟楼上玩得正欢。在城墙上放花炮果然跟平地不一样,"吱吱"响的花炮窜到半空中,撒下漫天花雨,煞是好看,把守楼的士兵们都看呆了。

放了一阵花炮,孩子们又要去撞那口大钟,士兵们慌了,连忙把他们一个个拽下来。

"我的小爷,这钟是报时的,可不能乱撞啊!"

"子时还有多久呀?爷爷叫我们子时放那个最大的花炮,送灶王菩萨上天。"

"快了,快了!"士兵说,"等我们撞十二下钟的时候,你们就去放好了。"

孩子们在城墙上把所有的花炮都放完了,只剩下那只六角形的大花炮。他们把它搁在钟楼最高的台子上,只等时候一到就去点燃。

终于等到兵丁们几个人抬起那杆撞钟的大木杵,"哐,哐……"撞响了大钟,孩子们急不可待地点燃了火炮上的引线。花炮"嘭——"一声直冲云霄,"轰隆隆,噼啪啪"地炸响,顷刻间撒下漫天花雨,把钟楼四周的天空都照亮了。

在皇宫前场地卖艺的一伙人,引颈仰望天空,听到钟楼上响起巨大的花炮声，魏文进收住刀势，大吼一声："反了！"

众亡命之徒立刻打开箱笼，抄起暗藏的刀枪。玩舞龙灯的也把龙衣褪下，里面的把杆竟露出明晃晃的枪尖。四周的街巷窜出许多手持砍刀梭标的泼皮来。顿时聚集了几百人，在魏文进的带领下，呐喊着朝宫门冲去。看热闹的市民被吓得魂飞魄散，四散奔逃。

这时，早有准备的毛骧带着刘遇贤等十几名卫士，装着在宫墙外巡逻，"恰好"走到宫门前。他们突然发难，砍倒两个守宫卫士，冲进宫门。

宫门内的卫士见状不好，门已关不了，只得拼死与刘遇贤等肉搏。毛骧等得到亡命徒们的支持，步步逼进，卫士们渐渐落了下风。他们且战且退，一面招呼宫内把第二道宫门关上。

幸在这时，逮捕完陈宁、涂节的燕王率领王府护卫和锦衣卫数千兵马及时赶来，反把叛乱者堵在两道门之间。

燕王身骑宝驹，挺长矛直取为首的毛骧。

"毛骧叛贼，哪里走？"

毛骧一见燕王，腿肚子发软，差点跪下。无奈只得挥刀迎战，只两个回合就被燕王一矛当胸刺死。

魏文进率领的亡命徒，本来就是一群乌合之众，哪里是训练有素的精锐卫队的对手，顷刻间被砍瓜切菜般杀得一个不剩。

侥幸未死的叛贼供认是奉陈宁及胡相爷之命来攻打皇宫。连夜锦衣卫奉旨抄了胡惟庸的家，他在偌大相府和秘藏京郊的财宝全部被查抄，共抄出黄金三十万两，白银九十余万两，珍珠宝石、书画古玩、名贵药材、珍兽皮毛等不计其数，马厩里还有十几匹名马。胡惟庸财产之多简直令人咋舌！一个岁禄仅八百石的左丞相竟拥有富可敌国的财宝，可见贪婪敛财的手段已臻于极致。

胡惟庸等被问斩、族诛

第二天早朝，朱元璋神情异常严峻地宣布："众位爱卿，左丞相胡惟庸纠结御史大夫陈宁、中丞涂节谋反。昨晚，被他等收买的大都督府佥事毛骧率领一批叛变的卫士和亡命泼皮冲击宫门，企图倾覆我大明朝。幸赖燕王朱棣率领禁卫军和王府护卫将其歼灭。逆贼毛骧当场授首，胡惟庸、陈宁、涂节均已被捕。请诸位廷臣议定其罪，明正典刑，以彰国法。"

一位大臣出班奏道："左丞相胡惟庸辜负陛下的信任，擅权跋扈，结党营私，贪赃枉法，罪行累累。今又勾结陈宁、涂节谋反，冲击皇宫，罪证俱在。按我朝律法，谋反为十恶不赦之首，胡惟庸、陈宁、涂节均应问斩、族诛。"

另一位大臣小心翼翼地说："臣闻御史中丞涂节事变前曾向皇上密奏，举劾胡惟庸胁迫谋反，并提供罪证。若果如此，是否应赦其死罪？"

又一位大臣出列奏道："臣以为，涂节原与胡惟庸、陈宁合谋叛逆，只因见胡惟庸被捕，恐其供出自己，故而抢先告变。似此投机宵小之徒，不可不诛。"

朱元璋脸色凝重，"降旨：左丞相胡惟庸结党叛乱，罪大恶极，着即斩首弃市，诛其三族；御史大夫陈宁亦为首犯，斩首弃市，并诛三族。御史中丞涂节斩首弃市。三犯均籍没全部家产。"

群臣一齐高呼："陛下圣裁，吾皇万岁万岁万万岁！"

朱元璋读书不多，却喜欢钻研历朝历代的兴亡史。他的床头经常摆着儒臣为他精选的史册，没事时抽空阅读，从中领悟治国之道。他发现自秦汉以降，历朝像魏征那样的贤臣良相少之又少，而奸相擅权篡国的事例却屡见不鲜。胡惟庸的叛乱更给了他一个深刻的教训。胡惟庸处决以后，中书省人心惶惶，乱成一团。总不能老让太子朱标坐镇那里收拾那副烂摊子。这年朱元璋已五十多岁，但精力旺盛，忖度再让谁当丞相都不合适。于是下定决心自己肩起这副重担，撤销中书省，六部长官直接对皇帝负责。捎带着对军队也进行了大革新，将大都督府分为左军、右军、中军、前军、后军五个都督府，划分各自管辖范围，均直接向皇帝负责。这样无形中消除了军中统帅对皇权的威胁。

朱元璋于处决胡惟庸五天后，颁布了撤销中书省和大都督府两大军政首脑机构，六部直向皇帝负责；五军都督府也直接向皇帝报告军务。

这次大改组由于朱元璋的绝对权威，居然有条不紊地进行。六部尚书凡与胡惟庸有瓜葛的尽皆撤职论罪，朱元璋亲自考察任命了一批廉洁的官员。大都督李文忠尽管是他的外甥，也毫不例外地解除职务，只兼了五军都督府中的一军都督之职。从此朝廷军政大权集中在皇帝一人手中，朱元璋从凌晨五鼓上朝，经常至深夜还在批阅奏章，不得不让太子帮忙处理一些日常事务，毕竟还是自己的儿子靠得住。

朱元璋想让自己的改革传诸后世，于洪武二十八年（1395）颁布诏令："自古三公论道，六卿分职，自秦置丞相，不旋踵而亡。汉唐宋因之，虽有贤相，然其间所用者多有小人，专权乱政。我朝罢丞相，设五府、六部、都察院、通政司、大理寺等衙门，分理天下庶务，彼此颉颃，不敢相压，事皆朝廷总之，所以稳当。以后嗣君并不许立丞相，臣下敢有奏请设立者，文武群臣即时劾奏，处以重刑。"

朱元璋罢丞相，由皇帝独揽军政大权其实是行不通的。到他的儿子朱棣时就创立了"内阁"，由几名内阁大学士协助皇帝管理国家。这个制度一直延续到清朝，晚清的内阁总理大臣职权就相当于以前的宰相。

清查胡党，李善长被赐死

洪武十三年（1380）胡惟庸被处死后，清查胡党的工作一直没有停止过，涉嫌是胡惟庸党羽被诛杀、流放的各级官员先后已达两万人。十八年（1385）李善长之弟太仆寺丞李存义被人告发，说胡惟庸曾让他去游说李善长领衔签署声讨朱元璋的檄文。朱元璋念他是皇亲国戚，免死安置崇明。十八年（1385）明州卫指挥林贤被捕，供出为胡惟庸藏匿金银和下海招倭支援叛乱的过程，林贤及许多参与其中的军官被处死。后蓝玉北征抓回的俘虏中有个叫封绩的人供出他曾替胡惟庸传递致书元主称臣的信件。封绩抓回南京后曾遭人暗杀灭口未遂，经审讯他供出胡惟庸里通外国的大罪。朱元璋引而不发。

后来，胡惟庸党案又掀起一个高潮，李存义又被提审，逼他供认奉胡惟庸命去临濠说服李善长领衔檄告天下声讨朱元璋，据说当时李善长叹气说："我老了，由你们闹去。"这就是李善长默许胡惟庸叛乱的证据。后来又有李善长的家奴供出李存义与他谈话时的细节。这一切都是为了证明李善长参与了胡党的叛乱。

朱元璋终于向他的儿女亲家、开国第一功臣李善长下手了。正值李善长惴惴不安地找寻皇上赐的免死铁券来当护身符时，锦衣卫冲进了韩国府，宣诏赐他自尽。七十七岁的李善长被绞杀，他家无论少长主仆，共七十余口男男女女全部被杀！偌大的韩国府成了血流成河的屠场！

朱元璋在赐死李善长之后，以勾结胡惟庸叛乱篡国的罪名，诛杀了大批功臣勋将，计有延安侯唐胜宗、吉安侯陆仲亨、平凉侯费聚、南雄侯赵庸、荥阳侯郑遇春、宜春侯黄彬、河南侯陆聚、宣德侯金朝兴、靖宁侯叶昇、申国公邓镇、济宁侯顾敬、临江侯陈镛、营阳侯杨通、华安侯华中、大将李伯昇、丁玉和宋濂的孙子宋慎等，宋濂也被贬茂州，死于路途。朱元璋亲自撰写了《昭示奸党录》，公布被诛杀的功臣勋将的罪状。据历史学家吴晗先生统计，胡惟庸党案被诛连死者达三万人之多。

二　拥兵自立朱高煦

▲ 悍勇暴虐，杀人盗马
▲ 乱军丛中救下未来皇帝
▲ 朝廷的反间计
▲ "父子之间互相谗构至此，还有一点人性吗？"
▲ 举兵造反，圣驾亲征
▲ 兵败被囚，炙烤惨死

悍勇暴虐的二王子

洪武初年，朱元璋为了笼络帮助自己打天下的功臣勋将，或纳其女、妹为妃嫔；或与他们结成儿女亲家。前者如纳豫章侯胡美之女为胡顺妃、巩昌侯郭英之妹为郭宁妃；后者如招李善长之子李祺为驸马都尉，册封徐达之女为燕王妃。

徐达长女徐妙秀娴静秀美，且饱读诗书，有"女诸生"之称。婚后随燕王朱棣就藩北平，夫妻感情深笃，先后生育了三个王子：长子高炽、次子高煦和三子高燧。

高炽被朝廷册封为燕世子，他因体胖且腿脚不便，生性稳重迟缓，不太受燕王朱棣喜欢。相反，二王子高煦长得高大威猛，从小不爱读书，喜好舞枪弄刀，性格也极其暴烈，常常在外面闯祸。因为他是王子，即使将人打伤打死，官府也无可奈何，苦主告到燕王府也只获赔些银两了事。

洪武三十一年（1398）太祖朱元璋驾崩，遗诏皇太孙允炆继位为建文帝。以燕王为首的十几位尊叔藩王势大，对年轻的建文帝形成巨大威胁。朱元璋曾有遗命：他逝世后诸王世子及已达学龄郡王应留在京城读书，为他守孝三年。这显然是仿效先秦令诸侯以王子为人质羁留京都，以减少藩王作乱的风险。

建文帝采纳齐泰、黄子澄的"削藩"之策，先后废削了专恣不法的代王朱桂、齐王朱博、岷王朱楩、湘王朱伯畏罪自焚；后又派李景隆假借率兵备边路过开封时将周王朱橚逮捕。周王被其子举劾有谋反企图。朱橚是燕王朱棣的同母兄弟，燕王清楚周王被废是朝廷大规模削藩的信号！为了麻痹建文帝为自己争取时间，他坦然答应将世子高炽和高煦、高燧三兄弟送到京城读书。让他们住在舅父前军都督徐增寿府中，还派太监郑和率十几名护卫伪装成平民暗中保护。

后燕王派往京都朝觐的长史葛诚向朝廷告密，燕王府确如传闻的在招募、训练兵勇准备叛乱。朝廷又以迅雷不及掩耳的手段，旨令北平都司将王府护卫大部调往关外充实边防。又逮捕了收受燕王贿赂的北平按察使陈瑛、右布政使曹昱、副使张琏,解送京都审讯。

种种迹象表明:朝廷将要对燕王朱棣采取行动了。就在此时,忽然传来消息:燕王病了!而且病得不轻,朱棣大热天捂着棉被还打冷噤。朝廷派驻北平的官员陆续前去探病,证实确有其事。燕王府差人赴京上书建文帝,称燕王病重,恳切请求速让三位王子回北平探视。对此事齐泰、黄子澄意见分歧,优柔寡断的建文帝碍于亲情最终恩准燕府三王子暂回北平探视父病。

徐增寿得知建文帝已准许高炽兄弟离京归燕,忙通知他们兄弟三人赶快动身,免生变故。高炽通知郑和及护卫们保护他们上路,高煦反对说:"人太多目标太大,让他们先过江,在江北与我们会合。"

因为高炽腿脚不方便,高煦乘夜潜入大舅徐辉祖府中的马厩,凶狠地扼死马夫,盗取三匹追风黄骠马,在夜色掩护下,三兄弟快马加鞭迅速向江边驰去。

高煦保护兄长和幼弟驰至江边,郑和早率领护卫们在江边接应。他们雇船渡过烟波浩渺的长江,等徐辉祖发现马夫被杀,名驹被盗,率兵赶过来时,他们早已离开北岸,奔驰在通往北平的驿道上。

兄弟仨日夜兼程,两天后到达河北境内。这里官军防燕制燕,盘查甚严。他们三个衣着光鲜的公子惹人怀疑。每每遇到盘查的人,一言不合高煦举刀便砍,杀了人来不及掩埋便飞奔而逃。

他们终于抵达了涿州,这里离北平不远了,高煦想歇歇脚,吃一顿饱饭。仗着这里离北平近,吃饭时他居然耍起少爷脾气,嫌驿站饭菜不好,扬起马鞭把驿丞打了个半死。

高炽见闯了祸,若被官府逮住可不得了,连忙掏出一锭银子,让驿卒们给驿丞请郎中治伤。然后兄弟仨上马迅速逃离了驿站,顺利回到北平。

拥裘而卧一脸病态的燕王听说三个王儿回来了,居然从病榻上一跃而起,赤着脚下床扑向三个儿子,把他们一一搂在怀里。

高炽关心地问:"父王,您的病怎么样了?"

"病?我的病是心病,你们回来就全好了!"

数月后,在朝廷步步紧逼下,燕王朱棣设计诱杀了北平布政使张昺、都指挥谢贵，夺取北平九门，以"清君侧"为名，大兴靖难之师，举兵反叛朝廷。

高煦战场救父，累立殊功

燕王举兵造反，朝廷派李景隆率三十万大军讨伐。燕军以寡敌众，战局异常艰难。白沟河大会战中，南军的弓箭手得到命令，不许杀伤燕王，于是瞄准他的坐骑发箭。朱棣连换三匹坐骑浴血奋战，但始终无法冲出南军的包围圈。

朱棣在亲兵掩护下，准备撤出战场，却被南军勇猛善战的都指挥瞿能发现，领兵追过来。瞿能高喊："叛贼朱棣哪里走，看我瞿能来擒你！"官军早有通告：战斗中不许杀伤燕王，只许活捉擒拿。所以瞿能只能指挥他的士兵拼命追赶燕王，企图把他堵在河堤下擒伏。燕王正在危急中，突然一彪燕军赶到，为首就是二王子高煦。

燕王急忙高呼："王儿来得正好，速与为父退敌！"高煦率领亲兵勇猛地冲入瞿能阵中，一阵砍杀。瞿能见这员小将十分骁勇，只得放弃追赶燕王的企图，悻悻地引军离去。

到了年底，燕军转战山东。先被山东参政铁铉阻于济南坚城之下。后都督盛庸将燕军诱至东昌决战，盛庸早有准备，大量使用火器、毒箭，燕军在遭受重大伤亡后又陷入重围。为了掩护部队退却，朱棣利用南军不敢杀伤他，亲率数百骑兵断后，他在马上弯弓搭箭，瞄准追近的南军射击。可很快腰间的两袋箭都射完了，身边的骑兵也一个接一个地倒下，南军却越聚越多。不过他们不敢向燕王射箭，只高喊："活捉燕王！"在一名军官指挥下向两侧迂回，准备将他围困在中央擒获。

正在这危急时刻，高煦和指挥华聚领兵赶来援救。高煦一面挥刀砍杀挡在他马头前的南军，一面高喊："父王别慌，儿臣来了！"他和华聚率一队精锐骑兵冲入南军的包围圈中，一阵气势如虹的大砍大杀，逼得南军节节后退。然后高煦保护父王冲出重围，脱离险境。

东昌一役，燕军最大的损失是大将张玉阵亡。张玉是燕王在靖难军中最倚仗的左膀右臂。燕王在悲痛中宣布任命张玉之子小将张辅继承父职,执掌中军。他和高煦均为燕军中年轻一代杰出的战将。

在战争的最后阶段,燕王陈兵江北,积极准备渡江与朝廷做最后的决战。此时朝廷孤注一掷,派出中军都督府都督、曹国公徐辉祖率领精兵于浦子口一带布防。徐辉祖是徐妃的长兄,燕王朱棣的大舅子。浦子口易守难攻,徐辉祖严密布防,先以一支军佯败,诱燕军深入。此役燕王朱棣身先士卒,结果在一处隘口陷入南军的层层包围中。此时南军官兵已得到命令:可在战斗中射杀燕王,或用火器击毙。徐辉祖在浦子口布置了一支神铳营阻击燕军,待燕王率部孤军深入时,浦子口两边山头火光闪烁,铳声隆隆,燕军被灼热的铁弹杀伤不少。此时徐辉祖见燕王便冲入重围,亲自领兵来擒他。朱棣在马上左砍右杀,四周南军越来越多,他身旁的护卫亲兵一个个倒下,情况十分危急。

就在此时,又是高煦率领兀良哈番骑杀到。这是大宁都司麾下的一支特殊骑兵,番兵不懂汉语,却个个骑术精良,能在马背上下翻飞,杀人如疾风扫落叶一般。燕王见高煦带领番骑到来,顿时精神一振,高呼:"我已精疲力竭,儿当鼓勇再战!"

在兀良哈番骑的冲击下,燕王终于杀开一条血路,于黄昏降临时回到大营。

利用朝廷的离间计阴谋夺嫡

高煦在靖难战争中立了不少战功,还屡屡救父王于危难之中。朱棣本身是个重武轻文戎马一生的藩王,自然在感情上更加偏爱高煦。

有一次,朱棣在战场上被骁勇善战的南军都督平安穷追不舍,几乎陷入绝境,就在要被平安擒获时,时时护卫父王安全的高煦拍马赶到,奋勇挡住平安厮杀,救出濒临绝境的燕王。在将燕王扶上马脱险归营时,朱棣不由地向救出自己性命的儿子许诺道:"世子多病,他日事成你当继之。"

得到父王这样的许诺,高煦日渐野心勃勃,满怀希望将来能取代多病的兄长高炽,成为王位的继承人。眼看靖难大业将成,父王若登大宝,自己的太子之位就大有希望了。

在靖难战争胶着之时,建文帝为战局忧心忡忡。当时主政的文学博士方孝孺有个叫林嘉猷的学生曾在北平燕王府待过一段时间,且与燕府的一些宦官过从甚密,因而了解燕王与世子高炽父子之间的矛盾,也了解高炽与两个弟弟为争夺嗣位暗藏的争斗。他把这些情况详细讲给老师方孝孺听,建议老师利用燕王父子兄弟之间的矛盾行离间之计。

方孝孺兴冲冲进宫向建文帝献策。

"陛下,现燕逆率兵南下,威胁京师。臣有一计可以致其内乱,使燕逆不得不退兵。"

建文帝正为前方战局担忧,听见这话自然高兴。

"噢,方爱卿请讲。"

"燕世子高炽留守北平,次子高煦随燕逆在外征战。此子勇悍狡谲,屡屡在战场上救父于危难中,深得燕逆宠爱。高煦恃宠拉拢一批武将,图谋夺嫡。据说燕逆曾有过废世子立高煦之意。朝廷可以利用他们之间的矛盾。臣建议陛下遣使给高炽下一道密旨,私下封他为新燕王。燕逆若得知此消息,必然回师北平。说不定父子兄弟之间还会互相攻杀呢。"

建文帝听得心惊肉跳,犹豫道:"方爱卿此计或可令其内乱,解我燃眉之急。但他们毕竟是太祖子孙,让其互相残杀有失仁恕之道啊!"

"陛下,燕逆举兵叛乱,祸害国家社稷,当下朝廷与他不是你死就是我活,哪还能讲什么仁恕啊!"

建文帝思虑再三,终于答应道:"好吧,就请方爱卿为朕拟一道密旨,命锦衣卫千户张安去北平密呈世子朱高炽。朕与高炽兄弟情笃,你可把旨意写得隐蔽些,万一被燕逆看到,也不致使世子遭受严厉的惩罚。"

方孝孺叹道:"陛下太仁厚了!"

十天后,锦衣卫千户张安抵达北平。他故作神秘地于夜间造访燕王府,以朝廷使者身份要求亲见世子。

高炽冷冷地问他:"张安,你来北平干什么?"

张安答道:"臣奉皇上之命,带一封密旨给殿下。"

世子皱着眉头说:"皇上有旨你应该呈交父王,父王现在大名,你为什么舍近求远跑到北平来?"

"不，皇上这道密旨是给世子您的。"张安从衣服夹层里取出密旨，封皮上建文帝亲书"高炽贤弟收"字样。

高炽接过那道蜡封的密旨，顿时像接过一团炙手的炭火，脸色异常难看。

张安走后，王府长史不安地问道："世子殿下，皇上的密旨不知说些什么，王爷不在北平，怎么办？"

高炽决断地吩咐道："父王不在，朝廷旨意不能贸然开启，先把它供在堂上。"

王府中有个内侍黄俨，是三王子高燧的亲信。朱高燧虽年纪只有二十来岁，颇受父王宠爱，也和高煦一样存有取代世子之心。黄俨曾见张安进府送呈密旨，便偷偷地报告了高燧。朱高燧私下去驿馆见了张安，张安有意无意地向他透露了密旨的内容：皇上答应封高炽为燕王，让他促父退兵。

朱高燧得悉此中内幕，心中一阵狂喜：这岂不是扳倒世子高炽的大好机会？于是他马上派遣亲信连夜赶赴大名，去父王军中告密：说世子私接朝廷密旨，建文帝许诺封他为燕王，让他叛燕归附朝廷。

燕王朱棣看到三子高燧差人送来的告密信，顿时怒气横生，"大胆孽障！高炽竟敢接受建文密旨，背着我私通朝廷！"

高煦在一旁见父王发怒，便问："父王，是不是三弟来信，他说些什么？"

"朝廷派了一名锦衣卫千户到北平，带去一道给高炽的密旨，说只要他归附朝廷，就封他为燕王。如此大事，未见他禀报，难道这个孽畜真起了异心？"

高煦觉得这是个进谗的好机会，便不阴不阳地说："建文当皇太孙时，就与大哥相处甚笃，他们密信往来恐怕不是一天了。"

"可恶！我平生最恨叛逆之人，何况是背叛父亲的逆子！"朱棣恨恨地下令："高煦，你做好准备，带一支兵马回北平将逆贼拿下，听候处理。"

高煦暗自高兴道："儿臣遵命。"

就在此时，中军主将张辅进帐向朱棣禀报道："启禀王爷，世子差遣侍卫长将朝廷信使张安押至军前，现在帐外等候。"

朱棣蓦然一惊："啊！传他进来。"

张辅命将世子差来送信的侍卫长带进帐内。

"卑职叩见王爷。卑职奉世子之命将朝廷派至北平传旨的锦衣卫千户张安押送军前，并呈上世子未敢擅自启封的朝廷密旨，请王爷定夺。"

朱棣拆开蜡封，仔细看过密旨，方才省悟这是朝廷行使的反间计。

"啊，好险！差点误杀吾儿！"

张辅忍不住问道："王爷，怎么啦？"

"哼，原来建文意欲离间本藩父子，私封高炽为燕王。幸亏炽儿谨慎，使其奸计未能得逞。来人！将张安暂时囚禁军中，待回师北平再作处置。"

"王爷英明！"张辅这时觉察到站在一旁的二王子高煦脸上显现明显的失落与沮丧，他不禁暗自叹息道："兄弟阋墙，何时是了啊？"

汉赵二王谋夺储君之位

经过四年艰苦的内战，燕王朱棣终于攻占南京，登上帝位。世子高炽留守北平。永乐二年（1404），议立皇太子。汉王高煦自恃战功，且在战场上多次救父，经常以唐太宗自比。朱棣身边的武将淇国公邱福、驸马王宁等都主张立高煦为太子。高煦两腋生"龙鳞"数片，他因此自负有帝王相。借跟随朱棣北征的机会，谋夺太子之位甚急。朱棣征求文臣们的意见，兵部尚书金忠历数古代立嫡长子与立次庶子的教训，解缙也称赞世子仁孝，天下归心。且高炽长子瞻基，朱棣很喜爱，称之为"好圣孙"。

高煦、高燧兄弟谋夺东宫之位日急，经常在朱棣耳边说高炽的坏话。朱棣在外巡幸时，派他十分信任的胡濙回南京考察太子高炽的动向。胡濙经过较长时间的考察，向朱棣密奏皇太子为人诚实恭敬、孝顺、谨慎的七件事例。自此朱棣打消了对太子高炽的怀疑，反而对汉王高煦与武将们关系密切，拼命扩充护卫兵力产生了怀疑。

朱棣将高煦封为汉王，封国在云南。高煦不满地说："我有什么罪，要远斥万里之外?"于是他逗留京师,不肯去云南就藩。永乐十三年(1415),朱棣将高煦改封青州。青州是山东富饶之地,高煦仍然不肯去。这时朱棣在外北征,派使者赐书给他,说:"既受藩封,岂可常居京邸?前以云南远惮行,今封青州,又托故欲留侍,前后殆非实意,兹命更不可辞。"

朱棣严令高煦离京就藩,但高煦拒不启程,继续扩充护卫,私选各卫精壮健士,擅自募兵三千人,不服兵部管辖,纵使他们劫掠商户。京城兵马司指挥徐野驴抓捕了一些抢劫商户的人,高煦勃然大怒,竟用铁瓜将徐野驴打死。他的气焰嚣张,连皇太子都不敢治他。待永乐十四年(1416)十月回到南京,尽得高煦横行不法的十数件罪行,于是将他囚禁在西华门外,拟通过宗人府会议,废为庶人。

太子高炽跪在父皇面前,泪流满面地为高煦说情,请求不要废黜他。朱棣怒气稍解,于是杀了高煦左右几个佞幸小人,削掉他两护卫军,将其改封至山东乐安州,强令其即日启程。

朱棣的三皇子高燧,被封为赵王,命他居守北平。高燧虽然年轻,但也怀有夺嫡野心,与汉王高煦联合对付太子高炽,常在父皇朱棣面前进谗。由于他们兄弟相残,致使母亲徐皇后终日以泪洗面,郁郁致病,早在永乐五年(1407)就离开了人世。

永乐七年(1409),赵王高燧许多不法行为被朱棣察觉,将他招来京都,褫夺他的冠服,还杀了他的长史顾晟。经太子高炽苦苦哀求,才没有被废为庶人。

永乐二十一年(1423)五月,朱棣染病。恰逢皇太子出外巡视,仅赵王高燧在宫中。赵王亲信常山护卫指挥孟贤与钦天监官王射成、内侍杨庆的养子密谋,欲在朱棣服药时下毒,待皇上晏驾后即造伪诏传位于赵王,并废除太子高炽。

锦衣卫总旗王瑜的姻亲高以正参与了这次阴谋,当他们计议好准备在皇上药中下毒时,王瑜从高以正那里得到了这个消息,认为这是灭族的罪行,心生恐惧,转求自保,向皇上的贴身太监告了密。

朱棣闻之大怒道:"岂有此理,竟有这样的事情!"立刻下令逮捕孟贤,果然搜出他们炮制的伪诏。孟贤、王射成、高以正等被凌迟处死。

朱棣抱病把赵王高燧叫到榻前,将伪诏掷在他面前,厉声责问:"这是你做的吗?"高燧吓得面无人色,哑口无言。太子仁厚,顾念兄弟之情,为他求饶道:"这一定是下面的人所为,高燧必不知情。"

朱棣终于没有深究此事。经过这次挫折,赵王高燧侥幸没有被废,感激太子救了自己,之后渐渐收敛,不再怀夺嫡之望。

强抢民女　高煦杀妻

汉王朱高煦被迫离开京都,前往山东乐安州就藩,但他谋夺储位的贼心不死,将次子瞻圻留在京都。瞻圻以在大本堂读书为名随时打探朝廷的动向,差人向高煦报告,有时一昼夜竟差遣六七拨人驰往山东。

朱高煦在乐安州积极扩充军备,将乐安州丁壮一律编为军伍,强制操练。且勾结邻近都卫所的指挥官,许以高官厚禄,让他们归附自己以作未来叛乱的中坚力量。高煦一贯荒淫残暴,到了乐安州,更成了无人管辖的土霸王。他妃嫔成群,先后生育了九个王子。一到乐安,没有了朝廷法制的羁绊,更是为所欲为。

一日,乐安街头锣鼓喧天,有一大户人家迎娶新妇。新娘花轿经过王府门前,高煦一时淫心发作,命人将花轿拦住。他亲自上前掀开轿帘,见轿中新娘年方十五六岁,生得异常美丽,顿起淫心。他将迎亲执事招来,恬不知耻地对他说:"这个小妮子本王看中了,赏你一百两银子,叫你家主人另娶。"然后不由分说地在花轿里塞了些银子,将新娘抢入王府。

当晚,年近半百的汉王高煦喝得醉醺醺地将抢来的小新娘扔在床上,强行奸污了她。事后他扔下新娘子,与一班帮闲师爷们酗酒取乐,直至喝到烂醉。

汉王元妃已故,夫人祁氏年近半百,她出身诗礼之家,深恶高煦强抢民女的行径,数落了几句。说他身为皇室贵胄,居然如此不要脸,强占与自己孙女一般大的民女!高煦喝醉了酒,顿时恼羞成怒,跟跟跄跄拔出堂上挂剑,狠狠向祁氏刺去。祁氏躲避不及,被他一剑刺透前胸,血流如注,当场死去。

祁氏为高煦育有一子一女。留守京都的瞻圻正是她的儿子。因为母亲被无端杀死，瞻圻愤而向朝廷揭发其父就藩后的种种不法行径。当时朱棣在世，斥责说："你们父子怎么会这样！还有人臣之道吗？"

朱棣在北征途中驾崩，仁宗朱高炽即位后，高煦被召入京。高煦与瞻圻父子俩互相揭发。瞻圻说高煦心怀异志准备反叛朝廷，高煦反而推卸责任，把瞻圻历次派人送给他的情报呈给朝廷。

仁宗将高煦呈送的揭发书给瞻圻看，恨恨地说："你们父子之间，互相诪构至此，还有一点人性吗？你这乳臭未干的东西，不值得朕诛杀。"于是将他发往凤阳守皇陵。

仁宗明知汉王高煦心怀异志，蓄意叛乱，但念在兄弟之情，仍然厚加赏赐，增其岁禄两万石，令其归藩。高煦由是更欺负兄长仁慈软弱，回到乐安州，肆无忌惮地加紧了叛乱的准备。

高煦阴谋伏兵截杀皇太子

明朝开国五十余年的两任皇帝都是英明果断的人君。明太祖朱元璋以严猛治国，屡兴大狱，屠戮功臣，社会难以安定；明成祖朱棣夺得政权后大肆镇压建文朝的遗臣，加以好大喜功，五征漠北，六下西洋，国土疆域虽得扩张，然因连年用兵耗费巨大，使得经济拮据，国库空虚。仁宗即位后决意改弦更张，施行仁政，发展经济，稳定民心。他颁旨赦免建文后裔，释放被关押十余年的黄淮、杨溥等名臣加以重用，罢建耗费巨大的西洋宝船，废除鞭囚、宫刑及诽谤罪条例，缓和社会矛盾，使人民生活日趋安定。

朱高炽当了二十年窝囊太子，小心谨慎地服侍父皇，他的东宫幕僚多被长期关押到他即位后才被释放。他的储君之位被汉赵二王觊觎，长时危如累卵，因之心情非常压抑。即位后又因操劳过度，在位不到一年即患重病驾崩。此时汉王高煦有眼线在京城，一日六七次飞骑往乐安报信。久怀异志的高煦欺皇太子瞻基年轻，且不在京城，又生篡位之心。高煦是一个横蛮暴戾的粗人，之前已打算趁仁宗重病径直进京逼兄长逊位于己。他手下的谋臣伪太师王斌献计说："殿下继位最大的障碍是皇太子瞻基。他现在居守南京，如闻父皇驾崩必然从驿道赶赴京都，我们若在中途将他截杀，皇位自然就归殿下了。"

高煦听从了王斌的计谋，仁宗驾崩后与部众商量派谁在什么地方截击并杀死瞻基。他手下本来是一群乌合之众，面临截杀皇太子这样重大的事，心知一旦失利就是灭族的大罪，所以都有些胆怯，互相推诿。结果派定的人也故意延宕，借口准备迟迟未能赶赴截击地点。

正在南京谒祭孝陵的皇太子瞻基接到朝廷飞报，大哭一场后即准备率轻骑从驿道返京。随臣劝谕道："汉王觊觎皇位已久，他深知最大的障碍就是太子殿下，以其残暴的性格必然不顾亲情，派兵于山东境内某处截击殿下，欲置殿下于死地。殿下不可不防，依臣意我们不走驿道，宁愿绕小道进京，以避其锋。"

悲痛中的瞻基正色道："君父在上，何人敢如此胆大妄为？"随即率轻骑连夜从驿道疾驰赴京。由于他行动迅速果断，途经山东境内又得到当地卫所护卫，终于顺利甩脱了高煦的追兵，在河北境内与前来迎接的夏原吉等众臣会合。回到北京，瞻基奉先帝遗诏登上帝位，改元宣德，史称宣宗皇帝。

汉王朱高煦反形毕露，威胁朝廷

年方二十七岁的青年天子朱瞻基登基伊始，面临的巨大威胁就是叔父汉王高煦的反叛图谋。山东地方官员频频来朝廷报信，称汉王在乐安州加紧扩充军备，大量征召邻近州县铁匠及弓箭匠到乐安，乐安城中四处架起铁匠炉，日夜叮叮当当打制刀剑箭矢。汉王府不仅将乐安州所有丁壮编入军伍，还招募邻近州县游民、乞丐入伍，日夜操练武艺。汉王还强令州县狱官将狱中重囚释放，免罪招入军伍。导致许多待决的盗匪和杀人犯重获自由，逍遥法外。这些人仗着王府庇护，肆意欺凌百姓，致使乐安许多富户仓皇外逃至济南，向布政使和按察衙门告状。

汉王府俨然成了一个小朝廷。高煦极为信任的第一谋士指挥王斌被封为太师。乐安州知州朱恒积极附逆，被高煦封为尚书，王府长史钱巽亦被封尚书。武官中千户盛坚和侯海被封为都督，文武班齐备，经常举行朝会，只差喊声"吾皇万岁"了。他还仿效燕王朱棣靖难起兵时立五军四哨：指挥王斌领前军，韦达领左军，千户盛坚领右军，知州朱恒领后军，汉王府五位王子各监一军，高煦自将中军。指挥韦弘、韦兴、千户王玉、李智分领四哨。高煦还利用过去的部属关系，许以高官厚禄，拉拢山东都指挥靳荣、天津都指挥尚靖等领兵将领。这些利令智昏的武将都答应汉王一旦起兵，他们一定举兵响应。

高煦这样明目张胆地准备叛乱，使山东地方官吏大为恐惧。有的借口为父母守制丁忧躲回乡下，有的向朝廷上书请求辞去现有职务，为的是怕汉王一旦叛乱连累自己，不但丢官，弄得不好连脑袋都会丢掉！

一切准备停当，高煦又下了一着险棋——拉拢张辅。靖难中他作为王子贴身保护燕王朱棣，与燕军主将张玉之子张辅年岁相当，惺惺相惜。张玉在东昌阵亡后，张辅继承父职任中军主将，与高煦常侍燕王左右，有兄弟之谊。如今张辅袭任英国公，是朝廷中的武班领袖，虽已不直接掌握兵权，但若得他支持将影响巨大，可号召一大批文臣武将拥戴他登位，达到改天换日的目的。

岁暮年终，英国公府张灯结彩准备庆贺春节。这时一位不速之客来访，他就是汉王派来的亲信枚青。枚青带来的礼物颇丰，有高八尺的东海珊瑚两架，夜明珠一对，珍珠五斛，黄金二百锭。自然还有汉王亲致英国公的密信一封。张辅命家人盛宴款待枚青，将自己关在书房里把汉王密信仔细读了一遍又一遍。那信中字字句句如烈火烧灼着他的心，令他心惊肉跳，额头冒出颗颗汗珠！

思虑再三，张辅终于作出他一生中至关紧要的决定。他怒气冲冲步出书房。指着正在堂中饮酒的客人枚青怒喝一声："反叛贼子，与我拿下。"

左右侍从立刻毫不留情地把枚青反绑起来，张辅随即带着枚青和他送来的一车礼物进宫，直接向宣德皇帝朱瞻基告发汉王策反大臣叛乱的阴谋。

宣德皇帝命将枚青交付锦衣卫严审，温言褒奖张辅不贪私利一心为社稷的忠义之举。此时又有一名官员进京告变。山东巡道御史李濬因父丧在家守制，高煦招他参赞军事，李濬不愿从逆，连夜化装成家奴抄小道逃离乐安，到达京都，上书揭发汉王高煦整顿军备准备叛乱的详情。

宣德皇帝召集大学士杨士奇、夏原吉、杨荣等商议，决定先派中官侯泰带着皇帝敕书，谴责其不法谋逆罪行显著，念其皇叔至亲朝廷不忍加兵，望其悬崖勒马、赴京请罪云云。

侯泰带着圣旨到达乐安州，高煦并不接旨，反而在王府故意炫耀其兵力。王府前坪五军列阵，甲仗整齐，旗纛鲜明，还摆出数尊攻城大炮和弩机火铳。高煦南面而坐，召见侯泰，口出狂言道："靖难中若非我拼死出力，数次临危救父，哪能夺得江山？父皇亲口许我储位，却出尔反尔，反而削我护卫，将我徙至乐安。朱高炽又以金钱玉帛哄我。我岂能安居这个鬼地方？回去告诉你的主子，速将奸臣夏原吉缚送来处死，然后再徐徐商议我的要求。"

侯泰吓得唯唯答应，不敢出声。回京以后，皇上问他汉王说了些什么，治兵如何？侯泰竟不敢如实禀报。还是跟随他去的锦衣卫官员将当时情状一一奏明，皇帝勃然大怒，连夜召夏原吉、杨士奇、杨荣等进宫商议对策。

数日后，高煦又派遣百户陈刚入朝进呈奏疏，还给公侯大臣们写信，语多指责，甚至狂妄地叫嚣将夏原吉等误国奸臣送他处置，否则他将率兵入朝"清君侧"。当年他的父亲燕王就是喊出这样的口号发动靖难，登上皇位，大概他也想复制其父成功的经验。

宣德帝御驾亲征讨伐叛乱

朱高煦反形既已显著，朱瞻基召集诸臣商议讨伐之策。起初瞻基准备派阳武侯薛禄率兵前往乐安讨逆，大学士杨荣谏道："陛下忘了靖难中李景隆之事么？"当年李景隆率五十万大军讨伐燕王，却在郑坝村一战丢盔卸甲，屡战屡败，最后金川门之变竟引燕军入城攻陷京都。夏原吉也说："昨日臣看到陛下所遣之将，命令一下脸色就变了，退下来复向臣等诉说艰难，由此可想见其事到临头会是什么情况。况且兵贵神速，卷甲趋之，先发制人方能使敌人心动摇，杨荣所说极对。"

杨士奇、蹇义等大臣也力主瞻基御驾亲征，方能杀高煦的气焰，一鼓而荡平之。会议之后，瞻基复召英国公张辅问策，张辅深知高煦，对答道："高煦有勇无谋，外强中怯。陛下只要给臣两万兵马，即可将他擒获缚献阙下。"瞻基此时主意已定，便道："卿诚足以擒获他，但朕初即帝位，小人或怀二心，若不亲征，不足以安其反侧。"

第二天，杨荣又奏道："高煦以为陛下新立，不会出京讨伐他，故其气焰嚣张。若临以天威，必先令其气挫，事无不济。臣虽不才，愿负弩任前驱。"

瞻基为臣僚们的勇气所感动，更是决意亲征。朝廷鉴于久未征战，兵部积极作人员准备，由皇上颁旨将犯死罪以下的五百二十名军官特赦，恢复原职，领兵效命。又将数百名判处徒刑的士卒释放，令其从军赎罪。

随后，瞻基将逆藩汉王高煦叛逆的罪状诏告天地宗庙，命武阳侯薛禄、清平伯吴成率两万精兵为先锋，张辅、蹇义、杨士奇、夏原吉、杨荣、胡濙、张本等大臣悉数护驾从征。留郑王瞻埈、襄王瞻墡监国，大学士黄淮、尚书黄福等大臣协守京师。另外派遣平江伯陈瑄、指挥黄谦领兵驻守淮安，以防高煦南窜。

部署已定，八月初十瞻基率五军将士出征，十几万大军声势浩大，旌旗蔽日，征鼓声震百里。青年天子瞻基一身戎装骑在马上，车辇仪仗随后而行。瞻基少年时随其祖朱棣征战漠北，具有疆场杀敌的经验，今率大军平定叛乱，更是胸怀韬略，意气风发。

过杨林时，瞻基在马上问从臣们："卿等料高煦闻大军至，将会如何对策？"

杨荣奏道："乐安城小，高煦或将袭取济南为其巢穴。"

少傅杨士奇说："高煦昔日不肯离开南京，如今很可能引兵南下，占据南京以与朝廷对抗。"

瞻基却不以为然道："济南虽近，然其城坚一时难于攻下，且闻大军将至，也无暇去攻。他的护卫军家属均在乐安，岂肯弃家去南京？高煦色厉而内怯，性多狐疑。他之敢于叛逆，欺朕年少新立，众心未附，未必会亲征。今朕突然率大军掩至，他闻风胆落，哪里还敢出战？朕料大军一到，高煦即会被我擒获！"

二 拥兵自立朱高煦

众臣均佩服皇上的胆识。

大军行至山东境内，不时有逃出乐安的叛军士卒，讲述乐安城内的慌乱情况。瞻基令杨溥草拟诏书，再次正告高煦：

> 朕惟张敖失国，始于贯高；淮南受诛，成于伍被。自古小人事藩国，率因以身图富贵，而陷其主于不义；及事不成，则反噬主以图苟安，若此者多矣。今六师压境，王能悔过，即擒倡谋者以献，朕与王削除前过，恩礼如初，善之善者也。王若执迷不悟，大军既至，一战成擒；又或麾下以王为奇货，执王来献，王何面目见朕？虽欲保全不可得也。王之转祸为福，一反掌间耳，其审图之。

瞻基虽年轻气盛，率数十万大军攻取一个小小的乐安城自然不在话下，然而他毕竟是仁德之君，讨伐的又是自己的叔父，能晓之以理，劝其来降，免动干戈，不使生灵涂炭，百姓免遭兵燹。岂不是好事？

草拟诏书的翰林院学士杨溥，被明成祖朱棣关进狱中十年，天天都有提出去杀头的危险，可他在铁窗中潜心读书，五经诸子之书遍读数十回。狱中难友对他说："事已至此读书何用？"杨溥正色道："朝闻道，夕死可也！"此语成为数百年来士大夫的励志名言。

杨溥在诏书中用汉高祖时赵王张敖阴谋弑君被废、汝南王英布叛乱被杀，都是由于小人的挑唆所致来正告高煦，只要他交出挑唆他叛乱的人就可免罪。大军也可不动干戈而平叛胜利班师。

奈何此时汉王朱高煦已受王斌等胁迫，那班贼子心想：朝廷可以赦汉王，绝不会赦我们。一旦开城迎降，抓回京城就是凌迟酷刑等着我们，而汉王顶多不过被废而已。因而在他们把持之下，这诏书甚至都没到高煦手里。

此时，前锋薛禄飞骑来报，称叛军已下战书，约明日出城决战。瞻基下令大军连夜赶路，于天明时抵达乐安。乐安城小，只有四座城门，城垣高不过丈余。十万大军里三层外三层把个乐安围得水泄不通。叛军慌乱中从城上开炮胡乱射击。瞻基遂令神机营发炮轰城，明初已引进西洋红夷大炮、神铳等火器，攻城已不用云梯等物。

顿时声震如雷，硝烟弥漫。乐安城垣低矮，不堪一击，有些地方已轰塌了。诸将拟派遣敢死队攀城而入，杀入城中，擒获叛首。瞻基仍不想大动杀戮，他与大臣们商量过后，下令停止攻城。诸大臣即于军中各自动笔，书写大字诏书数道，射入城中，谕叛王高煦来降。城中军卒士吏缚叛首来降者有重赏。

城中士卒和地方官吏见到谕旨，争相传告，为求自保多欲献城执叛王高煦出降。高煦登城一望，城外大军营帐连绵数十里，一排排红夷大炮，炮口还冒着青烟，早已吓得魂飞魄散，当时口出大言要朝廷交出夏原吉的豪气不知到哪里去了。

高煦见大势已去，心乱如麻。王斌、朱恒等情知即使开城投降，王室贵胄或得恩赦，附逆的他们必遭寸磔之苦，因此极力怂恿高煦拼死一战。高煦待其退去后，密遣心腹出城至大军御帐，传汉王口信，奏请暂缓攻城，待今夜诀别妻子即出城归降待罪。

瞻基也不想毁城，毕竟城中数万人都是他的子民，何忍其涂炭？于是大度地应允了高煦的请求。叛王已成瓮中之鳖，谅他也无处可逃。

那天夜里，乐安城中火光烛天，通宵不绝。原来高煦为了销毁罪证，将所有私造卤簿仪仗、龙椅、龙袍、花名册和与各地串联交通的文书付之一炬。

天明后，高煦拟率他的几个儿子出城投降。被他封为太师的王斌出面阻止说："殿下身为高祖子孙，宁可一战而死。难道连这点血性都没有，一定要出城跪地求饶？受辱如此，臣为殿下汗颜。"

此时的高煦，性命比脸面要紧。他假装听从劝说，说道容他再考虑一下。诓走王斌后，他只带了两个侍卫，从准备逃生的地道悄然出城，直抵大军行幄，惶恐地伏地请罪。

瞻基升帐，两旁护驾的文武官员排班整齐，军容肃穆威严。高煦匍匐而进，不敢仰视，口中嚅嚅地请罪。群臣纷纷奏请将逆藩明正典刑，以儆效尤。高煦吓得面无人色。瞻基将各地弹劾他的一叠奏章掷给他看，都是要求将他废黜和正法的。高煦连连叩头，结结巴巴地说："臣……臣罪该万……万死！唯……唯陛下之命是……是从。"昔日在朝中趾高气扬傲视群臣的派头荡然无存。

这时一位随征的青年御史站出来，奉命宣布叛藩高煦的十大罪行。他声音洪亮，义正词严。每宣读一项罪行，高煦都听得胆战心惊，浑身哆嗦，一个劲地叩头，"臣罪该万死！罪该万死！"这位青年御史就是后来的名臣于谦。

瞻基命令将高煦拘押军中，俟回京交宗人府处理，并命高煦写信让他的儿子们归降。他的儿子多数都掌兵权。听说王室或能得到赦免，都率部投降了官军。讨伐大军进入城中，附逆的王斌、朱恒等人均被俘获，无一漏网。

这次喧嚣一时的汉王叛乱终告平定。瞻基下令将乐安州改名武定州，命薛禄与尚书张本镇守之。瞻基率大军押着罪囚班师回京。从八月初十出征，到九月初六凯旋，新皇帝不到一个月就平定了这次牵动全国人心的叛乱。

此次叛乱，王斌、朱恒等倡导叛逆的罪首，以及山东、天津、山西等地答应响应举事的指挥都督等被处决的共六百四十余名，流放戍边的一千五百人。瞻基亲自撰写了《东征记》记述此事，为后世叛逆者诫。

赵王朱高燧获赦免罪

瞻基平定高煦叛乱班师回朝，将到京都时驻扎单桥，户部尚书陈山前来迎驾。陈山见随征诸臣皆有功，颇为羡妒，便奏道："赵王与朱高煦共谋叛逆为时已久，陛下何不移师彰德将他一并擒获，朝廷得以永安。"

瞻基召杨荣、蹇义和夏原吉商议，三位大臣以为是皇上的意向，从朝廷的永久安定计，都表示赞同。杨荣还出主意说："宜先遣敕赵王，质问他与高煦连谋之罪，大军随后掩至，即可将他擒获。"

瞻基让杨荣传旨，叫大学士杨士奇草拟谴责赵王的诏书。杨士奇反对说："谴责赵王谋叛需有事实根据，天地鬼神在上，是可以欺骗的吗？"

杨荣厉声道："你想阻挠国家的大计吗？让锦衣卫严审汉府与赵王通谋之事，还怕没有根据？"

杨士奇噓道："锦衣卫逼出的供状能服人心吗？"他又转向蹇义、夏原吉道："太宗皇帝三个儿子，当今皇上只有亲叔二人。有罪者不可饶恕，无罪者当厚待，有疑则加以防范。怎能遽然加兵，伤皇祖在天之灵？"

当时大臣中只有杨溥与士奇的意见相合，他俩相约去向皇上进言，被门卫阻挡不得入内。此事暂被搁浅。回到京都后，瞻基反复思考，终觉杨士奇的话是对的。但陈山等仍在建议削掉赵王的护卫，招来拘于京师以绝后患。瞻基复召杨士奇入宫，对他说："现朝中议论赵王的人益多，到底应如何处置？"

杨士奇奏道："今日陛下至亲皇叔惟赵王一人，当思保全之，不要为人言所惑。"

于是杨士奇建议，派遣驸马袁容和都御史刘观将群臣参劾赵王的奏章带给赵王，令其自处，又使袁容私下对赵王传达皇上保全之意。

瞻基依其行事。赵王高燧先是恐惧，继而大喜道："我得救了！"

于是，赵王上表请罪谢恩，揭发汉王诸多罪恶，并将王府三护卫全部交出。这段风波方才平息。赵王高燧活到宣德六年才去世。

逆藩朱高煦的悲惨下场

明朝的律法规定，谋反叛逆是十恶不赦之首，首犯须处凌迟极刑。但宗室藩王需由宗人府议罪，一般均废为庶人，不一定处死。高煦被押解到京，关在天牢待审时，极不安分，对狱官称孤道寡，时常大呼大叫："给寡人拿酒肉来！"吃饱了喝足了就呼呼大睡。睡醒了继续闹腾。狱官怕他伤人越狱，给他上了头号铁叶大枷。可是高煦一犯横，那大枷就有崩裂的危险。

后来，宣宗传谕在西安门内建筑一座石室，四周都用大石块垒砌而成，似一个巨大的鸟笼。把高煦囚在石室里，每天送去酒肉供他吃喝。久之，人们称此石室作"逍遥城"。

不可一世的汉王高煦如果安分，本可在逍遥城里度过他的余生。这样关了一年多，江西的宁王上疏，请念宗室之情赦宥高煦。宣宗动了骨肉之情，亲到"逍遥城"来看高煦，希望能劝他悔罪自新。

宣宗来到逍遥城时，高煦正疯疯癫癫赤着一双脚在石室里乱舞乱跳。宣宗命内侍去喝止他："皇上来了，你还不老实点？"高煦只当没听见，照样喧哗喊叫。宣宗走近石室想看个究竟，冷不防高煦伸出一只脚，猛地将宣宗勾倒在地。

宣宗大怒，内侍和护卫们忙上前将皇帝扶起。高煦见宣宗被他绊倒，竟在石室里哈哈大笑。宣宗气愤不过，命令护卫将殿前那口三百余斤重的铜钟抬来，开了石室的铁门，将铜钟罩在高煦身上。高煦力大无穷，竟然将铜钟顶起，仍是不服。

宣宗气愤至极，"你能把铜钟顶起，朕叫你顶它不动！"他吩咐内侍，在铜钟四周堆积柴薪木炭，点起火来，霎时间铜钟被烧得通红。那朱高煦先是在铜钟内高声喊叫，慢慢就无声无息了。柴火熄灭，移开铜钟，钟内只剩一堆焦骨，那就是叛藩朱高煦的遗体。

宣宗命宗人府按藩王礼将其下葬。

随后汉王诸子均被诛杀，汉王终被灭嗣。

三　擅权乱国王振

▲ 辅政大臣力挺，九岁太子登基
▲ 太皇太后一声令下，刀剑立即架上颈脖
▲ 数千监生伏阙请愿，六百年前一次学潮
▲ 刘球惨死狱中，狱外菜地里藏尸
▲ "老爷您没有胡须，儿子我怎么敢有？"
▲ 家族诛尽，家产抄没

宦官之祸，古已有之

在中国漫长的封建社会中，统治国家的皇帝有众多的后妃，也蓄养着数以千计为后妃们服务的宫女和奴仆。宫中的男仆在入宫前都要被阉割掉生殖器，成为没有性能力的阉人，以保证后妃们的纯洁。

皇宫中各个部门的管理者太监、少监、监丞也由阉人中的佼佼者担任，他们统称宦官。宦官也有品级，最高的司礼监掌印太监官至正四品。

据考证，宦官制度始于先秦的殷商时代，至周朝已普及于镐京及各诸侯国的宫廷。宦官因为亲近皇帝，容易得到皇帝的宠信。在他们野心膨胀时，往往窃据权力，擅权乱国，给国家造成巨大的危害。

一代雄主秦始皇死于巡狩途中，掌管印信的宦官赵高与丞相李斯定计，伪造始皇遗诏赐死公子扶苏及大将蒙恬，扶立公子胡亥为秦二世。二世宠信赵高，杀了李斯，任命他为丞相，赵高玩弄二世于股掌之中，故意指鹿为马，群臣莫敢吭声。后来赵高弑二世立公子婴，反被子婴所杀。赵高是历史上最早擅权的宦官。

汉唐晚期宦官势力都很大，魏武帝曹操就是东汉宦官的后代。唐玄宗时宦官高力士受宠，他因平息太平公主叛乱有功，被授官三品。晚唐时宫中宦官总数达三千多人，许多宦官执掌兵权，而朝廷掌权的中常侍都由宦官担任。晚唐的几十年间，走马灯似的换了十位皇帝。今天这位宦官扶立一位皇帝，过不了多久又被另一名宦官废黜，换上他的兄弟或侄儿坐龙椅。这些可怜的皇帝成了宦官们争夺权利的牺牲品。其中两位皇帝还在政变中惨遭杀戮！

明朝是历史上宦官祸害最为严重的朝代。本书中所列明朝十大窃国大盗中，从明初的王振、曹吉祥，中期的汪直、刘瑾，到晚明的魏忠贤，宦官竟占据半壁江山！其实明朝开国皇室朱元璋对宦官之害早有警觉。他立下严规，不许宦官干政。甚至在宫门铸一块铁碑，上刻："内臣不得干预政事，预者斩！"

可是朱元璋防止宦官干政的措施未能传之子孙。明成祖朱棣就起用了一些立了战功的宦官，最著名的是率领舰队七下西洋的"三宝太监郑和。还派遣了少监侯显出使西番，太监李彬出使暹罗，创宦官担任外交使节的先例。

宦官们大多不识字，在宫中传递文书多有不便。明宣宗朱瞻基在宫中设置内书堂，由翰林院的文臣教小太监们读书识字，鼎盛时内书堂就读的小太监达四五百人。朱瞻基的初衷是让宦官从小读书识字明礼教识廉耻，殊不知这也给宦官干预政事创造了条件，遇上一位少不更事或昏庸懒惰的皇帝，宫中太监便可窃据权柄为所欲为。从正统时的王振到正德朝的刘瑾莫不如此。

明朝最年幼的皇帝登基

宣德十年（1435），明朝第五任皇帝宣宗朱瞻基病逝，终年三十七岁。宣宗在位十年，继承父皇仁宗施行的仁政，与民休息，重农桑，弥战事，使得社会安定，他故去后，有"仁宣之治"的美誉。可惜的是他驾崩得太早。宣宗遗诏皇太子朱祁镇继位。因祁镇年方九岁（实际年龄只有七岁零两个月），宣宗给他指定了五位辅政大臣。内阁大学士杨士奇、杨荣和翰林学士杨溥、英国公张辅、礼部尚书胡濙。遗诏还规定"军国重事禀太后而后行"。

太后是宣宗之母张氏。这位贤明的老太太从被选为朱高炽的太子妃起，经历永乐、洪熙两朝三十余年风风雨雨，见多识广，经验丰富，所以宣宗朱瞻基病重弥留之际，将国事托付给母后掌舵，再辅以几位历经数朝、理政经验丰富的老臣，庶几将大明国祚延续下去。

可是自从宣德皇帝辞世，究竟由谁继承皇位就成了朝野议论的焦点，太子朱祁镇的地位受到质疑。朱祁镇出生于宣德二年（1427）十一月，实际是宣宗临幸的宫人所生，被贵妃孙氏夺为己子（这一事实被后世史家所公认）。当时舆论认为朱祁镇不是孙皇后和被废的胡皇后所生的皇嫡子，若论正统地位甚至不如吴贤妃所生的皇次子朱祁钰。在这敏感的时期由这样一个来路不明的稚子继承大统，难免引起朝野的议论。

这些议论自然也传到了老太后张氏的耳中。虽然瞻基弥留之际已将太子祁镇托孤给母后，但日益汹汹的朝野舆论不能不对老太后有所触动。幼主临朝的弊病她是知道的,皇帝年纪太小,难免大权旁落,不是奸相擅权就是宦官乱政,历朝历代这样的危局屡见不鲜。眼看国丧七日之后,按制就是新君登基的日子,究竟作何抉择,除了祁镇还有谁有资格继承皇位?在宫中,张太后没有谁可以商量,老太后犯难了。

其实张太后自有她的渠道探听到外朝群臣的议论。由于对太子祁镇身份的质疑,朝廷中一部分官员倾向于从先帝诸兄弟中选择一位贤王继承皇位。仁宗的十个儿子中,张太后嫡出的三位,除长子宣宗外,三皇子越王瞻墉体弱多病,至今未赴藩国就任。五皇子襄王瞻墡庄敬好学,在诸王中最有名望和声誉,屡被委以监国重任。显然襄王是继承皇位较为适合的人选。襄王是张太后的爱子,她听到这些议论也很欣然。如果朝野舆论均属意襄王,迎立他登上大位,自己再从中协助,母子共掌朝纲,就有望将仁宣盛世延续下去。只是不知"三杨"等内阁辅政大臣对此事抱什么态度,若得不到他们的支持,此议恐也难于实现。

就在这天晚上,内阁三位重要成员:大学士杨士奇、杨荣和弘文阁学士杨溥,齐集首辅杨士奇的书房中商讨立嗣大事。

六十五岁的杨荣首先开口道:"公今日相召,想必是商讨国祚之事吧?"

七十一岁的首辅杨士奇名寓,是明朝内阁的创始人之一,他历经建文、永乐、洪熙、宣德四朝,德高望重,资历与名望无人可及。故宣宗遗诏中以他为辅政五大臣之首。此时见杨荣问他,他便从容道:

"先帝丧礼即将结束,按制七日后新君即位荣登大宝。如今朝野议论纷纷,莫衷一是。我等身居台阁,该当如何应对?荣公素有急智,先谈谈你的看法。"

杨荣不疾不徐地道:"先帝遗诏传位太子,命我等辅政,军国重事禀报太后而后行。但近日朝野议论颇多,宫中盛传太子并非孙皇后所生,实乃宫人之子,其地位甚至居吴贤妃所生皇次子祁钰之后。故无论太子或祁钰皆非先皇嫡子,年龄均不满八岁。幼主临朝必贻后患,故朝野中有一种舆论,倾向于在诸王中择贤能者迎立为帝。"

"唔——原来如此!难怪朝中盛传太后属意襄王瞻墡,已派人去内府取襄王金符备用,果有其事么?"素来稳重的杨溥诧异道。

"二位大人觉得择贤而立此议可行吗?"杨士奇叹了口气道,"唉,我亦知在诸王中襄王瞻墡最有声望，先帝也最为器重。国有长君，万民之福。可是若真迎立襄王，其他的王爷是否会服气？论嫡出越王瞻墉是襄王的同胞兄长；若论齿序，郑王瞻埈排行老二，且其生性暴躁，为争嗣动起刀兵都有可能。到那时天下大乱，我辈就悔之晚矣！"杨士奇分析道。

杨荣道："祁镇出生仅四个月即被先帝册立为皇太子。不管他是不是孙皇后所生，他是先帝的血脉一点也不假。先帝只有两个皇子，次子祁钰年龄更小，同样是庶出。是故先帝患病之初，特命百官朝见太子于文华殿。遗诏又令我等与太后一同辅佐太子，待其成长归政。太子祁镇继位合理合法，还有什么可迟疑的呢？当今我等千万不能犹豫，唯有一心辅佐太子登基，方能使朝廷得到安定。"

杨士奇点头道："洪武二十五年（1392）懿文太子亡故，皇太孙允炆年方十六岁。储位久不决，太祖召群臣议于东角门，权衡再三，于次日颁诏立皇孙允炆为储君。以太祖的英明神武，岂不知幼主临朝之弊？盖因不愿燕、晋诸藩为争储引发祸乱纷争，只能立允炆为皇太孙继承大统。今日之事与当年有些类似，我等身居台辅，应该谨慎行事，切不可附庸妄议，贻误宗庙大计！"

杨荣、杨溥同声应道："所言极是。"

于是，三位阁老商定明日上朝时即采取行动，邀请百官赴乾清宫，要求谒见太子，到时相机行事，务将召外藩的邪议压下来，早定国本，以安社稷。

第二天上午，杨士奇、杨荣、杨溥来到内阁与礼部尚书胡濙、英国公张辅会面，细叙昨晚商议之事。二位辅臣均表赞同。

国丧期间文武官员均不上朝，但此时奉天门外已聚集了越来越多的官员，大家都在议论，先帝丧礼今日已满七天，新君即位理应提上议程，缘何宫中不见动静？莫非这些天盛传将召外藩进京果然是实？奉天门外左右廊庑上，官员们三个一群五个一伙地在悄悄议论。

不久，以杨士奇为首的内阁成员出现在奉天殿的御阶上。文武百官迅速聚拢来，引颈聆听辅臣们将作何决定。只见首辅杨士奇清清喉咙开口朗声道：

"众位大人，今天是大行皇帝国丧第七天，按祖制文武百官耆老应在今日上表奉新君荣登大位，以定国本。大家记得，正月初元朔旦先帝命百官朝见皇太子于文华殿。嗣后遗诏又命我等五臣辅佐皇太子，军国重事禀报太后而后行。先帝遗命由太子祁镇继承大统已是清清楚楚，毋庸置疑。但近日谣诼纷起，谬论流传，倘有不测将危及宫廷。我辈受先帝厚恩，理应力保幼主，扶持国祚。请诸位五品以上大臣随我等进宫谒见太后，力请太子出宫接见群臣。"

一听首辅这样宣布，文武百官心绪乃定，欢欣雀跃地簇拥着杨士奇、杨荣、杨溥、胡濙、张辅五大辅臣，一行近百人浩浩荡荡进入内廷，绕过三大殿，朝乾清宫进发。

外廷的这些动静早有值侍宦官报往清宁宫，张太后闻知，难免有些惊诧，问道："杨士奇、杨荣、杨溥、张辅等辅臣都在那里吗？"

"禀太后，就是杨士奇、杨荣等五大辅臣为首带领百官进宫，要求觐见太后和皇太子。"

"唔。"张太后镇定了一下，随即命太监立即赴东宫传唤太子。她稍事整饰，随即起驾去乾清宫。

张太后到达乾清宫后，隐约可见乾清门外人头攒动，许多官员聚集在那里，静待太后接见。

早有宦官在乾清宫张设太后御座。张太后敛容就座，旁边有女官侍立。张太后随即命宣大学士杨士奇、杨荣入见。

"臣杨士奇恭请太后圣安！"

"臣杨荣恭请太后圣安！"

"二位爱卿平身。"

"谢太后。"

对这次觐见，杨士奇早已做好准备，他举笏奏道："先帝丧礼已过七日，按制应由文武百官、军民耆老奉表劝皇太子早登大位，以固国本。故臣等率文武百官进宫，请求觐见皇太子。"

张太后从容道："我正为此事特召二卿。二卿乃是先朝耆宿，又蒙先帝遗诏命为辅臣，望悉心扶持太子登基，毋负先帝厚恩。"

杨士奇和杨荣一听太后如此宣布，一颗悬着的心方才落地，连忙叩首高声应道:"臣等不敢违命!"

太后道:"你们宣百官进宫吧!"

说罢示意左右,只见数名内侍簇拥着九岁的太子祁镇从殿后走出来。张太后将祁镇拉到身边,爱怜地抚着他的头顶,面对涌进大殿的百官,泪如泉涌、泣不成声地说:

"这就是你们的新天子!他年方九龄,全仗诸卿扶持啊!"

陆续涌进大殿的百官一听太后如此宣布,顿时一个个跪伏在地,高呼:"吾皇万岁万岁万万岁!"

司礼太监王振粉墨登场

虚龄九岁的朱祁镇终于登基当了皇帝,改年号为正统,后世称他为正统皇帝。英宗是他的庙号。幼小的祁镇这个皇帝当得蛮辛苦,每天五更天还没亮就得起床上早朝。小孩贪睡,内侍们围在龙床前怎么叫也叫他不醒。宫门外的龙辇也备好了,皇上起床后还得梳洗穿戴呢。

内侍们急了,去找原来在东宫任局郎,专门负责太子起居的王振:"王先生,皇上不肯起床,误了上朝小的们担当不起啊!"

王振平时教祁镇读书写字,因此祁镇也跟着小内侍们叫他"王先生"。他见祁镇不肯起床,"扑通"一声跪倒在御榻前:

"皇上不肯起来,误了上朝,老臣罪该万死!老臣跪在这里了。"

这一着果然见效,小祁镇不得不磨磨蹭蹭爬起来。小内侍们蜂拥而上,服侍他穿戴好上朝的冠服。

王振是河北蔚州的读书人,永乐末年多次参加乡试,连秀才都没中一个。他在县里担任教习,九年无功,面临谪戍边远的危险。此时朝廷招收教官人读书识字的教官,条件是家有子嗣,自愿净身入宫。王振此时走投无路,心一横挨了一刀变成了阉人,进宫教宫女太监读书识字。

宣德元年(1426)宫中设立内书堂,调大学士陈山等人专门教小宦官读书。王振则从太子祁镇四五岁起就教他识字,兼照料他的日常生活。宣宗似对王振很满意。当时宣宗宠幸曾救过他性命的长随刘宁,命他掌司礼监,然而刘宁"不知书",大字认不得几个,宣宗常命王振为他代笔。实际上王振在宣宗时就已进入了宫廷二十四衙门的首席机构司礼监。

正统初年,幼主临朝,决定国家大政方针的实际上是以杨士奇为首的内阁等辅政大臣。明初实行内阁票拟制,凡五府六部及地方行省的奏章先由内阁阁臣商讨处理办法,写在小票笺上送呈皇帝批准,皇帝用朱笔"批红"后交付有关部门执行。勤奋的皇帝亲阅奏章执笔批红,懒惰的君主往往草草看几份奏折,大多数交付司礼监去"批红"。这样就使蓄意弄权的司礼监秉笔太监和掌印太监有了将自己意志强加给内阁的机会。

开始,王振对内阁"三杨"毕恭毕敬,每次奉英宗命去内阁办事,总是恭谨地站在阁外不敢擅入,杨士奇等为他设座,他辞谢说:"老奴站惯了,谢阁老。"小皇帝经常同宫中小太监们踢毽玩,王振故意当着内阁"三杨"的面劝谏说:"昨日陛下为了踢毽玩耍,耽搁了上朝。先皇爱一毽子,陛下如今又爱毽。陛下,黎民百姓似更可爱!"

"三杨"待皇上离开内阁,深为诧异地议论说:"没想到宦官中竟还有这样的人啊?"

王振的恭谨态度博得了阁臣们的好感,因之到了九月份,英宗命王振执掌司礼监,成为素有"内相"之称的司礼监掌印太监,超越了金英和兴安等资历更深的老太监。内阁成员也都没有提出反对意见。

王振虽升任四品的司礼监太监,太皇太后张氏仍然把他看作奴才,让他继续服侍小皇帝的日常起居。自打任东宫局郎,由于王振一直教小皇帝识字读书,祁镇并没有把他当作奴仆,而是跟着小太监们尊他为"王先生"。王振深谙小孩的心理,从小着意培育祁镇对自己的敬畏和尊重,因此终其一生,英宗始终视王振如假父,总是尊称他为"先生"。倚仗着小皇帝对自己言听计从,权欲极盛的王振逐渐萌生出一个隐秘的欲望:有朝一日他这个"内相"必然取代日渐衰老的内阁诸臣,成为这个国家的统治者。

当时祁镇已开始经筵进学,由英国公张辅主持经筵大典,大学士杨士奇、杨荣,学士杨溥"同知经筵事",朝中诸多饱学的翰林学士任主讲官，每月初二、十二、二十二日给小皇帝讲授"四书""五经"等发蒙必读之课。经筵进学无论形式和内容都死板枯燥，全没有"王先生"给他讲故事式的教学生动。因此祁镇视每月三天的经筵进学为畏途，常常推说身体不适赖学。而参加朝会回宫他照样跟小太监们踢毯，玩得挺欢。

祁镇对经筵进学厌烦，王振便投其所好，利用自己身兼东厂提督的权力，在朝阳门外建了一个校场，设置巍峨的点将台。一切准备停当，他便奏请小皇帝去校场阅兵。祁镇自然高兴，一身戎装在王振陪同下去朝阳门外检阅京营所辖三大营（五军营、神机营、三千营）及京郊密云、隆庆、蓟县诸卫将校。通过射箭比武等活动，王振乘机奏请擢升他的心腹纪广等为都督佥事诸职。小皇帝哪知都督佥事是多大的官，王振让他颁旨擢升他就照样宣旨。就这样，王振既取悦了小皇帝，又达到其在京营招降纳叛培植党羽的目的。

王振羽翼渐丰，既然自己掌握了司礼监代皇上批红的大权，他难免心痒手痒，开始干预国政。有时对内阁拟的小票做一些无关紧要的修改。他对自己的翰墨很有信心，似乎并不比阁老们差多少。有时甚至假借小皇帝的名义对内阁处置欠妥之处予以批驳。杨士奇等人老于仕途，岂能不发现这种变化？小皇帝年少懵懂，哪有这种能力？显然这是司礼太监在干预政事。他们寻找机会将这种现象报告了太皇太后。

有一次户部报称浙江、苏州、松江因灾情请求减免官田税粮，奏折呈上来内阁因要与地方协商核减额度，耽搁了数天拟议未决。这时王振突然爆发了干政的强烈欲望，竟未等内阁票拟结果，擅自作了批复。他这样明目张胆地干预朝政，首辅杨士奇很生气，称病三天不出家门。太皇太后追问此事，立刻把王振叫到清宁宫痛骂一顿，还命女官赏了他几鞭子，太皇太后命王振立刻去学士府向杨士奇谢罪，并警告他说："若再犯，必杀无赦！"

太皇太后惩戒王振

太皇太后的鞭子让王振记起了自己的奴才身份，至此稍有收敛，再也不敢惹内阁阁老们动怒了。只是每天看着朝中许多军国大事在自己眼前流过，不能染指实在心有不甘。自己毕竟还掌握着一个万乘之尊的小皇帝，可以利用他来驾驭臣下，让朝臣们对自己心生畏惧。

正统元年（1436）十二月，蒙古阿鲁台、朵儿只伯兴兵侵犯甘、凉二州，太皇太后命兵部尚书王骥、侍郎邝埜等商议对策。诏书发出五天，兵部还未上报御敌方案。王振倒是蛮关心此事，跃跃欲试想插一手，他教唆小皇帝召见王骥和邝埜，质问他们。

"为什么这么久还不上报御敌对策，你们是欺侮朕年幼无知吗？"

"微臣不敢。"王骥和邝埜口中谦卑地回答着，眼睛却瞟着小皇帝身后的王振，心想：这种军国大事与你太监何干？！

他们的神情惹恼了王振，王振当即唆使小皇帝命令侍卫将两位大臣押到锦衣卫诏狱关起来思过。

王振想借此事立威，又唆使右都御史陈智参劾英国公张辅回奏拖延了时间，同时参劾六科给事中等科道官员隐瞒不报。

英国公张辅是皇亲、重臣，王振不敢动他，却教小皇帝下令将被参劾的监察御史和六科给事中各杖责二十。

这件事闹出很大的动静，廷杖在午门外执行。那天下午，涉案的十来位官员被押到午门外前坪，按倒在地施以杖刑。

被杖的官员哭喊声震天，当即有人报告清宁宫的太皇太后。老太后误听说被杖的人中有英国公张辅，大惊失色，急忙传懿旨喝令停杖。她闻知兵部尚书王骥、侍郎邝埜为此事被关进诏狱，恼怒地连连说："胡闹！胡闹！"命内官传旨立即将他们放出。

第二天，太皇太后驾幸乾清宫便殿，命召英国公张辅、内阁阁臣杨士奇、杨荣、杨溥及礼部尚书胡濙觐见。太后身后的女官佩刀带剑，气氛紧张严肃。

觐见时，小皇帝站立在太皇太后身边。五位辅臣依次被召见，太后对五位辅臣均有褒奖勉励的话。她指着他们对小皇帝郑重地说："这五位大臣是先帝选拔委任的，现在遗留给皇帝，有事你必须与他们商量，非五大臣赞成的，决不能一意孤行。"

"孙儿谨遵太皇太后圣命。"祁镇跪倒在地连忙叩首。

太皇太后又命宣司礼太监王振,大殿里气氛顿时紧张起来。

王振一进大殿,心知形势不对,连忙匍匐在地,"老奴叩见太皇太后!叩见皇上!"

太皇太后脸色骤变,厉声斥道:"你侍候皇帝起居,干了许多不法的事,罪不可赦,今当赐你一死!"

立刻有两个女官上前,将明晃晃的刀剑架在王振颈脖上。王振顿时吓得魂飞魄散,连一句求饶的话也说不出来,只把一对眼睛往太皇太后身边的小皇帝身上看。

祁镇让这突如其来的变故吓得不知所措,他"扑通"一声跪倒在祖母面前,竟然说不出话来。

五大臣见小皇帝下跪了,连连齐刷刷跪倒在地。杨士奇等人知道太皇太后要杀王振,是因为他肆无忌惮地干预朝政,与内阁争权,若真把他杀了,他们必然得罪幼主。小皇帝不出数年就要亲政了,为保全身后计,他们不得不出面为王振求情。

于是他们一齐向太皇太后禀奏:"臣等恳请太皇太后饶王振一命!"

太皇太后命内侍将小皇帝和五大臣一一扶起,叹一口气道:"皇帝年幼,不知道他们这等人自古祸害国家,倾覆朝廷。"

又转向王振说:"今日我姑且听从皇帝和诸大臣请求,暂留你一条性命,今后决不能再干预朝政。"

祁镇和五大臣叩谢太皇太后恩典。那王振早已吓得冷汗淋漓,磕头如捣蒜。

时间是他们的敌人

王振经此一吓,倒也收敛了一段时间。不过他并没有被撤去司礼太监的职务,每天仍代贪玩的小皇帝批红,接触的政事多了,以他的本性想不干政都不可能。内阁辅臣年岁日渐衰老,杨士奇在祁镇即位时就已是七十一岁的老翁了,杨荣、杨溥也已六十余岁。太皇太后也年近六十了。时间是他们的敌人,却是精力充沛的王振的朋友。

正统四年（1439）发生了一件案子：福建按察佥事廖谟杖死一名驿丞，内阁在处理此事时发生意见分歧，杨溥主张判廖谟抵死，而杨士奇则主张因公轻判。二人争执不下，请太皇太后裁决。王振乘机进言说廖谟与驿丞分别是杨士奇与杨溥的故里同乡，论死太重，因公太轻，宜降调处理。这一次太皇太后并没有斥责他干预朝政，反而采纳了他的意见，降廖谟为同知。《明通鉴》称："自是，振撼阁臣过，侵其权，自士奇以下，皆莫能难也。"

正统五年（1440），靖江王子朱佐敬与弟佐敏争嗣王位，差人送了一箱金银珠宝到辅臣杨荣家里。其时杨荣已回原籍扫墓，不知此事。东厂特务探知后报告王振，王振立刻唆使御史弹劾杨荣收受贿赂沟通藩王。这可是要命的重罪，幸亏杨士奇抱病上书鼎力相救，称当时杨荣已回原籍实不知情，其家人已将珠宝上缴国库，应予宽宥。

杨荣虽侥幸未获罪，但已知王振的矛头对准自己，今后的日子不会好过。他心情极为抑郁，奉诏回京行至杭州附近的武林驿时，突发急症猝然去世，享年七十岁。

杨荣死后，年岁更老的杨士奇心灰意冷，告病回原籍休养。这时他的儿子杨稷因为横行乡里杀了人，王振抓住此事顺藤摸瓜，令地方按察司揭发杨稷横行不法罪状十余宗，将其逮捕解送京都。

王振故意让杨士奇难堪，叫英宗下诏勉慰在家乡养病的杨士奇。杨士奇接到诏书，痛哭流涕，上书乞将骸骨长眠乡下，不肯再回京师。

自此"三杨"内阁只剩下杨溥，独木难支。其他阁员都是年轻后进，无力与王振抗衡。而"内相"王振自恃有祁镇撑腰，更是权倾朝堂，不可一世。

有一次，阁臣马愉、曹鼐拟办的一桩政事，王振认为他们草拟的票笺考虑不周，居然把他们叫来当面训斥道："你们这般草率，对得起皇上的信任吗？"两位阁员面红耳赤，唯唯而退。

年轻阁臣心中畏惧皇上身边这位最有权势的太监，往往按照他的意见修改票拟意见，直至他满意为止。有时，王振在批红时甚至把内阁票拟的小笺撂在一边，率性按自己的想法代表皇帝发号施令。

时间久了。他甚至产生了"吾即天子"的幻觉。

王振滥施淫威，惩治大臣

正统三年（1438），云南麓川土酋思任发造反，朝廷派都督方政率兵会同云南总兵官沐晟进剿。结果方政兵败阵亡，沐晟惧朝廷问罪自杀。

麓川兵败的消息传到京城，引起朝野震骇。是否继续对麓川用兵？朝臣内部产生了激烈的争论。当时杨士奇还在，杨士奇认为麓川弹丸之地，无足轻重，朝廷不应轻动大兵进剿。但王振急于立边功，以树立自己的威望，便极力怂恿小皇帝出兵。他想拉拢兵部尚书王骥为自己的党羽，便举荐王骥率大军十五万进剿麓川土酋思任发，并派亲信太监曹吉祥监军。这场麓川之战前后打了十年，朝廷投入全军精锐，以致后来也先入侵无法抵挡。耗费的军费更是无法计算，国库几乎为之一空。

正统六年（1441），祁镇已经十五岁。太皇太后病重，眼见快不行了。祁镇颁诏天下开始亲政。当时内阁的权柄因"三杨"先后老死病退，已逐渐转移到司礼太监王振手中。祁镇大婚以后，更是沉湎于后宫温柔乡中，一切政事听任王振裁决。

司礼太监滥施权威的机会到了。

先是户部发布通告：宫中宦官的俸粮改由京仓发放。这可苦了宫中大大小小数千宦官内侍。原来他们的俸粮在通州仓支领，通州仓由宦官监管，太监们的俸粮都照顾折合银子发放。改到京仓支领，京仓就在东安门外，由御史监督，太监们必须车载肩扛地去领实物，不能折银。他们吃住在宫中，领了俸米还需到市场上去卖掉，自然不愿意。结果在领俸米时一名太监与仓丁发生口角，双方互殴，孱弱的太监被打死。太监们告到王振那里，王振见伤其同类，勃然大怒。怂恿英宗祁镇令锦衣卫将户部尚书刘中敷、侍郎吴玺关进诏狱拟罪。因当时正发兵征麓川，南方各布政司管钱粮的官员齐集户部听候调遣。户部的尚书和侍郎被抓走了，后勤支援乱成一锅粥，这仗怎么打？

于是兵部和五军都督府的官员一起进宫谒见病中的太皇太后，想让锦衣卫放人。太皇太后强撑着召见英宗，命他下令释放刘中敷、吴玺，改为戴枷视事，并抚恤被打死的宦官吴贵，凶徒抵死。宦官俸米一半折银。

刘中敷、吴玺侥幸得脱，因为征伐公事实在太忙，他们便把枷具供奉堂上，每人脚脖子上象征性地戴一副纸枷，行动并无大碍，只是惹得前来请示办事的官员们暗暗发笑。

户部管全国的赋税钱粮，王振想安插自己的亲信担任户部要职，终究放不过刘中敷他们。户部奏请将供御牛马分到民间牧养，王振指使御史弹劾他们变更祖宗成法，英宗下令将户部尚书刘中敷、侍郎吴玺、陈瑢枷号长安门外十六日。一年后，又将刘中敷削职为民，吴玺、陈瑢发放边塞戍守。

另一位倒霉的大臣是刑部尚书魏源。魏源奉命整顿大同宣府边务，大大触犯了王振派遣的监军宦官的利益。魏源还向朝廷揭发镇边宦官资敌的罪行，直接涉及王振。王振非常恼火，他唆使右都御史陈智抓住刑部错判的一桩案件进行弹劾。弹劾奏章一上，王振马上怂恿英宗将魏源和刑部侍郎何文渊抓进诏狱。

一桩普通的错案就把刑部堂官逮捕论罪，这样做太过分了，朝野议论纷纷。王振把魏源关了两天，杀杀他的威风之后便将他释放了。

到了年底，王振又借刑部在审讯辽王乱伦案中的错误发难。最后，乱伦的辽王贵烚被废为庶民，松兹巡抚吴政被斩首弃市，初审此案的三法司长官刑部尚书魏源、大理寺卿刘实牟、右都御史陈智以渎职罪被逮捕入狱，三个人都被关了一个多月才出来。

魏源一年之内两度被捕入狱，让人看到了司礼太监王振滥施淫威，顺我者昌、逆我者亡，以自己的意志左右朝政的猖狂。英宗祁镇虽已宣布亲政，但他还是一个心智并未发育完全的十几岁的孩子，一切只能听信王先生的决断；而司礼太监王振则有意树立自己的威权，让朝臣惧怕自己。

刚直不阿者付出的代价

国子监俗称太学，是当时国家培养人才的最高学府。北京国子监有监生三千多人。国子监祭酒李时勉是永乐二年（1404）进士，历事四朝，也是英宗经筵经学的老师之一。

北京国子监是沿用元朝遗留的监舍，破败不堪。李时勉数次上书请求改建国子监，吏部主事李贤上书称："国家建都北京以来，所废弛者，莫甚于太学；所创新者，莫甚于佛寺。"这句话刺激了英宗，英宗决定改建国子监。

改建之前，他派王振去国子监视察。按说国子监的管理者应该殷勤接待，可是从祭酒李时勉到司业赵琬、掌馔金鉴都是不懂逢迎拍马的迂夫子，他们可能也对王振的为人甚为鄙视，因此接待不太恭敬，因而遭到王太监的记恨。

王振恨李时勉倚老卖老，决定给他一点颜色看。他借口李时勉命人砍了彝伦堂前大树的枝丫，拉回家当柴烧，以"擅伐官树入私"罪，将李时勉、赵琬、金鉴枷号于国子监前示众。

国子监的三位掌门人被锦衣卫枷号于监门前坪示众，这是从未有过的莫大侮辱，数千名监生极为愤怒。开始他们只齐刷刷陪同师长跪在坪中，在烈日下暴晒。一连过了三天，枷具仍未解去，监生们无法忍受，监生李贵登高一呼，数千人一齐涌向奉天门伏阙呼号请愿。

诸生一面伏阙请愿，一面多方营救。他们请会昌伯孙忠出面，孙忠是太后孙氏的父亲。孙忠在家庆贺生日，孙太后遣太监赐金帛如意，孙忠对使者说："请代禀告太后，臣生日殊不乐。虽公卿均来祝贺，但李祭酒枷号监前。座中无祭酒，臣生日失色不少。"

使者回宫禀告孙太后，太后即召英宗询问原委，方知是王振所为。英宗只得立即下令释放李时勉等人。

王振想在朝廷中多安插自己的亲信，质询当时的大学士杨士奇道："我们山西人在朝中为官者不多，大学士慧眼识珠，请问我的同乡中谁可堪大用？"

杨士奇向他举荐了山东提学佥事薛瑄。薛瑄是著名的理学家，有"薛夫子"的雅号。王振将他召至京师，授以大理寺少卿一职。

薛瑄至京，杨士奇告诉他是司礼太监提拔他的，示意他去拜会一下这位权势震天的同乡。

薛瑄正色道:"薛某拜爵于公庭,却要谢恩于私室,这样的事我是不干的!"

有一天三法司的官员齐集东阁议事,恰逢司礼太监前来视察。公卿们纷纷上前拜见,唯独薛瑄屹立原处不动。王振在远处向他抱拳施礼,他也装作没看见,没有还礼。

王振顿时火冒三丈,心想:老子提拔你来京任职,你不思报答,竟还故作清高,在大庭广众中让我难堪。看我怎样收拾你!

后来,锦衣卫指挥许攸患病身亡,该指挥小妾与王振义子王山通奸,王山见许攸已死,便想把那名小妾娶到家里来,许妻怕街坊议论不同意。王山遂指使小妾诬告许妻毒死丈夫。这个案子告到大理寺复审,复审查明许妻无罪,但都御史王文秉承王振的意思,诬蔑大理少卿薛瑄、贺祖嗣、顾惟敬"故出入人罪"。王振又唆使言官诬告薛瑄受许妻贿赂。三人被逮捕入狱,薛瑄被判处死刑。

薛瑄知是王振挟私陷害,他在狱中待决,还读《易经》自如。他的三个儿子为救父上书,愿一子替死,二子充军戍守。王振仍不答应。到秋后快要处决犯人时,王振的一个老家奴在灶边哭泣,王振问他什么事?老仆说:"听说薛夫子今日要处决,他是个好人,又是我的乡邻,因此难过。"

老仆的这番话或令王振心灵颇受震动,遂令停止行刑。适逢刑科三度复审死囚,兵部侍郎王伟受山西巡抚于谦委托鼎力相救,薛瑄才被释放出狱,削职为民。

侍讲学士刘球惨遭杀害

祁镇亲政以后,不久年满十六岁,赶在太皇太后逝世前举行大婚,娶回了一后一妃。从此坠入后宫温柔乡中,国政全由司礼太监王先生去处理。王振深知君王易沉迷宫闱中的美色,不理政务,他正求之不得。六宫未备,他又差遣义子王山去江南为皇上选四十名美貌绝伦的秀女充实后宫,让年轻的皇帝终日在美色的包围中,除了上朝,一应政务全皆委托司礼太监王先生越俎代庖了。

阉人心理扭曲，哪位官员对他稍有不敬，王振便认为是对自己怀有敌意，或看不起阉官。有一次他视察光禄寺，御史李俨在那里验收祭祀用品，王振从他面前经过，李俨疏忽了没有下跪施礼。他便怀恨在心，不久找个由头令锦衣卫将李俨捕入诏狱。最终的结果是李俨被发配铁岭戍边。

那段时间王振愈益作威作福，动辄处罚百官，或下狱，或流徙，就连皇亲国戚他也不放在眼里。

驸马都尉石璟是祁镇的姐丈，他在府中责骂阉奴吕宝，骂得很难听，被传为闾巷笑谈，有好事者告诉了王振。王振勃然大怒，认为石璟侮辱了自己。他把吕宝找来，指使他举报驸马府跑马圈地强占民田。王振理直气壮地宣告，"我朝法典：皇亲犯法与庶民同罪。"令锦衣卫将石璟逮捕，关了一夜。顺德公主找母亲孙太后哭诉，石璟才被释放。

正统八年（1443）五月，雷震奉天殿。钦天监奏：上天震怒，恐有灾祸降临。英宗辍朝三日，祭告天地，反省自己失德，宣布大赦天下，征求臣民直言。

只有上天能管皇帝。这是臣下规劝皇上的好机会。立刻有一些大臣奉诏上疏，其中最有名的是翰林院侍讲学士刘球的《修省十事疏》，这篇冗长的奏疏能在《明史》中保留下来，是因为作者的特殊遭遇。

刘球请求皇上修省自己的十件事，条条切中时弊，直指宦官干政。由于是皇上诏求直言，官员们奉诏上书，王振也没法干涉。反正自己大权在握，人家爱掉书袋子随他去。

偏偏有小人拨弄是非，酿成大祸。钦天监监正彭德清是王振亲信，他与刘球是江西同乡，但刘球恶其附庸阉党，鄙其为人，不与之交往。彭德清怀恨在心，便揣了抄来的《修省十事疏》去见王振。他问王振道：

"王公可曾见过侍讲学士刘球的《修省十事疏》？"

"见过。皇上诏求直言，让他们说吧，书生意气而已。"

彭德清从袖中掏出那份《修省十事疏》，指点说："王公请看其二：亲政务以揽朝纲。'政由己出，则权不下移'所指为谁？并要皇上'亲与裁决庶政，使权归于一'又是防谁？再看其三：'今用大臣……有过辄桎梏捶楚之，这明明是在弹劾您啊！"

王振听他这么一说，顿时怒从心底起，大骂道："刘球这老贼怕是活得不耐烦了！"

当晚，锦衣卫兵丁闯入刘球家中，以诽谤罪将他逮捕，关入诏狱。

王振要设法罗织刘球的罪名。当时修撰董璘上书请求出任太常寺卿，《大明律》规定：共谋求官有罪。王振亲信马顺出主意说："我们把董璘抓来，逼他承认是受刘球指使求官，可置刘球于死地。"

于是董璘被抓进诏狱，马顺对其严刑拷打，逼他承认自己请求出任太常寺卿是受刘球指使。董璘受刑不过，只得画押承认。

但即使此罪名成立，按律也不过流徙而已。王振可是要狠毒地置刘球于死地。刘球年老多病，王振叫马顺派人去干掉他。

马顺狠毒至极，他命狱官将刘球转移至一处秘密的监房。第二天晚上带一名小校身怀利刃去刺杀刘球。刘球见他们凶相毕露，大呼："太祖太宗救我！"那小校在马顺命令下，一刀刺入刘球胸口，当即鲜血迸溅倒地身亡。由于牢房狭小，他们竟将刘球头颅割下，并将其尸体肢解，埋在外面菜地里。

刘球被杀，王振指使狱官报称他瘐死狱中，因怕瘟疫流传已经焚化。十天后刘球之子刘铖终于找到亡父的一条手臂，裹在血衣里入葬。由于王振势大，刘铖虽知父亲被谋杀，却始终投诉无门。

刘球的惨死令朝野异常震惊，然而没有人敢为他鸣冤叫屈。直至英宗北狩景帝即位才查明此事。马顺被群臣围殴致死，彭德清是王振的死党，被投入监狱论斩，他倒是真正染上瘟疫死于狱中。

阿附王振官员们的丑恶嘴脸

王振极力扩大自己的权威，培植自己的党羽，而皇上对他百依百顺，言听计从。一些善于察言观色的大臣见英宗对王振态度极为谦恭，有如假父，于是便争先恐后地奉承王振，低三下四地尊称他为"翁父"，阿谀奉承，丑态百出。

一天，王振假借传达英宗圣谕，去了都察院。他的轿子一到都察院门口，左右都御史王文和陈镒竟都跪在门口迎接。王振满意地笑了，没想到外表极其严肃不苟言笑的王文，竟然这样容易驯服。以后他就屡屡利用王文构造虚假罪案，惩治异己，巩固自己的势力。

兵部侍郎徐晞见王振势大，掌握了官员升迁的权力，便想方设法巴结他。他与王振年龄不相上下，却口口声声恬不知耻地称王振为"翁父"。还把自己一名最宠爱的丫环送给王振义子王山做妾。他的功夫做足了，自然得到回报：兵部尚书王骥征伐麓川回朝，晋封侯爵之后辞去尚书职务。王振让英宗任命徐晞继任兵部尚书，尽管论资历和才能徐晞远在其他几位侍郎之下。

光禄寺卿余亨为了巴结王振，想出了一个奇招：他命自己管辖的御膳房备了一份皇上享用的御膳，亲自送到王振府上，诈称奉圣命慰劳司礼监大人。王振自然异常高兴，第二天当面向英宗拜谢赐馔。英宗表示愕然，不知道有这回事。

王振这才知道是余亨有意用御膳孝敬自己，竟然假传圣旨，甘冒欺君之罪的风险，实是忠诚可靠。于是寻了个机会，擢升余亨为户部侍郎。

而官员中巴结王振最无底限最为无耻的要数工部郎中王祐，他的所作所为成了流传后世的大笑话。一天，王祐备了厚礼去王振府中探望司礼监大人。王振见他风度翩翩，却没有蓄须，便问他："王大人为什么没蓄时下流行的胡须？"王祐谄笑着回答说："老爷您没有胡须，儿子我怎么敢有？"这一席话说得王振抚案大笑，于是真的收王祐做了自己的干儿子。郎中官职太小，无所作为，不久他就让吏部将王祐升任工部侍郎。

干儿子自然要报答提拔自己的干爹。王振在皇城东建造府第，由工部督建。王祐明知朝廷有规定，官员府邸不能逾制。他仗着王振在朝中的势力，竟然比照着藩王府的规制设计图纸，亲自监督施工。府中亭台楼阁，花园池塘，豪华壮丽，大大超过了王府，耗费国帑无数。王振自然非常满意。

王振府邸建成，更方便了他贪赃受贿招降纳叛的活动。外地官员进京述职办事，必先到司礼监大人的府上拜谒，贡献当地的土特产。这些"土特产"往往只是表面的遮饰物，底下却是金锭银锭、珍珠玛瑙之类。

随着王振的权势日盛，后来官员们登门拜谒司礼监大人，干脆赤裸裸毫无遮掩地送银子，多至千金，少亦数百两不等。那位"干儿子"工部侍郎王祐，干起了代王振开价受贿的勾当，他公开对进京求职的官员说：某官进献千金，如愿晋升知府；某官未曾送礼，吏部考绩甚佳亦未得升迁。言外之意就是：你们掂量着办吧。

卖官鬻爵之风一起，王振府邸门庭若市。却也有人看不惯这种行径，不肯随波逐流。正统六年（1441），巡抚河南的于谦入朝述职。于谦为官清廉，在百姓中有"于青天"的美誉。他的手下人也劝他随大流带些当地土特产香帕、蘑菇等进京。于谦微微哂笑，作《进京》诗一首：

　　手帕蘑菇与线香，本资民用反为殃。
　　清风两袖朝天去，免得闾阎话短长。

此诗传遍京城，成为佳话。王振见到拜帖，连连阴笑道："诗是写得好，可惜此人不通庶务！"于谦巡抚山西、河南达十二年之久，此次奉调回京，便举荐参政王来、孙原贞接替自己的工作。王振正要找他的茬，指使通政使李锡弹劾于谦，说他因久不升迁，怨望朝廷，擅举人自代。英宗听信了王振的谗言，竟将于谦交付审判，糊里糊涂地判处死刑关在牢里。

于谦被囚，立刻有河南、山西各级官吏、耆老百姓千余人涌进京来，伏在奉天门外呼号请愿，要求"于青天"重回河南。山西的晋王与河南的周王也上书朝廷，盛赞于谦为官清正。王振也发觉他要整于谦，还不到时候。于是又令英宗顺应民意，仍然命于谦为巡抚河南。

福建参政宋彰进京述职，谋求晋升布政使。他先到王祐那里打听求放一个布政使要给司礼太监贡献多少银子。王祐伸出一个指头示意，宋彰惊问："一万两？"王祐见他开口如此阔绰，笑着说："宋大人，这个数目不多啊！谁不知道布政使一年进贡少说也有十万八万？"

宋彰连忙谄笑道："不多，不多。"

宋彰进京没带这么多银子，便从福建闽商开的钱号借来几张银票，凑足一万两随王祐送到王振府上。王振笑纳了这一大笔银子，亲自对宋彰面授机宜，叮嘱他如何操作此事。

宋彰回到驿站，与同来的都指挥佥事邓安密商，由邓安上疏，罗列宋彰在福建的诸多政绩，如清剿山蛮、平定倭犯等，力荐他出任福建左布政使一职。邓安还炮制了福建各都司指挥使联名签署的颂功表，表明宋参政确是众望所归。

邓安的举荐表章要走吏部的程序。有一位了解福建情况的给事中马上弹劾邓安伪造颂功表。可惜这道弹章到了王振手上，被他冷笑一声扔进了废纸篓。不明原委的英宗信任王振，应允了邓安的举荐，钦定宋彰升任福建左布政使。

宋彰到任以后，急着把买官的一万两银子捞回来，巧立名目横征暴敛，以致民不聊生，陆续爆发了叶宗留、邓茂七的起义。

挟持英宗亲征瓦剌

明太祖朱元璋从蒙古人手中夺得江山。从明朝建国以来，北方的蒙古部落一直是虎视眈眈，企图重返中原。到正统年间，瓦剌部也先统一了蒙古各部落，势力强大。明朝自朱棣六次北征后，采取防御政策，允许蒙古部落每年派使团进京朝贡，按人头给予加倍的赏赐。开始时朝贡使团人数限制为五十人，至正统初已增至二百五十人。正统六年（1441）以后，蒙古人欲壑难填，每年入关朝贡使团达到二千人以上。几千蒙古人在中国一住就是数月，仅大同每年供给使团吃掉的粮食就达三十万石之多，朝廷不堪其苦。

正统十三年（1448）冬天，瓦剌朝贡使团人数号称三千五百九十八人，把北京会同馆附近旅馆客栈都住满了。数千蒙古人不仅要吃要喝，还违反禁令私购军火武器走私出关，甚至还出现奸淫妇女和抢夺士兵武器等极端恶劣的事端。

王振以前纵容镇边太监与蒙古人勾搭，用酒缸装数万支箭镞出关，换取瓦剌的名马，高价卖给京中王公贵族。现见瓦剌使团人数骤增，京城安全受到威胁。他一怒之下令核查使团实际人数，原来实际人数为二千五百余人。又令按实际人数发给"赏赐"，赏金也按上年减半发放。他还怕瓦剌人在京城逗留久了闹出事来，限令使团在三日内离开京城返回漠北。

瓦剌的朝贡团被赶出北京，这让统治了蒙古全境的瓦剌太师也先勃然大怒，悍然大举南侵。蒙古各部落兵分三路：一路从东线进犯辽东，一路由西线进犯甘肃，中路太师也先亲率二万铁骑攻大同。

离大同八十里的阳和地势开阔，是守卫大同的前沿阵地。朝廷派了四员大将：左军都督西宁侯宋瑛、驸马都尉井源、大同总兵武进伯朱冕和参将石亨，率四万官军在此布阵迎战。英宗和王振诏令诸将均听从大同监军官员郭敬的节制，这令石亨等叫苦不迭：郭敬一介宦官，毫无征战经验，哪能担负指挥调度军队的重任？

这一仗，明军全线溃败，四万步骑全线覆没。西宁侯宋瑛、武进伯朱冕均战死阵中，石亨单骑侥幸逃脱。监军郭敬在危急时竟悄悄离开指挥岗位，潜至附近村落，天黑后逃回大同。

阳和兵败，朝野震惊。二十三岁的皇帝面对也先即将入侵的严重形势一筹莫展，只得再问计于他所倚靠的司礼太监王先生。

王振想：也先只有二万人入侵，在阳和侥幸打败了我们四万人，我若投入二十万大军，难道不能胜他？他一直羡慕其他立过军功的宦官曹吉祥、吴诚等人，心想：我如能在此次国难中麾兵击败强敌也先，岂非不世之功！

因此当英宗问计于他，他便慷慨激昂地说："我朝太祖太宗皆亲率三军屡征鞑虏，获得辉煌胜利。陛下年轻有为，为什么不上效祖宗，亲率大军御驾亲征瓦剌？"

可是，英宗在朝会上提出御驾亲征时，遭到大臣们强烈反对。明朝自朱棣六征漠北以后，制定了沿长城筑关固守的策略，蒙古人只能偶作侵扰，成不了大气候。若明军主动大举出击，远离内地，补给困难，胜负难料。

可是大臣们的苦谏英宗却听不进耳。七月十五日，英宗颁布御驾亲征瓦剌的诏令，他命御弟郕王祁钰监国，亲率英国公张辅等十几位公、侯、伯、都督，及户部尚书王佐、兵部尚书邝埜、内阁学士曹鼐和张益等几乎大半个朝廷倾巢而出。

当时明朝最有经验的精锐部队都在西南和反叛的苗民作战，一时无法抽调回来。准备一场大战，调兵和后勤保障至少需半个月时间，可是从英宗颁诏到出征只有五天时间。年轻的皇帝和司礼太监王振对兵法都是完全外行，这次出征从一开始就埋下了失败的种子。

兵败土木堡，英宗被俘

七月十六日，仓促集结的征讨大军从德胜门出发。京军三大营全部从征，加上从河北、山西紧急调兵的军队，及原驻大同宣府的边军，共三十万人马，号称五十万大军。指挥这样一支庞大的军队，必须有一名经验丰富的统帅。可是朱瞻基是个没出过宫门的愣头青，麾下的英国公等武将都是七十余岁的老者，还能指望他们上马杀敌吗？英宗唯一的依靠就是他的师傅、司礼太监王振，一切唯他马首是瞻。北征大军的一切行动，表面上官员都来御前请示，实际作决定的并不是英宗，而是与他寸步不离的太监王振，成败全靠他了。

两天以后，英宗车驾过居庸关。护驾的兵部尚书邝埜和户部尚书王佐发现此处山势逶迤连接关外，如也先派遣飞骑中途袭击，一旦乘舆有失，悔之晚矣！于是他俩来到英宗车驾前，请求英宗下令暂时停止前进。

英宗未置可否，可司礼太监王振指着两位大臣怒斥道："还没看见一个敌人，你们就想打退堂鼓？休得在此一派胡言惑乱军心！你二人不配伴君，给我速去老营督运粮草。"

经过数天艰苦的行军，大军终于抵达宣府，这时前线军情紧急，不安与恐惧的情绪在军营中漫延开来。随征的文武官员聚在一起，互通消息，商议前途形势。众人都说根据谍报分析，瓦剌也先很可能在宣府至大同的途中截击我军。于是大臣们纷纷至御前呈递奏章，促请回銮，至少是留在宣府不再前进。

英宗见群臣纷纷上章,心中也有些犹豫不决。可是王振不待英宗开口,便狂怒咆哮着斥骂群臣:

"你们这帮胆小鬼!食皇家俸禄,命就那么值钱?都给我下去!再有抗阻,军法严惩!"

因为这次进谏又是邝埜、王佐为首,王振对他俩恨之入骨,命御前太监传出旨意:"皇上有旨:

尚书邝埜、王佐一再阻驾,惑乱军心,着令二臣跪于营前思过。钦此!"

御前侍卫将两位老尚书押到中军大帐前的草地上,面对京师方向跪下,一直在凄风苦雨中跪到傍晚时分才起来。

八月初一,车驾终于抵达大同。当时天气十分恶劣,士兵们顶着狂风暴雨行军,后勤却跟不上,士兵吃不上饭,只能就着雨水咽干粮。军中病号剧增。不时有呻吟着倒毙于路途的人。

由于边关粮食一直被宦官掌握,原来储积的粮草几乎让他们盗卖一空。此次仓促行军,后勤补给又跟不上,大同前线陡然增加数十万军队,军中开始断粮,人心惶惶。

当天夜里,一位从前线回来的军官秘密地来见王振。他就是大同监军郭敬,王振的心腹干将。

王振急切地问:"也先是否被我军的声势吓跑了?"

郭敬压低声音道:"老爷千万别轻信这种传言。也先诡计多端,他故意示弱后退,企图引诱我军深入沙漠腹地。大军如继续北进,正中他的奸计。"

王振被郭敬这番话吓傻了。他绝对相信郭敬的情报,军中又缺粮草。若不及早撤军,一旦也先反扑过来,车驾行动迟缓,必将酿成大祸,那时想走也来不及了。

王振并没有将实情报告英宗,反而掩饰道:"也先闻风远遁。漠北路途遥远,供给不便。臣意车驾宜早日凯旋返京,请圣上定夺。"

英宗对这次远征早厌倦了,于是听从王振所奏,定于八月初三启程班师回京。当朝臣们商议班师回京路线时,大同总兵郭登找到大学士曹鼐、张益，嘱咐他们说："车驾返京，宜南行从紫荆关入，方可避开瓦剌的中途袭击。"

曹鼐等上奏英宗，英宗毫无主见，全听王振安排。王振因为家乡在蔚州，从紫荆关入正好经过那里。他想让英宗经过家乡时，驾幸他的祖居，光宗耀祖。便同意走这条路线。

可是南行大半天之后，王振发现大军所到之处，人马践踏，大片正成熟的庄稼被毁。他猛然想起，大军若经过他的家乡蔚州，岂不也是这番景象？他因自行阉割当了太监，已经为家乡父老所不耻，再去大面积地毁坏庄稼祸害百姓，岂不会被人骂死？别说光宗耀祖，保不定连祖宗牌位都会被人砸碎呢！

于是，他改变主意，自作主张，命令大军前队改作后队，从原路返回大同，仍然走宣府这条路线回北京。

这样白白消耗了一天多时间。在此军情紧急之时，这一天多时间可能决定全军的生死存亡！且宣府一线靠近长城，走那条路必然把自身侧背暴露在敌人的攻击凶焰之下。

果然，车驾在八月初十抵达宣府附近时，突有侦骑来报：瓦剌数千骑兵偷偷在我军后面紧追不舍。形势陡然紧张起来，王振毫无主见，邝埜等命令恭顺侯吴克忠等率五千骑兵断后。结果瓦剌骑兵依仗有利地形一阵猛烈冲杀，明军死伤殆尽，吴克忠兄弟阵亡。

吴克忠兄弟战死的消息传到大营，英宗和王振知道瓦剌兵主力将追至，极为紧张。大敌当前，明军的疲惫之师也只能做最后一搏，于是派成国公朱勇和永顺伯薛绶率兵五万阻击也先的主力，掩护车驾撤退。

朱勇是靖难功臣朱能之后，久列朝班，缺乏实战经验。他们率军在鹞儿岭遭遇瓦剌主力部队的伏击，明军五万人死的死，伤的伤，没多少人逃出鹞儿岭的虎口，朱勇也死于阵中。

英宗听到朱勇战败的消息，吓得丢了三魂七魄，料定也先的主力已经追来。

这时明军虽人数上仍占优势，但已成惊弓之鸟，从上到下只顾逃命。薄暮时分，英宗车驾在惊慌失措中到达一个叫土木堡的地方。土木堡是明初在长城沿线修筑的一个屯兵城堡。王振自诩很懂军事韬略，他看中了土木堡处于高台的位置，认为占据了制高点，进可以攻，退可以守。

土木堡东南二十里就是怀来县城。随行的文武官员强烈要求车驾尽快进入怀来城，因为怀来城城墙坚固，即使也先主力部队追来，明军也可据城固守，这样英宗车驾可以从居庸关而入，驰回北京。

可是王振坚持要在土木堡驻扎，等待拖在后面的千余辆辎重车的到来。因为那些车辆装载着沿途官员献给他的奇珍异宝，他舍不得放弃。

此时兵部尚书邝埜心急如焚，他连忙写奏章请求英宗连夜速入怀来城，他自愿率兵在土木堡拦截追兵。邝埜的奏章不合王振的心意，被他无端扣压，邝埜情急之下，只身闯入行帐要求面见皇上，却被王振拦住，呵斥道：

"你一介腐儒，懂得什么军事？再敢妄言必死！"

并不由分说，命侍卫将邝埜拖出帐外。于是当晚大军在土木堡驻扎下来。

土木堡位于一个东西长约三里的狭窄台地上。士兵们一连在堡上打了十几眼井，却没有一滴水，只得到堡下河中去取水，勉强维持。可是不久小河就被占据上游的瓦剌兵断了流。数十万军队困居堡内，饥渴难当。

其后，瓦剌的数万骑兵将土木堡团团围住。瓦剌太师也先亲自指挥。他知土木堡缺乏水源，计划将明军困死堡内。一面又派人假装与明军议和，索要巨额赏赐。

一时谣传和议将达成。干渴了两天的明军急不可耐地奔向瓦剌军控制的小河边取水解渴。此时瓦剌骑兵突然发动进攻，将取水的士兵斩杀在河中，并乘势攻进堡内。又饥又渴的明军仓皇应战，防线立刻被瓦剌骑兵突破。瓦剌人直奔堡上最华丽的皇帝行帐，一路大砍大杀，可怜英宗身边手无寸铁的文武官员惨遭屠戮，侥幸逃脱者甚少。邝埜、王佐等十几位大臣血洒疆场，为国捐躯。

王振在私人卫队的保护下，早已离开大营从后面溜走。可是他也遭遇冲入堡垒中的一队骑兵冲杀，卫队死伤殆尽，王振独自一人仓皇逃奔，碰到殿前护卫将军樊忠。一见有了救星，王振高喊道："快来护驾！"

樊忠一见是王振，身边却没有英宗，便问："皇上哪里去了？"

王振慌了，便道："你不用管皇上，快保护咱家离开这个鬼地方！"

樊忠是一个御前护卫，平日对王振残害忠良、篡权误国之事见得很多；土木堡被围也完全是他造成的，于是怒火中烧，骂道："皇上遭此危难，都是你的主意；这么多将士都死了，全是你闯的祸！今天我为天下杀了你这贼子！"说罢，用手中长锤直击王振的面门，王振这个窃国大盗顿时脑浆四迸而死。

樊忠杀了王振，转身冲向蜂拥而上的瓦剌人，连杀数人，力战身死。

最后，英宗被瓦剌人俘获。他是中国历史上继宋徽宗、钦宗之后，第三个成为异族俘虏的皇帝。对于这段历史，史学家称之为"英宗北狩"，意思是英宗皇帝闲得无聊，到漠北打猎游玩去了。不过这场狩猎代价太大，明军三十万将士伤亡过半，罹难的文武官员有五十余人，二十余万匹骡马并大量衣甲辎重尽为瓦剌所得。

群臣大闹朝堂，清算阉党罪行

土木堡兵败，朱祁镇被俘。他差遣千户梁贵送回一封致皇太后的信，要朝廷多赐也先金帛为他赎身。皇太后孙氏和英宗的皇后钱氏，见此信慌了手脚，她们为了救儿子和丈夫，命令打开内库，尽取库藏金银珠宝。钱皇后一面哭泣，一面命宫女打开所有箱柜，连同她大婚御赐的大圭、玉如意及娘家陪嫁的首饰一并奉出。所有珠宝一共装满了八匹马的驮驾，派官员护送，仍由千户梁贵带领出居庸关，送至瓦剌太师也先的大营。

也先得了这些金银珠宝，全然没有释放英宗的意思，仍然挟持他到边关各处敲诈勒索。孙太后和钱皇后的八驮金银珠宝，只落得竹篮打水一场空！

也先挟持英宗远遁漠北，明朝顿时没有了皇帝。皇太后孙氏下诏立英宗长子两岁的见深为皇太子，仍命郕王监国。

八月二十三日，郕王在午门召集群臣议政。土木堡兵败英宗被掳，随驾的文武大臣只有大理寺丞肖维桢和鸿胪寺卿杨善侥幸逃回京师，但都遍体鳞伤，踉跄失措，提及土木堡的惨烈遭遇，两人竟哽咽得说不出话来！在这种悲戚低沉的气氛中，朝堂中酝酿着一种可能像火山一样爆发的愤怒。

右都御史陈镒出班，用低沉悲怆的声音宣读他与几位大臣联名呈奏监国郕王的奏折：

"司礼太监王振窃据权柄，残害忠良，倾危社稷，构陷乘舆。罪大恶极，殊不容赦！臣等请族诛王振，并抄没家产。以安人心，以平民愤。"

王振在朝中擅权已久，群臣深受其害。过去敢怒不敢言，现在阉党没有了英宗皇帝的庇护，陈镒开了头，许多人把早已准备好的奏折拿出来，争相举劾和控诉王振及其党羽的滔天罪行。有的人念着念着，竟泣不成声。

郕王祁钰毕竟年轻，从没经历过这样的场面，也不知该如何处置。群臣逼急了，他只得应付说："你们所奏均属实，将来朝廷必有处置。"

群臣自然不满意这种答复，于是百官一齐跪倒在地，呼喊号叫，痛斥王振祸国殃民，一时声震殿宇。

这时，王振的死党锦衣卫指挥马顺竟然站出来叱责群臣道："王振已经死了，你们还啰啰嗦嗦说他作甚？"

马顺是王振的亲信和打手，一贯仗势作恶，杀害侍讲学士刘球并肢解其尸体，都是他所为。朝臣们早已对他恨之入骨。这时他竟敢跳出来，愈发激起大家的怒火。

给事中王竑生性刚烈，疾恶如仇，见马顺这时候还敢作威作福，冲上去一把揪住马顺的头发，与他拼命。马顺是个武夫，给了王竑一拳。王竑死死揪住马顺不放，他个子矮打不到马顺，便扳着他的胳膊狠狠地咬下一块肉来。马顺还想招呼锦衣卫前来镇压，更激起了官员们的愤怒。大家一拥而上，笏板纷飞，你一拳我一脚，直打得马顺没了气息，直挺挺死去才放手。

郕王祁钰见马顺被打死，吓得浑身颤抖，起身要走。群臣拦住他，一定要他下令族诛王振全家。

太监金英等人护着郕王，喝令百官退出。但这时众臣的怒火已经点燃，叫嚷着要入宫搜捕王振的亲信毛贵和王长随。金英见众怒难平，便把毛贵、王长随推出来。这两个平日作恶多端的宦官，顷刻之间就被愤怒的群臣围殴至死。

随后又有人将王振义子锦衣卫都督王山五花大绑抓来。这次大臣们停止了围殴，意欲将他明正典刑。于是群臣把他当作王振的替身。一个个上前唾骂，将一口口老痰吐在王山脸上。

郕王祁钰看见就在自己面前打死了三个人，殿堂上溅满血污，生性懦弱胆怯的他脸都吓青了，哆哆嗦嗦地站起来要退避回宫。

如果这时主持国政的郕王走了，场面会愈发不可收拾。殿堂中发生了命案，值侍的锦衣卫就会抓捕肇事的官员。锦衣卫一直是王振镇压百官的御用工具，其中许多指挥、千户都是王振的死党。局面一旦为他们所控制，趁机发动政变大肆镇压都有可能。

就在此时，兵部侍郎于谦觉察到形势的严峻性，他见郕王祁钰起身要走，连忙抢先一步拦住郕王，请他当众宣布："马顺等人有罪当死，围殴者不以杀人论罪。"

郕王因为害怕挣扎着要走，把于谦的袍袖都撕破了。听过于谦的劝慰，他终于意识到目前的混乱局面，自己一走必贻大患，皇太后将谴责他没有尽到监国的责任。官员们的过激行动令他感到恐惧，但都是出于对王振阉党的义愤。于是他重新坐下，按照于谦的提示宣布道："马顺等人有罪当死，其余不论。"

听到郕王宣布，群臣欢呼雀跃。便将马顺、毛贵、王长随三具尸体拉到东安门外示众。大臣们又与郕王紧急商议，由金英报请皇太后批准，由郕王下令将王山押赴西市凌迟处死。王振家族不分老幼一律斩决。

右都御史陈镒奉命查抄王振家产。王振在京东侵占大片土地，建有数处私宅，一处比一处豪华壮丽，大大逾越了藩王府邸的规制。金英、兴安等奉皇太后命整肃锦衣卫，将王振的党羽一一清除，换上可靠的人员。陈镒在锦衣卫的协助下，彻底查抄了王振所有家产。共抄出金银六十余库（库为贮藏金银的容器，可贮黄金万两），玉盘一百座，高六七尺的珊瑚树二十余株，其他珍宝、书画、古玩不计其数。王振在京郊的几处马场，饲养繁殖着数百匹名马，足可装备一支颇具规模的骑兵队伍。

四 "夺门功臣"石亨、曹吉祥

- ▲ 太上皇被御弟幽禁于南宫
- ▲ "夺门之变",拥立复位
- ▲ "朱三千,龙八百"的传言
- ▲ 银钱美妾换尚书
- ▲ 霸占太上皇的女人
- ▲ 叛乱被平,凌迟而亡

被囚禁南宫的太上皇

　　明英宗朱祁镇率军亲征瓦剌，土木堡兵败被俘，羁留迤北整整一年。后瓦剌太师也先势力日渐衰弱，想与明朝媾和，愿将被明朝奉为太上皇的英宗朱祁镇送回北京。御弟祁钰在英宗北狩后被群臣奉为景帝，他这皇帝当得有滋有味，自然不想接兄长回来。但是出使瓦剌的右都御史杨善凭着三寸不烂之舌，居然说服也先恭敬地拜送太上皇回国。

　　太上皇祁镇回到北京，立即被景帝安排在紫禁城西南的南宫居住。实际上他是被幽禁在这里，日夜有景帝派遣的太监和侍卫监视，并与外界隔绝。朝臣们屡次上书要求朝旦拜谒太上皇，都被景帝严词拒绝。

　　太上皇祁镇知道御弟贪恋皇位，忌惮自己在臣民中的影响。事已至此，他倒安于目前的处境，情愿做一个平头百姓，在南宫安安静静地生活。他的后妃们——钱皇后、周贵妃和其他五位妃子带着她们的孩子，在南宫组成了一个和睦的大家庭，过着俭朴却颇温馨的日子。在南宫的六七年中，妃嫔们又为祁镇生了六个孩子。为了养活这些孩子，妃嫔们都拿出各自的金珠首饰托太监到市场上变卖，换取婴儿急需的食品和衣物。钱皇后还捡起在家里学的针线活，绣些女红托太监到市场上卖了，换些食品给祁镇滋补身体。

　　只是祁镇在南宫的囚徒生活有时也不安宁。那班景帝派来监视他的太监和护卫，一个个冷眉冷眼，时刻用敌意的眼光盯着他。不久，南宫的亭台楼阁、假山景观全部被拆除，据说是拆去修佛寺，弄得园中满目疮痍，尽是残砖断瓦，不忍卒睹！有一个叫高平的尚衣监太监向景帝进言称南宫树木太多，恐生叵测。景帝便命将南宫的大树尽行伐倒，自此太上皇祁镇夏日在树下乘凉听蝉的这点乐趣也被剥夺了。

　　后来还闹出一场"金刀之祸"。园中有个老太监阮浪过五十八岁生日，祁镇将腰间佩的一个镶金绣袋送给他，袋中有一把精致的镀金小刀。阮浪很高兴，常将太上皇赠的小刀给别人看。谁知因此惹来杀身大祸！高平无中生有地向景帝告发：说阮浪奉太上皇之命以金刀为信物，沟通外臣图谋复位。

景帝正要找祁镇的麻烦，不管有没有这回事，下令逮捕阮浪和另一宦官王瑶，让锦衣卫严刑逼供，希望牵连出太上皇和外面朝臣勾结，图谋复位的罪证。阮浪等人深知此事关系重大，无论怎样用刑，咬定是太上皇赏给的生日礼物。后来王瑶竟被处以磔刑，阮浪因年老不堪凌虐死于狱中。

一伙投机分子发动"夺门之变"

景泰七年（1456）正月间，祁钰身患重病，咯血不止。因此一切祭祀活动，都委托太子太师武清侯石亨代为行礼。

皇上病重，文武大臣为防不测，当务之急是要选立继位的储君。景泰二年（1451），祁钰的帝位坐稳了，便导演了一场"易储"闹剧，将孙太后立的东宫太子朱见深废为沂王，立自己两岁的儿子见济为皇太子。可是这位太子体质太弱，不久就夭折了。景帝再无后人继位，文武群臣便想复立被废为沂王的英宗之子见深为储君。数十名文武官员在左掖门会集，草拟了联名请求复立沂王为储君的奏疏。众大臣在奏疏上挨个签名，准备傍晚时分递进宫去。可是奏疏还未递进宫中，当晚就发生了惊天动地的变故！

石亨原为大同参将，屡立战功。阳和兵败从战场逃回，被御史参劾入狱。也先入侵，兵部尚书于谦将他释放出狱，成为北京保卫战抗击也先的主将。石亨因功大被封为武清侯，成为景帝深为倚仗的武班领袖。景帝病重委托他代至南郊祀天。他亲眼见到景帝咯血不止，恐不久于人世，而文臣们又在集议上疏请复立沂王朱见深为储君。这时，一个大胆的想法在他脑海中涌现：文臣们想让沂王见深继位，我何不干脆把太上皇从南宫请出来，趁景帝病危宣告复位。那样我石亨就有迎复之功，我这武清侯只怕就要进封公爵了。

不过这样重大的事情一个人很难完成，他必须找帮手。于是他将前军右都督张轨和大太监曹吉祥请到府中密商此事。他们都是武夫，还需找一个志同道合的文臣合作，运筹帷幄。他们找到了左副都御史徐有贞，此人足智多谋，当年因主张南迁被于谦斥骂，并被逐出朝堂，一直仕途不顺。

徐有贞主意多，他让石亨等事先秘密知会身处南宫的太上皇英宗，并让曹吉祥密奏英宗母后孙太后，举事时便可扬言奉太后密诏行事。

正月十六日夜里三更时分，徐有贞、石亨、张軏等带领百数十人在夜色掩护下，悄悄向南宫进发，不久到达南宫的延安门前。只见宫门紧闭，石亨命士兵们抬来事先准备的巨木，用力撞击宫门。撞了很久，门没被撞开，倒把宫墙震坍了一个大洞。众人于是从破洞中一拥而入。

太上皇祁镇事先得到通知，心中有数。听见宫门外喧闹，接着一伙人蜂拥而入。以徐有贞为首叩拜后请太上皇登上事先准备的舆轿，众人齐心挽着肩舆把太上皇抬出了南宫。

一行人拥着太上皇的舆轿来到东华门。这里宫门紧闭，守卫见这伙乱哄哄的人自然高度戒备，不肯开门。祁镇镇定地从舆轿中伸出头来高叫："我是太上皇，有事入宫，快开门！"

守门官上前一看，果然是太上皇。他没有接到不许太上皇入宫的命令，阻挡御驾有欺君之罪。一迟疑间便把宫门打开了。

徐有贞等拥着太上皇直趋奉天殿，打算在那里迎奉太上皇复位。殿前武士见这伙乱糟糟的人就要镇压，又是太上皇上前喝止。徐有贞、石亨等人将太上皇拥在殿中宝座上，众官员一一跪拜见驾。一时钟鼓齐鸣，殿门大开。

正在朝房里等待早朝的文武官员听见后面奉天殿的钟鼓声，正在诧异，忽见丹陛前一名官员大声宣告："太上皇复位了，宣众臣进谒！"

百官益发惊诧，也不知是什么原因太上皇突然复位了？是皇上病重让位于他吗？事发突然，群臣没有选择，只得整顿衣冠，排班登殿跪伏在地，暗自偷觑着坐在殿上的太上皇。

太上皇祁镇见百官齐集，镇定地宣布道："祁钰病重，群臣迎朕复位。众位爱卿仍然各安其职，用心办事，共享太平！"

百官参差不齐地三呼万岁，就连景泰朝的重臣于谦、王直等也都在略为迟疑之后，跟着大家拜伏在地。

在朱祁镇重新登上皇位的同时，张軏带领的军马控制了外朝各处要害。而曹吉祥也控制了皇宫内部，景帝的亲信太监王诚、舒良、张永等都被他抓了起来。

乾清宫西暖阁里，祁钰抱病在床，听见外朝钟鼓声响亮，不知怎么回事。过了片刻，前去打探的太监回来报告："启禀皇上，是……是太上皇复位了！"

景帝呆若木鸡地倒在御榻上，连声说："好，好，好。"然后转身朝床里躺下，眼睑中闪现出几颗泪珠。

政变血的代价：于谦被杀

"夺门之变"是一场地地道道的政变。政变胜利一方登上权力顶峰，失败一方必然付出血的代价。景帝朱祁钰一个月后暴毙于西内，据传闻他是被太监蒋安勒死的。英宗复位当天即于班中逮捕兵部尚书于谦和内阁大学士王文。"夺门"功臣石亨、徐有贞等人深知，必须除掉景泰朝这两位最有权势的大臣，自己才能取而代之。可是于谦领导北京保卫战，挽救国家危亡功劳巨大，且为官极清廉，想要扳倒他并不容易。石亨、徐有贞等强加给他一个"迎立外藩"的罪名，诬陷于谦、王文等在景帝病重时，阴谋迎立襄王世子入京继承大位。这本来是子虚乌有的事，三法司审讯时逢迎石亨、徐有贞等，以"意欲"迎立外藩定罪。英宗颇有些犹豫，他说："王文罪有应得，而于谦实有功于朝廷。"

当年如不是于谦领导抗击也先，捍卫京师，大明朝社稷不保，英宗也永远无法返回京都，所以他说出这番话。

徐有贞见英宗迟疑不决，大声说："不杀于谦，此举为无名！"

的确，不把于谦、王文打成阴谋集团，"夺门"的合法性就不存在了，倒还成了叛乱。于谦不得不死。

数日后，于谦、王文被押赴西市斩决。临刑时于谦面无惧色，慷慨赴死。

查抄于谦家产时，人们发现这位堂堂一品大臣家中非常寒酸，无一件值钱之物，连前去查抄的官员见于谦如此清贫，都摇头叹息。

于谦被斩首，曝尸于市。有位叫陈逵的官员冒险将他的遗骸草草埋葬。三年后于谦女婿朱骥将其灵柩运回故乡钱塘，埋葬西子湖畔，后人称于少保墓。

英宗虽然明知于谦是受冤而死，后来在宫中发现的两封襄王瞻墡奏疏，证实所谓"迎立襄王"纯属诬陷。但英宗仍然没有勇气为于谦平反。直到成化二年（1466），于谦才得到彻底平反昭雪。明宪宗派使臣至杭州祭奠于谦，给予极高的评价。于谦之子也从流放地赦回，授予兵部员外郎之职。

大封赏，"夺门"功臣争权夺利

英宗在南宫做了七年囚徒，因石亨、徐有贞等发动"夺门之变"，从御弟手中夺回了皇帝宝座，他自然要大大酬谢这些"夺门"功臣，赏给他们高官厚禄，让他们与自己同掌政权。

石亨首先提出"夺门"计划，扶太上皇复位，居功至伟。因为他已是侯爵，英宗便晋封他为忠国公，食禄一千五百石，仍掌管京营任总兵官。并赐给免死诰券，追封三代。明朝只有几位开国元勋徐达、李善长、常遇春等封国公爵位。自张辅死后，朝中已经没有活着的国公爷了。石亨能僭居高位，只是因为英宗要酬谢他的复位之功。

参与"夺门"的都督张𫐐封文安伯，食禄一千二百石；都御史杨善封济兴伯，食禄一千二百石。

太监曹吉祥是"夺门"功臣之一，因为朝廷没有给宦官封爵的惯例，其嗣子曹钦由指挥佥事超擢为都督同知；他的侄儿曹铉也被封为指挥佥事。

"夺门"军师徐有贞被提升为兵部尚书，进入内阁参与机务。但他对未封爵位仍不满足，英宗只得又破例封他为武功伯，食禄一千一百石。

石亨、徐有贞等并不以高官厚禄为满足，他们都想控制朝政，互相之间又有利益冲突，于是各自拼命地结党营私，培植自己的势力。

一天，石亨带了两人来到文华殿，对英宗奏称此二人是自己的心腹，请英宗擢升他们为锦衣卫指挥使。英宗无奈答应了他的要求。

自此，石亨的求请几无虚日。他的弟侄、家人冒"夺门"功，升任锦衣卫官校者五十余人。部下及亲朋好友假借"夺门"功得官者四千余人。他的侄儿石彪也晋升为都督同知。

曹吉祥则掌控内侍禁军，也积极培植自己的势力。他的侄子曹铉、曹铎、曹睿都晋官都督。曹吉祥门下厮养冒"夺门"功得官者多达一千九百人。

徐有贞则力图掌控内阁，他得升兵部尚书衔，成为华盖殿大学士后，已成事实上的内阁首辅。他要找帮手，便推荐帮他们出谋划策的老相识许彬入阁。另一"夺门"功臣杨善也想在内阁插一手，推荐大理寺卿薛瑄入阁。

内阁是协助皇帝处理政务的机构，英宗也想用自己的人，便挑选了吏部侍郎李贤入阁。李贤官声较好，又是英宗信任的人，石亨和徐有贞都想拉拢他。如何左右逢源，对李贤来说确是一个难题。

卖官鬻爵，贿赂公行

英宗复辟之初，杀了兵部尚书于谦、内阁大学士王文，景泰朝的内阁诸大臣陈循、萧鎡、商辂，刑部尚书俞士悦、工部尚书江渊、吏部左侍郎项文曜等，有的被谪戍流徙，有的被贬谪为民。五朝元老礼部尚书胡濙和吏部尚书王直因力主恢复被废太子见深储位没有获罪，但他俩已心灰意冷，遂告老还乡。

贤能退避，自然宵小横行。"夺门"功臣石亨、曹吉祥等拼命扩充自己的势力，也借此卖官鬻爵。户部侍郎陈汝言先是买通曹吉祥，托他向皇上推荐自己出任兵部尚书。后来听说忠国公石亨有意推荐别的人，陈汝言急了，连忙备了一份数千两黄金的重贿，连同自己最宠爱的小妾送去国公府，最后终于获得石亨的保举，如愿以偿地升任兵部尚书一职。

从来吏、兵、户是朝廷三大要害部门。石亨和曹吉祥都争相控制这几个部。石亨要英宗将原户部尚书张凤调往南京，改任已经致仕的沈固为户部尚书。沈固在大同管理粮饷二十多年，石亨叔侄在大同有大量田产，他们与沈固狼狈为奸，侵吞公私财帛。沈固在景泰朝被勒令退休，如今改朝换代，又借石亨势力重出江湖。这个老贪官借石亨之势复出，自然要报答他。石亨家奴在京畿强占民田建庄园，沈固竟将毗连的数百顷官田划归石亨所有。导致后来御史杨瑄上章弹劾石亨，闹出一桩震惊朝野的大案。

英宗复辟的第一年，大批朝廷官员被废黜。由于皇上对"夺门"功臣言听计从，石亨、曹吉祥的所有举荐都被英宗采纳。因此都门之内，想当官的人纷纷奔走于石亨和曹吉祥门下，献纳金银，以图求得一官半职。

石亨素来贪财，卖放一个官爵少说也要千两银子，多的甚至上万两。当时京城有"朱三千，龙八百"的传言。"朱"是指户部郎中朱铨，他的官位是三千两银子买得；"龙"是指龙文，他花八百两黄金买了个京营指挥的虚衔，风光了一两年，在清查"夺门冒功"中被撤了。在买卖官爵的高潮中还闹出一个笑话：有位土财主听说翰林学士风光得很，愿意出三千两银子买个学士当当。幸亏那几年乡试和会试都停了，不然翰林院里真的可能出现一位大字不识的"学士"!

陈汝言当上兵部尚书后，急着把他先后孝敬曹吉祥和石亨的数千两贿金收回，便利用手握选调军官的权力，大肆买卖官爵。当时朝廷恩宠叔父襄王朱瞻墡，增设襄阳护卫指挥使司。许多候任的军官争走陈汝言的后门。据后来查实，陈汝言收取了十四名武官的贿银，少则千两，多的竟达五千两。另外镇守大同的杨能和石彪也以巨款贿赂兵部冒功邀赏。陈汝言之弟陈琰理既未参与"夺门"，也未建任何军功，完全借兄长势力冒升镇抚之职。他与都指挥卢旺勾结，买卖军籍，大肆敛财。驸马都尉井源在抗击也先时战死，陈汝言竟仗势僭占井源的住宅庄园，并行凶打伤其家人数名，陈汝言还仗着手中权势，役使京郊军匠千余人为自己耕作庄田、建造府邸。陈汝言上任不到一年，收受贿赂数十万两，还建造了一座规模不输于王府的私邸。

陈汝言是石亨、曹吉祥党羽中第一个被揭发的贪官。因为他的贪污行迹太过显著，御史们纷纷上章弹劾，英宗下令将陈汝言兄弟禁锢狱中，后被处死。锦衣卫查抄了他的府第和京郊庄园，将抄来的无数金银珠宝、象牙珍玩及违制寝床等，在东华门内展览示众，英宗还特地命文武大臣们去参观。

在那些令人眩目的财宝面前，英宗对大臣们说："景泰年间，于谦任兵部尚书七八年，备受信任，他死后家无余财。陈汝言上任不到一年，贪贿为什么这么多？"

同样是任兵部尚书，一个清廉，一个贪腐，高下立见。英宗心中此时已渐生悔意。

敢与邪恶斗争的御史们

英宗复位后，杀了景帝的几位亲信太监张永、王诚、舒良等，这些太监在京畿各县的庄园田地也被没收。这些收没官田本来是太监们掠夺农民的，应该退还给农户。可是石亨、曹吉祥大权在握，他们两家瓜分了这些收没官田，还顺带跑马圈地，侵夺周围农民的大片农田草场。当地官府哪敢惹这两位"夺门"功臣？农民们也只得忍气吞声。

这时恰有一位御史奉朝廷命在京畿各县烙马。马政是明朝防御北方侵犯的重要政策，每三年由太仆寺官员会同御史烙印一次马匹，健壮的充军马，淘汰下来的允许农民自用。御史杨瑄是景泰五年（1454）的进士，以刚直不阿著称。于是农户们纷纷向他投诉石亨、曹吉祥两家侵夺他们的农田草场。杨瑄经过勘查取证，并经当地官府证明，所诉属实。他回京后立即写奏章举劾石亨、曹吉祥家人倚势侵夺收没官田和农户农田草场，请皇上予以制约。

英宗将杨瑄的奏折给内阁阁臣李贤、徐有贞看，二人都说："这位御史所言公正，不畏权贵，宜从其请。"英宗慨叹道："畿内百姓衣食艰难，朕寝食难安。此臣敢言如此，实属难得，真御史也！"

石亨、曹吉祥倚仗"夺门"的功劳，权倾朝堂，招权纳贿，气焰嚣张，朝廷里的御史和给事中们早就看不惯了。但谁也不敢举劾他们，唯恐打不倒他们反受其害。可听说皇上称赞杨瑄为"真御史"，言官们受到了鼓舞，认为皇上可能对石、曹二人渐失信任。

于是以福建道掌道御史张鹏为首，十三位掌道御史及其他御史、给事中三十余人聚集在一起商议，草拟奏章，联名弹劾石亨、曹吉祥的诸多违法乱政事项。

可是他们内部出现了叛徒！那天石亨正好西征回朝，有一名给事中偷偷溜到石亨府中，将御史们准备联名弹劾他和曹吉祥的事告了密。此事非同小可，石亨连夜邀曹吉祥入宫，抢在御史们前面恶人先告状，在英宗面前哭诉说："罪臣冒死奉迎陛下复位，得罪了朝中许多人，他们唆使御史诬陷罪臣，想置臣等于死地。"他俩抽抽泣泣跪地哭诉，英宗也不免动了感情，心想，他们侵占民田这点小错，比起奉迎自己复位的大功，毕竟算不了什么。

曹吉祥见哭泣打动了皇上，便诬奏道："御史张鹏是已经伏诛的太监张永的侄儿，他要为张永报仇，故而结党构衅，陷害臣等，求皇上作主。"

第二天，果然御史们的联名奏章呈上，一条条痛诉石亨、曹吉祥诸多罪行。为首署名的就是福建监察御史张鹏和英宗赞为"真御史"的杨瑄。英宗连奏折都没看完，立即大发雷霆命锦衣卫将张鹏、杨瑄二人逮捕，关进诏狱。

接着，英宗临御文华殿，将奏章掷给御史们，叫他们自己读，当御史周斌读到"冒功滥赏"一条时，英宗责问："石亨、曹吉祥率众迎驾立有大功，朝廷论功行赏，何谓冒滥？"

周斌跪在下面答道："当时参与南宫迎驾的仅数百人，光禄寺曾赐酒馔，有名册可查。现在领赏的达数千人，不是冒滥是什么？"

英宗听了这番有力的反驳，默然无语。但皇帝是不会认错的，英宗现在最看重的是自己复位的合法性，石亨、曹吉祥即使犯了这样那样的罪，他也能容忍。于是他也不再继续问御史们，统统将他们逮入诏狱交锦衣卫审问。

石亨、曹吉祥势焰正盛，他们猜测御史们敢于举劾他们，必有后台指使。曹吉祥说："还能有谁？定是内阁的徐有贞和李贤嫌我们揽权太多，在皇上面前说我们的坏话。不然那班御使敢举劾我们？！"

石亨忿忿地说："李贤犹自可说，徐有贞这厮靠我们提携当了首辅，却一肚子坏水，饶不了他！"

于是他俩让锦衣卫指挥使门达，瞎编有御史供认：联名举劾石曹是受左都御史耿九畴、副都御史罗绮指使，耿、罗二人企图抱内阁学士徐有贞、李贤的大腿，帮他们扳倒石亨、曹吉祥，使内阁得以专权。

英宗本性多疑，立即下令逮捕耿九畴、罗绮。又授意六科十三道弹劾内阁学士徐有贞、李贤"排斥功臣，图谋擅权"，又将两位内阁学士逮捕入狱。此案的首犯张鹏、杨瑄定为死罪，其他御史谪戍边远地区。

也许真的是因为这场大狱太冤，怨气上干天宇，那天下午，京都地区突然刮起大风，电闪雷鸣，冰雹砸坏了奉天门的鸱吻，正阳门外的马牌被连根拔起，飞出数丈。曹吉祥家门前大树被风刮断，石亨家里水深尺余。

第二天晚上，天空又出现星变：彗星犯壁宿。钦天监上奏称：天气异常是上天示警，宜省刑狱。

英宗笃信神祇，他认为这是因骤兴大狱，触犯了天庭，上天对自己下的警告。于是又降旨将被捕的大臣释放出狱，从轻发落。徐有贞被贬为广东参政，李贤被贬为福建参政，耿九畴、罗绮亦分别谪至江西和广西为官。判处死刑的张鹏、杨瑄改判充军铁岭。其他御史分别贬为知县等。

可石亨、曹吉祥欲置徐有贞于死地，他们抓住他自撰武功伯诰券中有"缵禹成功，禹受舜禅"之句，告他有不臣之想。他俩再次进谗，可英宗最终还是放过了徐有贞，将其贬谪为民至云南金齿。

而李贤始终是英宗信任和依靠的大臣，吏部尚书王翱也极力保他无罪。不久，英宗仍将李贤调入内阁。

否定"夺门"，石亨逐渐失宠

这次御史们联名举劾石亨、曹吉祥，虽然未能扳倒这两名"夺门"功臣，但他们冒滥功赏达数千人之多，御史周斌理直气壮的辩白对英宗震动很大。英宗想起那一次石亨随便带两个人上殿，逼着自己封官的事就感到气愤：你石亨想封谁就封谁，我这皇帝难道是个傀儡？

于是，自此以后凡是石亨、曹吉祥和张軏举荐的人，英宗均令吏部仔细考察，资历学识不够的均驳回不予任用。还告诫他们："朝廷用人自有法度，吏部有一整套铨选升擢的制度，不劳卿等越俎代庖。"

石亨等碰了几回钉子后，那些到他们府上跑官的人渐渐少了，国公府门前冷落车马稀。对此英宗颇为得意。李贤称贺道："臣早说过，只要陛下宸纲独断，宵小必然绝迹。"

石亨在封忠国公后即要求建造新的府第，工部奉命在紫禁城以南择地兴建，由于规模过于庞大，历时半年方建成，耗费国帑巨万。

一天，英宗登翔凤楼南眺，见承天门外不远处一片新建的府第巍然耸立，那气派不输皇宫。英宗问近侍："那是谁的府第？"

随侍的恭顺侯吴瑾答道："如此壮丽，必是哪位王爷的王府。"

英宗摇摇头："王府均在西华门外的十王街，此处哪有王府？"

吴瑾道："不是王府，那谁敢如此僭越？"

明代自洪武朝起，对宫室宅第有严格规定，公侯府第只许盖三十二间，藩王府可盖二百六十四间。可是石亨那大片府第竟有三百八十六间之多。难怪英宗对此极为不满，竟下令要彻查阿谀奉承石亨的工部官员。这件事表明：不可一世的石亨已在皇上心中渐渐失宠了。

英宗从杀了贪官兵部尚书陈汝言开始，逐渐收紧权力的缰绳，抑制石亨、曹吉祥等招权纳贿、广置党羽的企图。但仍然念着他们迎自己复位的大功，不愿与他们撕破脸皮决裂。

但这时英宗逐渐信任李贤、王翱等老臣。王翱与李贤私下商议：必须帮皇上破除心里的魔障，捅破"夺门"这层窗户纸，还它本来面目。一天，英宗在文华殿与李贤讨论他复位后政治上的得失。英宗问李贤对石亨等夺门迎复作何评价。

李贤故作忧虑状道："臣所虑是后世史官如何记述此事？'夺门'二字如何能载入史册？"

英宗默然无语。李贤突然又语出惊人道："当时也有人邀臣参与其谋，臣以为不可，故不敢从。"

英宗惊问："为何不可？"

李贤答道："试想当时情况，景帝病重，群臣已进表请复立沂王为皇太子。而太子年幼，自然会上表请陛下复登皇位。故天位乃陛下所固有，何用'夺门'？当时是侥幸成功；若事机泄露，或东华门不开，宫城守备严拒，岂不是一场杀戮？若石亨等被西征军斩杀，将置陛下于何地?"

英宗想起当时情景也有些后怕。李贤索性点明道："石亨等人为了邀功，故意抢在百官上表请求复立太子之前行动，不顾置陛下安危于险境。澄澄青史，垂之万世，怎好记载'夺门'这件事?"

英宗经过审慎思考，下达诏书："从今以后，臣民奏疏和公文上一律不许用'夺门'二字。"

"夺门"被否定后，法司请求将所有冒"夺门"功升官的人全部查究。李贤对英宗说："臣记得周斌在文华殿答陛下诘问时曾说，当时迎驾者光禄寺赐宴有名册可查，仅数百人。现冒功者达数千人之多。若一概查究，恐生激变。朝廷如下令自首者免罪，则稳定得多。"

于是英宗下令：凡是冒"夺门"功升官的人，自首者免罪，隐瞒不报者必予惩罚。令下后，尽管有人造谣抵制，前来自首的也达四千多人。有这么多人摆脱石亨等人的控制自首，说明朝廷威望不可撼动，彻底清除石亨等恶势力已指日可待。

恣横不法，石彪被捕

英宗复位前，蒙古发生内讧，阿喇知院袭杀瓦剌首领也先，但不久阿喇又被鞑靼部酋长孛来所杀。自此瓦剌衰弱，蒙古全境渐次由鞑靼部落统治。

英宗复位不久，孛来开始南侵，率骑兵进扰甘肃、凉州。石亨作为京营总兵官，御敌于国门之外是他分内的事。但此时石亨一门心思招权纳贿，捞钱捞官，哪有心思去打仗？勉强率兵西征无功而返。倒是他的侄子大同参将兼游击将军石彪，一上战场便是一名虎将。安边营一战，孛来率领的二万骑兵遭遇石彪和杨信夹击。石彪抡起大斧冲入敌阵，斩杀平章鬼力赤。孛来大败，石彪追出塞外六十余里。

因为安边营的战功，石彪晋升定远侯。石彪在大同多年，有庞大的田庄地产，又有盘根错节的关系网。大同是拥有精兵数万的重镇，他若能把老迈的总兵官高阳伯李文挤走，便可为所欲为，成为名副其实的大同王。

于是石彪趁打了胜仗，朝廷嘉奖他的机会，差遣千户杨斌携带大同各卫都指挥、千户五十三人的保举信，来京城活动，请求朝廷任命石彪升任大同总兵官。

此时石亨已经有失宠的苗头。英宗顾虑的是：大同周边十四个卫、三个千户所，总兵力将近八万人，都是久经战阵的精兵。这股强大的军事力量如果悉为石彪所掌握。而朝中他的叔父石亨执掌京营，上下将帅，有一大半出其门下。一旦有事，他们叔侄内外勾结，倾覆朝廷岂不易如反掌？

英宗想起这个后果就感到害怕。这次杨斌来京活动，在推荐石彪任总兵官的保举信上签名的都指挥、千户竟有五十三人，这足以证实大同的军队绝大部分为石彪掌控。于是英宗命令锦衣卫指挥逯杲秘密逮捕杨斌严刑审问，杨斌受刑不过，如实招供：进京递保举信是受石彪本人指使。杨斌为了保命，还供出了石彪强占瓦剌也先妹的秘密。

也先将太上皇祁镇送还北京不久，频频派使者来北京与朝廷通好，企图恢复朝贡关系。英宗回国时也先曾许诺将他的幼妹送给英宗为妃，后来果然派遣一队骑兵护送瓦剌公主乌云琪格到大同，并派了两名蒙女陪嫁。

当时的大同总兵郭登病故，参将石彪将此事报告朝廷。景帝闻报大怒道："太上皇身居南宫，瓦剌还要派个内奸来吗？不许其入境！"

石彪是个胆大包天的武夫，那位蒙古公主别具一格的美艳让他垂涎欲滴。既然皇上不让太上皇接纳她，那就好办了。

他让通事把待在驿馆的瓦剌公主乌云琪格带进寝帐，告诉她："太上皇已经被皇上关起来了，你也回不去了，就跟了本帅吧！"

乌云琪格还没弄清是怎么回事，就被石彪扔到榻上，扒去身上的蒙古袍子，强行奸污了。那两个陪嫁的蒙女也先后被他占有。

杨斌供出这件事，使英宗异常愤怒。于是严令逯杲和门达利用一切手段继续查勘，务将石彪所有罪行彻底查清，必欲置他于死地。

天顺三年（1459）七月底，英宗派礼部官员召石彪进京，说要为他举行晋封侯爵、增禄三百石的庆典。石彪兴冲冲入朝。当时鞑靼使臣来北京进贡，他们在觐见皇帝退下时遇到石彪。这帮人对石将军十分敬畏,顿时拜伏在地,尊称他为"石王"。这益发使英宗感到忌恨。就在石彪上殿聆听皇上封赏时,早有准备的锦衣卫一拥而上将其绑缚。随即有六科十三道御使联名上疏,弹劾石彪专恣不法,欺君罔上十大罪状。英宗命将石彪收监严审。

石彪被捕的同时,英宗派遣锦衣卫逯杲及都察院佥都御史王俭前往大同,以迅雷不及掩耳的手段逮捕指挥使朱淳等七十六人,将石彪在军中的党羽一网打尽,以绝后患。

锦衣卫抄了石彪在京城和大同的家,抄查出许多违禁物品,其中有绣蟒龙衣和违制寝床。对石彪党羽的审讯,揭发出他的许多罪行:光收受贿赂、私卖官爵就有贿银十余万两;役使军丁为自己种庄稼,动辄出动千数百人;肆意霸占强奸良家妇女数十人;凌辱藩王,逼代王下跪叩谢自己等。

石彪的罪行经三法司会审,判处他两次死刑。因为他许多罪行牵扯到石亨,朝廷还怀疑他们有叛乱阴谋,于是仍将石彪禁锢于刑部的死囚大狱中,严禁任何人接近。昔日威风八面的"石王"戴着沉重的铁镣,蜷缩在黑牢中等死。

"夺门"功臣石亨瘐死狱中

石彪入朝时,英宗命礼部筹备封侯盛典,丹书铁券齐备,做得很像那么回事。当时石亨称病在家休养,石彪被捕时他未在现场。不过朝中自有党羽给他通风报信。连日来锦衣卫指挥逯杲派人蹲守在石亨府门外,未见任何动静。两天后石亨向朝廷递上一封请罪书。

请罪书大意是:天顺元年(1457)朝廷想让石彪任大同总兵,是他恳辞才没有任命;近日西征立了微功,又是他让石彪回京谢恩。他上书名曰"请罪",实际是撇清自己。对石彪的罪行,他引咎称是因自己平日教训不够,请求给予处分云云。

英宗看到这份请罪书,微微一笑,派太监去谕慰石亨道:"现在石彪已自行服罪,与卿无有干系,不必介意。"

十几天后,石彪的案情进展迅速,大同军中的党羽均已被捕。石亨越来越感到恐惧，于是他打出悲情牌，以可怜巴巴的语气上书道：

"伏望皇上悯臣愚昧，将臣及臣弟佺在官者俱放归田里，以终余年。"

眼看套在脖子上的绳索一步步收紧，石亨想以退为进，表示愿意放弃权位，回乡做一个平头百姓，这总可以了吧？

英宗仍如上次那样，假惺惺安慰他道："彪自犯法，与卿无涉。所辞俱不允，毋再烦扰。"

这充分表明英宗对他这套请罪辞职的把戏已经厌烦了，叫他不要再上书。不久，英宗又派太监到石亨府中宣谕，让他在家养病，免朝参。实际上是将他软禁在家中。

清查石党的效率很高，京营中受石亨提拔的都指挥、千户和更高级的都督同知等一大批将领被撤职。石亨家族对朝廷的威胁已经解除。英宗动了怜悯之心：毕竟是石亨带头扶自己复位，重登宝座，他当时是冒了杀头风险的。况且自己在封石亨为忠国公时颁有丹书铁券，承诺免其三死。如今他已成拔掉牙齿的老虎，饶其一死或许可留下一个仁德之君的好名声。

可是负责调查石亨案的锦衣卫指挥门达、逯杲都不这么想。他们原本是抱石亨、曹吉祥的大腿提拔上来的，如今反戈一击，把石亨整得奄奄一息，还能放过他吗？石亨不死，一旦咸鱼翻身，重新得势，门达、逯杲会有好日子过吗？他们必须寻找能置石亨于死地的罪证。

功夫不负有心人。石亨手下有一个瞽目指挥童先，惯于装神弄鬼，他用扶乩写出妖书："天下大乱，唯有石人不动。"说这是天意，劝石亨谋划取天下。那年，朝廷派石亨领兵十万去延绥御敌，童先认为这是举事的良机，但石亨犹豫不决。童先顿足骂道："这厮不足成大事！"

逯杲听到这则传言大喜过望。撒下密网搜捕童先，终于在一个算命摊上抓到童先。逯杲毫不客气地严刑逼供，扬言要把童先两只瞎眼都挖掉。童先受刑不过，只得如实供认自己向石亨献策谋反的全过程。其中最关键的是石亨曾说："这是大事，得慢慢筹划。"

逯杲取得了石亨曾筹划谋反的证词，尚嫌不足，要抓他的现行罪证。他又报告皇上，说石亨侄孙石后在京都散布妖言："土木掌兵权"。石亨门下有一个得力干将都督杜清，"杜"字拆开就是土木二字。意为石亨坐朝，杜清掌兵部。

活该石亨倒霉，逯杲日夜派人守候在石亨府门前。一天，石亨有个仆人因为偷窃被吊打了一顿，生怨逃出家门，正好被逯杲手下截住。逯杲问明他出逃的原因，大喜过望。便诱导仆人告发石亨在家恶言怨谤朝廷，骂皇上忘恩负义。就这样，英宗拿到了石亨企图谋反的罪证，下令三法司令同锦衣卫庭审石亨。

石亨被从府中带了出来。他听了都察院起诉他的罪状，连童先的那些事都被挖出来了，知道大势已去，皇上再也不念旧情了，无奈只得低头服罪。

三司会审最终的判词是："石亨妖言诽谤，图谋不轨，具有实迹，彼亦供认不讳。依律以谋叛罪论斩，籍没家产。"

英宗也不再迟疑，批准了这个判决。随即派太监会同锦衣卫、都察院分头查抄石亨在北京、大同、陕西渭南、山西蒲州的家产。

石亨被关进大牢候斩，他仍抱一线希望，期待英宗能念旧情赦他死罪。可逯杲等恐事久多变，望他速死，他们对狱官施加压力。于是石亨在关了二十多天后"瘐死"狱中。因他被判斩刑，法司请将他的尸体斩首示众，英宗不想过度张扬，命令将其完尸埋葬。

石亨既死，万事大吉。那个在黑牢中已经瘦得不成人形的石彪也被牵出牢门，押往西市。这个杀人无数的"石王"终于死在刽子手的刀下。石家唯一的读书人，中了进士的石后也因为捏造"土木掌兵权"的妖言，和杜清一起被绑赴市曹处斩，煊赫一时的石家从此断了香火。

狗急跳墙，曹家的叛乱

"夺门"被否定后，徐有贞、石亨相继败亡。在此之前还出了一桩离奇事：京营都督范广是于谦领导北京保卫战立下奇功的一员勇将，因被张軏陷害惨遭磔死。张軏是"夺门"集团重要成员，被封为太平侯。有一天他退朝回府，坐在轿内见街边有一人向他拱手作揖。张軏精神恍惚地问左右随从，此人是谁？随从答道："刚才是都督范广从街边向大人行礼。"张軏顿生恐惧：怎么大白天碰见死人？回家后即心神恍惚，突发暴病身亡。

这样一来,"夺门"功臣有的被放逐,有的被处决,有的暴死,只剩下太监曹吉祥孤身一人了。他在宫中的地位也逐渐被其他太监所代替,感觉日子越来越不好过了。

曹吉祥多次以太监身份出任监军。他是个有心计的人,每逢出征,就挑选一些悍勇的蒙古人,豢养于帐下。出征回京将这些鞑官蓄养在家中,还特地盖了一幢"翊武楼"供他们居住。反正这些鞑官受曹吉祥庇护,都支领着朝廷的俸禄。曹吉祥豢养他们,犹如家中畜养许多猛虎,一旦有事就可放出来咬人。

"夺门"之变后,曹吉祥升为司礼太监,总督三大营。他的嗣子曹钦封昭武伯,擢升都督同知,三个侄子都封了都督和都指挥,掌握兵权。门下所养冒功升官者达到一千九百人之多。

英宗清理"夺门"冒功者,凡自首者免罪。曹吉祥门下却是铁板一块,仅有七十二人自首。英宗让曹吉祥自己审查甄别,结果只有三十二个人被革职或降职。自然他家中豢养的那些鞑官不在这些人里面。

石亨死后,形势日益紧张,但曹钦自恃家藏甲兵,并不恐惧,还陡生异志。一天,曹钦和他的军师千户冯益在府中饮酒。数杯黄汤下肚,曹钦忘乎所以地问冯益:"先生见多识广,自古以来有宦官子弟当天子的吗?"

冯益深知他问此话的用意,便笑着答道:"有啊!君家魏武帝,就是其人。"

东汉末年,曹丕称帝,尊其父曹操为魏武帝。曹操的父亲曹嵩是大宦官曹腾的养子,故冯益称曹操是宦官子弟当天子的第一人。

曹钦听冯益这么说,异常兴奋,立即痛饮三杯,还令妻妾为冯先生把盏。冯益更进一步恭维曹吉祥、曹钦文治武功不亚于魏武帝和魏文帝,说得曹钦心花怒放。从此益发加紧了谋反的步伐。

天顺五年(1461)六月中旬,朝廷决定派怀宁伯孙镗率京军赴陕西征讨鞑靼孛来,由兵部尚书马昂监军,决定七月二日早朝陛辞后率军出征。

曹吉祥的死党太常寺少卿汤序为曹家选定的举事日期也在七月二日

拂晓。因为西征将士出发，趁这时调动军队不会被发觉。他们阴谋计划趁朝门开启时，曹钦率众鞑官领兵由外面杀进来，曹吉祥以禁军作内应。先杀死陛辞的孙镗、马昂，使朝廷组织不起平叛的兵力。然后囚禁英宗，夺取帝位。

计谋确定后，前一天晚上，曹钦在"翊武楼"召集蓄养的鞑官，摆下丰盛的酒宴，要他们夜饮待命。只待天亮执镫上马，带领士卒冲进宫中，控制住上朝的官员，废黜皇帝，一举夺取天下！

酒过三巡，鞑官们豪性大发，拍打着桌子唱起豪放的蒙古歌。有个叫完者秃亮的鞑官打着饱嗝离席，上茅房小便。外面的冷风迎面吹来，他猛地一激灵，酒醒了一大半。想起刚才席间计划谋反之事，如同儿戏一般。万一不成呢？肯定是灭族大罪。富贵还未到手，人已做了刀下之鬼！

完者秃亮越想越怕，小解后侧耳倾听，楼中酒席上还在吆五喝六地闹腾，他便悄悄地离席而去。

曹钦的府第位于东安门外，离官员们上朝待漏的朝房不远。完者秃亮跌跌撞撞摸黑跑进朝房。正巧恭顺侯吴瑾在朝房值班，吴瑾也是蒙古人。完者秃亮上气不接下气地用蒙语把曹钦谋反的事报告吴瑾。吴瑾大惊失色，连忙去找留宿朝房的怀宁伯孙镗。孙镗因为天明就要领兵西征，怕在家里睡过了头所以留宿朝房。

此刻，孙镗、吴瑾急着要将曹钦谋反的紧急情报禀明皇上。当时宫门紧闭，他只好写张字条从门缝里塞进去。他们都是武臣，干脆在字条上写了"曹钦反，曹钦反！"六个大字。还在宫门外大叫大嚷，要值侍的卫士把字条呈递给皇上。

英宗见到字条，顾不得穿好上朝的冠服，立刻派数名卫士传唤曹吉祥。曹吉祥心里有鬼，战战兢兢地来到英宗面前："陛下唤臣有什么事？"英宗把字条掷到地上，喝道："给朕把逆贼拿下！"曹吉祥拔腿要逃，侍卫一拥而上将他按倒捆个结实。

英宗随即传旨，命兵部尚书马昂及征西总兵官孙镗率征西军、会昌侯孙继宗率京营，紧急平叛。

三更过后，曹钦准备开始行动。一清点人数，少了鞑官完者秃亮，怀疑他胆小临阵脱逃,又恐事情败露,于是仓促集合人马骤然举事。

曹钦、曹铎、曹睿、曹铉兄弟跨上马,领着鞑官们先冲向锦衣卫指挥逯杲家。逯杲本是曹吉祥所荐,后来见石、曹失宠,反过来侦伺曹家阴私最为得力,曹钦恨他入骨。恰逢逯杲出门正准备上朝,曹钦冲上去一刀将逯杲毙命,割下他的首级,还令鞑官们将其碎尸万段。

曹钦杀了逯杲,领着鞑官们直奔西朝房。恰遇都御史寇深前来上朝。曹钦杀红了眼,一刀将寇深从肩部往下劈成两半,顿时鲜血溅满朝房。

阴谋败露,曹钦因恐惧而疯狂杀人。他又想抓几个朝廷重臣做人质,领着鞑官们向东朝房冲去。内阁学士李贤刚到那里,就被一名鞑官追杀,砍伤了左臂。曹钦赶到喝止那名鞑官,握着李贤的手道:"别怕,别怕!"他提着逯杲的人头一扬:"实是此人激变,不得已啊!"

李贤见曹钦那副凶神恶煞的样子,吓得不轻,只得顺着他的话说:"逯杲谁人不恨?曹公既已除害,就该请命皇上了。"

曹钦提刀威胁李贤,让他马上写本代为奏明皇上。李贤推说没有纸笔,曹钦挟持李贤到东朝房,见吏部尚书王翱坐在那里。曹钦此时已经崩溃,见人就要杀。李贤忙稳住他道:"昭武伯不要莽撞,我与王公联名保你如何?"

曹钦大喜。于是李贤借王翱桌上纸笔,龙飞凤舞模棱两可地写了几句。曹钦根本看不懂他写些什么,便像捞了救命稻草一样揣着,奔向长安左门,想从门缝里塞进去。

宫门早已闭得严严实实,曹钦急了命家将纵火焚门。里面的守门军士拆下御河边的石条石块,将宫门堵得严严实实。曹钦急红了眼,只顾攻门,朝房里的李贤王翱等朝臣趁机溜走,跑得干干净净。

孙镗得到英宗平叛的命令,跑回家中叫两个儿子去宣武街军营中召集西征将士平叛。但这时他没有会合监军马昂,无法传令调兵。还好他颇有心计,教两个儿子到军营中大声喊叫:"刑部囚犯越狱造反了,抓获贼人者重赏!"

囚犯越狱自然人人敢抓,很快就召集来两千名将士。孙镗骑在马上大声宣布道:"我是西征总兵官孙镗。看见长安门上的火光吗?那是逆贼曹钦造反，他们只有几百人，杀贼者有重赏！"

士兵们自然听从总兵官的命令，集结人马冲向东安门。曹钦见宫门久攻不下，便放火焚烧。宫内守卫的人见宫门已烧坏，索性在里面堆放大量柴薪，把那里烧成一片火海，使叛军也没法进来。

孙镗见这边火光冲天，率领西征军赶过来。这时叛军人数处于劣势。在混战中曹睿被孙镗一刀砍死。

曹钦退守东大市街，与孙镗相持到午饭时分。曹钦率领鞑官们殊死冲锋，孙镗命士兵发神臂弓，顿时箭如飞煌，曹钦险些被射死。

临近黄昏时分，叛军渐渐不支，想逃出城外，但朝阳门城门紧闭，曹钦不得已率领残部回到东长安街的家里作困兽斗。那班鞑官此刻已经不想升官发财了，只看如何能保住性命。他们躲在府中暗角里朝外射箭，射伤许多官兵。

孙镗见战况胶着，不悬重赏恐难以攻进去。于是他下令道："凡是攻入曹贼府中，得到的财物即归己有！"

果然重赏之下必有勇夫。曹府金碧辉煌，值钱的东西自然不少。士兵们一声呐喊，冒着箭矢冲进府中。鞑官们虽勇猛，毕竟人数居于劣势，一个个被揪出来砍了脑袋。

因为事先有赏格，曹家的财物被洗劫一空，屋宇也被一把火烧得精光。曹家男女老幼几乎全被杀死。反正谋反是灭门之罪，省得一个个去审问定刑。

三天后，曹吉祥被英宗下令凌迟处死。曹钦、曹铎、曹睿、曹铉死于叛乱中，尸体也重新寸磔示众。曹家的黑军师冯益、汤序等均斩首弃市。

朝廷论平定曹家叛乱的功劳，孙镗功居第一，晋升为怀宁侯，仍掌管三千营。马昂、王翱、李贤都加封太子少保。完者秃亮因告变有功，擢升为都督，赐名马亮。追谥叛乱中死难的吴瑾为梁国公，追赠寇深为太子少保，赐谥庄愍。

至此，五年前投机发动"夺门之变"的"功臣"们尽皆灰飞烟灭，退出历史舞台。

五　西厂头目汪直

- ▲ 大太监与皇妃的前世今生
- ▲ 万贵妃权倾后宫，汪直助纣为虐
- ▲ 淫威所及，震惊京都
- ▲ 卷土重来，反攻倒算
- ▲ "只知有汪太监，不知有皇上。"
- ▲ 终生不许回朝，潦倒而终

韩雍征瑶带回的两个俘虏

天顺末年,广西瑶族聚居各县频繁发生暴乱。其中尤以盘踞大藤峡的匪首侯大狗势力最为猖獗,频繁袭击、攻陷周边的县城,杀死县官,抢走印信。大藤峡跨江耸立,地势极为险峻,官军无法进剿。周边各县百姓深受匪患之苦,频频向朝廷告急,请求发大军剿灭大藤峡的土匪。

成化元年(1465),年轻的宪宗皇帝朱见深采纳兵部尚书王竑的建议,派遣都督同知赵辅任总兵官,佥都御史韩雍总督军务,调集南京、湖广、江西都司十万士兵,及广西昆明狼兵六万,前往大藤峡清剿侯大狗匪帮。

韩雍率军抵达大藤峡口,道旁有瑶民打扮的父老儒生跪伏,口称愿为大军向导。韩雍喝令将那帮人拿下:"你等统统是匪贼,敢来诓我?"士兵果然在那些人身上搜出短刀利刃。韩雍喝令将那帮贼人推出斩首。

匪首侯大狗闻大军齐至,聚集数万土匪,悉数堵截峡南,砍伐大树,构筑坚固的栅栏,准备了大量的滚木、擂石、标枪、毒弩,企图阻击官军。

韩雍和赵辅下达了总攻击令,各路官军以神铳火器开路,举着盾牌攀缘悬崖峭壁向上仰攻。霎时喊杀声响彻山谷,飞鸟惊起,獐狍乱窜。这时县丞陶鲁率领的三百精选敢死队员从后山攀缘悬崖绝壁,潜至九层楼崖顶。这些勇士个个身怀绝技,腾挪跳跃,锐不可当。侯大狗等匪首无力抵抗,潜藏到隐蔽的岩洞中,但不久就被生擒活捉。

官军在悬崖峭壁和隐秘的山洞共搜捕出七百八十余名藏匿的土匪。此次剿匪,斩首三千二百级,坠落山涧溺水而死者不计其数。

韩雍率领大军先后攻破匪寨三百二十四个,并分兵进剿雷州、廉州等地的乱匪。至此广西叛乱被彻底平定。

韩雍带领众将来到大藤峡口,只见一条碗口粗的巨藤高悬峡江之上。身手矫健的瑶民就像猿猴似地攀着这条藤索往来峡江两岸,它是匪乱的象征。于是韩雍命士兵取来大斧,亲自手起斧落,将那条大藤斩落江中。

韩雍命将大藤峡改名为断藤峡,并在江边悬崖上摩崖刻石,记载平定叛乱经过。

参与暴乱的叛民大多被斩首示众。明朝历次平定叛乱,都有抓捕少男少女充实宫廷的习惯。永乐时六下西洋扬威海外的三宝太监郑和,就是明初沐英南征抓获的少年俘虏。此次韩雍平定叛乱,许多参与暴乱的土酋被镇压,他们的子女凡是清秀些的都被带回京都,充实宫廷,成为宫女和阉奴。

在韩雍带回的少年俘虏中,居然出了一男一女两个在历史上有名的人物:那男孩成为权倾当朝的人见人怕的大太监;女孩为皇上生了一个太子,当上了皇太后。

皇帝偷腥,纪女生下皇太子

广西贺县的纪姓土官因为参与大藤峡匪乱被杀,家产亦被抄没。他有一名十二岁的女儿长得清秀聪慧,被韩雍带回京城,充实宫廷,成为一名宫女。纪女在宫中渐渐长大,因为生性娴静聪慧,知书达理,很受宪宗的王皇后喜欢,命她管理内藏库。纪女把内藏库的金银珠宝一应账目管得井井有条。一天,宪宗朱见深偶尔来内库视察,召见纪女,详细询问库藏金银珠宝收支情况。纪女一一作答,宪宗十分满意。

那时万贵妃权倾后宫,这位比宪宗大十七岁的贵妃娘娘极为善妒,严密监视皇上的行动,不许他亲近召幸别的妃嫔。此次宪宗偶然视察内藏库,发现管库的纪女有着清水芙蓉般的美貌,不禁怦然心动。他向随行的亲信太监使了个眼色,老太监知道皇上看中了纪女,难得有这样不为万贵妃知道的机会,他自然要成就皇上的好事,于是将所有随行内侍护卫均喝出,悄悄带上内藏库的门,让皇上与纪女单独相处一室。宪宗拉过满脸羞涩的女孩的手,将她拥在怀里,亲吻着她的香唇。纪女半推半就,忍着疼痛娇啼婉转地承受皇恩布施雨露,宪宗尽兴之后方姗姗离去。

谁知只此一次临幸,纪女竟珠胎暗结,肚子一天天大起来。消息传到昭德宫，万贵妃自己生的太子不幸夭折了，不容许别人怀下龙种。于是差遣心腹宫人来内藏库察看，如属实就要实行堕胎把孩子打下来。那宫人还算有良心，回去禀报贵妃，说纪女并未怀孕，只是得了鼓胀病。过了这一关，纪女怀胎十月生下一个男婴。她深知自己生下皇上血脉难逃万贵妃的魔掌，便求老太监张敏将孩子抱出去送人。那张敏良心不坏，将婴儿秘密藏在安乐堂。后宫中好心的宫女太监纷纷凑钱买羊奶蜜糖喂养。后来被废黜的吴皇后知道了这件事，把纪女和婴儿接到自己宫中。

成化十一年（1475），宪宗在梳理头发时发现了几根白发，叹息道："朕快要老了，却没有儿子！"服侍他梳头的张敏跪奏道："万岁已有皇子了。"宪宗愕然道："皇子在哪里？"张敏道："奴才说了就会死，求万岁为皇子作主。"此时太监怀恩跪奏道："张敏所说是实。皇子藏在西内养育，现在已经六岁了。"

宪宗非常高兴，当即驾幸西内，召见皇子。纪女在安乐堂抱着儿子哭泣道："儿去，娘怕是不能活了。儿看见穿黄袍的人，就是你的父亲。"她给儿子穿上小红袍。他的胎发还没剪去，头发散披垂地，一眼看见父亲，就跑过去投入他的怀抱。

宪宗把儿子放在膝上端详良久，高兴地说："我的儿子很像朕。"他派太监怀恩去内阁告知此事，命礼部为皇子取名字，最后定名祐樘，于是廷臣相继入宫祝贺。宪宗又册封纪女为淑妃。

但不到一个月，纪淑妃突然因病去世。众人都怀疑她是被万贵妃毒害致死。皇太后周氏怕皇子又发生不测，命将皇子移居她所在的永寿宫加以保护。并迅速立他为皇太子。

后至成化二十三年（1487），明宪宗病逝，皇太子祐樘继位为孝宗皇帝，年号弘治。不久追谥生母纪淑妃为孝穆皇太后。

汪直谄事万贵妃，晋升御马监

再来说说这个男孩，其名汪直，是广西贺县一土官的儿子，其父因叛乱被杀，家产被抄没。十二岁的他长得也还清秀聪明，被韩雍带回京都，经受了残酷的净身术，送入宫中。开始时当一名打扫卫生的奉御，因为长得清秀，还能读书识字，颇受宫中后妃的喜爱。成年后被选入昭德宫，服侍万贵妃。

万贵妃因受宪宗皇帝专宠，权倾后宫。宪宗为了她将吴皇后废黜，另立王氏为皇后。万贵妃比宪宗大十七岁，但她驻颜有术，肌肤白嫩，宛如妙龄少女；且也与宪宗从小患难相处，宪宗对她有深深的依恋。她因出身卑贱不能当皇后，但却始终霸占着皇帝，不许他亲近别的妃嫔，一旦发现别的妃嫔怀了孕，她就想尽各种办法让她们堕胎。汪直是万贵妃做这些勾当的帮凶。他经常出入后宫各妃嫔的宫室，暗中打听哪位娘娘身体不适，哪位娘娘有喜了，然后秘密地报告万贵妃，派人去处置。

有一次，汪直从太医院弄来一袋麝香。他听说麝香是滑胎的灵药，便献给万贵妃。待宫中桂树飘香的时候，汪直带着几个小内侍猿猴似地爬上桂树采摘桂花，采了满满一大袋。万贵妃便将麝香拌在桂花蕊中，装进一个个小巧精致的绣花香囊中。然后当作中秋的小礼物送给皇上可能临幸的妃嫔们。

果然，有两位怀了孕的妃嫔中了招，腹中快要成形的孩子滑掉了。万贵妃得知这个消息非常高兴，决定重赏汪直。她请宪宗将汪直由少监升任御马监太监。宪宗有些犹豫，但架不住万贵妃在枕边软磨硬泡，终于答应了她。

有人劝汪直少做一些这种断子绝孙的缺德事。他满不以为然，"断子绝孙？关我什么事？"身为太监，他尽管有权有势，却孑然一身，无家无室。因此一门心思谄媚万贵妃，干尽坏事，以求得自己步步高升。

御马监是宫廷中权势仅次于司礼监的衙门。汪直靠谄媚万贵妃当上了御马监太监还不满足，他最羡慕的人是东厂提督太监尚铭。东厂是明成祖用以监视臣民的特务组织，当时已有七十余年历史。他想进一步取得皇上的信任，成为尚铭那样人见人怕的人物。

成化十二年（1476），宫中出了一个大丑闻。河北易州有个叫侯得权的人，少年时削发为僧，云游河南时遇见一位道士，教给他驱神弄鬼的符术。他便蓄起头发，由僧人变成道士。当时陕西有一个叫李子龙的人，生来有异相，名气很大。侯得权见过李子龙一面，觉得自己有些像他，便盗用其名招摇撞骗，向仰慕者诈取钱财。他来到京都，住在军匠杨道仙家。杨道仙与宫中太监鲍石、韦寒等来往甚密。鲍、韦等一见假李子龙，都仰慕他的仙风道骨，面北行礼拜为上师。当时帝后都信神佛，鲍石和韦寒便把妖人李子龙带进宫中，奉为上宾。谁知这个假神仙法缘未脱，乍见宫中这么多如花似玉的宫女妃嫔，淫心大发，连续奸淫了数名宫女，最后还与宪宗的一位妃子有染，致使其怀孕。

汪直与鲍石、韦寒等同为太监，一直互相嫉妒争权。宫中连续出现宫女怀孕，他对李子龙这个假神仙有怀疑，于是派手下暗中盯梢，发现李子龙出入那位妃子宫中便紧紧跟踪。汪直颇有心计，知道如果自己揭发此事，会使戴绿帽子的皇上难堪，便报告司礼太监黄赐，由他去彻查此事。结果李子龙勾结韦寒、鲍石秽乱宫闱事发，韦寒畏罪自杀，鲍石和妖人李子龙被凌迟处死。

此案使宪宗大为恼火，宫中出现如此丑闻，东厂特务竟毫无察觉，他对东厂提督尚铭甚为不满。由于汪直在破获此案中立了功，宪宗很欣赏他的机智与忠诚，便经常命令他突破御马监的权限，带领手下的校尉身着便衣出宫侦伺一些特殊案件，甚至于监视朝廷官员的动向。自此，汪直逐渐成为皇帝了解外面情况的得力耳目。

"你是什么人，不怕西厂吗？"

成化十三年（1477）正月，宪宗朱见深下令在西安门内建立西厂，正式任命汪直为西厂提督太监。汪直把御马监的全班人马都带过来，他所统辖的缇骑和特务人员比东厂更多。由于得到皇上信任，权势也远在锦衣卫之上。汪直想要表现自己，四面出击侦伺朝野臣民，西厂淫威所及，屡屡制造出震惊京都的大案。

建宁卫指挥同知杨晔是四朝元老少师杨荣的曾孙，其父杨泰横行乡里，因杀人案被仇家告发，刑部派人去调查。杨晔父子俩来京都活动，托其姐夫董玙以重金交结锦衣卫百户韦瑛，求他设法摆平此事。韦瑛正被汪直倚为心腹，他榨尽了杨晔的钱财之后向汪直举报。汪直将杨晔父子逮捕到西厂严加拷问，使用"弹琵琶"酷刑达三次之多。杨晔肋骨寸断，呼号欲绝，无奈供认带有金银财宝，寄放在叔父兵部主事杨士伟家。韦瑛连夜带领士兵闯进杨士伟家中,捆绑杨士伟逼他交出金银,对其进行拷打,连他妻女也不放过。翰林院侍讲陈音住在隔壁,听到杨家传出哭喊惨叫,就搭梯子趴在院墙上大喊道:"你们擅自侮辱朝廷大臣,不怕王法吗?"韦瑛手下士卒不屑地回答道:"你是什么人?不怕西厂吗?"

这件大案震惊京师,结果杨晔因受刑伤重死于狱中,杨泰论斩,董玙、杨士伟等都被谪官罢职。西厂名声大震。

这年冬天,南京镇守太监覃力明赴京进贡,返回时以百艘船只装载私盐沿运河而下,沿途骚扰州县,有司畏其权势列队恭迎跪接,贡献金帛礼物。船队行至武城,当地典史盘查私盐,触怒了覃太监,竟打折了典史的牙齿,还射杀其手下一人。

这件事闹得沸沸扬扬,汪直立刻派人去调查取证。当时覃力明是地位仅次于怀恩的权阉。汪直不畏权势,终于以有力的证据告倒了他。他亲自赶赴南京,逮捕覃力明回京审问,依律判处死刑。但宪宗最终赦免覃力明死罪,罚其守陵。从此皇上愈加认为汪直不徇私情,不畏权势,可以信任倚靠。

礼部郎中乐章与行人张廷纲出使安南回京,有人看见乐章家中喂养了两只孔雀,西厂校尉便去侦伺,怀疑乐章接受了安南馈赠的礼物。汪直便命人将乐章、张廷纲抓来审诘,二人承认确实收受了安南赠送的金钱财物。汪直上报朝廷,因这是出使番邦惯例,宪宗遂命暂停二职务。

锦衣卫百户韦瑛被汪直倚为心腹,极受信任。韦瑛极贪婪,仗势胡作非为。他到太医院索要人参灵芝等贵重药品遭到拒绝,因而怀恨在心。先是派人将太医院院判蒋崇武抓到西厂,继而派人到掌管太医院事务的左通政方贤家中搜查,找到片脑沉香等贵重药品,认定是方贤从太医院偷窃的。方贤家中还收藏有宣宗御墨和龙凤瓷器,也被搜出,并均被论罪。结果方贤被贬谪到辽东戍守。

西厂每侦查破获一个案件,经办的校尉均得到升官、赏赐。于是便有人故意伪造妖书妖言,引诱愚民相互传播,然后进行抓捕,博取立功。有一个叫王凤的村民和盲人康文秀受骗上当传播妖言,被西厂抓去,屈打成招,结果被判处死刑。适逢同籍的知县薛方和通判曹鼎闲居在家,他俩多方鸣冤施救。法司复查此案,果然是西厂校尉炮制的冤案,两人才得以释放。但汪直、韦瑛等并未受到处罚,依然横行如故。他们把黑手伸到边镇、各王府以及南北河道、盐场,四处侦察跟踪,频频制造大大小小的罪案,并趁机勒索事主,钱财和声名两得。

内阁上书,西厂被撤

汪直每天坐镇西厂,命令手下数百名校尉四出刺探。凡探事有功者都得到升为百户、副千户的奖励,因之校尉无孔不入。他们潜入宣府、大同等边镇,探知镇边总兵官等驱使卫所兵丁为自己庄园收割庄稼,及谎报边境战绩等情事。汪直便擅自拘捕边镇军官回京秘密审讯。还有校尉潜入德王府,探得王子狎亵数名尼姑之事报告汪直,遂使宗室秽名远播。汪直虽已离开宫廷,仍然干预宫中之事。他探知有两名服侍皇上的内侍接受外廷官员贿赂,为其谋求升迁,便密捕求官的人,逼得口供,迫使宪宗将那两名内侍逐往南京。如果说这些还算是犯事者罪有应得,那么因为校尉间互相竞争,有些人刺探不到重要情报,连街坊上斗鸡骂狗之事也介入抓人,轻则勒索罚金,重则投入牢狱,则是给整个京城笼上了一层恐怖色彩,以致京都说起西厂人人色变。

西厂横行,朝野不安。当时内阁首辅大学士商辂,是正统十年(1445)乡试、会试和殿试的三榜状元,这在明朝是唯一的。商辂与内阁成员万安、刘翊、刘吉联名上疏,列举汪直十一条罪状,并说:"陛下命汪直刺事,而汪直又任用韦瑛等小人,他们都称奉皇上密旨得专刑杀,擅自作威作福,虐害善良臣民。陛下如果认为这是防奸治乱不得已的措施,为什么前几年没有西厂却安然无事?前朝曹钦的叛乱就是因逯杲刺探私事激起的,应引为鉴戒。自从汪直用事,士大夫不安于职,商贾不安于途,百姓不安于业。陛下如不立即罢除汪直,天下安危实难预料!"

明宪宗见到这个奏疏,极为生气,斥道:"岂有此理!朕用了一个宦官,怎么就会危及天下?给朕查明这个奏疏是谁出的主意?"

司礼太监怀恩奉命去内阁责问。商辂正色答道:"朝臣无大小之分,有罪皆可请旨逮问。汪直却擅自抓捕抄没三品以上京官;大同、宣府是边镇要害之地,守备一时也不可或缺,汪直却一日之内捕拿数名边镇军官;南京是祖宗基业所在地,汪直任意逮捕那里的留守大臣;就连侍奉陛下的亲近内侍,汪直竟也说换就换。凡此种种,不罢除汪直,天下怎能没有危险?商辂等同心一意为朝廷除害,没有谁先谁后。"

怀恩把商辂这番辩词如实报告皇上,宪宗无言以对,只得传旨抚慰商辂等内阁成员,撤销对他们的责问。

就在此时,以兵部尚书项忠为首的六部九卿也联名上书弹劾汪直。朝廷重臣都造起反来,同声谴责。宪宗不得已,只得下令关闭西厂,汪直仍回御马监,将韦瑛调到边塞戍守,他们手下的旗校仍回锦衣卫。

西厂被撤罢,一时人心大快。但实际上宪宗仍然信任汪直,依赖汪直刺探朝廷内外的事,汪直也积极谋划卷土重来,进行反扑。

疯狂的反攻倒算

汪直虽然回到御马监,仍然留恋他在西厂的风光。宪宗朱见深仍然要依靠他打探外面的情况,让汪直找一个通文墨的人辅佐他。有个叫吴绶的人毛遂自荐。汪直让他草拟三份对奏章的批复,呈给宪宗看。宪宗很满意,于是任命吴绶为锦衣卫副千户,在镇抚司审理案件。

吴绶面貌丑陋且心地极为险恶。他曾随项忠征讨荆襄贼寇,因犯罪被项忠处罚过,因此怀恨在心。这次汪直被项忠领衔的九卿弹劾,撤去西厂总督之职,他第一个要报复的也是项忠。两人一拍即合,处心积虑地刺探项忠的一举一动,一定要把这个兵部尚书扳倒。

此时出了一件事:金吾左卫都指挥刘江被选任为江西都司巡按御使,汪直指使东厂校尉散布流言蜚语,说刘江是贿赂宫中司礼太监黄赐与陈祖生,由他俩嘱托兵部才得到这个任命的。黄赐、陈祖生在宫中地位比汪直高,他俩都是福建人。汪直在审理杨晔案时曾搜到一份杨晔准备送礼贿赂的名单,其中就有内阁商辂等人及司礼太监黄赐、陈祖生,此时呈给宪宗。宪宗一怒之下,将陈赐、陈祖生贬到南京任司礼监。汪直又指使给事中郭镗等人上书弹劾兵部尚书项忠。项忠抗辩不屈,他知道是汪直借机打击报复自己,奈何此时宪宗对汪直仍然极端信任,后悔被迫撤销了西厂,使自己没有了监视臣民的耳目。宪宗下令三法司会同锦衣卫审理此案。吴绶是镇抚司的问刑官,他肆意罗织罪名陷害项忠。结果项忠被削职为民,刘江被发配戍边。

有个名叫戴缙的御史,本性阴险狡诈,为官九年没有得到升迁。他见汪直仍然深得宪宗信任,大有东山再起之势,便投机上书宪宗道:"近岁以来,灾异屡现,上敕谕廷臣修省。未闻大臣进何贤能,退何不肖,亦未闻群臣袪何稗政。独有太监汪直,缉捕杨晔等之奸恶,惩治高崇、王应奎之贪赃,凡所摘发,允协公论,足以警众服人。惟其部下官校韦瑛辈,行事或涉张皇,为大臣奏罢。伏望陛下推诚任人,务俾宿弊尽革,然后天意可回也。"

戴缙写完草稿让吴绶呈给汪直过目,汪直看后心中大喜,让他们由通政司进呈皇上。

宪宗看到戴缙的奏章,正合他的心意。此时项忠已被削职为民,内阁商辂等也因杨晔的贿赂名单被调查,宪宗正想重新启用汪直,于是臭名昭著的西厂在罢撤一个多月后又重新开张,汪直的权势愈加炽盛。

汪直要报复商辂等奏罢西厂之仇,便仍借杨晔的贿赂名单发难。在外制造谣言,说商辂曾收受杨晔送的宋徽宗的字画等财物。商辂见戴缙上书为汪直歌功颂德,请求恢复西厂,得到宪宗赞许,感到心灰意冷,一再上书请求去职还乡。宪宗假惺惺地挽留一番之后同意了他的请求,颁诏加封商辂为太子少保,赐给敕书,乘驿站车马归家。

汪直炮制的杨晔贿赂大臣案,牵连到刑部尚书董方、都御史李宾等,二人都被迫致仕。戴缙又上书请皇上命两京大臣陈述自己的功过,借以排斥汪直不喜欢的官员。一时间黑云压城城欲摧,朝中名臣如尚书薛远,侍郎滕昭、程万里等数十人被免官罢职,或被放逐偏远地区。而对汪直极尽谄媚之能事的戴缙,不久即被擢升尚宝少卿,一年后又被提升为右佥都御史。另一名御史王亿更肉麻地吹捧汪直,上书说:"直所行事,不独可为今日法,且可为万世法。"其媚态令人作呕,遭人唾骂。然而王亿却得到了回报,他被升为湖广按察副使。

朝中正直的大臣陆续被罢黜的被罢黜,致仕的致仕,最受汪直信任的都御史王越却加封太子太保，进兵部尚书兼左都御史，增正一品俸禄。当时汪直坐镇西厂，吏部尚书尹旻率领一些官员想去拜谒他，托王越代为引荐。尹旻私下问王越，见汪太监时是否要跪拜？王越道："哪有六卿给人家下跪之理？"

到了西厂，王越先进去通报。尹旻远远隔着帘子望见王越对坐在堂上的汪太监下跪行礼。于是尹旻率领众官员进去，同样给汪太监下跪行礼。汪直非常高兴。

见过汪直出来，王越讽刺尹旻身为六卿之长竟给太监下跪，有辱斯文，尹旻冷冷地说："我看见有人跪了，不过效法他罢了。"

汪直欲立边功巡行辽东、宣府边塞

汪直在朝中权势日益显赫，然而他并不满足，一心想效法太监前辈王振，干预军国重事，建立边功，封侯拜爵，留名青史。当时巡抚辽东的右都御史陈钺在边境挑起事端，趁建州女真部落没有防备，派兵突然袭击其游牧营帐，袭杀老弱居民数十人，抢夺了一批驼马，并据此向朝廷请功，因而激起边廷事变。汪直认为这是个好机会，想借此机会亲自前往辽东平息事态以立边功。

宪宗拿不定主意，派司礼太监怀恩前往内阁会同兵部商议。怀恩提议兵部派大臣前往辽东，以免汪直借机干预边事遗留后患，兵部侍郎马文升迅即支持。怀恩将内阁商议结果报告皇上，宪宗决定派马文升携带诏书前往辽东安抚，平定事变。

汪直很不高兴，想派他的心腹太监王英一同前往辽东，又遭到马文升谢绝。马文升飞驰辽东，向建州女真诸部宣谕安抚慰问，逐渐平息了事变。

汪直没读多少书，治理国家之事玩不转，守着西厂这一亩三分地也没多大出息，便一心想像当年俘虏他的韩雍那样领兵征战，扬威疆场。他以协调驻辽东宦官与边将关系为由，再三要求皇上批准他去辽东。宪宗无奈，只好答应了。汪直便带着王英等随从每日急行数百里。途中他耀武扬威，动不动鞭挞惩罚迎接迟缓的地方官，远近驿站一片哗然。巡抚陈钺有意投靠汪直，先派人贿赂他的左右随从，并令汪直所过之处的乡民在道旁跪拜迎接。等到汪直到达辽阳，他亲自率领众官员在城郊迎接，迎着汪太监的马头跪伏于地。汪直非常得意，陈钺为汪直备置了装饰极奢华的营帐和鼓乐舞女，极为丰盛的酒肴，用以讨取汪直的欢心。又以金银贿赂汪直的随从人员，于是这些人交口称赞陈钺。陈钺终于得到汪太监的信任，此后便被汪直倚为心腹，累累在皇上面前举荐他，陈钺后得以位列九卿。

辽东女真部落的骚动本来已由马文升安抚平息，汪直到达开原后，又一次代表皇帝颁诏宣抚。马文升只得把平息骚乱的功劳拱手让给他，汪直刚开始内心还有些惭愧。但后来马文升见王英等在边关胡作非为，勒索官民，便加以斥责，又得罪了唯我独尊的汪太监。

陈钺对马文升又怕又恨，唯恐他向朝廷举劾自己杀戮女真部落牧民挑起边衅的罪行，如今攀上汪直这个大佬，便拼命向汪太监进谗言，想尽办法要扳倒马文升。

汪直回京后便颠倒黑白，向宪宗禀报：马文升行事失当，禁止向边民买卖农具，以致酿成边民骚乱。却只字不提陈钺袭击女真营寨杀戮老幼之事。宪宗又派定西侯蒋琬和刑部尚书林聪随汪直去辽东调查落实，蒋、林二人畏惧汪直的权势，虽然查实马文升只是禁止买卖兵器而非农具，仍然不敢违逆汪直据实上报。结果挑起边衅的陈钺未受处罚，正直的马文升倒被逮捕入狱，被判处谪戍四川重庆卫。

过了一年，宪宗又派汪直巡视宣府、大同边塞。这一次汪太监更加威风，他所到之处地方官整治膳食馆舍，陈设帷帐直达百里之外。宣府、大同的守备官员和镇守武臣全都披戴盔甲出迎，跪伏道旁叩头，直到汪太监过后才敢起身。到了休息的馆舍，当地官员跪在外面请求接见，汪直将他们斥退。而汪直的左右随从却大肆向地方官员和镇守武臣索贿，边塞储备为之一空！

陈钺深知汪直想建立边功，尽管当时关外的女真人势力已弱，根本无力侵犯中国，他却故意夸大敌情，请求汪直向朝廷调大军东征。成化十五年（1479）冬天，宪宗派抚宁侯朱永任总兵官，汪直监军，陈钺参赞军务，率军十万讨伐建州女真。

汪直等统率大军出关到达广宁，碰到建州头目率领六十余人的驼队前来进贡。汪直立功心切，不问青红皂白，将六十余人全部斩杀，诬称他们是伪装成进贡驼队前来窥探大军行止的间谍。接着又率大军进袭建州，当地女真族人毫无防范，青壮者逃入深山藏匿，剩下的老弱妇孺，或杀或掳。为了多报斩首级数，汪直还挖掘新埋墓葬砍下死人头颅充数。女真人的帐篷庐舍也统统被焚毁殆尽，成为一片焦土。

汪直总算建立了一次"军功"，他得意洋洋地奏凯向朝廷请功。按例太监不能封爵，得加禄米六十石。总兵官朱永进封保国公，陈钺擢升右都御史，后又改为户部尚书。

来年春天，建州女真纠集外族部落兴复仇之师，大举入侵辽东，深入云阳、清河等县烧杀掳掠，势甚猖獗。他们抓到明朝守军或地方官吏，残忍地将他们肢解，捣碎尸骨，以报仇泄愤。他们大肆抢掠边民牛畜财产，烧毁房屋。边将们都不敢抵敌，纷纷敛兵自保。当时辽东巡抚陈钺还在等朝廷封赏进京当尚书，便隐匿建州女真入侵之事，不向朝廷报告。致使辽东广大地区百姓深受其苦。

汪直立了"边功"回到京都，已不满足于当西厂的特务头子，一心想当统帅。后来安南发生骚动，汪直又要宪宗发兵征讨安南。兵部郎中陆容上书道："安南臣服中国已久，至今事大之礼不亏，叛逆之形未见，一旦以兵加之，恐遗祸不细。"朝廷大臣尽皆反对轻启战端。汪直仍不罢手，传圣旨调永乐时征调军队征伐安南的簿籍。兵部郎中刘大夏故意藏匿不给，并密报兵部尚书余子俊说："安南边衅一开，生民必遭涂炭。"余子俊也极力反对征伐安南，此事方才搁浅。

王越、陈钺谄媚汪直，争立军功

朝廷中汪直的死党右都御史王越见陈钺跟随汪直立了军功，晋升尚书，非常眼红。恰逢延绥守将报告鞑靼贼寇偷偷渡过黄河来犯，王越极力怂恿汪直率师出征。于是宪宗又命朱永、汪直率师北征，王越如愿参赞军务。

当时鞑靼首领伊斯玛音并没有入侵中原的打算。王越倒有些军事才能,他探知伊斯玛音驻军威宁海子,便与汪直率领大同、宣府两镇两万精兵,以大风雪作掩护,奇袭威宁海子贼营,伊斯玛音仓皇逃入大漠。王越、汪直趁势斩其残余数百,缴获马驼牛羊几千头;后又追至榆林而还,向朝廷报捷。王越因此战晋封威宁伯,宪宗又将汪直的俸禄增至三百石。

因王越是文臣,受汪直庇护得封伯爵,食禄一千二百石,此时他理应辞去都御史之职。可汪直又指使言官上书请按前朝王骥、杨善之例,让他仍兼领都察院事,还提督十二京营,集军权和监察权于一身。

陈钺冒功升任户部尚书后仍不满足,又挑唆汪直排挤正直的兵部尚书余子俊,趁他母亲病故,鼓动言官上书让他回家守孝三年。由此陈钺得以代行兵部尚书一职。汪直经"两钺(越)"将兵权牢牢掌控在自己手中。而极力吹捧汪直的戴缙也晋升为右都御史,进入朝廷重臣行列。

在此之前,接任辽东的巡按王崇之经过察访,发现陈钺的所谓军功完全是杀戮无辜,挑起边衅,且至今未能平息,于是上书朝廷,弹劾已调入朝中任户部尚书的陈钺。陈钺心生恐惧,便与汪直密商对应之策。

王崇之初到辽东时,作为钦差大臣接见驻军都指挥等人时有些大大咧咧,坐在堂上不曾还礼。汪直便以他违反礼制为借口,将他逮捕入狱,后来判其输纳钱粮赎罪,降为延安推官。

接替王崇之巡抚辽东的又是一名御史强珍,他是成化二年(1466)的进士。在他赴任之初,就有知情人劝告他吸取王崇之的教训,不要得罪汪直、陈钺等人。强珍到任之后,了解到由于陈钺等杀戮无辜冒功,挑起边衅,建州女真正准备大举入侵报仇。而陈钺和官宦韦朗等隐匿军情,直到陈钺当上户部尚书后才轻描淡写地上报。强珍明知汪直势大,庇护陈钺,仍然上书朝廷请求判处陈钺欺瞒之罪。

强珍的奏章下送兵部核实,当时尚书余子俊尚在任,也证实确有其事。但宪宗刚刚提升陈钺为户部尚书,不愿自己打自己嘴巴,仅仅停发陈钺、韦朗和总兵侯谦的薪俸了事。

后来汪直由辽东回到京师,陈钺出城五十里恭迎。二人密谈,陈钺说强珍不仅举劾自己,还说杀降挑起边衅汪直也有份。汪直勃然大怒,回到宫中便向宪宗抱怨：自己冒着生命危险出征，却遭小人陷害。逼得皇上下诏，派遣锦衣千户萧聚前往辽东调查核实。萧聚秉承汪直旨意，不问青红皂白，将强珍械系回京。等到强珍抵达京师，汪直将他关在御马监，拷打审问，无所不用其极。

后来强珍被移交三法司审问。此时汪太监势焰熏天，谁也不敢拂其旨意。法司判处强珍奏事不实之罪，以最轻的处罚令其输纳钱财赎罪。汪直仍然不满，从宫中传出圣旨：令将强珍谪戍辽东；免去陈钺等人停发薪俸的惩罚，反而将兵部及曾经举劾陈钺的言官各罚俸三个月。

汪直势大，招人眼馋，还引发了一桩冒称汪太监的案件。

江西人杨福也是一个阉人，他曾是崇王府的内使，曾随崇王进京。后来杨福到了南京，遇到他的人都说他面貌酷似西厂提督汪太监。杨福便起心冒充汪直。他邀人冒充西厂出来探事的校尉，簇拥着"汪太监"从芜湖经苏州、常州、杭州至四明，一路乘坐驿站最豪华的车马，享用最上等的膳食。地方官也闻风前来奉迎拜会，赠送礼物。杨福一行人抵达福州后，镇守太监卢胜闻汪直到来，感到诧异：西南无事，汪太监怎么会迢迢千里来这里？卢胜原来是宫中的老太监，是看着汪直长大的。他让手下人去谒见杨福，自己躲在外面观看，发现那位坐在堂上的"汪太监"仅外形酷似，个头也相差无几，但一开口声音完全不对，也不太懂宫中规矩，无疑是个冒牌货。于是卢胜立即差人将杨福一伙人逮捕，经过审讯，押赴京都处决。

小太监阿丑讽言谏主

朱见深是个生性懦弱的人，他内惧万贵妃，外惧强悍的西厂太监汪直。幸亏汪直热衷于建立边功，于是宪宗索性降旨，命汪直总镇大同、宣府，长期驻守边关。一有战事，便派汪直为监军，王越或陈钺参赞军务。情愿让他们立军功，封侯拜爵，享受特殊的俸禄，只求他们远离自己身边，少干预朝政。

朝廷中正直的官员对西厂特务横行，汪直及其党羽的专横跋扈进行了不懈的打击，许多御史、给事中因此丢官罢职；有的遭到汪直党羽的报复，被关进诏狱，或谪戍万里之外。

在宫中，汪直的后台万贵妃渐渐年老色衰，虽然生性懦弱的朱见深仍然对她有些畏惧，但她显然已经不能专宠于后宫，其他妃嫔陆续为皇上生了几个皇子、公主。

一天，朱见深在宫中带着几名宠妃去观看俳优表演。舞台上有一个叫阿丑的小太监装扮成醉汉，端着一只酒碗，一边喝一边胡言乱语地骂大街。旁边有人提醒阿丑道："皇上驾到！"阿丑依然嘴里嘟嘟囔囔，漫骂如故。这时，舞台深处出现一个背插鸡毛没有胡须装扮成太监汪直的人。那人又提醒阿丑道："汪太监来了！"阿丑立刻吓得扔掉酒碗，屁滚尿流地拔腿就跑，一连跌了几跤。还朝舞台下说："现在的人只知有汪太监，不知有皇上。"

过了一会儿，阿丑又装扮成汪直的模样，手里拿着两柄纸做的大斧上场，一副威风凛凛的模样，喝念道："吾将兵，仗此两钺耳！"旁边的人问道："这是什么钺？"阿丑挥舞双斧道："这是王越，这是陈钺。厉害不厉害？"

台下的朱见深看着表演，暗暗发笑，不过心里也有所感悟：连宫中小丑都知道汪直恃宠跋扈专权，再不抑制他，如何了得？

正好东厂提督太监尚铭趁着汪直在外监军的机会，向皇上举劾汪直将许多宫中后妃内斗情况，甚至皇上的宫闱私事，泄露给军中的人，使宪宗非常恼火。于是尽管边境已经安然无事，汪直和王越一再请求班师回朝，宪宗都不准他们班师。而且为了防止他们拥兵自重，又下令将京营万余名士兵抽调回北京，削弱他们所辖的兵力。

后来，大同总兵孙钺去世。宪宗正式任命王越代替总兵之职。而大学士万安又向宪宗上书，说王越足智多谋，跟汪直在一起恐生不测，应将他俩分开。于是宪宗便将王越调去镇守延绥，让汪直单独留在大同，并派亲信太监去监视他们的行动，随时报告朝廷。

罢撤西厂，汪直贬谪南京御马监

宪宗不许汪直回朝，负责进谏的御史、给事中们感到汪太监已经失宠，便争相上书请求罢撤作恶多端的西厂，但宪宗未予理会。

东厂提督太监尚铭正逐渐取代汪直深受皇上信任。尚铭结交内阁首辅大学士万安，怂恿万安上书皇帝："陛下欲安畿内，悉臣民之事，东厂法制完备，容易遵循。西厂的建立本是权宜之计，现弊病丛生，臣民怨声载道。宜罢撤革除。"

宪宗便顺应民意，下令罢撤西厂。凡有罪的校尉交有司惩处，其余的人并归东厂。

一时之间，朝野内外一片欢欣鼓舞。西厂撤除之日，京城百姓敲锣打鼓鸣放鞭炮，庆贺清除了这祸害臣民的毒瘤。

西厂被撤是汪真失宠的正式信号，于是朝臣们又争相举劾其党羽。右军都督马仪分管北疆防务，非常了解陈钺等冒功挑起边衅之事。因而率先上书说："陈钺巡抚辽东时，侵占国库金银，交结谄事宦官，私自役使军官，入京刺探朝廷机密，擅自杀害建州贡使，挑起边衅。又和太监汪直一道陷害侍郎马文升和御史强珍，以莫须有之罪令其谪戍边塞。陈钺之子陈澍，冒功受锦衣卫千户，仗势牟取私利。"

当时举劾陈钺的人很多。他残杀建州贡使后，蒙古各部落为复仇使战乱连绵不断，他是罪魁祸首。可是马文升和强珍的谪贬，都是宪宗自己偏信汪直做的决定，他不想否定自己，于是从轻发落陈钺，让他从兵部尚书任上退休回家闲住。他的儿子陈澍被调到永平右卫，降为百户。

汪直在大同仍然好大喜功。成化十九年（1483）五月，他奏报鞑靼小王子屡屡越过边界侵犯大同，请调两万京军赶赴边关支援。接替陈钺任兵部尚书的张鹏是个稳健派，他上奏说："目前正是盛暑时节，军队难以长期戍守。大同周边各卫兵马已有四万人，若镇守大臣边将与官兵勠力同心，是完全可以抵御鞑靼入侵的。"

宪宗此时已忌惮汪直拥兵自重，自然不愿增派军队去大同。王越已与延绥总兵许宁互换防地。许宁来大同后，汪直仍像对待王越一样，视他为自己的僚属。而许宁素来心高气傲，知道汪太监已经失宠，毫不理会他。两人竟因为议事时争座次，差点动起手来。

巡抚郭镗将此事上报朝廷。明宪宗便借此机会，以将帅团结安定边关为由，将汪直调任南京御马监，另派宫中太监蔡新去大同取代汪直。

汪直出任西厂提督之前就是御马监太监，这次调任南京御马监是明显的贬降。而且他回到京城，进宫后连万贵妃都没有见到，宫中太监均视他为异类，不许他在宫中逗留。

百官声讨，汪直被贬为奉御，党羽皆逐

汪直被贬至南京，预示着汪直及其党羽将被彻底清算。先是御史徐镛等上书，历数汪直的罪恶："先与王越、吴绶、戴缙等结为腹心，大肆罗织，中外寒心。天下之人但知有西厂，而不知有朝廷；但知畏汪直，而不知畏陛下。续又听信陈钺，诬执建州进贡夷人，请兵征剿，妄报功次，倾盗府库。未及班师，夷人遂即报仇。陈钺等冒功升者数百人。而王越不预此，乃为别图密谋，偕汪直往大同，暗地拨兵，连夜出境，至威宁海子鞑贼家口休息处，杀掳老幼妇女，妄报大功，冒滥升赏，不顾启衅。致使北狄积愤，大入我边陲，声言报复威宁海子之怨。军民横罹锋刃，致劳九重霄旰之忧。而汪直等若罔闻知，其罪尚可容耶？伏乞将直等明正典刑，籍没家产，为奸臣结党欺罔弄权，擅开边衅之戒！"

随后又有多名御史、给事中联名上书，总结了汪直八大罪状：一是背弃皇恩，欺君罔上；二是假冒战功，滥杀无辜；三是侵盗国库金银；四是诬陷良臣，奖赏奸邪；五是擅自作威作福；六是招降纳叛，结党营私；七是朋比为奸，乱政；八是任意挑起边衅事端。要求将汪直明正典刑。

明宪宗虽然认为汪直犯了重罪，但始终没有背叛朝廷，并且许多决定都是自己作出的，他不想否定自己。于是下诏对汪直从轻处分，将他贬为南京宫中奉御。汪直御马监太监的头衔被剥夺了，重操旧业成了一名打扫宫廷的奉御。

汪直的党羽都得到清算。王越被从延绥召回，剥夺了伯爵称号，夺去其诰券，编管安陆州。他的两个儿子原是因王越战功得官，此时均被削职为民。陈钺已经退休，不再追究其罪责。已当上南京工部尚书的戴缙和锦衣卫千户吴绶都被削职为民。谄媚汪直得到升迁的工部侍郎张

顺，令其致仕回家。汪直的打手韦瑛原已贬至万全卫服役，他又想邀功，诬报万全卫指挥刘德兴图谋不轨，经调查纯属诬告。宪宗以其怙恶不悛，将其处以死刑。

　　正直的大臣陆续复职，朝野快慰。作恶多端、显赫一时的西厂太监汪直最后终老南京。他居然得到善终，这在明朝不法权阉中是唯一的。

六 "立地皇帝"刘瑾

- ▲ 飞鹰走狗，不理朝政
- ▲ 群臣上书诛杀"八虎"
- ▲ 一夜风云突变，刘瑾疯狂反扑
- ▲ "先生如此厚待我！"
- ▲ 三百名官员罚跪金水桥
- ▲ 平定西夏，计除刘瑾
- ▲ 凌迟三日，割千余刀

荡子皇帝登基，太监刘瑾用事

明孝宗朱祐樘是明朝中叶一位守成的皇帝，他在位十八年，革除了前朝一些积弊，如斥逐揽权的佞幸李孜省、太监梁芳、外戚万喜等。罢撤传奉官数千名；任用贤能文官辅政。朱祐樘终生只娶皇后张氏一人，后宫没有其他妃嫔。但到后期朱祐樘宠信太监李广，迷信长生不老之术，大招番僧方士入宫，研究符箓祈祷斋醮等术。李广因得皇上信任，买官卖官，权倾中外。七十岁的王越因是汪直党羽被贬谪，他以重金贿赂李广，得重掌三边总制大印。李广又劝孝宗大兴土木，建毓秀亭于万岁山。亭刚建成，张皇后所生幼公主忽然夭逝，接着太皇太后周氏所居清宁宫发生火灾。钦天监官员奏称是建毓秀亭犯了岁忌，才有此灾变，祸及宫廷。因灾移居仁寿宫的太皇太后骂道，"今日李广，明日李广，日日闹李广，果然闹出祸事来了。李广不死，不知还有多大的祸事？"这话传到李广耳中，心想："这遭坏了！得罪了太皇太后，还有什么好日子过？"他越想越怕，悄悄在家中饮了毒酒，第二天便直挺挺死在床上。

朱祐樘对李广之死颇为惋惜，转念一想，李广颇有道术，可能羽化登仙去了。便命内侍去李广家搜寻家藏长生秘籍。内侍将李广家所有写了字的书簿全数搜来。朱祐樘一一翻看，并没有什么服食炼丹的秘籍，全都是出入往来的账目：某日某文官馈黄米若干石，某日某武官馈白米若干石。这位憨皇帝不禁诧异道："李广一家能吃多少黄白米？况且他家狭小，哪能窖藏这么多米？"内侍奏道："万岁有所不知，李广这是用的隐语，黄米就是黄金，白米就是白银。"朱祐樘方才醒悟，李广擅权纳贿如此严重，于是大发雷霆，命令刑部按李广账簿所列进贿名册一个一个拿问。这些官员急了，只好去乞求张皇后之兄寿宁侯张鹤龄，黑压压跪了一地，求他去皇后面前说情。后此事竟不了了之。

孝宗朱祐樘三十六岁时驾崩，传位给唯一的皇子朱厚照。这位不满十五岁的正德皇帝在当太子时就极好玩乐。太监刘瑾、马永成、谷大用、张永、罗祥、魏斌、邱聚、高凤等八人号称"八虎"，日夜诱导朱厚照击球走马，放鹰逐犬，甚至私自出宫招妓，逛相公堂子，朱厚照经常日上三竿高卧未起，把五更上朝的文武百官晾在殿堂里。每月的经筵进学他也借口要拜见母后不去。

刘瑾本姓谈，是京畿兴平县人，幼年入宫投靠刘姓太监，改名刘瑾。孝宗时刘瑾犯法当死，侥幸得免。弘治五年（1492）被派到东宫，伺候刚出生不久的皇太子。他看着太子长大，对朱厚照的性格影响极大。弘治晚期战事频仍，朱祐樘无暇顾及太子的教育。太子从小只爱嬉戏游玩，不爱读书。刘瑾专门投其所好，从宫外搜罗各种奇巧玩物，任其玩得昏天黑地。十几岁太子就懂了男女之事，刘瑾等竟带他私自出宫逛相公堂子，嫖男妓，继而假扮盐商到妓院勾栏鬼混。他终生淫荡不羁的恶习就是那时养成的。

朱厚照即位不久，就提升刘瑾任内宫监太监兼总督团营。这是明显违背先帝遗愿的事，明孝宗遗诏要罢撤派驻边镇监枪的宦官，以及各城门镇守的宦官。孝宗的遗诏，朱厚照概不遵行，反而听信刘瑾的建议，让派驻大同宣府等重要边镇监军的宦官每人交纳数万两银子即可留任。这样既让宦官们继续保留监军的权力，又敛聚了大量钱财供朱厚照这位花花皇帝大肆挥霍。

正德元年（1506），皇太后张氏想要用宫廷生活管住朱厚照，为他举行大婚仪式，娶纳一后二妃。可是在外面风流浪荡惯了的朱厚照，一点也不喜欢大家闺秀出身的皇后夏氏，勉强相处了两天便搬回乾清宫。而沈、吴两位贵妃竟终生未被皇帝召幸过一次！

朱厚照经常微服出宫，由太监罗祥陪同乘坐小轿到南城韩家谭附近的相公堂子和本司胡同的娼寮去鬼混。他化名山西盐商少掌柜，出手极为阔绰，赏赐留宿的小郎和妓女每次都是几个数十两的金元宝。遗憾的是，每晚都要在天亮前返回宫中，这使朱厚照的浪荡生活不能尽兴。后来，刘瑾与马永成等商量，为避免皇上出宫麻烦，诏令户部拨银二十五万两，在宫城西华门外强拆大片民居，兴建离宫别苑数百间，号称豹房。刘瑾深知主子酷爱鹰犬，豹房内饲养了许多高大威猛的藏獒和猎鹰。他们除了在宫中挑选皇上喜爱的宫女、小太监来豹房服侍朱厚照，还征召京城各大妓院的头牌歌妓和相公堂子的小郎前来献艺。凡被朱厚照看中的就留在豹房供其日夜淫乐。

由于朱厚照大肆挥霍，朝廷经济严重恶化。正德元年（1506）户部库存只剩六十余万两了。刘瑾等人派出许多爪牙到京畿各县跑马圈地，奏请兴建皇庄数十座，大量侵占农民的耕地。地方官员畏惧宦官权势，敢怒而不敢言。户部尚书韩文多次奏请革除皇庄，正德皇帝都被刘瑾唆使，将奏折搁置一边不予理睬。以致王公外戚等权贵竞相效尤，仗势侵夺民田兴建庄园，鼎盛时竟达三百余处。京畿各县平民百姓苦不堪言。

百官上书，要求诛杀"八虎"

对于朱厚照听信刘瑾等的教唆，不理朝政，恣意嬉戏淫乐，倒行逆施的行径，受先帝顾命的大学士刘健、谢迁、李东阳等忧心忡忡，频频上书规劝。可是玩野了的朱厚照对阁老们的规劝置若罔闻。

刘健急了，最后上书直指皇上所犯错误："近日以来，免朝太多，奏事渐晚，游戏渐广，经筵日讲直命停止。臣等愚昧，不知陛下宫中复有何事急于此者？夫滥赏妄费非所以崇俭德，弹射钓猎非所以养仁心，鹰犬狐兔田野之物不可育于朝廷，弓矢甲胄战斗之象不可施于宫禁。今圣学久旷，正人不亲，直言不闻，下情不达，而此数者杂交于前，臣不胜忧惧！"

刘健还亲手写了五条禁令，让朱厚照贴在御座旁朝夕警醒：曰毋单骑驰驱，轻出宫禁；曰毋频幸监局，嬉戏狎乐；曰毋泛舟海子，辄蹈险地；曰毋事鹰犬弹射；曰毋纳内侍进献饮膳。

朱厚照正值十五六岁青春发育期，身边又有这么多"贴心"的太监哄着他恣意玩乐，哪会听从刘健的规劝？他常常在豹房睡得日上三竿方才摆驾来上早朝，让五更起来候朝的文武百官和朝觐的外国使节干等几个时辰。他们都早已困倦得东倒西歪不成体统，连殿前值侍的武士都扶着兵器睡着了。

这些劣迹又被大臣们上书谴责，说皇上恣意嬉乐有失国体。大臣们的上书有的被太监们故意隐瞒不让皇上看到，有的干脆被扔进了废纸篓里。刘瑾、马永成等又耗费大量国孥在宫内修建街市，让朱厚照装扮店铺掌柜，与扮成顾客的太监们吆五喝六做买卖，甚至故意学市井流氓互相吵架、谩骂斗殴，以此取乐。皇太后张氏偶去探望，看到一身店铺老板打扮的朱厚照，惊得瞠目结舌。

朱厚照亲信宦官，肆意玩乐，不理国政的行径使朝中大臣甚为忧虑。主管国家财政的户部尚书韩文，面对千疮百孔的国政，空空如也的国库，每每唏嘘泪下，泣不成声。户部主事李梦阳是个豪爽的文人，曾以"怒鞭国舅爷"的壮举扬名京畿。他见韩尚书伤感唏嘘、老泪纵横，进言道："大人流泪，学生深知是因为宫中太监干预政事，引导皇上奢靡浪费，致使国库空虚，捉襟见肘。近来各地言官弹劾刘瑾等宦官干政，主张去除他们的呼声甚大，大人应该在此时率领大臣们力争，清除掉这八个阉官！"

韩文深受鼓舞，捋着雪白的胡须挺胸誓道："对！纵然谋事不成，我这么大把年纪死亦不足惜，不死不足以报国！"

韩文即令李梦阳代自己起草奏疏。李梦阳在弘治时曾以洋洋数千言的"应诏上书疏"力斗国舅寿宁侯张鹤龄而扬名天下。韩文又嘱咐李梦阳道："奏章不可太文雅，文雅恐皇上看不懂；也不可太长，太长怕皇上没耐心看完。"

李梦阳兴奋地接受了这个使命，连夜挑灯奋战，将奏疏全文赶写出来，呈给韩文。韩文亲作删改后，便带到朝房内，给六部九卿传观，让他们一一签名，各部大臣一致叫好，便于当日早朝，呈给正德皇帝。奏疏大意如下：

> 臣等伏睹近日朝政益非，号令失当，中外皆言太监马永成、谷大用、张永、罗祥、魏彬、邱聚、刘瑾、高凤等，造作巧伪、淫荡上心，击球走马、放鹰逐犬、徘优杂剧，错呈于前，至导万乘之尊与外人交易，狎昵媟亵，无复礼体。日游不足，夜以继之，劳耗精神，亏损志德。此辈细人，惟知蛊惑君上，以便己私，而不思皇天眷命，祖宗大业，皆在陛下一身，万一游宴损神，起居失节，虽斋粉若辈，何补于事？窃观前古阉官误国，为祸尤烈。汉十常侍，唐甘露之变，其明验也。今永成等罪恶既著，若纵而不治，将来益无

忌惮，必患在社稷。伏望陛下奋乾纲，割私爱，上告两宫，下谕百僚，明正典刑，潜消祸乱之阶，永保灵长之祚，则国家幸甚！臣民幸甚！

韩文请求诛杀"八虎"的奏疏由六部九卿签名连署。同时内阁成员刘健、谢迁、李东阳也积极响应，联名上书要求清除"八虎"，以正朝纲。两份奏疏在当天早朝时当面呈给正德皇帝御览，朱厚照草草看罢，见朝臣们一致要求诛杀"八虎"，顿时惊出一身冷汗，急急退朝。一想起要杀掉陪伴自己玩乐的宦官，正德皇帝竟然悲伤地哭泣不止，连午饭都没吃。踌躇良久，他试着派遣司礼太监王岳、李荣等前往内阁商议处置"八虎"的办法，一日往返三次，传达皇上的意思，拟将"八虎"徙至南京闲住。内阁首辅刘健慷慨激昂地道："先帝临崩，执老臣手，嘱咐大事，今陵土未干，逐使宦竖弄权，败坏国事。臣若死，有何面目见先帝？"大学士谢迁亦正色道："此辈不诛，何以副先帝遗命？"王岳身为司礼太监，对"八虎"的嚣张也看不惯，认为内阁要求诛杀"八虎"有理，只得返回宫中向皇上复命。

大臣们见皇上对处置"八虎"犹疑不决，上朝时聚在一起议论，大多数人持坚决态度，认为开弓没有回头箭，不杀"八虎"决不罢休。兵部尚书许进却认为："过激也恐生变。"

果然，此事在一夜之间发生了翻天覆地的变化！

风云突变，刘瑾咸鱼翻身！

当时的吏部尚书焦芳，是个不学无术的人物。当年他求晋升学士，受到内阁彭华等反对，他竟放出狠话："我当不了学士，将刺杀彭华于长安道中！"正德登基，吏部尚书马文升因反对刘瑾等宦官，被迫致仕退休。焦芳见刘瑾等宦官势大，遂卖身投靠成为阉党成员，得以升任吏部尚书。焦芳虽然也在六部九卿的联名上书中签了名，却暗地把内阁和大臣们的行动密报给刘瑾。他得知内阁大臣们已同司礼太监王岳、李荣等商定，明日一早发旨捕奸，诛杀"八虎"。便暗地急忙将这个信息通知宫中的刘瑾。

刘瑾与马永成等正躲在宫中秘商对策，得到焦芳的密报，一个个吓得面如土色，惊恐万状，有的还偷偷哭泣起来。

刘瑾身为众阉之首，心想自己此刻决不能慌乱，一慌乱便没救了！他镇定地喝叱道："慌什么？此刻你我的头颅还架在项上，有口能言，有舌能辩。大家随我来！"

刘瑾知道，杀不杀他们，全凭皇上一句话。十六岁的少年皇帝，决不愿意失去他们这些带给自己快乐的玩伴。可恨的是他们那班同类——王岳、李荣那些老太监，居然附庸左班文臣，落井下石，必欲置他们于死地。刘瑾知道目前文臣们势大，皇上受他们胁迫。但到底怎样处置我们八个人，全在皇上一句话。事情并没有到不可挽救的地步。

正德皇帝正在乾清宫为文臣们联名上书请诛"八虎"之事发愁。刘瑾带着马永成等七人未经通报进入宫中，一个个除去冠戴，环跪在他面前，伏地磕头痛哭："爷爷饶命！爷爷饶命！"

正德一愣："你们这是干什么？"

众人一个劲地流泪号哭，刘瑾泣诉道："大臣们商议好了要杀奴才们，若不是万岁施恩，奴才们早已磔死喂狗了！"

正德毕竟年轻，被他一激，负气地道："不经朕同意，谁敢杀你们的头？"

刘瑾示意众人停止哭泣，他要用感情打动朱厚照，便一把眼泪一把鼻涕地奏道："奴才们在御前伺候，无非想让爷爷过得舒坦些，玩得开心些。尽管多花了些银子，也没有死罪呀？这些大臣敢于逼宫，实因宫内有人与他们联手。王岳身为司礼监，与李荣、范亨等勾结，一心想限制爷爷不要出宫。他们把奴才们视作眼中钉，必欲除之而后快。奴才们死不足惜，只恐以后他们会勾结外朝，限制爷爷的行动。"

朱厚照一想司礼监王岳等与外朝勾结限制自己的行动，将来自己要什么地方也去不了，豹房也待不住，要搬回宫里去了，那多无趣！必须撤了这老狗的职。便道："王岳如此奸刁，理应惩处，让他到南京守陵去！"

刘瑾一听皇上如此说，喜出望外，连忙爬起来，为正德准备朱笔伺候。朱厚照不假思索，提起朱笔，钦点刘瑾任司礼监掌印太监，兼提督团营，邱聚提督东厂，谷大用提督西厂，张永等分司营务。并下令锦衣卫速将王岳、范亨、徐智等太监拘至诏狱，听候处理。

刘瑾等原本已掌握宫中禁军，现在有了皇上圣旨，便立即行动起来，当晚立即抓捕王岳、李荣两位老太监和不与刘瑾等沆瀣一气的范亨、徐智、宁瑾等太监，将他们关在镇抚司，严加拷问。

闹腾了一晚，到了天明，内阁及文武大臣齐集朝房，期待皇上降旨将刘瑾等"八虎"明正典刑。谁知突然传出宫中发生内变，刘瑾升任司礼太监，"八虎"均获重用，而王岳等被放逐南京守陵。

突发如此惊天剧变，朝中大臣们心知大势已去。年轻的正德皇帝重用刘瑾等"八虎"，以后朝廷将永无宁日！

忠良遭黜，奸佞掌权

在明朝的宫廷中，由宦官分管十二监、四司、八局，统称宫中二十四衙门。其中司礼监掌印太监是宦官中官阶最高、权势最大的。由于司礼监掌握着代皇上"批红"的权力，故素有"内相"之称。刘瑾虽然没读多少书，但他狡诈多谋，又遇上朱厚照这位只顾淫乐不管政事的皇帝，自然极容易窃据权柄，为所欲为地干尽坏事。

朝中的六部九卿满以为得到王岳、李荣等老太监支持，可以一举诛灭"八虎"。谁知一夜之间风云突变，在正德皇帝的庇护下，刘瑾等人不但没有获罪，反而一步升天，窃夺了司礼监和禁军厂卫的大权，开始进行疯狂的反扑。

刘瑾恨透了王岳、李荣及其手下范亨、徐智等人，连夜将他们关进诏狱，每人重笞三十。随后由锦衣卫将他们解送南京守陵。途中复又买通江湖黑道人物，在临清驿馆中将睡梦中的老太监王岳、范亨扼死，只有年轻的徐智遭遇追杀被砍伤一臂后侥幸逃脱，辗转至五台山落发为僧。

经过这一惊天巨变，内阁刘健、谢迁、李东阳心灰意冷，决定上疏请求致仕。刘瑾怀恨在心，怂恿正德皇帝批准刘健和谢迁二人退休回乡养老，内阁中独留李东阳一人。因为在请求诛杀"八虎"时，刘健、谢迁言语激烈，态度坚决，李东阳则沉默无言。李东阳以文才闻名于天下，是当时文坛领袖，刘瑾不想得罪天下读书人，况且内阁总得有人做事。

吏部尚书焦芳因给刘瑾通风报信，深受"八虎"信任，经刘瑾提名，他以吏部尚书兼任文渊阁大学士入阁辅政，用以钳制李东阳，控制内阁。

刘瑾逐渐掌握政权，便大肆招降纳叛，扩充阉党。兵部尚书许进曾联名请诛"八虎"，刘瑾强令其退休致仕。兵部是极为重要的部门，刘瑾要在兵部安置自己的心腹，他看中了大贪官刘宇。刘宇在巡按宣府、大同时，违法通敌购得许多蒙古名马，用来贿赂京中权贵，谋求升迁。当时朝廷派锦衣百户邵琪去考察他的政绩，他又以金钱美女厚赂邵琪，结果事情败露，孝宗皇帝愤怒地批示："刘宇小人，岂可用哉！"

刘瑾当权，刘宇认为机会来了，通过焦芳介绍，刘宇得到刘太监接见。他除了极为恭谨地跪拜觐见，还一次性馈送刘太监白银一万两。刘瑾平时受贿大都不过几百两，见刘宇如此大手笔，喜笑颜开，"刘先生真是出手不凡啊！"不久，刘宇就如愿地被任命为兵部尚书，这个大贪官，急于捞回买官的万两银子，公开地明码实价买卖官爵：一个实缺指挥两千两，都指挥五千两到八千两，具体视辖地富庶与贫瘠而定。史书上称："宇在兵部时，贿赂狼藉。"后来刘宇又觊觎吏部尚书这一更肥的职位，因为吏部尚书居六卿之首，掌握全国文官的任免调动，卖官纳贿的机会更多。他再次向刘瑾进贿，自然也如愿以偿地调任吏部尚书。谁知吏部铨选郎中张彩也是刘瑾的心腹，官员升调都由他把持，且文官行贿远不如武官出手阔绰，刘宇后悔莫及，对人说："兵部自佳，何必谋求到吏部来啊！"

后来，刘瑾又耍了刘宇一把，说准备提升他为文渊阁大学士，入阁办事。刘宇大喜过望，置办了丰盛的宴席款待刘太监。待他辞去吏部尚书职务，准备到内阁去上班时，刘瑾却把脸一翻，"你真想当宰相啊？内阁是可以随随便便进的吗？"原来刘瑾更加信任张彩，让他当了吏部尚书。刘宇自知失宠，反正贪赃所得已经不少，便请求致仕回乡省墓。

张彩在吏部担任铨选郎中时，手握全国文官升擢大权，贪污受贿自然不少。他深知官员们求升迁时不惜献纳千金万金，官职到手后必然大肆贪污捞回本钱。刘瑾掌权以后，公开向进京述职和奉旨返京的官员收受"常例银"，少则千两，多达万两。以致有官员交不起常例银子，竟被迫上吊自杀，引起民怨。张彩因此劝刘太监说："这些孝敬公公的官员实甚可恶！他们的钱哪里来的？不是取自官库，就是盘剥小民。他们孝敬公公的不过十分之一，而谤怨都集中在公公身上。何以谢天下？"

　　刘瑾大概纳贿太多，建了数处仓库都放不下，于是采纳了张彩之言，开始惩治行贿者。少监李宣、侍郎张鸾等赴福建办案回京，向刘瑾献常例银两万两，刘瑾将贿银上交国库，治了李宣、张鸾的罪；御史胡节巡按山东回京，也循例向刘瑾交常例银，刘瑾却在朝会上举劾他，将其治罪。

　　张彩极其好色。抚州知府刘介是他的老乡，张彩依仗主持吏部的权力，擢升刘介为太常寺少卿。适逢刘介娶了一个极为美艳的小妾，在家中办喜事。张彩前去祝贺，一见新娘美若天仙，直吞口水，陡生邪念，便涎着脸向刘介道："你得升太常寺少卿，前途无量，拿什么报答我？"刘介感激不尽地答道："刘某能有今日皆大人所赐，结草衔环无以为报，除一身外，全是恩公之物！"张彩正要他这句话，便嬉笑着说："你既如此大方，我便受之有愧了！"随即命手下人闯入新房，将新娘子抢入自己车中。向刘介一揖道："承蒙割爱，下官生受了！"说罢驱车扬长而去。

　　他听说平阳知府张恕有一个小妾长得极美，竟派人去说服张恕，让他将小妾献给自己以获升职。张恕舍不得美人，愿以万金代之，惹恼了张彩，张彩便指使御史张桧举劾张恕犯罪，将流徙铁岭。张恕只得乖乖地将小妾献给张彩，方得脱祸。

　　焦芳、刘宇、张彩等依附权阉的奸佞小人当道，忠良正直之臣自然遭到压制打击。户部尚书韩文因为首联络九卿上书请求诛杀"八虎"，被刘瑾恨之入骨。奈何韩文为官正直清廉，找不到加罪他的理由。后来刘瑾借口户部缴送内库的银两中发现掺杂铜锡的伪银，将主管户部郎中陈仁谪贬为同知，韩文则以失察之罪降一级，并令其致仕回乡。

韩文主持户部数年，离京时仅一乘小轿，行李一车而已。可刘瑾仍不放过他，后来竟以遗失部籍为由头，逮捕韩文及侍郎张缙，关了数月才释放，并处以罚米千石输送到大同。韩文只得变卖家产，所有家业荡然无存。

工部尚书杨守随、左都御史张敷华都因参与联名上书请诛"八虎"得罪刘瑾，不久他们也被迫致仕。张敷华回乡途中遭遇洪水，差一点淹死。杨守随在被勒令退休后愤而上书：

"夫太阿之柄不可授人，今陛下于兵刑财赋之区，机务根本之地，悉以委之。或掌团营，或主两厂，或典司礼，或督仓场，大权在手，彼复何惮？于是大行杀戮，广肆诛求。致神人共愤，陛下犹不觉悟，且谓委任得人，何其谬也！"

杨守随这封上书惹恼了刘瑾，于是刘瑾又把他从家乡逮回京都，关了几个月，罚米一千石输塞上。杨守随家业并不宽裕，只得卖田卖地应付。

滥施廷杖，打死谏臣

刘瑾大肆罢黜大臣，引起了公愤，户科给事中刘茝、刑科给事中吕翀联名上书抗辩，请留刘健、谢迁。他们申述了五大理由不能放逐旧臣。这份奏疏传至南京，时任兵部尚书林瀚读了击节叫好。于是有南京给事中戴铣与御史薄彦徽率领科道官联名上疏："元老不可去，阉官不可用。"

刘瑾见了这道奏疏，恨得咬牙切齿。他趁武宗玩击球玩得正高兴时将奏疏送上，武宗不耐烦地说："朕懒得看这些胡言乱语，交你去办就是。"刘瑾巴不得他有这句话，遂矫旨将戴铣、薄彦徽等连同刘茝、吕翀共二十一人投入监狱。

御史、给事中等言官因议论朝政被捕，三法司无法给他们定罪。刘瑾便唆使正德皇帝对他们施以廷杖，各打三十板。廷杖是朱元璋创立的一种法外之刑，即皇上可不经审判杖责顶撞冒犯他的臣下。

对戴铣等二十一名言官的廷杖在午门前举行。早朝后命百官观刑，文武官员站立两旁。戴铣等二十一名官员由锦衣卫押解到广场中央,各自脱卸囚衣被按倒在地,由执刑武士挥动红色廷杖痛击屁股。旁边有监刑官一五一十报数。随着廷杖飞舞,受刑官员的惨叫声不绝于耳。观刑的百官不忍直视,纷纷掩面叹息。

杖毕,受刑官员一个个血肉模糊,奄奄一息。戴铣的伤势最重,家人将其抬回家,设法延医治疗,可仍在数天后死去。

南京御史蒋钦被杖后削职为民。但他出狱后依然不屈不挠,上疏弹劾刘瑾祸国殃民,遂又被锦衣卫抓捕入狱,再杖三十。旧伤未愈,新创复加,血肉模糊,惨不忍睹。锦衣卫问他:"你还敢胡言乱语吗?"蒋钦呻吟道:"我只要一天不死,便要尽言官的责任。"

蒋钦在狱中昏昏沉沉睡了三天,挣扎着爬起来,佯称要写遗言给家人,向狱卒借了纸墨,实则奋笔疾书,又向朝廷上疏,其大意是:臣与贼瑾,势不两立。……陛下诚杀瑾,枭之午门,使天下知臣有敢谏之直,陛下有诛贼之明。陛下不杀此贼,当先杀臣,使臣得与龙逢比干同游地下,臣诚不愿与此贼并生也!

刘瑾见到此疏,恨得牙都咬碎了,随即命令锦衣卫将蒋钦再杖三十。这次加杖使蒋钦人事不省,三日后其家人便抬尸出狱了。

戴铣等被逮至京都时,兵部主事王守仁上书朝廷,称言官负有谏责,若随意处罚必将堵塞言路。他这封上疏并没有提及刘瑾专权之事,却同样难逃厄运。王守仁同样被廷杖四十,贬至贵州龙场驿当驿丞。

王守仁被谪后乘船南下,准备遍游江南名胜后再赴谪所。可在杭州便发觉有人尾随盯梢,料想是刘瑾派来,想置他于死地的。于是急中生智,将冠履放置钱塘江畔,并遗诗一首:"百年臣子悲何极,夜夜江涛泣子胥。"

杀手赶来,发现王守仁遗留的冠履诗笺,猜想他一定是投江自尽了,便带了证物回京复命。王守仁其实当晚雇了小舟逃至舟山,想潜至武夷山中暂避一时。但他顾虑到老父王华仍在南京为官,怕他受到连累,仍然辗转数月到达贵州龙场驿去当一个小小的驿丞。好在他父亲王华不久也致仕回乡,远在数千里之外的王守仁也没再受到人们的关注,直至若干年后他惊天动地地复出。

炮制"奸臣榜",肆虐金水桥

在紫禁城东南不远处有一座规模宏大的府第,是明英宗复辟后,"夺门"功臣石亨建的忠国公府。石亨那时权倾当朝,他的府第豪华壮丽远胜王府。后石亨石彪叔侄阴谋叛乱招致灭门之祸,这偌大的府第无人敢住,遂致荒废。刘瑾看中这里离紫禁城近,便于控制宫廷,便要皇上将其赐给他做太监府。工部和顺天府为了讨好他,调来了修建皇宫的金丝楠木和太湖山石,把一个颓废府邸修缮得美轮美奂,壮丽非凡。

刘瑾将其父谈荣等亲眷迁入府邸,这里也成了他召集党羽、秘密议事的场所,成了名副其实的"内相府"。各地的文武官员前来参见刘太监,贡献巨金,买卖官爵,也比原来在宫中方便多了。因而此处从此车水马龙、冠盖如云,陡然热闹起来。

刘瑾的"内相府"里豢养着四大金刚:张文冕参赞机务、出谋划策;刀笔吏徐正主持文墨,代刘瑾拟旨或文告;"铁算盘"孙聪主理钱财,凡刘瑾受贿银票一律兑换成金银,孙聪在府中开设熔炉,熔成五十两一锭的银锭,十两一锭的金锭,分库保存;而锦衣卫指挥田文义则统率保卫刘府的三百名禁军,日夜操练,保卫刘太监及其家人的安全,也为有朝一日改天换地做准备。

而阿附刘瑾的焦芳、刘宇、张彩等文武大臣则经常在司礼太监的内书房聚会,密议军国大事及朝廷重要官员的任免事项,自然他们都以刘太监的意志为转移,各种罢黜贤良和任用奸佞的"中旨"都是从这里直接发出,无需呈报皇上批准。十六岁的朱厚照正在豹房里疯玩,顾不上这些"琐事"。有一段时间,志满意得的刘瑾真有"朕即天子"的感觉。而北京城里渐渐有这样的段子传出:京城有两个皇帝:一个坐着的朱皇帝,一个站着的刘皇帝。

一天,刘瑾召焦芳、刘宇、张彩等来府中议事。他拿着通政司呈送的各地奏疏,蹙着眉头说:"自从我传旨惩戒了戴铣等人以后,各地仍有人为他们鸣冤叫屈。还有人上书要求召回致仕的刘健、谢迁,免使政事旁落宦官之手。还有攻击朝廷重用宦官监仓、监盐、监枪的。"刘瑾拍着案上的一叠奏折说："这股势头若不压下去，我等不得安宁。你们看如何处置？"

焦芳和刘宇都蹙眉不语，独有张彩深思熟虑地说："卑职给厂公说一段历史。昔日太宗皇帝攻下南京，建文帝逊位不知去向。但以齐泰黄子澄为首的建文诸臣仍四出募兵负隅顽抗，以方孝孺为首的读书人也不肯归顺新朝。太宗皇帝采纳臣僚的建议，在全城张贴"奸臣榜"，开列齐泰、黄子澄、方孝孺等二十九名奸臣，悬赏捉拿。榜文贴出后，未列入榜的文武官员纷纷至燕营归降，即使列入榜中的张紞、黄福等人也畏罪归降乞求赦免。下官以为，今日之事，我们亦可效法太宗皇帝，将刘健、谢迁等列为奸臣，榜示天下，以打击他们的气焰。"

焦芳和刘宇都附和张彩，认为这是个好主意，刘瑾也点头认可。于是他们商议了一个列入"奸臣榜"的名单，将曾参与联名上疏要求诛杀"八虎"的文武大臣，不论是否致仕、罢谪，悉数列入。

因为这是件大事，榜文必须以皇上的名义颁发。焦芳和张彩一再嘱咐刘瑾，需在适当的时机巧言令色，说服皇上批准。在这件事上决不能打马虎眼，否则后患无穷。刘太监则老谋深算，他表示自己有把握让一心沉浸在玩乐中的皇上乖乖就范。

第二天，天气晴朗，天高气爽。在乾清宫后面的广场上，年轻的正德皇帝与一班小内侍在玩蹴鞠。穿着杏黄软缎坎肩的朱厚照与内侍们争相追踢那白色的绒毯，满场飞奔，汗流浃背。玩的正高兴，司礼太监刘瑾拿着一份敕书来向皇上请示，朱厚照一边拭着汗，一边不耐烦地瞅那敕书一眼，说："没看见朕在忙着吗？不就公布一个名单吗，你自己去办就是。"

刘瑾巴不得他这样说，连忙唯唯答应："奴才领旨。皇上的毯踢得真好！"

第二天早朝结束后，殿前太监忽传旨意，命文武百官去金水桥南听旨。众官员都怀着忐忑不安的心情猜想：是不是又要对什么人施廷杖，让大家去观刑？今天倒霉的又是谁呢？

大家正在疑虑间，忽然听到值侍太监高呼："圣旨到，众官跪接！"

惊魂未定的官员们连忙齐聚金水桥南下跪行礼。只见司礼太监刘瑾在一群内侍的簇拥下，来到金水桥上，将手中圣旨递交给鸿胪寺的官员。由鸿胪寺卿亲自高声向群臣宣读，敕旨全文如下：

朕以幼冲嗣位，惟赖廷臣辅弼，匡其不逮。岂意去岁奸臣王岳、范亨、除智窃弄威福、颠倒是非，私与大学士刘健、谢迁，尚书韩文、杨守随、林瀚，都御史张敷华、戴珊，郎中李梦阳，主事王守仁、王伦、孙槃、黄昭，检讨刘瑞，给事中汤礼敬、陈霆、徐昂、陶谐、刘蒉、艾洪、吕翀、任惠、李光翰、戴铣、徐蕃、牧相、徐暹、张良弼、葛嵩、赵任贤，御史陈琳、贡安甫、史良仕、曾兰、王弘、任诺、李熙、王蕃、葛浩、陆昆、张鸣风、萧乾元、姚学礼、黄绍道、蒋钦、薄彦徽、藩锐、王良臣、赵佑、何天衢、徐珏、杨璋、熊倬、朱廷声、刘玉翰、倪宗正递相交通，彼此穿凿，各反侧不安，因自陈休致。其敕内有名者，吏部查令致仕，毋俟恶稔，追悔难及。切之特谕！

敕旨宣读完毕，跪伏在金水桥南的文武百官还得三呼万岁谢恩，然后一个个爬起来耷拉着脑袋散去。无论榜中有名字或没名字的，心情同样沉重与难过。这份"奸臣榜"的公布，标志着刘瑾及其阉党已经牢牢地掌握了朝廷的权柄，反抗阉党淫威的正直之臣在朝中已无立锥之地。于是京城凡是不愿附属刘瑾阉党的文武百官纷纷请求致仕，携带妻小返回家乡做一个平头百姓。而刘瑾与刘宇等趁机买卖官爵，招降纳叛，广置党羽。刘瑾一次就提拔任命官校1560余名，又传旨援锦衣官数百名。都指挥以下军官求升迁者只要向刘瑾纳贿数百两至一千两，刘瑾府中写一个字条给兵部："某授某官"，兵部立即遵照执行，不敢违抗。

匿名书事件，百官罚跪曝晒

正德三年（1508）六月下旬的一天，在华盖殿前的御道上发现一封匿名奏折，内容是举劾刘瑾贪墨奸诡，趋媚奉上，屠戮贤良，揽权误国等重罪四十余项。正德皇帝朱厚照一心挂念着豹房里的游戏和淫乐，把这封匿名奏折交给了刘瑾，让其自行处置。

刘瑾火冒万丈，为了查明匿名奏折是何人所写，他竟矫旨命令锦衣卫召集文武百官跪在承天门广场上反思，直到查出书写匿名奏折的人为止。当时六月骄阳如火，广场上热浪逼人，官员们被迫做矮人，斯文扫地，十分狼狈。

刘瑾在一群内侍和锦衣卫的簇拥下，来到承天门上，看到下面身着官服的百官跪成一大片，感到自己有着至高无上的权威。他厉声训斥着说："你们听着，既然胆敢告御状，为什么不敢写出自己的真名实姓？有种你站出来和我当面对决嘛！你现在站出来也不迟！"

广场上一片死寂。

刘瑾发现六部九卿等高官也在罚跪的队伍里面，其中像吏部尚书刘宇、兵部尚书曹元、礼部尚书周经等都是自己的心腹，完全没有必要让他们也在这里受委屈。于是命令锦衣卫将各部、院、寺、监侍郎以上的堂上官都扶起来，护送回府休息。理由是他们身为朝廷大臣，写匿名文书这种偷鸡摸狗的事是不会干的。

跪在前列的翰林院两位侍讲学士见高官得到优待，于是官员上前求告说，"卑职等都是进士出身，日常只知解读圣贤经书，编撰皇家典籍。一向景仰千岁的丰功伟绩，歌功颂德尚犹不及，哪里会做写匿名书这类屑小之事？还请刘公公明鉴。"

刘瑾见两位白发苍苍的老翰林讲得可怜巴巴的，对自己掌握他们的生杀大权颇为得意，谅他们也没胆子写这种匿名文书。于是故作宽宏地把手一挥，令锦衣卫叫跪在前排的翰林院官员们通通起来，各自回家。

跪在后排的御史、给事中等言官见翰林们脱了干系，于是一起偷偷计议，悄悄推举一位能说会道的御史上前求情。"我等身为风宪官，熟悉朝廷法度，哪会平白诬人？况且御史、给事中有权直接给皇上进谏，哪里用得着写匿名奏折？还请刘公公明察。"

刘瑾闻言狞笑说："如此说来，你们都是好人，唯独我是十恶不赦的佞贼！你们不都有举劾权吗？如果要反对俺，尽可出头告发，何必匿名攻讦，设计中伤！"

说罢,一甩手在内侍们的簇拥下,径自进入承天门歇息去了。跪在广场上的官员得不到发放,仍在锦衣卫的监视下,曝晒在午后强烈的日光下。大家都身着厚厚的官服,臭汗淋漓。一些身体虚弱的开始呻吟倒地,却又被监视他们的锦衣卫士兵揪起来重令跪好。

老太监李荣从朱厚照出生就一直负责抱着他玩耍,直到长大。所以王岳、范亨等被刘瑾陷害时李荣安然无事。此时他在承天门当值,有小太监送来冰瓜,他见跪在太阳地下的官员们实在可怜,便站起身将冰瓜掷给他们。抢到冰瓜的官员一面狼吞虎咽地塞进嘴里解渴,一面遥向李荣作揖致谢。李荣悄悄对他们说:"现在刘爷已经进宫去了,你们暂可起立松动一下筋骨。"众官立即起来活动活动筋骨。

不一会,李荣又急急地出来,"刘爷来了!来了!"众官员急忙扔下没吃完的瓜,重新提心吊胆地跪下。

刘瑾远远地窥见,对李荣恨之入骨,他心里说:"老不死的你去做好人,显得俺是恶人。俺饶不了你!"恰又有另一老太监黄伟又在发声,"那匿名书中所言,都是为国为民的事,究竟是哪个写的?好男子一人做事一人当,何必连累他人呢?"

刘瑾一听"为国为民"四个字,顿时火冒三丈,"屁话!什么为国为民?在御道上放置匿名书帖,这是大逆不道的死罪,能算好男儿吗?"

众官员一直跪到太阳落山。其间有官员家属及市民看不过去,纷纷送来茶水,供罚跪的官员解渴。锦衣卫横加干涉,倒被市民们讥笑怒骂。民意汹汹,那些走狗们也无可奈何。到了夜晚,刘瑾又下令将罚跪的三百余人驱赶到北镇抚司的牢房里羁押,直到匿名书案破获为止。

三百余名曝晒了一天的官员被关进拥挤不堪、臭气熏天的牢房,已有大半数中暑晕厥,家人只得就地急救。然而仍然有刑部主事何钺、顺天府推官周臣、礼部进士陆伸三人因中暑而死。余者抽搐呻吟病重的不计其数。

刘瑾恨李荣、黄伟同情挨跪的官员,存心与自己作对,翌日便传出中旨:命李荣回家闲住,黄伟罚往南京种菜。

大学士李东阳等人第二天联名上书道:"匿名文书出自一个人之阴谋,诸臣僚在上朝,仓卒拜起,岂能知之。况今时炎热,狱气熏蒸,数日之间，这些人都将保不住了！"

此时，"内相府"里刘瑾的爪牙们经过墨迹比对，已经查出匿名文书是尚衣监一名监丞所为，这名小太监从小被选派在内书房读书，粗通文墨。他亲眼见到刘瑾飞扬跋扈，作恶多端，心怀愤懑，一时冲动，遂写了这封匿名文书，偷偷放置在御道上，想要制造一次轰动。刘瑾不想让人们知道连太监内部也有这么多人反对和憎恶他篡权乱政，不敢公布此案已经破获。只是命锦衣卫偷偷处死了那名小太监，然后下令释放关在牢狱里的众官员了事。

刘瑾专权，疯狂迫害众臣

自从豹房离宫修成，年方十六七岁的朱厚照在那里玩疯了，哪还有心处理政事？每天通政司送呈的奏章都让司礼太监刘瑾带回"内相府"，由他妹婿礼部司务孙聪、华亭大猾张文冕和刀笔吏徐正分别阅读后商议，拟定"批红"文字。这些人只是粗通文墨，哪能处理军国大事？他们的文字粗俗冗长，刘瑾只得又让焦芳去润色修改。后来索性规定，凡内外所进奏章，先具红揭投送给司礼太监刘瑾，号称"红本"，经他认可后方呈通政使，称为"白本"。经过这番筛滤，朝廷所有奏章，无一不是为刘太监歌功颂德、涂脂抹粉的。而李东阳、焦芳等内阁阁臣，无事不仰刘瑾的鼻息，没有自己的主见。

一次，都察院上报审录重囚的报告里有"经刘瑾传奉旨意"字样，刘瑾看了大发雷霆，认为都察院直书其名，大为不敬，把都察院的官员招来痛骂训斥。慌得掌管都察院的左都御史屠滽率领十三道御史跪在台阶下谢罪。刘瑾连"你们这班狗娘养的"都骂出来了。而屠滽等却以头触地，不敢仰视。等刘太监骂尽兴走远了，众官员才敢抬起眼抱头鼠窜。

不仅刘瑾本人擅作威福，连他手下爪牙也狐假虎威，横行霸道。刘瑾派亲信锦衣卫都指挥杨玉去勘察京郊的皇庄，同行的官员都在杨玉面前低声下气，而顺天府丞周玺秉公办事，对杨玉要求擅自扩大皇庄范围、侵占民田的行为进行抵制。杨玉回京后便添油加醋说周玺对刘太扩建皇庄大不满。因此触怒了刘瑾，矫旨以"侮慢敕使，肆意犯上"等罪名逮捕了周玺，交镇抚司关押。杨玉本是镇抚司的都指挥，竟将触犯他们权威的周玺拷打至死。

锦衣卫和东厂、西厂在刘瑾党羽控制下，横行无忌，作恶多端，京城官民都侧目而视。刘瑾还不满意。又增设一个内行厂，由他自任提督，承办重大御案，并监督现有厂卫运行情况。内厂设立以后，特务暗探遍布京城，监视官民行动。凡是发泄对刘瑾等人不满，或同情被迫害官员的人都要受到讯问。内厂捕人，一家犯法，便株连邻里。连隔河而居的河对岸的人家都要连坐。内厂屡兴大狱，冤死者哭号不绝。一日，忽然传出圣旨，驱逐京城所有外地佣工。命寡妇全部再嫁，不许独居。有人家死了人没有及时下葬的全部强令焚尸。

这些不近民情的措施引起京城人民愤慨，读书人也聚会写标语抗议。刘瑾怕激起民变，只得将首创者处罚来安定民心。

由于豹房耗费巨大，以致国库空虚，加之刘瑾疯狂收取地方官员的"常例银"，羊毛出在羊身上，导致赋税收入锐减，户部的日子很不好过。当时为了防御蒙古鞑靼的侵犯，朝廷采纳左副都御史杨一清的建议，任命他为陕甘宁三边总督。朝廷拨银数十万两，修筑数百里边塞长城。杨一清是刘健、谢迁赏识提拔的。他一身正气，不肯依附刘瑾，于是在修筑完最重要的四十里长城后，称病引退。刘瑾怂恿正德皇帝下令停止修建长城，将剩余数十万两银子解送京师。还以"破冒边费"的莫须有罪名逮捕杨一清，将他投入锦衣卫监狱。

杨一清是一个奇人，他天生残疾，走路一瘸一拐，而且是天阉子，无性功能。他无家无室，以匡扶天下为己任。经过大学士李东阳、王鳌上章力辩，杨一清被释放，改令致仕，回镇江老家闲住，但仍被罚米六百石。

刘瑾得知韩文请诛"八虎"的奏折是户部郎中李梦阳所作。那篇檄文传诵京城，脍炙人口，因此刘瑾恨李梦阳入骨，尽管李梦阳被列入"奸臣榜"已勒令致仕，刘瑾仍不放过他，让锦衣卫找个借口将李梦阳捕入京都监狱，想置之于死地。

翰林修撰康海也是文坛领袖之一，常与李梦阳诗文唱和。李梦阳于狱中传出书简，上写"对山救我"，"对山"是康海的别号。康海是刘瑾的同乡，刘瑾想拉拢他为己所用，康海不愿做大监走卒，怕坏了自己名声。但为了救好友，他不得不拜访刘瑾。刘瑾大喜，竟倒履相迎。康海劝刘太监不要处置李梦阳，以免得罪天下读书人，遭后世唾骂。刘瑾无奈，只得将李梦阳释放回家。

刘瑾、焦芳等炮制的"奸臣榜"，将朝中素有声望的大臣一网打尽，统统列入榜中，力图败坏这些人的名声。谁知京城百姓并不买账。谁都知道刘健、谢迁是先帝托孤的重臣；韩文、杨守随、张敷华、林翰是前朝的老尚书；李梦阳、王守仁是文坛领袖；而蒋钦、戴铣等御史不惜舍身进谏，更是值得尊敬的言官。相比焦芳、刘宇、张彩那班贪官污吏，榜上所列官员的学识、情操何止高出万倍！于是老百姓争相传颂，竟把奸臣榜当成了光荣榜。还有官员因为没有被列于榜中感到羞愧，急着向人家解释自己没有上榜的原因。后来，果然大街小巷出现许多无头帖子，用打油诗的形式讽刺刘太监弄巧成拙，炮制所谓"奸臣榜"，竟成了旌表忠烈的光荣榜！

刘健、谢迁等退休回乡，在家乡深受当地官员和百姓的景仰、爱戴。但刘瑾并不放过他们，下令东厂、西厂的特务严密监视，每十日必须以密揭禀报。后来又怂恿正德皇帝下旨追夺先帝赐给刘健、谢迁的诰书和玉带袍服。谢迁是余姚人，被谪戍龙城驿的王守仁也是余姚人。于是焦芳、张彩等以朋党罪将京中所有余姚籍的官员周礼、徐子元、许仁等统统撤职或勒令退休。

正德三年（1508）九月，刘健矫旨将退休尚书雍泰、马文升、许进和刘大夏削籍为民。因为这些人始终不肯依附阉党，他们都被罚米三百石到六百石。

刘大夏任兵部尚书时，刘宇因为巡抚大同时私购名马贿赂朝中权贵，刘大夏在宴会上将此事禀告弘治皇帝，弘治帝因此说："刘宇小人，不可用也。"如今刘宇得势，怀恨已经退休的刘大夏。便向刘瑾进谗说："如果抄没刘大夏的家，可以抵边关费用的十分之二。"于是刘瑾让焦芳、刘宇捏造刘大夏的罪名，说他担任兵部尚书时，请求将田州、思恩两地改土官为流官，差点激起土官岑猛叛乱。想以"激变罪"判处刘大夏死刑,并抄没家产。内阁学士王鏊争辩道:"岑猛后来并没有叛乱,何来激起变乱?"

刘瑾蛮横地说:"刘大夏即便无死罪,戍边能免吗?"于是下令将刘大夏流放到肃州。

此时刘大夏已是七十三岁高龄,白发苍苍的他徒步扛着戈矛走到大明门下,望阙叩首道:"先帝,老臣去了!"围观的市民无不唏嘘叹息。

刘瑾对正直的大臣残酷无情,对向他行贿的叛藩却温情脉脉、有求必应。宁王朱宸濠心怀异志,派人进京给刘瑾送了数车金银珠宝,请求将兵力强大的南昌左卫改为宁府护卫。兵部商议不同意。刘瑾受了宁王贿赂,独断专行地让皇帝下诏将南昌左卫改为宁府护卫,大大扩充了宁王的实力,导致朱宸濠后来起兵叛乱。

"八虎"内讧,张永与刘瑾反目成仇

"八虎"中张永资格最老,他在正统朝入宫侍候太子朱见深,与他共患难多年。张永认为自己身份不同于一般的宦官。弘治皇帝继位,曾赐给他一根龙头拐杖,并选调他出任太子朱厚照居住的钟粹宫总管。刘瑾入宫时地位低下,拜张永为师。张永喜好阿谀奉承,便对他百般照顾。刘瑾偷盗宫中珍宝事发,将被处死,他涕泣跪求张永向弘治皇帝求情,方免除死罪,因此刘瑾视张永为自己的救命恩人,相当礼敬。

刘瑾因为狡黠善变,成为"八虎"的领袖,把个贪玩的小皇帝朱厚照哄得团团转,因而刘瑾得掌司礼太监。他的心腹邱聚、谷大用分别掌管东厂、西厂,而老资格的张永只任神机营指挥。眼见刘瑾权倾当朝,势焰熏天,卖官鬻爵,赚得盆满钵满。张永和其他几个宦官非常眼红,但张永自恃是老资格,不屑于像邱聚、罗祥他们那样低声下气地追随奉承刘瑾。而资历较深的马永成、谷大用也对大权独揽的刘瑾心怀不满,暗生怒妒。他们与张永在一起时常常说刘瑾的坏话,这些情况自然会传到刘瑾耳中。此时刘瑾手握司礼太监大权,年轻的正德皇帝对他言听计从,他便想方设法把张永调到南京去,免得他依仗自己老资格在身边碍手碍脚。

恰好东厂特务查获神机营指挥佥事金智在张家湾水陆码头设卡勒索过往客商银两。金智是神机营指挥张永的部下，刘瑾想借此案打击张永，便命东厂将金智逮捕，逼他供认在张家湾码头收取的银两均已孝敬太监张永。金智开始时不肯招供，刘瑾唆使东厂提督丘聚动用大刑，金智被拷打得血肉模糊，终于熬不过，画押供认曾孝敬张永三千两银子。

刘瑾拿到了金智的供词，兴冲冲地到了豹房谒见皇上，禀报太监张永接受贿银，犯了罪，按律当斩，请示皇上如何发落。

正德皇帝听说是张永犯罪，碍着他是抱着自己长大的，也不好如何处理。这时刘瑾假装好人说："按理张永该发配孝陵种菜，皇上念该犯过去服侍之微功，可调任南京司礼监掌印，给他一个面子。"

正德皱着眉头说："就这么办吧。"

这时，豹房外一片喧闹声。只见老张永提着龙头拐杖大步闯进豹房，嘴里嚷着要见皇上。在他的身后，几个神机营的士兵抬着一副门板，上面躺着一个头肿得像巴斗、浑身血糊糊的人。

原来张永得知刘瑾秘密私捕金智逼他诬陷自己受贿，顿时气冲牛斗，不管三七二十一，率领神机营数百名精悍士兵，闯入东厂，将已奄奄一息的金智抢走，直接抬到豹房来告御状。

张永见刘瑾，气不打一处来，竟扔掉手中拐杖，揪住刘瑾的衣领，饱以老拳。刘瑾知道他气愤自己陷害他，颇有些心虚，只顾躲闪，不敢回手。此时站在一旁看着两人厮打的正德皇帝终于醒悟自己该做些什么。他大喝一声："反了！反了！你们全部给朕跪下！"

见皇上发怒，张永也愣住了，只得停住拳头，同刘瑾一起跪下。豹房里所有侍卫全都跪在地上，不敢作声。

忽然，正德皇帝"扑哧"一笑，嬉皮笑脸地对张永和刘瑾说："你们两个都起来。自家兄弟打什么架呀？好了，金智那点事算什么呀？朕赏他五百两银子，抬回神机营好好治疗就是。这件案子就这么了结，不许再问。朕让谷大用摆一桌酒席，两个人都消消气。"

张永、刘瑾只得叩头谢恩，这件事就这样不了了之。张永也没有去南京，但他与刘瑾之间的仇怨是结得更深了。

安化王造反，杨一清奉旨复出

正德五年（1510）初夏，分封在宁夏的安化王朱寘鐇举兵反叛朝廷。当时刘瑾派遣大理寺少卿周东至宁夏经营屯田，成倍地增加租赋，原田五十亩，要勒令缴纳百亩的租银，民怨载道。朱寘鐇本性狂傲自大，常怀非分之想，相面的术士预言他将大贵。他用生员孙景文为谋士，勾结指挥周昂、千户何锦、丁广等密谋杀官造反。当时正值边防报警，游击将军仇钺与副总兵杨英率数万士兵前往抵敌，城内空虚。朱寘鐇认为是好机会，便在王府大张酒宴，召镇守官员、太监等赴宴。席间周昂、何锦等率领埋伏的刀斧手杀死不肯附逆的总兵官姜汉及太监李增、邓广。同时派千户丁广率兵闯进巡抚衙门，杀死巡抚安惟学和大理少卿周东。因为安惟学和周东在宁夏横征暴敛，深为宁夏人民痛恨，便用竹竿挑着他们的头颅游街示众。叛乱的士兵放火焚烧了巡抚衙门，劫夺了库藏财物，把监狱中的犯人全部放出，青壮年均编入叛乱队伍。叛乱士兵还趁乱焚烧抢劫城中富户商铺，奸淫妇女。一场声势浩大的叛乱终于爆发了！

朱寘鐇发布了由孙景文起草的檄文，以清君侧讨伐刘瑾为名，檄文历数刘瑾导帝淫乱、擅权纳贿、残害忠良、苛扰百姓等十七大罪状。檄文传到各边镇后，镇守官员都畏惧刘瑾的势力，不敢上报朝廷。只有延绥巡抚黄珂将檄文揭下，密封上报。刘瑾看到后心惊肉跳，不敢呈给正德皇帝。

宁夏副总兵杨英与游击将军仇钺巡边回来，发现城中已被叛军控制。叛王朱寘鐇派人劝杨英、仇钺归降。杨英害怕朝廷追究，只身逃往灵州。仇钺当时驻扎在玉泉营，假装同意投降，引兵入城，朱寘鐇夺得其军，分配给其他叛贼头领统辖。仇钺假装犯了疟疾，返回家中卧病不起。朱寘鐇信以为真，不时去向他询问计策。仇钺表面上与他交心商谈，暗地却派遣心腹壮士出城，命他们回来后谎报军情："陕西讨伐大军即将到来。"朱寘鐇慌了，仇钺在床上装着有气无力地说："陕西军……厉害……我们必须以全部兵力……把守黄河渡口…不能让他们渡过河来……"

何锦、丁广都是没有经验的下级军官,朱寘鐇闻讨伐大军到来,只有听信仇钺的话,将叛军倾巢而出,全部派到黄河岸边布防。仇钺见城内叛军已不多,是时候开始反击了。他招来数百名壮士埋伏在府中待命,正好叛王朱寘鐇派周昂前来探视,仇钺仍然躺在床上呻吟不已,周昂刚走进内室,仇钺亲兵手握铁锤朝他后脑猛击,当即倒地毙命。此时仇钺从床上一跃而起,割下周昂首级,精神抖擞,披甲上马,率领数百名壮士,直扑安化王府,声言奉诏讨贼。

此时城内空虚,仇钺率兵冲入王府,斩杀少许敢于抵抗的府丁,将闻讯仓皇藏匿的叛王朱寘鐇擒住,以及王子、王妃等一干人犯统统锁住,又搜捕到军师孙景文等人犯,无一漏网。接着仇钺派亲信诈传朱寘鐇手令,召何锦、丁广等率军回城。何锦等在途中遭到仇钺部将韩赋截击。韩赋在阵前宣告:逆藩朱寘鐇已被官军擒获,凡从逆官兵在阵前投降的概免死罪,顽抗者一律诛杀!那些被裹胁造反的人走投无路,立即溃降。只有何锦、丁广等头目自知罪孽深重,仓皇夺路奔窜,企图越过贺兰山,投奔鞑靼小王子,却被陕西点兵曹雄部擒获,斩于阵前。

嗣后,曹雄领兵渡河,进入宁夏城,与仇钺会合,宣告叛王被擒,众贼首皆被诛杀,宁夏城恢复原来的秩序。叛王朱寘鐇喧嚣一时的帝王梦只经历了十九天就宣告破灭了。

安化王叛乱的消息通过各种渠道传到京城,终于搅了正德皇帝的安乐梦。刘瑾看到了叛王朱寘鐇以清君侧举兵反叛的檄文,一条条历数他的罪状,恨得咬牙切齿,但又不敢呈给皇上看。后来各地镇守官员连连紧急飞报叛乱消息,传言叛军已打过黄河来了。纸包不住火,兵部紧急上奏,在豹房里快活的朱厚照才不得不召见内阁首辅李东阳和司礼太监刘瑾,商讨平叛对策。

李东阳和刘瑾来到豹房便殿,正德直截了当地问李东阳该怎么办?李东阳从容奏道:"安化远藩大逆不道,罪不容诛。臣以为皇上应即遣官告庙,被夺寘鐇爵位,布告天下声讨其叛逆之罪,然后发京军讨伐。"

明朝凡有大的军事行动,照例派一名武将统领数万营士卒会同地方驻戍卫所士兵进剿。武将只负责攻城拔寨,整个战役的指挥调度均由朝廷指派的文官负责统率，皇帝还另派一名亲信宦官担任监军。此次讨逆，兵部决定派遣泾阳伯神英率领三万名京营士兵，会同山西都司所辖驻军数万挥师西向。但派谁担任统制军务的提督大臣，李东阳和刘瑾却产生了分歧。刘瑾推荐他的党羽吏部尚书曹元任西征军提督军务大臣。李东阳坚决反对。因为曹元不仅"柔佞滑稽，不修士行"，专事插科打诨，取媚刘瑾；还因为他担任甘肃陕西巡抚时，民怨沸腾，派他去平叛犹如火上添油。于是他向正德郑重地推荐道："臣以为，此次讨伐逆藩最适合的人选是原任总镇宁夏、延绥、甘肃三边军务的右都御史杨一清。他熟知宁夏军情，在边关威望卓著，命他统军必然事半功倍。"

正德听他这么说，立即拍板道："那就下旨命杨一清出任三边总制，命他接旨后毋需来京，直接赶赴宁夏处理叛乱。"

刘瑾道："派哪位太监担任监军，也要请陛下裁定。"

他想派遣监军太监总该由我来定吧？他原想让自己的心腹太监魏彬或丘聚担任监军，谁知正德并没征询他的意见，径自下旨道："就让总理神机营御用太监张永去好了。"

正德的本意原是张永在京城与刘瑾不和，闹得不可开交，不如让他离开京城去监军，落得一个耳根清净。刘瑾想既然皇上做了决定，他也不好反对，只得让张永去了。但他万万没想到就此铸成大错：一个杨一清，一个张永，成了权倾当朝不可一世的太监刘瑾的催命鬼和掘墓人！

杨一清、张永定计除刘瑾

正德五年（1510）五月的一天，一队身着飞鱼服的锦衣卫官卒赶到镇江丹徒县杨一清家中。左邻右舍的乡亲都为这位罢官回乡的杨大人担心：是不是他得罪了当权的刘太监，又要抓他去坐牢？随后赶到的钦差大臣宣读了圣旨：右都御史杨一清起复宁夏、延绥、甘肃三边总制。

张永已从北京出发，杨一清便由镇江卫派兵员护送，兼程北上，经苏北、河南，进入陕西潼关，十数天后到达华州。

陕西是宁夏的邻省，陕西诸卫是阻击叛军的最前线。杨一清到达以后，即有消息传来：游击将军仇钺已击杀叛将周昂，擒获叛藩朱寘鐇父子。陕西总兵曹雄已合兵进驻宁夏城，搜捕叛逆余党。

叛乱基本平定，但西北各省谣言四起，说杨一清和张永率领的京军将血洗宁夏城，对胁从附逆的官兵及家属一律处斩。很多人害怕受到株连，纷纷携老扶幼逃入贺兰山中，有的还偷越边境逃往沙漠深处的北虏。杨一清进入宁夏后立即召集地方官员训谕，指出此次叛乱朝廷只诛首恶，被迫胁从的地方各级官员概不拿问，但必须行动起来，安抚百姓不要外逃。他亲拟安民告示四处张贴，同时派人联络已进入宁夏的监军张永，以二人名义上奏朝廷，将已经出发的三万京营将士召回，以安定人心，并节省大量军费。

杨一清率领宁夏地方官员在韦州迎接姗姗来迟的监军张永，向他通报了自己初步颁行的各项举措。张永深知杨一清熟谙西北民情，举措处置有方；且处处尊重自己，各种公告均把监军张永列在总督杨一清之前，这充分满足了老太监的虚荣心。他们进入宁夏城后，先后提审了叛藩朱寘鐇和附逆的叛将何锦等人。审问时都让张永坐居中正座，杨一清在侧座陪审。朱寘鐇与何锦都把叛乱归咎于刘瑾当权，残害忠良，其党羽周东等在宁夏横征暴敛，激起民怨所致。杨一清与张永互相交换了一个眼色，命将他们的供词涉及刘瑾及其党羽的记录在案，连同朱寘鐇所有檄文上报朝廷。

杨一清知道张永虽名列"八虎"之一，但他与刘瑾积有宿怨。张永性格直爽，口无遮拦，经常在闲谈中骂刘瑾忘恩负义，还对杨一清得意地讲述他当着皇上的面拳打刘瑾的事。

一天晚上，杨一清应邀在张永行辕饮酒，席间，张永的亲信宦官匆匆进来，向张永附耳禀报一件事随即退出。杨一清见张永突然变色，便问何事。张永破口大骂道："老子出生入死来宁夏平乱，刘瑾那王八蛋竟派了人来宁夏跟踪老子，打听有什么敛财或失误的事，好对我进行陷害。你看他狠毒不狠毒？"

杨一清故作淡定地说："此次平叛，公公与我一直小心谨慎，能有什么把柄给他抓呀？"

张永摇摇头说："老弟不能以君子之心度小人之腹。刘瑾这厮一贯无中生有，什么坏事都能干出来。俺与刘贼势不两立，这次他若敢动俺，俺的龙头拐杖不是吃素的！"

杨一清见张永情绪激昂，知道这是激发他的好时机，他用手指醮着茶水在桌上写了一个"瑾"字，冷静地说："其实，要铲除此贼，只要公公下了决心，也不是办不到的事。"

张永皱眉道："奈何他整天围着皇上打转，其他人难以近身。"

杨一清冷静分析道："皇上对他的宠信明显也已减退，这次不用曹元而用我杨某为总制，不用魏彬、丘聚而用公公为监军，就是明证。"

他把椅子移近张永，降低音调嘱咐张永道："此次公公回京，皇上必然单独召见。到那时公公将叛藩檄文呈上，并附上何锦等人口供，禀告宁夏大乱，实发端于刘贼。同时密奏刘贼有不臣之心，声称其侄二汉有帝王之相，家藏兵甲伺机谋叛。皇上英武不难判断。一旦刘贼伏法，公必大用。吕强、张承业之后，千载三人，流芳百世啊！"

张永皱着眉头说："倘若皇上不肯相信呢，怎么办？"

杨一清又道："他人奏请或许皇上不信，公公若冒死进言，皇上必为所动。万一皇上犹豫不决，公顿首哀泣，愿以死报主，皇上必被感动。只要皇上准你所请，必须立即抓捕刘贼，不能有须臾迟缓，否则必遭其反噬。"

张永听到这里，站起身揎臂大喊道："老奴入宫六十年，何惜余生不肯报主？俺意已决，就照你所说的去做！"

豹房庆功宴，刘瑾的末日

朱寘镭叛乱被迅速平定，张永和杨一清向朝廷报捷，自然首先归功于皇上神机妙算，指挥得宜，用人得当，"俾使臣略尽微功，斩将搴旗，一举而擒获叛藩元憨，安定边塞"。这使一向崇尚武功的正德皇帝异常高兴，颁旨召监军张永即日班师，押解叛藩等人犯回京，总督杨一清留驻宁夏善后，安定人心。

张永在宁夏与杨一清商定除刘瑾计策后，随即押解叛藩朱寘镭父子及其宫眷共十八人，何锦等从逆首要分子二百余人，过黄河经山西、河北凯旋，于八月十五到达京郊德胜门外。这一天正德皇帝身披戎装、头戴冲天冠驾临东华门，举行献俘祝捷盛典。

晚上，正德在豹房的天鹅房设宴犒劳张永，作陪的没有文武大臣，只邀了刘瑾、马永成、谷大用等亲信太监出席。正德皇帝放浪形骸，一杯一杯地灌酒，也逼着太监们喝。刘瑾却心怀鬼胎，监视着张永，生怕他依仗平叛立了大功，乘机在皇上面前说自己坏话，告御状。张永酒量大，故意一杯一杯地给皇上敬酒，自己也陪着一杯一杯地喝。大概喝了半个时辰，张永渐渐口齿不清，语无伦次，接着索性趴在桌子上醉倒了。

刘瑾见张永醉倒，这才放心。这天他兄长病故，在"内相府"中大办丧礼，他要借此机会与其党羽共商大事。见张永醉倒伏卧桌上，过去推了推张永，见他已打起呼噜，便放心地向皇上告辞回府。

刘瑾走后不久，佯装酒醉的张永一下子跪倒在正德面前，禀奏道："老奴有重大事件奏闻皇上。"

正德一惊道："张大伴有什么事，如此惊慌？"

张永从袍袖里取出一迭文书呈上道："这是叛藩朱寘鐇散发的檄文，其中历数刘瑾十七项大罪。此檄文皇上可曾见过？"

"朕未曾见过。"

"据老奴所知，宁夏和陕西延绥都曾以六百里加急快递向朝廷奏报此檄文，可都被刘瑾压下了，未曾呈递御前。他怕皇上知道他的丑事。"

正德皱眉道："刘瑾也太过放肆了，这样的大事也敢瞒着朕！"

这时，马永成离席跪奏道："启禀万岁，刘瑾还有更大的阴谋，奴才不敢不报。他的兄长刘景祥病故，原准备于今日举行丧礼。刘瑾与张彩、田文义等密谋待百官去内相府吊孝时，悉数将他们扣押。趁所有官署职能瘫痪时，发兵进入豹房，胁迫陛下在他们早已拟定的'逊位诏'上签字。随即向百官宣布改朝换代，由刘逆侄子二汉登基。百官若不从就大开杀戮。"

马永成一席话让正德惊出一身冷汗，话都说不利索了："真……真有这……这事？"

张永又奏道："难怪奴才驻跸德胜门外时，刘瑾差人来强要奴才推迟一日进城，是奴才不肯答应，坚持一定要在八月十五日举行献俘典礼,才打破了他们阴谋篡位的计划。"

西厂提督谷大用也奏道:"西厂近日也收到情报,刘瑾府邸的三百名甲士戒备森严,锦衣卫田文义手下的兵卒也调动频繁,确有发动兵变的迹象。"

张永带头跪在地上叩着响头奏道:"老奴恳请立即下令逮捕刘瑾,否则让他抢先动手,老奴等死无葬身之地!"

这时正德的醉意吓醒了:刘瑾居然敢算计自己,这还了得!他气得咬牙切齿:"立……立即逮捕刘瑾!"

张永得到皇上旨意,立刻一跃而起,招呼等候在豹房外的神机营将士,回营调集兵卒执行抓捕刘瑾的任务。

恶贯满盈,刘瑾被凌迟处死

下半夜三更时分,神机营六百名士卒在两名指挥的率领下径趋"内相府",府门虽有锦衣卫指挥田文义麾下的士兵守卫,但他们猝不及防,在朦胧睡意中被迅速斩杀制伏。

刘瑾因与党羽计议睡得很晚,蓦地被外面的响动惊醒,披衣而起,刚跨出房门遇见张永闯入,"皇上有旨,宣你去呢!"刘瑾见张永身后士卒刀枪出鞘,情知大事不好,转身要逃,旋即被士兵们揪住,一根绳索捆绑个结实,推推搡搡带出府门,张永下令暂时就近将刘瑾关押在东华门外菜厂内,派兵严密把守,防止其党羽前来劫救。

神机营搜捕藏匿在"内相府"中的刘瑾家属和党羽,将他的父亲谈荣和做着帝王梦的刘二汉等十几名亲属拴在一条绳子上。华亭大猾张文冕、刀笔吏徐正和术士俞日明等谋士统统被捕。为刘瑾管家的铁算盘孙聪想从暗道逃逸,也被神机营士兵截住,饱打了一顿关押起来,嗣后抄检刘逆家产时让他一一作证。

第二天,正德将张永所奏刘瑾谋逆案告知内阁李东阳、杨廷和等人。他还是不想处决刘瑾,准备将他降为奉御,贬到凤阳守陵。这使张永、马永成等大为恐慌。他们素知正德皇帝是个没定准的人,刘瑾能说会道,他一旦咸鱼翻身,他们三位还有好日子过吗?于是撺掇皇上亲自去见证抄检刘瑾家产。马永成知道刘瑾大肆贪污聚敛了巨额财宝,还私藏有兵甲及准备二汉登基用的冕服等违禁物品。看了这些谋逆的证据,皇上就再也不会轻饶他了。

正德也是个好奇的人,那天三法司奉命抄检刘瑾家产,皇上在阁臣们的陪同下亲临现场,果然抄出巨额财宝和违禁的衮袍、玉带及甲胄、弓弩等兵器,摆满了刘府几间大堂。三法司抄检人员开具清单:

> 黄金二十四万锭,另未熔碎金五万七千八百两;
> 银元宝五万锭,一百五十八万三千六百两;宝石二斛,珍珠三斛;
> 八爪镶金龙袍四件,蟒衣四百七十件;
> 盔甲三千副,强弓劲弩五百张,刀枪剑戟无数。

正德皇帝亲眼看到摆满刘家大堂的金银珠宝,心想刘瑾这个狗奴才,竟比朕的国库还富有,抄了他的家够朕花一阵子了。他看到厅堂中摆着两柄貂毛团扇,扇柄上暗藏机括,一扳动竟露出一把寒光闪闪的匕首!马永成在旁边解说道:匕首曾经剧毒药液泡制,见血封喉,立置人死地。正德想起冬日刘瑾常将这把团扇带在身边,不禁毛骨悚然,瞠目怒道:"好大胆的狗奴!他果然想叛逆。"

正德起驾回宫,立即降旨将刘瑾打入诏狱,命三法司会同皇亲国戚会审定罪。同时下令缉捕刘瑾死党吏部尚书张彩、锦衣卫都指挥杨玉和镇抚司指挥使石文义,将其投入都察院监狱。

当日就有六科十三道给事中谢讷、贺泰等联名上奏,列举刘瑾矫旨乱政、残害忠良、卖官鬻爵、阴谋叛乱等十九项大罪,请求皇上将其处以极刑。正德命三法司会同锦衣卫、文武百官在午门会审刘瑾。主审官由刑部尚书刘琼、都察院左都御史洪钟、大理寺少卿陈文瀚担任。刘瑾身着囚服,戴枷上场接受审判。他瞟一眼坐在台上的审判官,大多是自己提拔的人,不禁暗自冷笑,当主审官宣布:"本司奉皇上谕旨,审讯逆犯刘瑾。刘瑾听着:你必须从实招供,否则严惩不贷!"

刘瑾扫了主审官一眼,轻蔑地哼了一声道:"满朝公卿,皆出我门,谁敢审我?"

左都御史洪钟与刘瑾较少瓜葛,喝斥道:"谁出你门,不得乱说!"

刘瑾冷笑一声道:"洪老儿,你问坐在你旁边的刘琼,他这个尚书是怎么当上的?他恭恭敬敬送两万两银子与俺,求俺赏他个官做。俺才叫你把刑部尚书让给他的。"

刘琼顿时面红耳赤,只得矢口抵赖:"谁送你两万两银子?谁求你赏官做?有证据拿出来呀!"知道底细的人顿时哄堂大笑。刘琼不得已请求回避,退出主审官席,堂上秩序太乱。

这时,观审的贵戚行列中走出一位六十多岁的老者。他身穿绛红色锦袍,气宇轩昂,是英宗淳安公主的驸马蔡震,也就是当今皇上的祖姑爷。他见刘瑾如此嚣张,异常气愤,挺身而出揪住刘瑾衣领喝斥道:"我是皇亲国戚,总该不是出自你的门下了吧,我能审你吗?"

他喝令两旁衙役:"大胆逆贼,竟敢咆哮公堂,蔑视王法,给我重重地掌嘴!"

立刻有两个衙役上前,左右开弓,"啪啪啪"抽了刘瑾十几记重重的耳光,并把他按着跪倒在地。

蔡震毫不客气地坐到主审官座位上,继续审问刘瑾:"公卿大臣均由朝廷任命,你私自收受巨额银两,是否卖官鬻爵?是否结党营私?"

刘瑾刚才自供收了刘琼两万两银子,此时不得不低头认罪。

蔡震又问:"你为什么私藏那么多武器盔甲?有什么打算?"

刘瑾答道:"府中兵甲是用来保卫皇上的。"

蔡震叱道:"保卫皇上的兵甲为什么藏在你的私宅里?这不是图谋不轨的铁证吗?"

刘瑾无言以对,只得把脑袋耷拉下来。

最后出示的刘瑾府中搜出的九龙衮袍、冲天冠、玉玺等证物,确定了刘瑾阴谋叛乱,欲拥其侄刘二汉登基的罪行。

那两柄带匕首的貂毛团扇也被当场展示。有内廷太监证实刘瑾曾多次身怀团扇入宫,或有伺机刺杀皇上的图谋。

三法司将会审刘瑾的结果写成本章上奏,仅仅谋逆罪名成立即可判处极刑。正德皇帝看到本章中有"刘逆私藏军器,伪造玉玺,图谋不轨"等字样,想起刘瑾曾多次身怀团扇接近自己,莫非想要谋刺朕?想想都不寒而栗!于是连本章都没看完,提起御笔批示:"毋须复奏,着即将逆贼刘瑾凌迟三日,亲属一律处斩。"

明朝的刑法遵循洪武三十年(1397)颁定的《大明律》,分为笞、杖、徒、流、死(斩或绞)五种刑法,并无凌迟刑。但后来于五刑之外,凡谋反、谋大逆、杀父、杀一门三口等大恶罪犯可处凌迟极刑。而凌迟三日则要将罪犯分三日施刑,碎割一千多刀,让他受尽痛苦慢慢死去。

这天是刘瑾行刑的日子,他被从刑部大牢押解到西四刑场。沿途市民争相围观这个祸国殃民的大太监,纷纷朝他身上扔石头、吐痰。押解刘瑾的士兵怕犯人被百姓打死交不了差,只得用武力驱散蜂拥而至的人群,好不容易把他押解到了刑场。

刑场中央竖了一根大桩,刘瑾被脱去衣裳绑缚在木桩上,只在胯间留一块布条遮羞,惹得围观的人们哄堂大笑。人们又喊又叫地嚷着:太监老公公有什么东西可遮呀?

午时三刻,监斩官升座,掷下令牌,号令行刑。两旁衙役齐声喊着:"威——武——"

绑在行刑桩上的刘瑾顿时一惊,微微睁开眼睛。这时行刑的刽子手将一只盛了清水的大木盆端到他的跟前,接过旁边递来的一碗烈酒,先自己喝了一口,然后把剩下的大半碗酒全部倒进刘瑾口中。

这是刽子手们的行规,也是他们对行刑对象的一种怜悯:酒精的麻醉也许能使犯人少感受些痛苦。因为曾经出现过罪犯家属买通刽子手用毒酒药杀犯人,使其免受凌迟之苦,所以在给犯人灌酒之前,刽子手必须先饮一口。

刽子手从木盆里捞起一把窄窄的柳叶尖刀,朝闭着眼的刘瑾打了一恭道:"刘老公公,今天小的来伺候您哪!"说着上来施刑。旁边另有一人一五一十地报着刀数。等到数足了,他大喊一声:"停!三百五十刀已经足数。"

两个刽子手将柳叶尖刀扔在木盆里,走到监斩官面前报告:"启禀大人,第一天施刑刀数已足。"

监斩官宣布:"将罪犯收押回监,明日午时继续施刑。"

衙役们将奄奄一息的刘瑾从行刑柱上解下,交给锦衣卫押回牢房。

第一天行刑割了三百多刀,都不在要害部位。刽子手还用一种特制的药末涂在创面把血止住,因此刘瑾回到监狱仍有一些清醒的意识。为了保证第二天能继续施刑,狱卒们还喂他吃了一些麦粥菜汤。刘太监平时吃的全是山珍海味,哪想到今日竟靠稀粥来续命呢。

第二天,刽子手们又在刘瑾身上割了三百多刀,后由锦衣卫的士兵把他放在门板上抬回监狱。

第三天,刘瑾也是抬着进刑场的。行刑结束,刘瑾的心脏还在突突地跳动。刽子手们得意地请监斩官前来验看,证明第三天犯人还没死。

最后,刽子手请监斩官下令,送罪犯太监刘老公公归天。一名刽子手抡起大斧,刘瑾才算一命归西。

刘瑾的死党吏部尚书张彩在狱中得知刘瑾被凌迟处死,自己也难免一刀,竟买通狱卒,服毒身死。他死后遭群臣弹劾,也被判凌迟,将他尸体从棺材中拉出来行刑。

十月,刘二汉及刘瑾其他亲属十五人被斩首示众。谋士张文冕、俞日明等也被处决。

刘二汉临刑时抱怨说:"我有罪本该当死,但我家所为,都是焦芳和张彩唆使的。我被处极刑,张彩下狱论死,唯有焦芳安然无事,岂非冤哉!"

焦芳在几个月前因被张彩排挤,失宠于刘瑾,不得不退休回家,因祸而得福。他的儿子焦黄中也是刘瑾党羽,被削职为民。过了几个月,焦黄中贼心不死,带上金银珠宝贿赂朝廷权贵,呈上奏章请求恢复官职(他原任翰林院修撰),被吏部驳回,吏部要求将焦黄中逮捕治罪,焦黄中狼狈逃回家乡隐匿。

焦芳父子在位时卖官鬻爵聚敛了大量财富,他们在家乡汝阳的宅第高大华丽。后来大盗赵燧进入汝阳,掘开其窖藏,取得许多金银珠宝。又一把火将宅第烧得干干净净,还把焦家老人的遗骨与牛马骨混在一起焚烧。赵燧搜求焦芳父子没有找到,便把焦芳的衣帽挂在树上,拔剑猛砍道："我为天下人诛此贼！"赵燧后来被捕，临刑时叹息道："我不能手刃焦芳父子以谢天下，真是死有余恨！"

刘瑾被诛杀后，许多附庸他窃据要职的党羽，如户部尚书刘玑、刑部尚书刘琼、兵部尚书王敞、工部尚书毕亨等，或贬谪京外，或闲住，或除名，朝廷为之一清。同时平叛有功的杨一清被提升为户部尚书，太监张永的两个兄弟被封为伯爵。

七 浪荡天子朱厚照

- ▲ "郑旺妖言案"揭示武宗身世之谜
- ▲ 太子逛"相公堂子"
- ▲ 刘瑾被诛,豹房又有新宠
- ▲ 马昂献妹复官,孕妇引发朝议
- ▲ "总督军务威武大将军总兵官朱寿"
- ▲ 宠幸刘良女,奉为刘娘娘
- ▲ 放归鄱阳湖,御驾亲征之
- ▲ 清江浦落水,病逝豹房

明武宗朱厚照身世之谜

明武宗朱厚照的父亲孝宗朱祐樘在位十八年，政治清明，是明朝少有的中兴之主。但他幼年遭遇坎坷，出生时差一点遭父皇宠幸的万贵妃溺杀，是好心的宫女太监们把他藏在安乐堂偷用羊奶喂大的。因此身体孱弱，性功能不健全，经太医诊断是天生阳痿。孝宗十六岁大婚，娶皇后张氏。按制三宫六苑要另选妃嫔，善妒的张皇后说："皇上身体这么差，纳妃不是自促短寿吗？"因此孝宗朱祐樘成为中国历史上唯一未纳妃嫔、一夫一妻终老的皇帝。

孝宗患阳痿，但也并非完全丧失性功能，张皇后先后生了三个公主、一个皇子，不幸的是她生的皇子厚炜三岁就夭折了。孝宗惧内没有纳妃，但宫中那么多美貌的宫女，他也难免偷腥私幸。有一个叫郑金莲的宫女与皇上春风一度，竟然珠胎暗结，怀孕十月之后生下一个男孩。这孩子结结实实、肥头大耳、活泼可爱。按说郑金莲诞下龙子，便可晋升妃嫔，可是善妒的张皇后不让孝宗纳妃，她差遣亲信太监将孩子抱回宫去，挑选几名壮实奶娘喂养。刚生下孩子的郑金莲则被安置在西内冷宫，过着凄惶孤单的日子。

不久宫中宣布张皇后产下麟儿。皇帝有了继承人这是一件大事，内阁学士们为皇子取名朱厚照，取皇恩普照大地之意。小厚照长到五个月就被立为皇太子。他由张皇后雇请的几个乳娘喂养大，始终没让他与亲生母亲郑金莲见面。朱祐樘惧内，默认了张皇后夺人之子的行为。张皇后再生不出儿子，没有办法只好出此下策，因为只有嫡出的皇子才能继承皇位。不过朱祐樘不是无情的人，他私下对郑金莲还是有些照顾，不止一次地派太监赐她一些金钱衣物。

郑金莲有个老父叫郑旺，他是一个老军户，有一些活动能力，设法结识了一个叫刘山的太监，通过刘山与深宫中多年未曾联系的郑金莲联系上。郑金莲托刘山带给老父一些宫中的衣物和金银等。郑旺拿着这些东西到处炫耀，还夸耀说女儿老早就得到皇帝的恩宠，不久就要升为贵妃娘娘。因此村里的乡邻都称他为"郑皇亲"。

于是，郑金莲生下皇子被张皇后强行抱走，认为嫡子的事就在老百姓中流传甚广。张皇后之弟寿宁侯张鹤龄将此事告诉张皇后，张皇后勃然大怒，孝宗朱祐樘也恐流言影响太子朱厚照的政治地位。张皇后坚持要查处散布妖言的人。弘治十七年（1504），孝宗下令逮捕郑旺、郑金莲和太监刘山。御审的结果，太监刘山以交通外事罪被处死，郑旺以妖言罪和冒认皇亲罪被投入监狱，郑金莲被送入浣衣局，但受到优渥对待，并没有罚做苦工。

一年后孝宗朱祐樘病逝，太子朱厚照继位。这时郑旺已被释放出狱。出狱后郑旺仍然坚持说他的女儿生了皇子，就是当今皇上。有一位国子监的生员王玺也帮他申诉，闯入东华门递诉状，称生下当今天子的"国母"被囚，闹出了很大的动静。这一案件危及朱厚照的正统地位，在皇太后张氏的坚持下，郑旺和王玺都以妖言罪被处死，郑金莲也在浣衣局突然死亡。

流言散尽，地位巩固的武宗朱厚照得以继续他荒淫无度的帝王生活。

太子爷的快乐生活

朱厚照早在五个月大时就被立为皇太子，襁褓中由张皇后雇请的几名奶妈喂养在宫中，小厚照牙牙学语时即移居钟粹宫，成为东宫太子。在东宫小厚照虽有众多宫女照料，但大多数时间是由老太监王岳抱大的。夏天炎热，王岳赤膊抱着小太子，厚照喜欢抓着王岳胖乎乎的乳头玩。小厚照叫王岳"老伴伴"。后来陆续调入钟粹宫的太监张永、刘瑾等人，小太子都称他们"大伴"——张大伴、刘大伴。皇太子的衣食起居由宫女、保姆照料，"大伴"们的任务就是带着太子玩耍。张永、刘瑾等从小厚照学会走路后就带着他玩各种游戏。他们从民间搜集孩子们玩的各种玩具，带进宫里来，还趴在地上陪着太子玩。有时玩捉迷藏，太监们老大的人还要上房爬树，总之怎么尽兴怎么来。小厚照绝顶聪明，四五岁时玩骨牌下棋，"大伴"们就玩不过他了。到七八岁时，"大伴"们带着太子爷去校场里看过一次神机营的士兵操练，小厚照立刻迷上了刀枪剑戟。"大伴"们投其所好，从宫外街市上买来一批木刀木枪，把宫中小太监们集合起来操练武艺。还从锦衣卫找来一名武术教头,教孩子们舞刀弄棒。"大伴"们还给太子爷量身做了金光闪闪的黄金锁子甲和带红缨的战盔,小厚照穿戴起来还真有一副统帅的样子。他把小太监们分成两队玩打仗的游戏。太子爷身佩宝剑指挥若定。

有一次弘治皇帝驾幸东宫,正逢小厚照带领数十名小太监打仗,闹得正欢。弘治皇帝摇摇头对身边陪伴的大臣说:"这孩子从小重武轻文,将来怎么治理国家?"恰好这位大臣工于谄媚,逢迎道:"太子殿下英武天纵,大有太祖太宗遗风,可喜可贺!"

按照祖制,皇太子年满八岁,就要御经筵进学。弘治皇帝礼聘博学的翰林学士为太子讲读"四书""五经",由内阁大臣与皇亲贵戚"知经筵事"者,亲临监督太子读书。经筵进学在风和日丽的春秋季举行,每月只有三次。可是贪玩的小厚照极其憎恶读书,视经筵进学为畏途。往往让进学的翰林学士和监读的大臣贵戚在文华殿等待一两个时辰后,他才在蹴鞠玩得尽兴后姗姗来迟,草草应付了事。有时还借口进宫觐见母后肆意缺席,让参与经筵进学的翰林院老先生和内阁大臣、皇亲贵戚们白等一天。

光阴荏苒,朱厚照在肆无忌惮的疯玩中渐渐长大,十来岁后已不满足于在宫廷中玩了。"大伴"们经常把皇宫以外发生的新闻讲给他听,使他小小的心灵对红色高墙外的大千世界非常神往,总是怂恿"大伴"们带他到宫外去游玩。可这是弘治皇帝明令禁止的,宫廷外的街市喧嚣嘈杂,什么人都有,什么情况都有可能发生,年幼的太子万一走失了怎么办?就是不小心磕磕碰碰伤了什么地方也是天大的事。可是架不住太子爷软磨硬泡,"大伴"们也互相竞争着在太子面前争宠。有一天刘瑾瞒过其他太监偷偷带着小厚照从左顺门溜出宫外。在他父亲的家里,君臣俩乔装扮扮一番后,刘瑾带着小厚照逛了天桥,那些玩杂耍玩把式的让从没出过宫门的太子爷大开眼界,连连跺脚大呼过瘾。后来他们又去了前门,一览大街上的热闹场面。刘瑾还不顾禁忌,买了糖葫芦和麻打滚给太子吃。君臣二人在外面疯玩了一整天,趁着暮色偷偷溜回宫中。这次冒险行动,让刘瑾在太子爷心中大大加分,比别的"大伴"更受信任,成为太监们的领袖。

朱厚照有时对模样姣好的宫女痴痴地盯着看,眼睛都不眨一下,直到那宫女不好意思地低头走开为止。太子爷的饮食起居是由宫女们照料的，如有异常情况宫女们要向任钟粹宫总管的太监报告。有一天，一名宫女捧着太子换下的内裤，红着脸呈给太监刘瑾看。刘瑾看到太子的内裤上有一块溜滑的精液，惊异于太子厚照的早熟。怎么办？按理他应该进宫去向皇太后报告这个情况，这是当值太监应尽的责任。可是刘瑾为了讨好太子爷，暗中就派那个宫女去服侍太子，还特别叮嘱她：无论太子爷让她干什么都要顺从，不得反抗。果然，就在那个夜晚，刚满十三岁的太子厚照就懵懵懂懂地偷尝禁果，与那个宫女初试云雨情。

从此就一发不可收拾，小厚照精力旺盛，常常大白天就搂着宫女亲嘴摸乳。刘瑾担心太子行为不检被人报告皇上，自己必将受到处罚。而太子旺盛的情欲必须得到释放，他心生一计，将东宫太监中最年轻的罗祥叫过来密授机宜，让罗祥秘密带领太子出宫，如此这般密嘱一番。

第二天下午，罗祥带着太子悄悄溜出宫门，先到刘瑾家中乔装打扮一番。朱厚照装扮成富商阔少，罗祥则装扮成他的跟班。二人乘青衣小轿，径直前往相公堂子云集的南城韩家潭。

明初禁止官吏嫖娼，烟花业受到一定的压制，江南一带盛行的"相公堂子"便乘势而起。韩家潭附近各条胡同遍布着数十家"相公堂子"，豢养着数百名粉妆玉琢、娇艳可人的"相公"，年龄都在十五六岁至二十岁之间。他们经过精心调教，不仅面貌娇艳可人，还善于吹箫唱曲，以色技勾引客人。

罗祥入宫前曾流连"相公堂子"，轻车熟路地带着太子来到韩家潭一家名叫春燕书寓的"相公堂子"。立刻有掌柜的领着十来名娇俏的相公来接待客人，奉茶入座。

罗祥介绍朱厚照是山西太原最大的盐商少老板，姓钟。山西盐业在京城赫赫有名，掌柜的立刻赔着笑脸让相公们排着队，让钟大少挑选。

朱厚照目不转睛地看着那班花枝招展的相公，花中选花，终于从他们中间选出一个最娇艳可人的名叫春柳的小郎。那春柳略带娇羞地挨着厚照坐下，一双纤手便在他身上游动。顷刻之间便让年轻的太子春心荡漾，恨不得立刻把他搂在怀里，成就好事。

可"相公堂子"不同于娼寮，白天要以唱曲娱乐客人。元明时期流行戏曲,《牡丹亭》《西厢记》等名剧在戏剧舞台上火热演出,而"相公堂子"却把它们改编后由小相公们分饰剧中角色演唱,极受客人欢迎。

春燕书寓的掌柜呈上剧目单,请钟大少点唱。厚照久闻《西厢记》蜚声剧坛,而春柳又饰演剧中主角红娘,便提笔点了《西厢记》。那春柳起身去准备扮戏,厚照拍着他的屁股说:"好好演给爷看,演好了爷赏你一锭金子。"

厚照痴痴地听着唱词,看着春柳表演的少女怀春迷人身段,不禁血脉偾张,欲火焚心,全身酥软,恨不得立刻把那春柳拥入怀中亲个够。好不容易等这一折戏唱完,厚照就示意罗祥取出五十两官银,将其中二十两赏给春柳,其余三十两分赏其他小郎和乐工等众人。并吩咐下面的《拷红》《饯别》两折戏不必唱了。

厚照急不可待地搂着春柳进了他的"闺房",把门关上,两个人就在春柳绣床上翻滚起来。厚照在宫中也曾命小太监陪侍过夜,只是那不解风情的小太监哪里及得春柳这般柔若无骨、温柔体贴?事后厚照解下随身佩戴的玉佩赏给春柳。要知道太子身上的饰物哪一样不价值不菲,这玉佩何止值千金呢!

厚照纵然胆大,也不敢在宫外过夜。起更时分,罗祥催促太子起床,厚照恋恋不舍地离开春柳的香榻,两人仍然乘小轿悄悄回到宫里。

厚照正是青春蓬勃期,可弘治皇帝国事繁忙、体弱多病,无暇管他。张皇后因郑旺妖言案的困扰也不敢太多过问东宫的事。无人管束的厚照胆子越来越大,不仅多次光顾"相公堂子",还在罗祥陪同下去京城勾栏妓院云集的地方鬼混。当然都是以富商阔少的身份出现的。尽管京城头牌妓院里的妓女不见得比宫中的宫女更为窈窕美丽,可太子爷要的就是这份冒险和寻花问柳的刺激。

就这样,厚照在"大伴"们的陪伴下过着潇洒快乐的生活,直到朱祐樘驾崩,他正式登上皇位的那天到来。

太子即位,"大伴"们受到重用

弘治十八年(1505)五月的一天,缠绵病榻已久的孝宗朱祐樘病势加重,急召内阁辅臣刘健、谢迁、李东阳入宫,托付后事。"朕承祖宗大统,在位十八年,今已三十六岁,不意身染沉疴,恐要与诸位先生长别了,"孝宗掉下眼泪,"今与诸位诀别,有一事相托:朕蒙皇考厚恩,选张氏为皇后,生子厚照,立为皇储,今已十五岁,尚未选婚。可命礼部筹备,于今年内大婚。"他又特别嘱咐:"皇太子年轻,好嬉戏游乐,近来有渐涉荒唐的传闻。烦诸先生辅以正道,使其勉为令主,朕死亦瞑目了。"

刘健等泣不成声地叩首接受遗命。当晚孝宗朱祐樘病重驾崩。在举行隆重国丧的同时,皇太子朱厚照登上皇位,定年号为正德。意思是勉励新皇帝自正其德,然后正人之德。

可是这位性好嬉戏游乐的正德皇帝登基伊始,就让辅臣们大失所望。为了酬谢"大伴"们伴驾有功,他将刘瑾由小小的钟鼓司提升为内宫监掌印太监。在明朝宫廷的二十四衙门中,内宫监权力仅次于司礼监,他掌管宫中的木石营造及米盐库、营造库等大把花银子的部门,在太监中油水最厚。内宫监还管皇上临幸后妃之事,每天进呈后妃名册请皇上翻牌子。刘瑾在朱厚照当太子时就深谙他的脾性爱好,诱导他出宫猎艳冒险,当上内官监太监之后更名正言顺地"妥帖"安排皇上的后宫生活,让他能尽情享受人间第一等的快乐。

年轻的正德皇帝在刘瑾等人诱导下频频出宫夜游宿妓,不成体统。皇太后张氏非常尴尬,于是急着为他操办大婚,想用温柔的后宫生活牵住他的心。经过精挑细选,册立都督同知夏儒之女为皇后,同时还册封沈氏为贤妃,吴氏为德妃。因为皇帝年轻,六宫未备,暂立一后二妃。可是早在外面风流浪荡惯了的朱厚照,哪里看得上这些出身大家、不苟言笑的后妃。他在夏皇后宫中勉强待了三天便逃回乾清宫,照样在太监的陪伴下微服出宫,到外面寻快活,让夏皇后从此苦守冷宫。而沈妃和吴妃终其一生也没有被皇帝召幸过一次,连见都很少见到。

正德初年各项开支巨大,修筑弘治皇陵花费库银一百万两;正德皇帝大婚用费四十万两;内宫监往南京织造彩绸缎匹、购置珠宝十五万两……经手的刘瑾、马永成等太监趁机大肆侵占,大发横财,造成国库大量亏空。当时户部库存银仅六十万两,远远不够朝廷巨大的开销和太监们丧心病狂地中饱私囊。

当时豹房没有开始兴建，正德皇帝受微服私行前门等地的诱导，命令刘瑾、马永成等在宫中大兴土木，修建一条皇店街，设置绸布庄、疋头号、粮食庄、钱庄等店铺，命宫中小太监各自饰扮掌柜、店伙计及购物的顾客，煞有介事地吆五喝六做起买卖来。一天，皇太后张氏闻听此事，好奇地在大群宫女护卫下，驾临皇店街一窥究竟。当她看到正德皇帝头戴瓜皮小帽、手拿算盘与一穿长衫的顾客侃价侃得正热闹。她老人家惊得目瞪口呆，连呼："胡闹！"恨恨而去。

后来因为正德在刘瑾等"八虎"诱导下闹得太邪乎，引起满朝大臣公愤。以户部尚书韩文为首的六部九卿联名上书要求诛杀"八虎"。吏部尚书焦芳暗地通知刘瑾，刘瑾率"八虎"环跪于正德面前哭泣，称外臣勾结司礼监王岳等人欲限制爷爷的行动，故要诛杀奴才等。年轻的正德皇帝怎舍得杀带给他快乐的刘瑾、罗祥？于是一夜之间风云突变。正德下令逮捕司礼太监王岳、范亨、徐智等人，押送南京守陵。并立即钦点刘瑾任司礼监掌印太监，兼提督团营，"八虎"中的丘聚提督东厂，谷大用提督西厂。

刘瑾等"八虎"不但没有被诛杀，反而青云直上，掌握司礼监和团营大权，开始疯狂反扑。刘健、谢迁两位内阁大臣被迫致仕退休，而投机告密的焦芳却进入内阁窃据权柄。刘瑾掌握司礼监代皇帝"批红"的大权，偏偏遇上正德这位贪玩不管事的皇帝，一切放任"刘大伴"去办。因此刘瑾成了大权独揽的"立地皇帝"，他招揽焦芳、张彩、刘宇等，大肆卖官鬻爵，结党营私。疯狂迫害正直的大臣，扰乱朝政。

直到正德五年（1510），宁夏安化王以诛刘瑾清君侧为名发动叛乱。左都御史杨一清与太监张永讨平叛乱后，定计除刘瑾。在正德犒劳张永的酒桌上，张永冒死揭发刘瑾叛乱阴谋。一夜之间刘瑾及其党羽均遭逮捕。抄没的刘瑾家产中除了令人咋舌的富可敌国的金银珠宝，还有衮袍、玉玺、弓弩盔甲等谋逆罪证。经三法司会同诸大臣审讯，上报正德御批：刘瑾以谋逆罪被凌迟处死。

从正德登基到刘瑾被处死，这五年间由于刘瑾及其阉党肆虐，臣民遭受摧残，大明王朝已是百孔千疮了！

刘瑾虽诛，豹房又有新宠

　　刘瑾伏诛后，各科给事中和御史等上奏弹劾卖身投靠刘瑾成为奸党的朝廷官员。其中罪大恶极的张彩被判处死刑，曹元被清除出内阁，削职为民。其他党羽或谪贬京外，或令闲住，或者除名。一时之间朝廷上下，为之一清。

　　不久，平叛有功的杨一清升为户部尚书，取代刘瑾的党羽刘玑。内阁中经大学士杨廷和举荐，被刘瑾打击陷害调到南京的原吏部尚书刘忠、梁储兼任文渊阁大学士，双双进入内阁，参与机要政务。

　　就连被贬谪贵州龙场驿的王守仁也在官复原职后，升任吏部主事。为韩文草拟请诛"八虎"奏疏的李梦阳也被起用为江西提学副使。

　　当时朝廷大臣为了拨乱反正，纷纷奏请恢复刘瑾专权乱政时期变乱的祖宗成法，吏部有二十四件、户部三十件、兵部十八件、工部十三件。明武宗下令一切仍按照原来的制度执行。

　　然而"八虎"中仅刘瑾一人被杀，在宫中张永取代了他的领袖地位。八面玲珑的魏彬见风使舵，竟然出任司礼太监。私带朱厚照出宫猎艳的罗祥依然得宠。马永成、魏彬之弟也与张永的兄、弟一同叙平叛功，被封为伯爵。宫中事务仍由太监们牢牢把持。

　　而正德皇帝并未从刘瑾事件中吸取教训，动乱过后依旧沉湎于豹房温柔乡中，仍然像过去一样花样百出地嬉戏玩乐。他不顾国库空虚，再次令户部拨款扩建豹房，大量召取番僧和所谓"国师"陪他建醮弄法，装神弄鬼。而豹房里除了广蓄乐妓美女，还召入不少年轻俊秀的娈童陪皇上玩乐。这些人都被正德收为义子，赐给国姓。一次就赐封了一百二十七人，像什么朱安、朱福、朱刚、朱清、朱铭、朱翔、朱静、朱强等。而且分别给他们授予锦衣卫指挥、千户、百户等职，还准备给他们建义子府。这些义子中最得宠的数钱宁。他原是太监钱能的养子，长得白皙英俊，妖娆足压群芳，又兼能说会道，很快成为朱厚照朝夕不离的娈童班首，收为第一个义子，改名朱宁，并成为皇上的贴身护卫。他不但献身供皇上亵玩，有时还与正德一同玩弄抢来的妇女，美其名曰

"君臣同乐"。

钱宁恃宠自称"皇庶子",对外招摇撞骗。因为朱厚照喝醉酒后,喜欢枕着钱宁的身体呼呼大睡。来豹房奏事的官员只要看见他懒慵慵地出来了,便知道皇上还在里面。钱宁原来只是锦衣卫的一名百户,引进豹房不到一个月便升为千户。刘瑾及其党羽被杀后,更升为锦衣卫指挥使。一人得道,鸡犬升天,钱宁儿子才六岁,便袭任锦衣都督衔;钱宁侄女出嫁,侄女婿婚后来谒见,钱宁当面赠他一锦盒,内装锦衣卫指挥佥事牙牌一面!高官显爵被他当成馈赠亲友的礼物。原兵部侍郎陆完,因贪污并勾结外藩被判处死刑。陆完见钱宁得宠于皇上,便用数万两巨金向他行贿,得以免罪。后来钱宁与陆完成为宁王朱宸濠叛乱的朝中内应。

正德六年(1511)五月初七,是先帝弘治离世六周年忌日。礼部早拟定祭祀礼仪,辰时由正德亲率贵戚百官至太庙祭拜先帝亡灵,祈求风调雨顺、国泰民安。那天一清早,内阁李东阳、杨廷和等早至太庙与百官等排班候驾。但是自辰至巳,又入午时,艳阳高照,始终不见皇帝銮驾到来。百官等得焦躁不安,内阁遣礼部尚书去宫门内问内宫监的太监,只说皇上昨晚就出去了,未曾回宫。又等了两个时辰,方见一名随驾的内官骑马驰入高喊:"皇上有旨,祀典暂停,改期举行,众官可散!"

原来正德皇帝从昨晚至今,一直由钱宁陪着,在教坊听乐观舞。直到午间酒醒,朱厚照蓦然想起今天是父皇祭祀之日,但已来不及起驾了,干脆宣谕改期举行。殊不知这先帝忌辰是没法改期的。白等了一天的朝廷百官和贵戚怨声载道,大骂钱宁引帝嬉游,竟置先帝祭祀盛典于不顾,罪该万死!不过咒骂归咒骂,玩得高兴的朱厚照充耳不闻,依然嬉戏如故,钱宁仍然以"皇庶子"的身份横行霸道。

从正德五年(1510)至七年(1512),河北盗贼蜂起,大盗刘六、刘七、杨虎、赵燧等相继聚众至十数万人,杀官劫府,朝廷派兵清剿,疲于应付。霸州大盗张茂与御马监太监张忠是邻居,张茂交结张忠、马永成、谷大用等太监,在宫廷中混熟了,竟然扮成阉奴模样,混入豹房,陪正德皇帝蹴鞠玩乐。后来张茂因为打家劫舍被河南参将袁彪追捕,张忠居然置酒招待袁彪,称张茂是他族弟,请勿追缉太紧;嘱张茂以后也不要骚扰河间。太监、官员与盗匪居然成为一家亲！

正德六年（1511），刘六、刘七、赵燧等盗匪势力越来越大，京畿受到威胁，朝廷急调大同、宣府边兵进剿。大同游击江彬率兵经过蓟州时，急于冒功，纵兵杀害村民，全村青壮年二十余人被斩首，割取首级诬指为贼。江彬在淮上与农民军对战时，身中三箭，其中一箭从面颊射入直穿耳后，他忍痛拔箭再战，由此声名鹊起。

当时正德尚武，钱宁认为江彬不过是好勇斗狠的一介武夫，可以招为心腹，便推荐他留京任职，并带领他到豹房觐见皇上。

正德初见江彬，见他高大威武，胡须卷曲稠密，面上一道明显的箭痕直贯耳后，正是自己心目中的英雄，一见就非常喜爱，立刻口头授予江彬都指挥佥事之职。并赐给国姓，让他改名朱彬，从此做自己在豹房的贴身护卫。此后，江彬经常引导正德穿戴戎服，联骑巡视京郊，骑射取乐。

有一次正德在豹房逗老虎玩耍，一头猛虎突然发威，直扑正德。千钧一发之际，江彬手持铁弓猛击老虎额头，待老虎退缩时，他又运足力气，朝虎头猛踢两脚。老虎受到重击，蜷缩哀号，这时四周侍卫一拥而上，刀枪并举，结果了它的性命。

朱厚照见老虎已死，才放心说大话："朕自能制伏它，本来用不着你的。"江彬机灵地大声附和说："皇上制伏老虎啦！"众护卫立刻高呼"万岁！"

江彬极力迎合正德尚武的爱好，经常为皇上描述塞外的绮丽风光，以及蒙古女郎妖媚与彪悍兼具之美。讲得正德心痒痒，恨不能立刻驰往北疆一窥究竟。江彬为了巩固自己的地位和权势，盛赞边军骁勇远胜于京军，极力主张京军与边军互调。这是一个蕴藏着巨大危险的举措，边军将领随时可以借边军势力挟制朝廷，甚至滋生叛乱。李东阳等内阁大臣极力反对，吁请驳回江彬的建议。正德却一意孤行，越过内阁径直颁旨给了辽东、宣府、大同、延绥四镇，各派三千兵马入京，名曰"外四家军"。于是边镇将领许泰、李琮、神周等人被召入豹房，同赐国姓，分别被任命为外四家军的统帅。

江彬又怂恿正德皇帝在宫中挑选年轻的太监内侍，编成一军，由江彬亲自指挥操练弓箭骑射。有时皇帝亲临指挥，日夜驰逐，呼操声、弓马声遍达九门，宫廷内外，喧闹不宁。连皇太后也被扰得睡不着觉。正德却悠然自得，乐在其中。江彬逐渐压过钱宁，成为皇上最宠幸的人。李东阳屡屡进谏无效，见正德宠幸钱宁、江彬等佞人，朝政面目全非，遂心灰意冷，告老乞休而去。

正德九年（1514）元宵节，宫中燃放烟花失火，火灾殃及乾清宫。朱厚照在豹房见宫中火起，不但不着急组织扑救，反倒站在高处指指点点笑着说："好大一棚烟花啊！"对于祖宗基业被毁一点也不着急，这样的皇帝真是世间少有。

延绥总兵马昂因为买卖军籍等违法行为，被兵部革职闲住。他听说江彬新近得宠，便入京拜谒江彬，赠送金帛，央求他说情官复原职。江彬笑着对他说："足下若能做到一事，保你富贵'手到擒来'。"原来马昂之妹容颜绝世，歌舞骑射样样皆能，年方及笄，嫁与指挥毕春。江彬暗中垂涎，却弄不到手。他深知正德最喜欢尚武的佳人，嘱他寻访。便嘱马昂送妹入宫，保他立得恩宠，升官发财。那马昂复官心切，诱妹归宁，百般央告。那妹子听说入宫为妃，倒也愿意，只是不好意思承认，反说阿哥胡闹。马昂将妹子盛妆送进京来，江彬见她风姿绰约，比初见时更美，禁不住色胆包天，自己先享用了几天，然后送入豹房。

那正德皇帝见了如花似玉的美人，且兼骑射样样精通，喜欢得什么似的，赐三杯美酒，便令侍寝。马昂妹得到皇帝宠幸，格外娇媚奉承，惹得皇上视为宝贝，无比珍爱，朝夕不离。马昂献妹有功，正德也不问革职缘由，下旨恢复他的总兵职务，将其调入京营任命为右都督。马昂的弟弟马炅、马昶都赐给蟒衣冠带，俨然皇亲。正德还赐给马昂太平仓东一处府第，真可谓一人得道，鸡犬升天。那平白无故丢了老婆的毕春也只能自认晦气，谁敢去跟霸占他媳妇的皇上争个高下呢？

皇上的这桩艳事在京都传开，有人传言马昂妹入宫时已经怀孕。这下事情闹大了，如果皇上临幸马氏产下麟儿，算是毕春的孩子呢还是龙种？立刻有都给事中吕经等联名上奏道："陛下如果为子嗣着想，自宜传选世族以备嫔妃之位。一般人家尚以娶再嫁女为耻，陛下以万乘之尊而为此，传之天下后世必然蒙羞！为陛下进此者，其罪可族诛！"

接着又有都给事中石天柱上奏说:"臣等建议从宫中遣出孕妇,未蒙圣允,未免令人怀疑陛下欲立孕妇腹中之子为己子。秦朝用吕姓冒充嬴姓子而嬴亡,晋代以牛姓易司马氏而司马灭,那两个朝代的国君误中奸计,难道陛下也想让那样的悲剧重演吗?"

朝臣们为此事议论纷纭,但因掌握司礼监大权的魏彬等与钱宁、江彬沆瀣一气,舆情难以上达。而正德皇帝宠幸马氏正在热头上,哪里顾得上什么国祚兴亡之事?

一天,正德与江彬夜游,兴致勃勃地驾幸马昂私第。君臣对饮,因有一盘鱼脍,味极鲜美。正德赞不绝口,问是何人所烹?马昂答是小妾杜氏。正德便欲召见杜氏,马昂推说杜氏有病,正德大怒摔箸而起。马昂只得笼络太监张忠,通过他将杜氏送进宫献给皇上,日间烹鱼,夜晚与马美人共侍枕席。这样博取欢心,皇上居然转嗔为喜,传旨升马昇为都指挥,马昶为仪真守备。以爱妾换官职,马昂之无耻令人咋舌!

正德皇帝夜闯居庸关微服出行

朱厚照在豹房有钱宁、江彬与众多美人陪伴,整日花样翻新地变着法儿嬉戏游乐,但他仍不满足,总是向往冲出京城的藩篱,到塞外远边之地去猎艳尝新。他常问江彬:"卿家隶籍宣府,可知宣府多美人吗?"江彬奏称:"宣府本多乐户,美妇自然不少。何况边境蒙汉杂居,擅长骑射歌舞的蒙古妞儿别有一番风味,皇父必定喜欢。"他一番话逗得朱厚照心痒痒,恨不得立刻飞越关山,去那关外草原尽情驰骋,饱览异城风情,携美而归。但他深知若欲借秋狩之名出关游逛,必遭大臣们死命劝阻,难以成行。

可朱厚照是个始终长不大的坏孩子,此刻他便不管不顾地想独自跟随江彬,冒险闯关,微服出行,以实现自己心中强烈的夙愿。

正德十二年(1517)八月的一个夜晚,月朗星稀。经心腹太监们秘密筹划,朱厚照与江彬两人假扮客商,秘密乘车混出德胜门,来到通往宣府的大道上。此时皓月当空,凉风习习,天高气爽,君臣二人一路谈笑。自然江彬已命数十名随从,假扮路人跟随保护。正德走乏了,便又雇了舆夫，乘车径赴昌平。

那天早朝，大臣们等候了半日不见皇上临朝，只道他又是高卧未起。值殿官员入宫催促，太监们无奈，只得如实说皇上昨晚已在江彬的陪伴下去了昌平。皇帝无声无息地跑了，这还了得！大学士梁储、蒋冕、毛纪三人急忙出朝，驾了轻车，马不停蹄地追赶。一直追到沙河，才远远发现乔装打扮的正德与江彬一行人。梁储等拦车跪奏，苦苦谏阻。可正德执拗不从，定要出居庸关。大臣们无法阻驾，只得随着缓缓前行。

居庸关巡关御史张钦，得报圣驾欲出关。当时鞑靼部小王子颇有扰边的警讯，张钦遂令指挥孙玺紧闭关门，将门钥暗藏密处，不许开门。他对守关宦官刘嵩说："此关门匙你我二人掌管，如关门不开，车驾断不能出，你我违抗圣命当死！若遵旨开关，万一出现当年'土木堡之变'那样的事，你我更是罪该万死！反正是一死，此关断不可开！"

张钦让刘嵩迎接圣驾，自己身背印信，仗剑坐在关门下，号令道："有言开关者斩！"正德与江彬等抵达关前，派中官前来催促开关。张钦故意装着不认识来人，怒喝："你是什么人？敢来诓关！"挥剑欲斩，中官慌忙退回，禀报皇上。正德怒张钦不奉旨，下令逮捕他治罪。

此时朝中又有一批大臣贵戚赶到居庸关下，张钦向他们报告鞑靼部小王子在关外活动猖獗，圣驾出关必遭危险。于是众大臣与陆续赶来的成国公朱辅、英国公张伦等拦舆苦谏，请皇上以社稷为重立即返驾回京。江彬也怕遭小王子暗袭把皇上弄丢了交不了差，暗劝正德暂时中止此次冒险行动。正德无奈只得听从大臣们的劝谏，从昌平返回京师。但他对出关猎艳仍不死心，下令将阻碍他出关的倔御史张钦调走，命其巡视白羊口；另派自己心腹太监谷大用来守关。

正德在宣府营建镇国公府，自封"威武大将军总兵官朱寿"

正德皇帝第一次闯关未成，但他从未放弃去关外猎艳的念头。在江彬的怂恿、掇撺下，过了二十多天，经过缜密谋划，正德再次乔装打扮，在江彬陪同下夜闯德胜门，疾驰前往居庸关。此时虽巡关御史张钦已被调到白羊口巡视，但正德对这位倔御史仍有些心怯，连问："御史在哪里?"御史在哪里? 守关的谷大用连连奉承安抚才让他放心。正德与江彬等出关直奔宣府,待张钦知道想追也来不及了,只能向西遥拜痛哭流涕罢了。

到了宣府,正德命江彬营建镇国公府,并下令将豹房的珍宝、美女陆续运来,陈设在里面。还传下旨意,命户部调发白银一百万两至宣府,以备犒赏之用。户部尚书石玠呈上奏疏,坚持不能调发。正德大发脾气,要罢石玠的官。石玠无奈,只得勉强调发白银五十万两至宣府。

在宣府安顿下来,正德便与江彬到处寻花问柳,作长夜游。他见宣府地方妇女果然与京中不同,体态苗条,纤秾得体,心中异常高兴。他与江彬带着随从,每于夜分闯入高门大户,令主家着妇女出见陪驾。正德本来以猎艳为目的,但凡遇见美人儿便尽情调戏,有适合的便载归镇国公府享用。江彬自然也分得一杯羹,君臣同乐,雨露均沾。

过了月余,正德偕同江彬,走马阳和。当时正值鞑靼小王子率五万人入侵大同,阳和距大同仅80里。正德异常兴奋,难得有亲御敌寇的机会,便拟调集各路兵马,亲自指挥与小王子交锋。江彬慌了,忙谏道:"御敌乃总兵官责任,父皇何必亲犯戎锋?"正德道:"难道朕不配做总兵官么?"于是下令铸就一方"总督军务威武大将军总兵官镇国公朱寿"金印,自封镇国公;还行文至兵部备案,让兵部给自己支饷6000石运至军前。朝中大臣们惊愕之余哭笑不得。皇帝身蹈险地,竟以战争为儿戏! 兵部只得急调宣府、大同戍兵劲旅,赶赴应州前线勤王。小王子闻明朝皇帝御驾亲征,倒也有些胆怯。在应州接仗一阵,敌兵被斩首十六级,官军却死伤数百。幸得正德皇帝运气比乃祖英宗强,昔日土木堡全军覆没的悲剧没有重演。小王子引军遁去,正德遂高奏凯歌。

这时,朝中有言官上书参劾都督江彬说他引导皇帝远蹈塞外,几陷敌手,重演土木堡之灾。请诛江彬以谢天下。正德只当耳边风,不闻不问,也不凯旋还朝。他仍惦记着宣府,称那镇国公府为"家里",仍与江彬回到那里,继续过荒淫无度的生活。皇上不肯回朝,大臣们只得接二连三地驰往宣府接驾,可是正德派了谷大用代替张钦守关,倒把大臣们挡在关内,不许出关。因为有正德皇帝的手令,大臣们也无可奈何。

七 浪荡天子朱厚照 | 183

酒肆遇凤姐,上演"游龙戏凤"

在宣府待久了,路途已熟,一天正德连江彬都没有带,信步游逛。他到一家酒肆前,见里面坐柜的女郎化着淡淡的妆,十分艳丽,不禁目眩神迷,被她吸引,径直入内沽酒。正德点了许多酒菜邀女郎共饮,情急之下难免拉拉扯扯。那女郎正色道:"男女授受不亲,请客人放尊重些。"正德见她言词典雅,举止大方,益生爱慕。遂与她搭讪,问得她名李凤,与兄长李龙在此开店。正德道:"好一个凤姐儿!凤姐应配真龙。"便去拉她衣袖。吓得李凤又惊又恼,转身要走,被正德一把拖入怀中,便要亲她。那凤姐正要呼救,被他掩住樱唇道:"你不要慌,从了我,保你富贵。"李凤一面挣扎,一面惊讶,"你是什么人,如此放肆?"正德一面摸索猥亵,一面问她:"当今世上何人最尊?"李凤说:"谁不知道是皇上。"正德解开衣襟,露出里面的龙袍,说:"我就是。"李凤尚将信未信,正德遂解下身佩玉玺给他看,果然上刻"受命于天,既寿永昌"八字。李凤早已听说当今皇上游幸宣府,今日偶然遇见,只怕自己果然有做妃嫔的命,便跪地禀奏道:"小女有眼无珠,望万岁恕罪!"正德将她扶起,顺势揽入怀中。一面轻解罗裙,将李凤拥入房内。那凤姐原本是个处女,娇啼婉转,落红狼藉。待那李龙回到店里,见房门紧闭,里面有男女喘息之声,便一脚踹开。他妹子忙胡乱着衣下床,附耳说明原委。那李龙将信将疑地打量着正德。已得了佳人的风流皇帝倒也豁达,温言晓喻李舅哥,速备小轿送妹子至镇国公府;当即授他千户之职,赐黄金千两;命他把酒肆关张,带着妹子随君伴驾。

这时镇国公府已日渐扩大,正德下令将豹房的珍宝及男女陆续迁至宣府。立春那天,宣府举行盛大的迎春会,数十辆张灯结彩的大车上街。正德携着李凤姐众美人登台观看。

内阁大臣再三驰书禀奏,每年正月南郊祭天,明朝建国以来一百五十余年未断,大臣们促请圣驾必须于正月初回到京师,主持祭天大典。可是正德恋宣府日拥美人无忧无虑的快乐生活,无心启程。他又欲封李凤为嫔妃。那凤姐固辞道:"臣妾以贱躯事至尊,已属家门有幸，何敢再沐荣封妃嫔之位？但望陛下以社稷为重，早日回宫，妾心才得自安。"凤姐通情达理的一番话，倒令正德有些惭愧。于是择定正月初即起驾还都，带上凤姐及诸美人一同上道。那凤姐本来身体虚弱，路上受了风寒，一病不起。勉强撑到边关，凤姐在车中泣道："臣妾命薄，不能入侍宫禁，只请圣驾速速回朝，臣妾死亦瞑目了。"片刻便溘然长逝！

正德悲痛之余，命将凤姐葬在关山上，用黄土封茔，居然一夜之间长满绿茸茸的青草。

此事正史均无记载，然民间口头传说甚为翔实生动。此后数百年间逐渐流传，并被搬上戏剧舞台，出现各种版本的《游龙戏凤》。

正德回京，纵猎南海子

正德十三年（1518）正月，朱厚照回到京师。文武百官都到德胜门迎接。按照皇上的要求，百官各于道旁设置蒙古式的帐篷彩带，上书"恭迎威武大将军凯旋归来！"官员们只署职衔，不敢称臣，一个个齐集道旁恭候。远远望见正德身穿戎服，腰佩宝剑，身跨红色宝驹，在江彬等边军将领护卫下款款驰来。他在德胜门下马升入御帐，接受大学士杨廷和、梁储、蒋冕等献酒献花，意气风发地问："朕在榆河亲手斩杀了一个虏寇，你们知道吗？"廷和等连忙祝贺威武大将军斩将搴旗的壮举。

数天后，正德率群臣在南郊举行大规模祀天活动。祭拜天地祖宗的仪式冗长而乏味，正德草草应付之后，便与江彬等在南海子举行围猎活动，鸡飞狗跳，整整闹了一天。

正德在京城待了十余天，始终怀念他在宣府自由自在的生活。于是仍与江彬改装易服，一溜烟出了德胜门，径赴宣府。太常寺官员李恭上书指斥江彬导帝嬉游，应置国法斩之以谢天下。竟被江彬唆使锦衣卫施行报复，将李恭逮捕入狱，拷掠至死。给事中石天柱刺血上书请正德回銮，正德皆不理睬，又在宣府闲游了一个多月。

忽然太皇太后薨逝，太皇太后王氏是明宪宗废后，曾保护和抚育孝宗朱祐樘成人。朱厚照与她感情很深，得知讣闻立刻赶回京城主持丧礼。翰林院修撰舒芬上书道："陛下应为太皇太后守孝三年，深居皇宫不再外出。"但仅过了十余天，武宗就借口太皇太后山陵将开隧道，带了江彬等乘坐轻骑前往视察，一溜烟又到了昌平。仅住一日，就直奔喜峰口。后终因太皇太后梓宫尚未下葬，又不得不回京主持葬礼。

太皇太后葬礼后，武宗在江彬掇撺下，借口宁夏有警，下了一道手谕，令内阁草敕书一道："命总督军务威武大将军朱寿，统领六师出征，江彬任威武副将军扈行。"内阁大学士杨廷和、梁储、蒋冕、毛纪见了这道手谕，惊愕莫名，不敢起草。正德将梁储召入宫中，命他草敕。梁储叩头道："他事可遵旨，此敕断不敢草。"正德大怒，拔剑威胁梁储，梁储涕泣奏道："臣抗命有罪当死。若草此敕，是以臣命君，情同大逆。臣宁死不敢奉诏。"正德无奈，忿忿地说："你不肯替朕草诏，朕何妨自称，难道一定要你写？"

第二天，武宗并不通知阁臣，竟与江彬及宦官数人出东安门，再越居庸关，驻跸宣府，镇国公府重新热闹起来。内阁诸臣再三请求武宗回銮，他不但不听，反而令兵、户、工三部各派侍郎一人，率领司属到宣府办公。

太原猎艳，遭遇乐户刘良女

正德重回宣府，笙歌依旧。只是每每思念逝去的李凤姐。镇国公府内不乏美人，但千百佳丽谁也不及凤姐妩媚可人，武宗整日闷闷不乐。江彬劝谏道："天下之大，何处无芳草？儿臣久闻山西有谚语云：米脂的婆姨绥德的汉。皇父何妨驾幸山西一游。"

武宗听从了江彬的建议，于是以巡视山陕边备为名，带着一干随从由宣府趋大同，复由大同渡黄河，经榆林抵绥德州。每到一处，江彬遍访当地佳丽，闻总兵官戴钦有女公子艳冠全城，便未经预先传旨，便陪同正德径直前往总兵府。戴钦仓皇迎驾，诚惶诚恐。江彬说明来意，命戴钦让女儿出来见驾。戴女环佩叮当盛装出来面圣。武宗仔细端详，果然艳丽非常，且有大家风范。便颔首示意选中了。即命戴钦备彩轿送入行辕。武宗在绥德盘桓数日，尽情消受戴女。戴钦献女有功，官升一级。

正德此行目的地是太原。太原最多乐户，有名的歌妓均聚集于此。江彬传旨地方官及晋王府，命将当地最好的歌妓送至行辕献艺听选。不多时，数十名歌妓应召而至，都是娇滴滴的面容，脆生生的歌喉，果然名不虚传。武宗目不转睛地盯着那些歌妓，见有一妇人列在后队，却是天生俏丽，脂粉不施，那副天生可人的姿色久看不厌。武宗当即将那妇人召至座前，赐她御酒三杯，命她独歌一曲。那妇人饮酒之后，面泛桃花，不慌不忙站起唱一阕《霓裳曲》。但见她娇喉婉转，韵调悠扬。正德听得出了神，不由地击节赞赏。复令那妇人近前侍饮。那妇人得邀天眷，喜不自禁。更兼几杯香醪下肚，顿时妩媚异常。武宗向江彬示意，命一班女乐尽行退下。正德牵着那妇人，径入内室，解了罗袆，颠鸾倒凤尽情享受。正德细问她家世，知她名刘良女，是乐工杨腾之妻。于是命江彬召见杨腾，赐他银两令他另娶，从此刘良女得专圣宠，夜夜侍奉。所有以前宠爱的美人，与她相比味同嚼蜡。

正德得了刘良女，兴冲冲载着她返回京都。初居豹房，后迁入西苑太液池畔的腾沼殿。刘良女在众多美人中有专房之宠。正德平时饮食起居都同她在一起。宫中号为刘娘娘。左右若有事触怒皇上，求告于刘娘娘自然得消解免责。江彬以下幸臣见了这位刘娘娘，均视如国母。

后来，宁王朱宸濠反叛朝廷，正德以此为借口南巡。刘良女犯病不能随行，赠正德玉簪一支作为以后迎接她的信物。正德过卢沟桥时失落玉簪，至临清时遣使往迎刘娘娘，因无信物良女不奉诏。正德竟在临清失踪了十七天，无人知晓皇帝去了哪儿。原来正德亲自乘小船赶回京都载着刘良女沿河南下临清。及到了南京，正德命在驻跸之銮帐外竖立"总督军务威武大将军镇国公朱寿及夫人刘"旗号，可见他对刘良女宠爱眷恋之深。

怒杖谏官，枉杀无辜

正德由太原回到京师，追叙应州与小王子接战的战功。那一仗明军斩获鞑靼人首级十六个，自己死伤数百人，却被吹嘘成"应州大捷"。论功行赏，江彬被封为平虏伯，许泰被封为安边伯，内外官九千五百余人得到封赏。武宗在京都待了不久，又思南巡。他久闻江南风光绮丽，江南美女更令人神往。他谕令工部速修快船备用，又谕礼部道："威武大将军镇国公朱寿，宜加太师，令往两畿山东，祀神祈福。"敕令下后，朝中群臣激烈反对，阁臣们面阻亦不从。于是有翰林院修撰舒芬等七人愤怒上书道：

> 陛下之出，以镇国公为名号，倘至亲王地，将朝之乎？抑受其朝乎？陛下大婚十有五年，而圣嗣未育。江右有亲王之变，大臣怀冯道之心，以禄位为故物，以朝宇为市廛，以陛下为弈棋，况陛下两巡西北，四民告病，今复闻南幸，万一不测，博浪柏人之祸不远矣！臣心知所危，不敢缄默，谨冒死直陈！

兵部郎中黄巩接着上书，将矛头直指正德身边的佞幸——

> 陛下临御以来，祖宗纪纲法度，一坏于逆瑾，再坏于佞幸，又再坏于边帅之手，至是将荡然无存矣。天下知有权臣，而不知有陛下，乱本已生，祸变将起。为陛下计，亟请崇正学、通言路，正名号，戒游幸，去小人，建储贰，六者并行。谨奏！

有人带头劝谏，遂引发群臣上书浪潮，陆续有员外郎陆震、夏良胜，礼部主事万潮，太常博士陈九川，吏部郎中张衍瑞等十四人，刑部郎中陈俸等五十三人，礼部郎中姜龙等十三人、兵部郎中孙凤等十六人，接连奏本劝谏。连御医徐鳌也援引医术独上一本劝阻冶游。

这时正德已被南巡的念头迷住心窍，哪里听得进这些劝谏，而江彬、钱宁等怀恨进谏者指斥他们弄权误国，挑唆皇上严加惩罚。于是正德不假思索，命令锦衣卫逮捕黄巩、陆震、夏良胜、万潮、陈九川、徐鳌等人，关进诏狱。另罚其余谏者一百零七人跪午门外五日悔过。

京师连日阴霾，黄沙蔽日，南海子水溢数尺。有金吾卫指挥张英，带刀哭谏，拔刀刺胸，血流如注。正德竟下令将张英廷杖八十。张英胸部刺伤，又经廷杖，立即毙命于狱中。

接着正德一不做二不休，将罚跪午门的一百零七人，各廷杖三十。黄巩等为首上疏的各杖五十。结果，员外郎陆震，主事刘校、何遵等十余人竟然在受刑过程中，惨毙于杖下。

一心记挂着江南美景和猎艳的正德，就在这样的腥风血雨中启程沿运河南下，开始他的江南巡游之旅。

宁王叛乱，王守仁献俘

正德南巡途中，得知宁王朱宸濠杀官叛乱的消息，异常兴奋。便命江彬、许泰调集数万名边军南征，并颁布敕令："命总军务威武大将军镇国公太师朱寿率师讨伐。"

可这位三军统帅威武大将军一路逶迤南行，带着刘娘娘等宫眷遍游淮扬等地江南美景，抵达南京时，前线传来捷报，逆藩朱宸濠已被巡抚赣南都御史王守仁擒获，即将押解来南京献俘。谁知这位皇帝不以为喜，反而在太监张忠及许泰等怂恿下，竟然命令王守仁将逆藩朱宸濠释放，纵亡鄱阳湖，待亲与交战将其擒获，只有这样圣驾方不虚此行。

这种荒唐至极的命令王守仁自然不会遵守，避走浙江，将逆藩囚车交付太监张永。张永叫他重拟捷报，称奉威武大将军方略，讨平叛逆，对江彬等佞幸亦恭维一番。果然，如此一番，武宗方才转嗔为喜，传令嘉奖擒贼有功的王守仁、伍文定。并于南京受俘，令在城外设一广场，竖着威武大将军旗，饬命各军四面围住，将叛藩宸濠放出，去了枷锁。正德亲自擂鼓，令兵将再战叛藩，将其擒获，然后奏凯入城。

武宗游幸江南，捕鱼清江浦

征讨逆藩大功告成，正德本可即日回銮京师。但他对南朝金粉羡慕已久，哪里肯匆匆回京！"烟花三月下扬州"，昔日隋炀帝为赏扬州琼花，凿了一条运河南下。论贪玩正德与隋炀帝不分伯仲。他驾幸扬州，先令太监吴经采选处女寡妇若干名供奉行在。江南多美妇，果然名不虚传，只是因为正德身边带着刘娘娘，多少有些顾忌，不能尽兴罢了。

七 浪荡天子朱厚照

正德游幸江南，乐不思蜀。江彬又乘机怂恿，劝他游幸苏州，下浙江、抵湖湘。正德尝闻苏州多美女，杭州多佳景，兴趣盎然。只是随驾官员太多，行动不能那么随意。但他仍然逗留南京，始终没有返京的意思。随驾大学士梁储、蒋冕商量道："春去秋来，再不回銮，恐生他变。况且近来谣诼纷传，多非吉兆。我辈身为大臣决不能坐视。"于是二位学士连夜草疏，跪伏宫门，哭号两个时辰。正德得闻叛藩宸濠在狱，有谋变消息，不得已接受二学士奏请，宣谕起程还京。

他从瓜州渡江，中途临幸金山寺后，至镇江，驾幸已退休的大学士杨一清私第。杨一清是平定安化王叛乱和清除逆瑾的功臣，君臣相得饮酒赋诗，一清也从容进谏，请正德速回京师。

途经宝应地界，有一大湖名泛光湖，湖面平滑如镜，水波不兴。正德道："好个捕鱼的地方！"遂令地方官员调集船只，准备网罟等物，正德带着太监侍从分乘小船，张网捕鱼。他虽未亲自下网，却坐在船头，令各舟前来献鱼。按献鱼的多少，颁给赏赐。这一天湖面风平浪静，正德玩得尽兴，倒也没出什么事故。

过了两日，抵清江浦，重幸太监张阳家。清江浦是著名水乡，正德又起了张网捕鱼的兴趣。张阳奉旨准备小船数艘，备齐渔网等物。那天至清江浦一处叫积水池的湖面。因小船只能载三四人，张阳怕发生危险，劝谏正德不要登舟亲自捕鱼。正德道："怕什么？"遂一跃登舟，由两太监划船，一人撒网。武宗站在船头，手执鱼叉准备捞取捕到的鱼儿。

船至湖心，刚巧网着一尾银白色的大鱼。那鱼儿在网中左冲右突，不肯就范。武宗要亲自捕获它，便用鱼叉去投刺。谁知他一时心急，用力过猛，小船一阵摇晃，将他抛入水中。他是个旱鸭子，不会游泳，两只手在水上胡乱扑腾，连续呛了几口水，眼看就要沉入江心。太监们慌了神，连忙"扑通、扑通"跳下水，生拉硬拽，几个人合力将两眼翻白的皇上拉上岸来。

这时的正德，直挺挺躺着人事不省。太监们又拍又打又掐人中，慢慢把他救醒。本来正德这年不满三十岁，毕竟年轻，呛几口水应能扛住，可是由于纵欲过度，元气已亏损太多，经此一劫，就鼻息微微，不省人事了。虽然随驾御医施救,将腹中积水排出,再用姜汤调养,正德慢慢苏醒过来。他醒来第一句话是"那鱼儿捕到没有?"若是对国事如此专心,那该多好。

经此一劫,正德龙体深受摧残,竟至每日缠绵病榻,再也提不起精神到四处游幸了。随驾大臣梁储、蒋冕御前请命,速速还京。正德也只得答应,传旨速归。

正德病逝豹房,江彬伏诛

正德十五年(1520)冬天,朱厚照返回京师。由于亲征逆藩凯旋,派遣定国公徐光祚、驸马都尉蔡震、武定侯郭勋等分别祭告天地、太庙、社稷,随后在南郊举行祀天大礼,皇帝抱病由太监们搀扶着主祭。初献爵时,正德跪拜下去,不觉头晕目眩支撑不住,"哇"的一声,吐出一口鲜血,典礼未能完成就返回斋宫。当晚即传旨委托王公大臣完成祭天大礼,圣驾在江彬等护卫下返回豹房养病。

正德一病数月,丝毫不见好转。而江彬等佞幸趁着正德病重,愈益揽权专政。竟矫旨将西官厅改为威武团营,江彬任兵马提督,张忠任监督太监。意在控制病重的皇帝,如遇不测则拥兵自重。

正德十六年(1521)三月十三日,正德病势加重,自知回天无力,便告谕身边的太监陈敬、苏进二人说:"朕的病是无法治愈了。以朕的意思上告皇太后,天下事重,应与内阁大臣慎处之,以前的事都是由朕所误,不是你们所能干预的。"

陈敬、苏进待正德安睡后才去通知张太后,待太后赶到豹房,武宗已不能说话了,两眼一翻,辞世而去,享年仅三十一岁。

正德遗体在豹房,这里鱼龙混杂,难保安全。太监张永、谷大用等奉张太后之命,将殓而未葬的正德遗体移到皇宫内,准备颁布遗诏。

当下最重要的是由谁继承皇位?因为正德没有子嗣,也没有亲生的兄弟。张太后命张永、谷大用等来到内阁,商议由谁继承皇位。内阁首辅杨廷和胸有成竹地从袖中取出太祖当年制定的《祖训》给他们看,说:"兄终弟及,谁能更改?当今兴献王长子朱厚熜,是宪宗的孙子,孝宗的侄子,大行皇帝的堂弟,按伦序应该由他继承皇位。"兴献王朱祐杬是孝宗皇帝朱祐樘最年长的弟弟,朱厚熜也是朱厚照众多堂兄弟中最年长的。兴献王父子都有贤名,内阁诸臣也是经过慎重考虑决定的。于是命太监张永等入宫启奏皇太后。顷刻之后,太监奉遗诏及皇太后懿旨向朝廷大臣宣布。

所谓大行皇帝遗诏自然不是正德写的,而是他死后的掌权者用其名颁布的诏令,其内容包括:罢撤威武团营;入卫的边军俱予重赏遣散还镇;革除皇店及军门办事官校,返回原卫所;豹房番僧及教坊乐人、四方进献女子一律罢遣;缴宣府行宫的金宝归藏内库;停止一切不急工务等。

遗诏颁布后,江彬惴惴不安。又见朝廷军马调动,处处针对自己。他的党羽李琮劝江彬赶快举兵反叛朝廷,如不能取胜则北走塞外。江彬犹豫不决,假装托病,深居大宅不出,暗中布置心腹爪牙防变。他叫许泰到内阁探听大臣们的意向。杨廷和故意温言抚慰,江彬疑惧之心稍有宽解,杨廷和邀请他参加各项悼念活动,他也欣然参加。

过了几天,皇太后所居坤宁宫上脊吻,礼部派遣江彬与工部尚书李鐩行礼。江彬穿着吉服入宫,不得带随从人员。行礼事毕,太监张永留江彬、李鐩在宫中吃饭。这时宫中传出太后懿旨:逮捕逆党江彬。江彬发觉情况有异,企图从西安门逃走,发觉西安门已关闭。他又奔向北安门,守门校尉说:"有旨意令留都督。"江彬怒道:"今天从哪里得到圣旨?"校尉一拥而上,将江彬捆绑起来,将他的胡须拔得一根不剩。

接着江彬党羽神周、李琮也被擒获捆绑进来,李琮大骂江彬道:"奴才,早听我的话,怎会落得如此下场?"

江彬等被关押在锦衣卫监狱,戴上大镣,严加看管。御史奉旨抄没江彬家产。他专权达七八年之久,收受贿赂,卖官鬻爵,敛积黄金七十柜(柜为容器),白银二千二百柜,其他珍宝无数。

三个月后,江彬及其党羽李琮、神周等被诛杀。京师久旱忽降甘霖。但许泰、张忠却攀附权贵近侍,得以免死戍边,当时人们认为除恶未尽。

八 久怀异志朱宸濠

- ▲ "若成功与弟中分天下"
- ▲ 两车金银珠宝给刘瑾
- ▲ 惠民门外斩首示众
- ▲ 安庆城都攻不下还想攻南京？
- ▲ 都堂神箭，不亚当年养由基！

朱棣挟持宁王反叛朝廷，许其"中分天下"

宁王朱权是朱元璋第十七子，镇守大宁。大宁是防御蒙古最重要的边防重镇。下辖二十二个卫所，有"带甲八万，革车六千"之称，是藩王中兵力最强的。其中尤以朵颜、泰宁、福余三卫，由彪悍的兀良哈骑兵组成，是一支战无不胜的劲旅。当时燕王朱棣兴靖难之师，起兵反叛朝廷，被李景隆所辖五十万大军压迫得走投无路，便想联络宁王一同造反。朝廷也怀疑宁王，召他入京，宁王以病推辞，朝廷遂削除他的三护卫。燕王朱棣率兵从刘家口间道潜到大宁城外。宁王约他单骑入城兄弟相见。燕王假装请宁王代自己上疏向朝廷请罪，暗地里却派遣心腹收买朵颜、泰宁、福余三卫指挥率部反水，在宁王送朱棣出城祭祖告别时，突然挟持宁王及其眷属出关南下。燕军得到宁王所属数万劲旅补充，势力大增；郑村坝一战彻底击溃李景隆所帅五十万大军，乘势进军江南；经过四年内战，终于攻占南京。建文帝逊位出走，不知所踪。燕王朱棣登基称帝，改元永乐。

在艰苦的四年内战中，宁王朱权被裹胁在燕王军中，其部属跟随燕军作战，屡立殊功。朱权虽不领兵打仗，因他工于文笔，燕军檄文告示大多出自他的笔下。朱棣也许诺说："若能成功，当与弟中分天下。"可是当他打下南京登上帝位，却绝口不提此事了。永乐元年（1403），大宁卫撤销，宁王已无处可封。这时他已不奢求朱棣与自己"中分天下，"只求封一个富庶些的地方。他要求封在苏州，朱棣说苏州靠近南京，已划为畿内。宁王又求封钱塘（今杭州），朱棣又不答应，结果改封南昌。当时江西是江南贫瘠之地，宁王颇有怨言。朱棣死后，他竟重提靖难初"中分天下"的诺言，上书仁宗称南昌非其封国，受到仁宗斥责："南昌叔父受之皇考已二十余年，非封国而何？"朱权知不可挽回，晚年筑庐西山，著书立说，颇有建树。

淫乱的王府，叛逆的藩王

自第三代宁王朱奠培以后，代代宁王都埋怨朱棣没有实现"中分天下"的诺言,常怀叛逆之心,对抗朝廷,不断闹事。当英宗土木堡兵败被俘,景帝即位时,朱奠培趁朝廷自顾不暇,屡屡在南方制造事端,阴谋叛逆。被其庶弟弋阳王举报,当时朱奠培党羽被逮捕的达六七百人。可是英宗复辟以后,这些人都被释放。朱奠培愈加骄横,罔顾人伦,竟私纳父亲和祖父的宫人,被地方官员告发。英宗盛怒,下令夺其护卫,让宁王成了没有牙齿的老虎。

天顺四年(1460),锦衣卫校尉打探到宁王府中又出了一件大丑闻:宁王朱奠培之弟弋阳王朱奠监与其庶母通奸!

英宗派驸马都尉和锦衣卫指挥逯杲前往南昌调查此案,未找到弋阳王母子通奸的证据。英宗大骂逯杲,逯杲跪下请罪道:"弋阳王败伦确有其事,臣因皇上不愿见有玷污宗室之事发生,便屈从了驸马都尉,谎奏查无实据。臣罪该万死!"

英宗本对宁王府深恶痛绝,他在惭恨交加之下掷下严旨:令弋阳王朱奠监母子自尽!宁王朱奠培与弋阳王朱奠监是异母兄弟,素来互相倾轧。有了皇上的圣旨,他便逼着庶母上吊,弋阳王吞剑自刎而亡,还将他们的尸体焚化。

第五代宁王朱宸濠蓄谋叛乱

第五代宁王朱宸濠继位后,叛逆之心日盛。他蓄养的术士李自然、李日芳为他相面,称其有异相,且南昌城东南有天子气。当时正德新立,刘瑾当权,朝政混乱。朱宸濠认为这是扩充势力准备叛乱的好时机。他派人载了两车金银珠宝进京送给司礼太监刘瑾,请求将南昌左卫恢复为王府护卫。南昌左卫兵力雄厚,划归宁府后使朱宸濠如虎添翼,气势更盛。

刘瑾伏诛后,宁王行贿之事败露,兵部仍将南昌左卫收回。宁王朱宸濠又厚赂兵部侍郎陆完和受皇上宠幸的钱宁,企图重将南昌左卫划归宁王府。大学士费宏原籍江西,深知宁王阴谋叛乱,极力反对。于是陆完勾结钱宁利用费宏廷试阅卷不公之事逼迫他致仕。费宏回江西故里时,宁王竟施加报复,派人焚毁他的船只。费宏携家眷走脱,逃过一劫。

宁王用巨金贿赂钱宁、陆完等得手，正德糊里糊涂地批准重新将南昌左卫划归宁府护卫，并拨给屯田。宁王得势日益猖狂，居然擅杀都指挥戴宣，赶走布政使郑岳及巡按御史范辂，囚禁知府郑献、宋以方。又擅自扩充王府范围，尽夺王府附近民舍田亩。地方官员不敢问，副使胡世宁上奏朝廷，请求朝廷裁抑宁王府的不法行为，竟被朱宸濠买通钱宁将他调离江西，并在钱行时下毒，几乎使他腹泻致死。胡世宁辗转赴京，再次上奏宁王必反。他的奏折又落入钱宁手中，钱宁假传圣旨将世宁捕入锦衣卫，严加拷掠，欲以诬告亲王罪论死。幸得江西巡抚孙燧、李润等力保，但世宁仍被谪戍辽东沈阳卫。

朱厚照因纵欲过度，迄无子嗣。拟召宗室子侄入京读书择贤而立。这是一个窃据储位的好机会，宁王不惜血本厚赂钱宁及司礼太监，在正德面前盛赞宁王之子聪慧礼敬好学，朱厚照就糊里糊涂答应了，未通过内阁以中旨召宁王次子入京，司香太庙。钱宁还僭用异色龙笺颁旨，这异色龙笺通常只用于御赐监国书牍。宁王朱宸濠接旨大喜，心想病恹恹的正德一旦传位给自己的儿子，孤家不动刀兵就当上太上皇了，于是雄心勃勃地筹划扩建王府，其制仿皇宫大内，不过规模略小而已。

江西左布政张嵿，以土地归自己管辖为由，下令不准宁王府侵占，亦不准其收购周围土地。朱宸濠派人给他送去四样食品：一盘干枣、一盘鲜梨、一盘生姜、一篮芥菜。张嵿是何等聪明之人，对宁王府送礼的使者说："下官知道宁王的用意，让我'早离疆界'。下官受命于朝廷，守土有责。只要我在此一天，违制用地之事休想！"张嵿将原物退还宁王。朱宸濠没办法，只得又取金帛托钱宁去吏部活动，将张嵿调离江西，升任光禄寺卿。

这时因剿灭刘六、刘七匪患，调边军入卫，江彬已来到豹房，立刻受到正德宠信。他与太监张忠联手，逐渐排挤钱宁的势力。钱宁僭用异色龙笺召宁王子入京司香太庙之事，在京城传得沸沸扬扬。张忠故意在正德面前贺道："恭喜皇上立了储君，大明有望了。"正德惊问："朕几时立了储君？"于是张忠和江彬交相禀奏，钱宁与司礼监瞒着陛下，用异色龙笺召宁王次子入京，司香太庙。并大造舆论，说宁王父丧居苫块间哀伤备至，极尽孝忱。张忠遂在朱厚照面前挑拨说："钱宁等极力称颂宁王孝顺，实际上是讥谏陛下事太后不孝；他等称颂宁王勤政爱民，实际上是讥讽陛下不勤于政。"

正德被激怒了，下令驱逐宁王派到京都来的人，包括臧贤和司香太庙的宁王次子。

宁王朱宸濠杀官夺府，举兵叛乱

正德十四年（1519），御史萧淮上疏详细列举朱宸濠准备叛乱的情况，而钱宁却诋毁萧淮"离间宗室，应予治罪"。正德把萧淮的奏折交内阁大学士杨廷和等议处。杨廷和建议如宣宗处置汉王朱高煦那样，派遣贵戚大臣前往戒谕宁王。于是正德派太监赖义、驸马都尉崔元、都御史颜颐寿等前往江西，戒谕宁王，并收缴其护卫。

朱宸濠派在京城的耳目林华得知这个消息，连夜赶回江西，向朱宸濠报告朝廷将派赖义等来戒谕宁王，收缴护卫。朱宸濠急召刘养正、李士实密商对策。刘养正说："事急了！俗话说先下手为强，若再迟疑，王爷就要为人所制了。"于是三人密议对策，连夜召鄱阳湖盗首吴十三、凌十一、闵廿四等入府，令其各率党羽，准备兵器分头埋伏。

第二天上午，江西布政、巡按、镇守三司长官陆续来到王府，拜谢宁王生日赐宴。行拜谢礼毕，宁王朱宸濠在数百名带甲露刃的侍卫拥护下，站在露台上高声宣布："孝宗皇帝被太监李广所误，抱养了民家之子。我祖宗不受祭祀已经十四年。现今太后有诏书，令我起兵讨贼，你们知道吗？"

众官员忽听此言，惊愕地互相瞪眼而视。江西巡抚孙燧勇敢地站出来说："哪里有这种话？请拿出诏书来给我看！"朱宸濠说："不要多言！本王现在就往南京，你应该随从护驾。"孙燧道："天无二日，我身为朝廷命官，岂肯从你做叛逆的事？"孙燧急速站起来，却被阻拦，无法走出王府。朱宸濠改换军装出来，指挥手下捆绑孙燧。按察副使许逵挺身而出，怒斥群贼："你们怎敢侮辱天子之臣？"他以身护住孙燧，却同样被贼兵捆绑。二人大骂逆贼，鄱阳湖盗匪凌十三等将孙燧左臂打断。朱宸濠指挥贼兵把骂不绝口的孙燧、许逵一起拖出。

几天前，朱宸濠调集兵马，反叛迹象明显，许逵劝孙燧先发制人，把朱宸濠拘禁起来。孙燧道："给朱宸濠什么罪名呢？还是等一等再说。"到现在，许逵对孙燧说："我之所以劝您先把他拘禁起来，早就预想到会有今日！"

朱宸濠一向忌恨许逵，许逵被捆绑拖出时，朱宸濠冷笑道："许副使还有什么话要说？"许逵傲然说："唯有赤胆忠心！"朱宸濠被激怒了："我不能杀你吗？"许逵斥骂道："你能杀我，但天子能杀你。你是反叛之贼，碎尸万段，悔之何及！"于是，朱宸濠下令将孙燧、许逵在惠民门外斩首示众。

朱宸濠早已做好叛乱的准备，南昌各卫均被他控制，杀了孙燧、许逵之后，差遣盗首吴十三、凌十一、闵廿四等各率兵冲击省府各衙门，逮捕了巡按御史王金、主事马思聪、金山、参议黄弘、许效廉、右布政胡濂、参政陈杲、刘斐，都指挥许清、白昂，以及驻守太监王宏等。朱宸濠想逼这些官员归降，便将他们一一关押在监狱里。

参议黄弘对宁王叛乱已十分愤怒，戴着手铐撞击梁柱，击打自己的颈项，血流如注而死。主事马思聪也在狱中绝食而死。

但也有一些丧失气节的官员，向宁王献媚，追随叛乱：布政使梁宸、参政王纶、佥事潘鹏、师夔、按察使杨璋、副使唐锦等参谒宁王示忠。

王纶积极投靠宁王，深得其信任，被任命为伪兵部尚书，位列左右伪丞相李士实、刘养正之后。

朱宸濠杀官夺府之后，随即发布文告，称：朱厚照系抱养民家之子，窃据天位秽乱宫廷十有四年。我太祖子孙宁王殿下奉诏讨贼，即将进军南京，实现祖先"中分天下"的承诺。天兵所至，所向披靡，各州县官率众来归，仍居禄位。如有反抗，立成齑粉，勿谓言之未预，云云。

朱宸濠收罗南昌九江诸卫被收买的指挥、千户，以及鄱阳湖盗贼匪帮，共计兵力六万人左右，号称十万。任命盗贼头目闵廿四、吴十三、凌十一为都指挥，承奉太监涂钦为监军，领兵攻打九江、南康。先肃清外围，扩大叛逆势力范围。朱宸濠知自己兵力不足以抵御朝廷大军进剿，四出求援。派亲信校尉前往浙江，联络镇守太监毕真，令其助力出兵；又派遣女婿李蕃前往瑞安，招华林、玛瑙等寨匪帮；王纶移文招桃源等县兵民入伙；宁王妃娄氏之弟也前往家乡进贤、广信招兵。

朱宸濠既已起兵反叛朝廷，就想黄袍加身即皇帝位，宣布改年号为顺德。李士实、刘养正劝他等打下南京再登基宣布国号，即使不能北伐，也可借助长江天险，与朱厚照分庭抗礼，实现祖宗"中分天下"的梦想。

朱宸濠竖旗造反的头两天，派匪首凌十一等攻陷南康府，因为知府陈霖等在叛军未到时即已逃之夭夭。南康随即失守。

第二天，盗贼头目闵廿四率领的叛军进攻九江，副使曹雷、知府江颖等官员也事先逃走。叛军占据九江，便可准备舟楫，沿江而下攻打南京。叛军一路东进，想攻取进贤，打通往广信之路。进贤知县刘源清毁家纾难，一把火把自己宅第烧了。朱宸濠妃子之弟娄伯募兵过进贤，刘源清派人中途阻截将其斩杀。朱宸濠的文告送达进贤，刘源清立即将使者斩首。

余干知县马津和龙津驿丞孙天佑也聚合兵民抗拒叛军。朱宸濠的党羽募兵经过龙津，孙天佑派兵将其追杀，焚烧其船只。叛军一直未能打通前往浙西的通道。

赣南巡抚王守仁起兵讨贼

宁王朱宸濠的叛乱，引来一位改变历史的儒将挺身而出，削平叛藩建立奇功。他就是因为反刘瑾乱政，被廷杖后远谪贵州龙场驿的王守仁。

王守仁在刘瑾伏诛后，调升庐陵知县，后召入京师，累迁鸿胪寺卿。因江西多盗贼，朝廷赏识其军事才能，擢升他为都御史，巡抚南赣、汀、漳。他到任即统领闽、粤诸卫所兵，讨平大帽山贼，连破四十余寨，擒获贼首帅富，接着进剿大庾、横水、左溪等地的盗匪，所向披靡，为害数十年的巨盗，统统被肃清。一时王守仁名声大震。兵部尚书王琼赏识其才，适逢福州卫进贵等作乱，王琼调王守仁前去平乱，给他敕书，让他有调动兵马的权力。

宁王朱宸濠叛乱，江西镇守官员大都遇害。王守仁由福州行至丰城，听说朱宸濠派人追捕自己，便改换服装，只带少数随从潜至临江。临江知府戴德孺闻王守仁到来，忙请他入城调度，抗击叛军。王守仁考虑临江离省城太近，随即转赴吉安，与吉安知府伍文定商讨战守事宜。

王守仁先用疑兵之计，向各州府发出公文，称："朝廷已遣都督许泰率京军四万南下，南赣巡抚王守仁、湖广巡抚秦金、两广总督杨旦，各率本部兵马，共十六万人，限期趋集南昌讨贼。大兵所过，沿途地方有司供应军粮，毋得有误，自担罪咎。"这公文传出，自被朱宸濠截获，他信以为真，立刻恐慌起来，因为叛军总兵力不过六万，怎敌得朝廷的十六万大军！因而犹疑不决，迁延时日，不敢贸然向南京进军。

同时王守仁又使用反间计，故遣密使致书退休的都御史李士实，叙昔日的交情，劝他反戈一击，遂使叛王朱宸濠对李士实产生了怀疑，不采纳他挥兵直下南京的建议。直到十多天以后，发觉朝廷各路兵马都未到来，才明白自己中了王守仁的缓兵之计，丧失了挥兵东进攻下南京的最佳时机。

叛军围攻安庆，王守仁捣其老巢

朱宸濠在迟疑十余天之后，得到浙江镇守太监毕真派兵支援，于是联舟千艘，出鄱阳湖直下长江。南昌城中只留宜春王朱梱橼与内宦万锐等居守。朱宸濠一门心思要打到南京去当皇帝，把所有妃嫔、世子、侍从全都带上随行，浩浩荡荡，气势倒还不小。舟师进入安徽境内，第一道关就是安庆城。朱宸濠以为自己率领千艘战舰压境，守城官员哪里见过这阵势，必会弃城求降。谁知安庆知府张文锦与都督佥事杨锐率领士卒登城，严阵以待。只听见城上一声号炮，矢石齐下如雨点一般。其中还有西洋的火铳、佛朗机，江上的一些战船立刻着火燃烧起来。

朱宸濠攻城受阻，十分沮丧，大骂左右道："连一个安庆城都攻不下,还想攻下南京吗?"浙江镇守太监毕真附逆,派遣金事潘鹏前来助战。潘鹏是安庆人,他让家人拿着叛军的劝降文告用家乡话宣读,企图瓦解守城将士的斗志。守城将领杨锐亲手将其斩杀,并肢解其尸体,一只手一只脚地丢下城墙示众。叛军久攻不下,且损兵折将,只得退回到舟师上。杨锐又乘着黑夜派遣"水鬼"蛙人,凿沉了八艘战船,叛军糊里糊涂地沉入水底喂了鱼。

朱宸濠攻打安庆十来天没有攻下,船泊黄石矶。朱宸濠问舟人这里叫什么名字?舟人答曰"黄石矶"。江西土话黄王不分,朱宸濠一听是"王失机",十分懊丧,竟将不肯附逆的瑞州知府宋以方斩首祭江。

朱宸濠这边安庆久攻不下,王守仁却凭借兵部调兵敕令,飞速调集福建、广东各都司部队前来平叛。临江知府戴德孺、袁州知府徐琏、赣州知府邢珣、瑞州通判胡尧元、抚州通判邹琥、吉安通判谈储以及新淦、泰和、万安、宁都知县都率兵前来会合,共计八万余人。江西盗匪多发,各州县的兵员都有一定的战斗力,王守仁将他们统一编制,鼓励各哨士兵英勇剿贼,争取在平叛战斗中立功领赏,一时士气大振。

王守仁探知朱宸濠倾巢而出,困于长江上,南昌守军势单力薄,决定挥军北上,攻其老巢,使其首尾不能相顾。然后待其回军,选择适当时机地点,一举将其击溃。

正德十四年(1519)七月十八日,王守仁率军抵达丰城,以吉安知府伍文定为前锋,先肃清叛军驻扎在城外的伏兵,然后直抵广润门。此处城垣低矮,防备较差。伍文定命士卒事先准备攻城云梯,先用弓箭火炮压制城墙上守城贼兵,然后一声呐喊,数十架云梯搭上城头,士兵们奋勇攀缘,蚁附而上,刹那间攻上城墙,将守城贼兵尽行斩杀。然后城门被打开,伍文定骑在马上身先士卒攻入城中。

朱宸濠留在南昌老巢的守军兵力薄弱,且大部分已在南昌外围被歼。留守城中的少量叛军节节败退。此时宁王府宫中浓烟滚滚,突然燃起大火,宫人多被烧死。伍文定率军冲进王府进行搜索,立刻将宜春王朱栱㰁、内官万锐等捉拿捆缚。士兵们奋力将宫中大火扑灭,有人趁乱洗劫宫中库藏,哄抢富户商铺财物。此时王守仁率军进城,立斩违反军纪的士兵十余人,张贴安民告示,抚慰士民宗室,南昌城人心大定。

黄家渡大败贼兵，朱宸濠被擒

南昌老巢失守的消息很快传到安庆，久攻安庆不下的朱宸濠惊慌失措，忙与李士实、刘养正等谋臣商议。李士实说："臣以为如今之计，莫如直取南京，大王即位称帝，凭借长江天险与朱厚照分庭抗礼。那时还怕他王守仁么？"朱宸濠沉吟半响，南昌是他老巢，他阴谋叛乱已久，在南昌各处秘藏了大量金银财宝，他舍不得放弃。朝廷行动迟缓，所谓数万京军南下已经证实只是王守仁放的烟幕。而王守仁统领的各州府兵力不过数万，以叛军现有实力完全可以夺回南昌，依仗雄厚的财力招兵买马重整旗鼓。

于是朱宸濠否定了攻占南京的提议——也许他心里也在掂量：一个小小的安庆都攻不下，南京巍巍都城那么好拿下吗？——决定还军江西；遂率众登舟师，溯江而上，进抵鄱阳湖；又搜罗了湖中的零散盗贼，在黄家渡登岸。此时王守仁统率的讨逆官军先锋部队也已抵达此地，一场恶战即将展开。

王守仁深知朱宸濠急着要收复南昌，便令前锋主将伍文定在黄家渡设伏，先诱其深入。果然七月二十四日，叛军两万名先头部队在黄家渡登陆，鼓噪前进。伍文定亲自率领数千官兵抵敌一阵后，佯装败退。叛军乘势追击，至一山隘口，早已埋伏在此的佘恩、戴德孺率精兵杀出，将叛军截为两段。而赣州知府邢珣率领的两千名生力军复从敌后出现。叛军被分割成几段，在狭小的山坳间被包围歼灭，两万贼兵损失大半，只得仓皇逃窜，退守八字垴。

第二天，朱宸濠一面调南康、九江兵马增援，又采纳刘养正建议，悬重赏募勇士：凡临阵当先者赏千金，突阵受伤加赏五百金。果然第二天再战，叛军个个奋勇向前，炮铳齐发，顿时杀伤了数百名官军。戴德孺等统率的地方民兵没见过这种阵势，开始仓皇退却。前锋主帅伍文定见此情况，大喝一声，挥剑将临阵退缩的士兵砍杀了五六名，然后身先士卒冲向敌人炮火稠密处，连鬓胡须都被烧着了，他也全然不顾，声嘶力竭地带领士兵冲向敌阵。在主帅这种豁出去的精神感召下，官军将士勇气倍增，个个奋勇杀敌。叛军中原有一些人本是鄱阳湖的湖贼，他们熟悉地形，见势不好就弃阵而逃，驾着小船躲藏到芦苇深处去了。伍文定挥兵掩杀，叛军被斩三千余级。朱宸濠兵大败，退保樵舍，将剩下的战船联成方阵。朱宸濠此时只顾保命，便拿出所有的金银财宝，分发给剩下的将士，让他们拼死效力。

第二天早晨，朱宸濠正在召见群臣商议下一步如何对付官军的进攻，突然湖面上火光点点，数十艘满载柴薪的小船乘着东风疾驶而来。朱宸濠的战船都用铁链连成方阵，动弹不得。刹那间，叛军的船接连烧起来。朱宸濠的副船也燃起了熊熊大火。朱宸濠的妃子娄氏痛哭流涕地跳入湖中溺水而亡，其他妃嫔宫女也相继投水溺毙。朱宸濠带着几个随从改坐单只小艇企图逃亡，被万安知县王冕率领的官军追及，朱宸濠和他的世子仪宾，以及伪丞相李士实、刘养正、尚书王纶、刘吉等伪官数十人均被擒获，打入槛车。

此役王守仁指挥若定，清点战果，烧伤、溺毙的叛军及眷属约三万人，逃匿的无可胜计。

至此，喧嚣一时的宁王叛乱遂告平定。自叛藩杀官夺府到兵败被擒，前后仅三十五天，所有追随叛藩的党羽官属均被擒获，无一漏网。

朱厚照借"南征"，命将叛藩放归鄱阳湖

正德在塞北宣府玩厌了，早就十分倾慕南朝金粉，垂涎江南美女，想找个由头巡幸江南。宁王叛乱的消息传到京都，朝野十分震惊，议论纷纷。唯独兵部尚书王琼胸有成竹地说："有王伯安在江西，怕他什么？不久自有捷报。"王伯安即王守仁。江彬怂恿正德御驾亲征逆藩。朱厚照正好以此为名，传旨内阁："叛藩宸濠悖逆天道，谋为不法，即令总督军务威武大将军镇国公朱寿，统率各镇边兵征剿，兵部奉敕执行。"内阁杨廷和等极力劝阻，正德均不采纳，好在九百年前另一位好玩的隋炀帝修了一条运河直通苏杭。正德皇帝优哉游哉地带着姬妾侍从沿运河南下，去梦寐已久的江南搜奇猎艳。

王守仁听说皇上南征，急急忙忙上了一道本章——

臣于告变之际，选将集兵，振扬威武，先收省城，捣其巢穴，继战鄱阳，击其惰归。今宸濠已擒，逆党已获，从贼已扫，闽广赴调军士已散，惊扰之民已定。窃惟宸濠擅自作威作福，睥睨神器，招纳流亡，辇毂之动静，探无遗迹。发谋之始，逆料圣驾必将亲征，先于沿途伏有奸党，期为博浪、荆轲之谋。今逆不旋踵，遂已成擒，法宜解赴阙门，式昭天讨。然欲付之部下各官，诚恐或虞意外，臣死有余憾矣！盖时事方艰，贼虽擒，乱未已也。伏望圣明裁择，示以权宜。俾臣有所遵循，不胜幸甚！

王守仁想阻止武宗继续南巡，便吓唬他说逆党沿途有埋伏，将行刺圣驾。谁知武宗游兴正浓，毫不理会。太监张忠还出了个馊主意，写信给王守仁道："逆藩宸濠，切勿押解来京。现皇上亲征，须将宸濠纵入鄱阳湖，待皇上亲与交战，再行一鼓成擒。如此办理，庶几功归朝廷，圣驾不虚此行。"

如此将战争视为儿戏，王守仁自然不从，用槛车将叛藩押出南昌，恐张忠、许泰等中途拦截，便避走浙江，想从海上押解至京。在杭州又被太监张永候着。张永提督军务，地位在张忠、许泰之上。王守仁先把他定计除刘瑾的功劳赞扬一番，然后进言道："江西百姓久遭濠毒，困苦不堪，再也不能承受战事的困扰了。若纵宸濠入湖，岂非浩劫重来？"

王守仁将朱宸濠等的槛车交付张永。张永教他重新上奏折，将擒获叛藩平定叛乱的功劳，写成"奉威武大将军方略，一举讨平叛逆"。还称颂江彬、许泰、张忠等调度有功等。正德见奏折大喜，于是论功行赏，晋升王守仁为江西巡抚，伍文定为江西按察使，刑珣为江西布政右参政。

正德在南京举行受俘盛典。在城外空旷处设一广场，四面竖着威武大将军旗纛。江彬、许泰等率领数万名京军严阵以待。正德身着戎服骑在马上，这时押解囚犯的士兵推着槛车出场，将朱宸濠解去脚镣手铐，放出囚车，让他兀立场中。这时武宗亲自擂起鼓来，三通鼓罢，士兵们一拥而上，复将朱宸濠擒拿捆缚，再次装进槛车。然后奏起了胜鼓，凯旋入城。

南北校射，王守仁神箭惊四座

而太监张忠与安边伯许泰仍借口平叛率领四万名京军南下，沿途逞着威风，任意勒索扰民，自不必说。京军抵达江西，叛藩早已平定，王守仁料定张忠、许泰等必会借故挑衅，惹是生非。严令部下对北军以礼相待，凡事尽量避让。又密嘱官吏告诫市民，尽量将妇女暂徙乡下，免生事端。守仁又以巡抚名义张贴布告，称北军远来，本省居民必须以礼相待，如有狎侮生事，严惩不贷。守仁也常备牛酒至北军军营慰问；北军有病，随时给药医治；北军病殁，厚给棺葬。王守仁的怀柔政策，倒也起了作用，南昌城里绝少生事，居民倒也还能安居乐业。

转瞬间冬至将至，江西民众纷纷祭奠亡灵，酹酒举哀。北军将士远离家乡，触景生情，纷纷要求北归。张忠、许泰只是不准，反而另生事端，要到校场举行骑射。致书巡抚王守仁，邀请他率南军参加。守仁情知他们可能是借此挑衅，但仍慨然允诺。

王守仁如约率领数百名江西军赶赴校场。张忠、许泰早已候着。北军本来擅长骑射，选出来表演的又是其中的佼佼者，十箭中通常能中鹄七八箭。王守仁与同来的官吏齐声喝彩，张忠、许泰面露得意之色。

轮到南军士兵表演，南军毕竟弓马生疏，十箭中只能中鹄四五箭。王守仁连称"惭愧，惭愧！"那张忠复挑衅问道："王都堂能射箭么？"王守仁答道："射法略知一二，但素习文事，班门怎敢弄斧？"张忠、许泰谅他射术不精，但一定要他献技一射。

于是王守仁吩咐带马过来，当即扎紧官服，一跃上马，先在校场跑了一圈，然后返辔驰回，在离靶百步之外，提弓搭箭，喝一声"着！"那箭不偏不倚，正中箭靶红心！

南北军士齐声喝彩。王守仁不慌不忙，又射出一箭。这支箭竟在箭靶上与第一支箭并排立着。战鼓声与军士们的喝彩声迭起。王守仁在马上挥弓回应，接着又搭上一支箭，侧身瞄准射击。这支箭居然正中第二支箭杆，将它顶了出去！大家睹此奇技，自然欢呼雀跃，鼓乐齐鸣，响得更热闹了。

守仁下马，对张忠、许泰一揖道："献丑了！"许泰赞道："都堂神箭，不亚当年养由基。怪不得平叛立功，领教了。"

回署以后不久，张忠、许泰决定班师北上，前来辞行。王守仁自然摆下盛筵为他们饯行。北军数万官兵千里迢迢南下，没有打一次仗，没有抓一个叛贼，徒然耗费大量国帑，惊扰百姓，无功而返。

叛藩授首，王守仁大功遭忌

张忠、许泰在江西时，曾诘问王守仁："宁王府富可甲天下，朱宸濠囤积的金银财宝而今安在？"王守仁从容回答说："逆藩为将南昌左卫改为王府护卫，花费大量金帛贿赂京师权贵，现在都有籍册可查，二位都督要不要看？"张忠、许泰都是当时受贿者之一，遂不敢再提此事。

朱厚照留恋江南美景，遍游淮扬、苏杭等地，后在清江浦捕鱼，不慎落水。因他纵欲过度，元气亏虚，遂致一病不起，不得不颁旨返京。

原拟回到京城后，皇上再御殿受俘，然后议刑诛杀叛藩。不知什么原因，正德听从江彬建议，船到通州，就赐朱宸濠自尽。三日后回到京都，大耀军容。把俘获的朱宸濠党羽、爪牙及其家属数千人，排列在辇道东西两侧，长达数里。正德抱病勉强骑在马上，立于正阳门下，检阅良久才进入皇宫。

三个月后，朱厚照病死于豹房。佞幸江彬亦被诛杀。朱厚熜即位后，朝廷再议平定逆藩之功。因兵部尚书王琼与内阁大学士杨廷和意见相左，大臣们也多忌王守仁之功，遂以国丧未毕，不宜举宴行赏为由，只赐王守仁一个南京兵部尚书虚衔，凑巧，守仁之父王华也当过南京吏部尚书。王守仁愤而不赴任，请求归省。后来论功又封王守仁为新建伯，岁禄一千石。然而不给铁券，岁禄也不给。王守仁十分愤懑，闭门谢客，潜心读书。

嘉靖六年（1527），思恩、田州土酋卢苏、王受造反。国乱思良将，朝廷不得已又起用王守仁为两广巡抚，率兵平定叛乱。叛酋卢苏、王受闻王守仁大名，遂遣使乞降。守仁历数二人罪，杖而释之，亲自入贼党，招抚其众七万人。后广西断藤峡瑶贼作乱，又是王守仁率兵征讨，破牛肠、六寺等十余寨，峡贼终被荡平。

王守仁屡立战功，然而始终得不到朝廷重用。足见明朝中期政治的腐败，官僚门阀化的严重。王守仁出身书香门第，父亲王华是成化十七年（1481）状元。守仁自幼习程朱理学，穷习格物致知理论。游九华山归来，筑室阳明洞，与弟子讲学，遂有"阳明学"传承于世。仕途不顺的王守仁成为后世景仰的伟大哲学家。

九　媚上窃权严嵩父子

- ▲ 隐居铃山，好诗迭出
- ▲ 谄媚文章献皇上
- ▲ "青词换宰相"
- ▲ 夏言被杀
- ▲ 杨继盛弹劾严嵩
- ▲ "朝廷不如我富"，"朝廷不如我乐"
- ▲ 索回贿赂，则遇强盗
- ▲ 寄食墓庐，饿死道旁

青年时代的严嵩隐居山林

　　严嵩是江西分宜人，出生在秀丽的袁水河畔一户贫穷的读书人家。父亲严淮参加了无数次的乡试，连一个秀才都没有考上。他只好把希望寄托在儿子身上。严嵩七岁发蒙读私塾，十五岁参加县里的乡试就高中第一名，得到县太爷的赏识。但因为家里穷，他无力筹措赴京赶考的路费，蹉跎到二十多岁时，才由县令莫立之资助二十两银子，千里迢迢地赴京都参加会试。

　　弘治十八年（1505），严嵩意气风发地参加殿试，在三百名举子中高中二甲第二名。受到主考官大学士杨廷和的赏识，被选为庶吉士，授职翰林院编修。那一年严嵩已经二十五岁，他的诗文清新飘逸，深得好评。当时领导文坛的内阁学士李东阳和李梦阳等都认为，严嵩的诗文在翰林院中是最好的，前途无量。

　　可是就在那一年，朝政发行遽变，弘治帝驾崩，浪荡皇子朱厚照继位，权阉刘瑾窃据权柄，大肆迫害朝中正直的大臣和官员。由于被罢黜的辅臣谢迁和王守仁等是江西人，刘瑾特别仇视江西籍的官员，在这种险恶形势下，初入官场的严嵩慨叹道："天下有道，吾当为国效力；若无道，归隐其时矣！"于是，他向翰林院告了病假，带着家小，回到了江西分宜老家，在铃山脚下搭了几间茅舍，一边读书，一边耕作，过着悠闲的田园生活。

　　严嵩的很多好诗都是在隐居铃山的这段时期写成的，如《东堂新成二首》是他当时生活的生动写照：

　　　　种树成荫辟沼渔，数椽聊此卜幽居。
　　　　诸峰稍识岚霏外，三径新锄灌莽余。
　　　　穷巷颇回高士辙，藜床时读古人书。
　　　　欲因萝薜辞簪弁，惭愧天恩在玉除。

　　　　无端世路绕羊肠，偶以疏慵得自藏。

种竹旋添驯鹤径，买山聊起读书堂。
开窗古木萧萧籁，隐几寒花寂寂香。
莫笑野人生计少，濯缨随处有沧浪。

严嵩读书山中，经常与文人雅士往来，互相唱和。其中有一首诗云：

地辟柴门堪系马，家贫蕉叶可供书。
莺花对酒三春暮，风雅闻音百代余。

文人归隐山林，实出于无奈。严嵩少年时期苦读，好不容易考中翰林，实想一展平生抱负，无奈政局凶险。其实他在隐居中一刻也没忘记东山再起，重返朝廷建功立业。这在他的很多诗文中都曾流露。

重返官场，面临人生抉择

正德十六年（1521），朱厚照病死于豹房，因无后嗣，故由堂弟朱厚熜继位为嘉靖皇帝。新朝既立，秉政的内阁大学士杨廷和趁机革除弊政，任用被罢黜的贤能，诛杀佞幸江彬等。看到朝廷一派欣欣向荣的新气象，早已按捺不住的严嵩认为这是自己重新出山的好机会。于是带着家小买舟北上，回到京都销了病假，重返翰林院。

当时，像严嵩这样重返政坛的官员很多，大多是正德朝遭受迫害或郁郁不得志者。翰林院是文士集中的地方，严嵩的诗文颇有声望，久之晋升侍讲学士，主持南京翰林院事务。嘉靖四年（1525），他被任命为国子监祭酒。这是一个荣誉度很高却权力不大的职位。直到嘉靖七年（1528），严嵩好不容易升到礼部右侍郎的位置，得到接近皇帝的机会。他奉世宗皇帝命赴安陆祭告显陵（嘉靖生父兴献王陵墓）。当时正是"大议礼"热闹时，严嵩抓住机会大肆献媚，上书报告祥瑞："臣恭上宝册及奉安神床，皆应时雨霁（行礼时雨都停了）。又采石枣阳，群鹤集绕，碑入汉江，河流骤涨。请命辅臣撰文刻石，以纪天眷。"这一通马屁拍得嘉靖舒服极了,立即准奏,并提升严嵩为吏部左侍郎。不久严嵩又晋升南京礼部尚书,后又升至更有权力的南京吏部尚书。

嘉靖初年爆发的"大议礼"之争,绵延十数年,处罚罢黜官员数十名,甚至还有人死于廷杖之下。事件源于嘉靖帝朱厚熜想尊生父兴献王为皇考,生母蒋氏为皇太后。以杨廷和为首的大臣们则认为他继承的是伯父明孝宗世系,应称孝宗为"皇考",其生父兴献王只能称"皇叔考"。这引发嘉靖勃然大怒:"难道父母可以改来改去吗?"随后有南京进士张璁、桂萼相继上疏,支持嘉靖尊兴献王为帝,并立庙京师以供祭祀。后来甚至还有人建议迁都安陆。这明显是企图将明朝的帝王世系由明孝宗世系改为兴献王世系,自然遭到大多数臣僚的反对。以致后来嘉靖提拔张璁入阁担任首辅,始终得不到朝中重臣的支持,碌碌无为。

严嵩在"大议礼"事件中,采取明哲保身不过度介入的态度。他在南京为官,却不附庸张璁、桂萼等谄媚皇上挑起论争的做法,在道义上仍与杨廷和等大臣站在同一战壕里,反对张璁等人的邪论。但是他又注意不激怒嘉靖皇帝,一旦皇帝发怒,为保自己的乌纱,他马上折节屈从。

嘉靖十五年(1536),夏言进入内阁。因为同是江西老乡,夏言提携严嵩担任礼部尚书。经过旷日持久的"大议礼"争论,付出十几条人命的代价后,执拗的嘉靖皇帝仍坚持将生父兴献帝称"宗",神主迁入太庙供奉,命礼部讨论制定仪式。严嵩秉承夏言的意志,勉强同意兴献帝称"宗",但对将其神主迁入太庙推三阻四,设置诸多障碍。嘉靖勃然大怒,写了一篇《明堂或问》气势汹汹地质问大臣们是何居心,阻挠兴献帝入太庙享受后世的祭拜?夏言和严嵩在皇帝严厉谴责和罢官的威胁面前屈服了,将原来的说法完全改变,并考证说:"殷朝有四位君主同为一世,同在一庙中;宋太祖与宋太宗是兄弟,也同居一庙中。这些先例可以作为依据,如今皇考应该与孝宗同在一庙享受祭祀。"他们的奏折送上,嘉靖自然高兴,高压之下,群臣没有谁敢再提出异议。

严嵩身为礼部尚书,亲自详细制定兴献帝入庙礼仪,务求盛大而隆重。终于博得嘉靖皇帝的欢心,礼成后赐给他金币作为奖励。严嵩为了固宠,进一步上奏说:"太宗文皇帝(朱棣)与太祖高皇帝共创大业,宜尊为'成祖',献皇帝躬备大德,宜尊为'睿宗'"。

嘉靖立即批准了这个改变祖宗称号的方案,颁旨昭告天下。自此明太宗朱棣改称明成祖,而明睿宗朱祐杬生前只是一个藩王,没有当过一天皇帝。因此,在《明史》中没有列入帝王本纪系列,而是与建文帝的父亲,被追封为明兴宗的朱标一起单独立传,列于"后妃传"之后,"诸王传"之前。

严嵩将兴献帝称宗、神主供奉太庙的礼仪办得极其隆重。正在那几天,钦天监奏天上出现祥云。严嵩马上恭贺嘉靖,说是皇上孝心感动天庭,才有此祥瑞之兆。于是他连夜奋笔疾书,用他擅长的汉赋骈体文写了两篇颂词《庆云赋》和《大礼告成颂》。这两篇马屁文章既典雅又华丽,拍得嘉靖极为舒坦。命令将其存入史馆永久保存。从此严嵩奉命陪侍皇帝参加各种活动,获得的赏赐几乎与阁臣们一样。

"青词宰相"与道士香冠

当时嘉靖年纪虽轻,却格外迷信,崇敬道教长生不老之术。他在宫中设坛醮祀,礼拜上天。祈求长生不老时,他要亲自对天帝诵读祝辞。这种祝辞用朱笔写在青藤纸上,因此名"青词"。皇帝礼拜上天时亲自诵读"青词"后焚毁。嘉靖帝本身文字修养颇高,因此对"青词"要求也很高,要写得典雅大方,于是每每委托翰林出身的大臣甚至首辅撰写。夏言就是由于"青词"写得好,才受到嘉靖皇帝宠信的。严嵩虽由夏言提携,但深知要得到皇帝青睐,必须做好这道功课。于是在奉命为皇上撰写"青词"时,绞尽脑汁,拿出自己撰写汉赋四六骈体长文的全副本事,把一篇篇"青词"写得字字珠玑,朗朗上口。嘉靖阅后极为高兴,赞不绝口。相反夏言因为担任首辅,政事繁杂,对皇上交代的写"青词"的任务往往敷衍塞责,拿一些过去写过的词语掺糅凑合应付,因而引起嘉靖不满,渐渐失宠。

嘉靖帝信奉道教,宠信道士陶仲文,跟他修炼长生不老术。严嵩因此也对陶老道十分礼敬,经常馈赠礼物给他。而夏言生性孤傲,鄙视僧道。因而陶老道常在皇帝面前称赞严嵩,诋毁夏言。嘉靖帝平时爱戴道士们的香水冠,一天心血来潮,命尚衣局仿制五顶沉香水冠,分赐给夏言、严嵩等五大臣。夏言不仅不戴香水冠,反而上疏道:"此冠非人臣法服,臣不敢受。"大有斥责皇上拿政事当儿戏之意。反观严嵩却在与嘉靖召对时恭敬地戴着香水冠,外罩以轻纱,以示尊重,使得嘉靖龙心大悦。

夏言察觉到严嵩担任礼部尚书后,得以接近皇上,时时处处在与自己争宠,心里老大不快,逐渐后悔不该提携引荐这个老乡给皇上。且严嵩之子工部侍郎兼尚宝少卿严世蕃,在朝中公然索贿,大量诈取诸宗藩、司属金银,受到给事中、御史们的弹劾。夏言本身比较清廉,怕受严嵩连累,于是严词斥责严嵩教子不严。严嵩深知嘉靖多疑且喜怒无常,怕夏言在皇上面前举劾自己。于是在家中置办了丰盛的酒席,亲自到夏府登门谢罪。夏言拒绝见他,差遣门人轰他走。严嵩竟卑恭地在地上铺了一块苫席,跪读自己撰写的请帖。他用这样的表演麻痹了夏言,高傲的夏言遂不再怀疑严嵩,仍然把他视为自己的门客。哪里知道阴险的严嵩时刻在算计他,千方百计地谋求取代他的首辅位置,并欲置他于死地。

夏言被罢官,严嵩升任首辅

嘉靖十七年(1538),皇太后蒋氏崩逝。朱厚熜因是藩王后裔承祧入主,对生身父母的名分特别在乎。"大议礼"之争闹了十几年,又在京郊大峪山建造显陵,想把兴献帝的灵柩从南方迁来,与生母蒋氏合葬。迁葬之事又引发争议,又有官员因反对迁葬受到处罚,被削职为民。但最后嘉靖还是怕惊扰长眠地下二十年的父皇,决定将母后灵柩运往南方合葬,并亲自护灵前往承天(安陆州改名),又有给事中曾烶、御史刘贤、郎中岳伦因上书劝阻被关进诏狱。

嘉靖南巡,夏言、严嵩均随行,由武定侯郭勋率军护驾。一个月后到达承天府,拜谒显陵后,在龙飞殿举行祭祀上帝和山川社稷的大享礼。

大享礼成,礼部尚书严嵩请嘉靖临御飞龙殿,接受群臣祝贺并颁诏天下。夏言却阻挠说:"皇上应回京都再接受祝贺。"嘉靖不听,说:"礼乐制度应由朕决定,在这里祝贺有什么不好?"

夏言素来鄙视郭勋横恣不法。于是郭勋便联络严嵩一起排挤夏言,经常在皇上面前进谗言,说夏言"藐视圣躬,无人臣礼"。嘉靖是个心胸狭隘的人,联想到夏言拒绝戴他赐予的香水冠,还公开抗言"此非人臣法服,臣不敢受",这不是公开讥讽皇上不懂礼法吗?

嘉靖回到京师,再次前往大峪山视察陵墓。由于郭勋、严嵩累进谗言,皇上对夏言积了一肚子火。这次又因为进献"居守敕"迟缓,嘉靖大发雷霆,斥责夏言"怠慢不恭",命他交还以前赐的银章和多次给他的亲笔敕令。

夏言惶恐地上书谢罪,称自己辜负了皇上的信任,恳求不要追还银章和敕书,留作子孙后代的荣耀。言词甚为悲切哀痛。但嘉靖怒气不消,怀疑夏言将银章敕书毁坏了,勒令礼部追回。夏言不得已,将所赐刻有"学博才优"四字的银章一枚和四百余件敕书上缴。没过几天,嘉靖削除了夏言的勋阶,勒令他致仕。

不过数天后,喜怒无常的嘉靖帝又改变了主意,命令夏言不要离京,并且正式命他以礼部尚书衔及武英殿大学士身份进入内阁。夏言因祸得福,上疏感谢圣恩。嘉靖谕令他"秉公持正,不要做招致众怒的事。"夏言深知皇上说的"招致众怒"是指郭勋、严嵩辈,便再次上疏说:"自处不敢后他人,一志孤立,为众所忌。"嘉靖又不高兴了:你只怪别人猜忌你,难道自己没有一点错吗?又对夏言加以责问。夏言惶恐谢罪,才算了结。被收缴的银章、手敕又还给了他。

郭勋进升翊国公后,骄横得厉害。他与左都御史王廷相奉命督理团营,清理军役。王廷相畏惧郭勋权势,不敢作为。嘉靖下达敕书后四十天没有得到回答,便责问郭、王二人。郭勋为自己辩解,奏疏中有"何必再劳皇上赐敕"之语,触怒了皇上,遂将王廷相解职。

于是给事中高时上书揭发郭勋贪污放纵的19件事,件件触目惊心。嘉靖勃然大怒,将郭勋关入锦衣卫监狱。仍然谕令锦衣卫不要对他加以刑讯。但郭勋作恶多端,法司审讯定了"斩"罪。嘉靖认为对郭勋的量刑不够清楚,发回重审。这时又有御史揭发郭勋更多的罪行,法司再次判定郭勋不轨罪名成立应予处斩，并没收妻妾田产房屋。这时嘉靖又改变主意将此案搁置，还想宽释郭勋。但廷臣们十分厌恶郭勋，假装不明白皇上的意图。第二年郭勋终于瘐死狱中。

郭勋败露以后，夏言入阁九年届满，升任少师、吏部尚书、华盖殿大学士勋阶。但嘉靖对他的信任已大不如前。夏言大大咧咧，对皇上的决定常常阳奉阴违。在西苑值班的官员们都骑马上班，独有他一个人要乘轿子。嘉靖崇信道教，赐给官员们香叶、束发巾和用皮帛做成的鞋，夏言仍说这些都不是人臣该用的，拒不接受。

而严嵩这时每天用恭顺的语言侍奉嘉靖，深得皇上的宠信，无时无刻不在谋划取代夏言的位置。夏言深知其阴谋，十分生气，指使给事中们弹劾严嵩，特别是其子严世蕃卖官鬻爵贪污受贿严重。可是这时嘉靖正宠幸严嵩，不理会这些弹劾。这样，夏言与严嵩的关系彻底破裂。

一天，严嵩进宫谒见嘉靖，叩头时泪如雨下，向皇上哭诉夏言欺凌自己无以复加。于是嘉靖让他把夏言的罪状全部说出来。

在一次朝会上，嘉靖历数夏言的许多罪行：郭勋已下狱，夏言仍千方百计罗织他的罪名；给事中、御史是朝廷的耳目，却专听夏言的指使；皇上不上早朝，夏言也待在家里，不来内阁上班，军国重事都在他家里做出决定；皇上的话要严守秘密，他却视同儿戏。他如此欺瞒君上，鬼神都为之发怒！

那天，夏言正巧未来上朝，听说皇上如此怒斥自己，大为恐惧。立刻上书请罪，乞赐骸骨致仕还乡，语气极为哀伤。奏疏递入宫中，八天没有回音。

嘉靖二十一年（1542）七月初一，京都发生日食。皇上以此为由头，颁发诏书："大臣慢君，致天象告警。夏言慢上无礼，责令致仕。"夏言深知自己得罪了势焰熏天的严嵩，已无法在朝廷立足，于是带着家小雇了一辆小车出了京城，灰溜溜地回到江西老家。

半月后，严嵩被加封为武英殿大学士，进入内阁参与机要政务。这时严嵩已经六十多岁了，但他老当益壮，日夜在西苑板房值班，十几天没有回家休息洗沐，于是更为皇上信任。

宫婢谋逆，嘉靖险遭缢杀

嘉靖人到中年，求储心切，在后宫中广置妃嫔。除了正宫皇后和几位贵妃，又按"周礼"设置九嫔。至于皇上偶然临幸被提升为美人、才人的更是不计其数。其中有一位曹氏生得妍丽非常，最承宠爱，被册封为端妃。嘉靖政躬闲暇时常临幸端妃宫中，因此端妃遭方皇后及其他嫔妃们嫉妒。

嘉靖二十一年（1542）十月的一天，皇上在参加祷告雷坛落成礼后回端妃宫中，与端妃共饮数杯美酒后，酣然欲睡。端妃服侍皇上睡下，轻掩门扉退出。这时端妃侍婢杨金英悄悄潜入寝宫。这名侍婢因为侍奉不周，曾被皇上命令杖责，打个半死，因此怀恨在心。这天她窥见皇上酒醉熟睡，居然起了弑君之心。她解下身上的丝带做成一个套结，悄悄潜至御榻边，套上熟睡的嘉靖皇帝颈子，用力勒索。许是皇上命不该绝，杨金英把套结结成了一个死结，因此拉到一定程度就无法越勒越紧。熟睡中的嘉靖颈子被勒出一条青痕，晕厥过去，却并未气绝，这时杨金英听到外面有脚步声，慌慌张张逃了出去。来人是另一名叫张金莲的宫婢，她发现杨金英逃走，原准备去报告端妃。一想金英是端妃心腹，便径直奔出宫门，向皇后娘娘方氏禀报端妃宫中出了祸事。

方皇后急忙赶到端妃宫中，直趋御榻前，果然见皇上颈上竟勒着一条丝带！幸喜那带子是结的死扣，未曾勒紧，皇上龙体尚温，口中还有气息。

方皇后将神志不清的皇上扶起，为他抚摸胸口，掐人中。这时端妃闻讯赶来，见皇上神志不清，立刻跪倒在地。方皇后素来嫉恨端妃得宠，便将那丝带掷到她的脸上，怒斥道："你，你，竟敢做这样大逆的事！"端妃吓得浑身颤抖，说不出一句话来。还是张金莲出来证实是杨金英所为。于是方皇后命令宫中侍卫抓捕杨金英，不一会儿将她捆绑而至。方皇后先命宫人扇了她几个耳光，然后审问她谋弑皇上的细节。杨金英开始企图抵赖，经张金莲指证她从皇上睡卧的寝宫出来，且丝带正是她衣服上解下的，无从狡辩，只得低头认罪。

方皇后继续拷问杨金英,是谁支使他谋逆弑君?几番严刑,她供出一个王宁嫔。方后立刻命令内宫监张佐,将王宁嫔抓捕审讯,先用廷杖打她一个半死。最为方皇后嫉恨的是"狐媚惑主"的端妃。弑君逆案在她宫中发生,且是她的爱婢所为,任她如何辩解都脱不了干系。方皇后趁着御医们为皇上按脉诊治,圣驾尚自昏迷不醒,此时她是宫中最高掌权者之时,下令将犯下弑君大罪的杨金英、王宁嫔、端妃曹氏,依"大逆不道"律例,处以极刑。

端妃明知方皇后挟嫌报复,借此案置自己于死地,奈何此时嘉靖人事不省,方皇后掌握宫禁大权,无人可以救她。那张佐秉承方皇后意志,将杨金英、王宁嫔、端妃曹氏带出宫去,一阵乱棍打死,然后割下头颅,以此代替寸磔极刑。

嗣后处理此案,三名罪犯家属被杀的有十人,其余的发配功臣家当奴仆。

嘉靖病愈,仍然挂念被处死的端妃。他遍询宫人,都称端妃并未参与弑君阴谋,完全是杨金英个人对皇上的报复行为。嘉靖因而怀恨方皇后太过狠毒,从此搬到西苑居住,不再回皇宫大内。后来皇宫失火,方皇后被烧伤,嘉靖竟也不去看视,方皇后因此病殁。

严嵩专权,嘉靖复召夏言入阁

夏言被勒令退休后,严嵩如愿进入内阁。此时,他仍然异常勤奋。大热天十几日待在内阁值房里,都不回家洗一个澡,深得皇上信任。当时首辅翟銮虽然是入阁十几年的老资格,然而始终得不到皇上的信任,严嵩得以渐渐地独揽大权。嘉靖自从宫婢弑逆事件以后,由大内搬至西苑居住,与道士陶仲文日夜修炼长生不老之术,政事一概委任严嵩处理。而严嵩之子严世蕃升任工部左侍郎并兼尚司少卿。他借严嵩之势控制吏、兵二部的铨调,买卖官爵,贿赂公行。因为严氏父子势大,给事中、御史们噤若寒蝉,没有谁敢在老虎口边拔须,公开举劾他们父子俩。这也是因为嘉靖皇帝素来认为官员贪纵腐化是小事,自他登基以来从没有一个官员因为贪赃被处死过。严嵩担任礼部尚书时,秦、晋二王因为承袭封藩之事向严嵩进献数万两的重贿，当时被监察御史叶经弹劾。那时严嵩正因为上《庆云赋》和《大礼告成颂》有宠于皇上，嘉靖对他贪污受贿的事不加追究，居然遮瞒过关。

嘉靖二十二年（1543），严嵩找到了报复叶经的机会。那年山东乡试试卷中发现讽刺朝廷的文字，主考官周矿等被捕。当时叶经任山东巡按御史，严嵩欲施报复，便诬称他是山东乡试的主考官，将其逮捕至京城。未待叶经上书为自己申辩，严嵩便怂恿皇上下旨将叶经罢免为庶民，廷杖八十。严嵩阴险地叮嘱卫士从重使杖，遂使叶经伤重毙命。

严嵩大权在握，从此开始陆续地报复那些曾经举劾过他的人。先后有监察御史谢瑜、给事中王缵、沈良才、陈恺、御史喻时、陈绍和，山西巡抚童汉臣，福建巡按何维柏等以各种罪名被治罪，有的被罢官，黜废为民；有的谪戍边远地区，倾家荡产。

严嵩虽在内阁专权，但上面还有一个老资格的首辅翟銮。机会终于来了！嘉靖二十三年（1544）会试，翟銮的两个儿子翟汝俭、翟汝孝与他们的老师崔奇勋、姻亲焦青同时中了进士。一门四进士，这是从来没有过的事。严嵩遂授意给事中王交、王尧，弹劾翟銮与会试考官作弊。事关首辅，皇上命吏部会同都察院查明此案。翟銮急了，上书为自己辩白，说自己每天在西苑值班，无暇顾及殿试的事。嘉靖发怒道："案子还在调查，翟銮竟敢在结论出来之前进行干扰。他的两个儿子纵然有才，若非舞弊，怎会和他们的老师一同中进士？"于是下旨将翟銮父子、崔奇勋、焦青和分考官彭凤、欧阳焕削职为民；将主考官江汝璧及乡试主考秦鸣夏、浦应麟抓捕入狱，杖打六十后撤职。

翟銮被罢官以后，朝廷任命吏部尚书许赞兼文渊阁大学士，礼部尚书张壁为东阁大学士，双双进入内阁参与机务。然而严嵩作为首辅，大权全归他，许、张二人不能参与最重要的"票拟"工作。许赞忿忿不平地说："为什么要夺走我的吏部，让我仰人鼻息？"他几次要求退休，却得不到批准。

严嵩知道许、张二人有怨气，却伪装宽厚上书道："往昔夏言与郭勋同列，互相猜忌，殊失臣道。臣累蒙独召，于心未安，恐同僚生疑，致蹈前辙。以后应仿祖宗朝蹇夏三杨故事，凡蒙召对，必须阁臣同入。"

九　媚上窃权严嵩父子

这全是装模作样的废话。嘉靖自宫婢事变之后，移居西苑，很少上朝，日夜与道士陶仲文研习长生不老之术。就是接见外臣，陶仲文就坐在皇帝身旁，皇上每每称呼他为先生而不称其名。于是严嵩每有党同伐异的勾当，总是先贿赂陶老道，让他帮助说话。陶仲文也乐得接受他的黄白之物。原来"神仙"也爱钱！

又过了两年，张壁碌碌无为，犯疟疾死去。而许赞屡次上书要求退休致仕。嘉靖于是也感觉到严嵩专权太甚。他心血来潮，想起只有秉性强悍的夏言能制约他。于是下令起用致仕大学士夏言恢复原官，并亲赐手敕催他上路进京。

复河套将相蒙冤，曾铣夏言被杀

嘉靖二十四年（1545）冬天，夏言在家闲居三年后重新被起用，回到内阁。他被罢黜的大学士、少师等职衔全都恢复了。皇上同时也加封严嵩为少师，似乎两人平起平坐。但是夏言仍然鄙视严嵩，内阁重大事务的批复处理从不征求严嵩的意见，大权独揽。他想：如果你行，皇上怎么会召我回来呢？严嵩失去了权力，更对夏言恨之入骨。二人之间的隔阂日益加深，渐成势不两立。

翌年，总督三边曾铣建议收复被蒙古人占据的河套。河套平原在今内蒙古和宁夏境内，自明成祖三扫虏廷以后，已经被蒙古游牧部落占据百年之久。明孝宗、武宗时想出兵收回也没有成功。曾铣想报答皇上知遇之恩，请求率六万士兵去收复失地。他还上书提出八条建议，其中包括修筑边墙抵御敌寇。

嘉靖是个没有征战经验的皇帝，对曾铣的建议很欣赏，立即拨付二十万两银作为修筑边墙的费用。当时有经验的边将翁万达等提出反对收复河套的意见，都不为嘉靖采纳。

曾铣曾经在初春率兵出塞袭击盘踞河套的蒙古人，遭遇失败，但他隐瞒不报。在第二次选拔精锐士卒前往攻击后取得胜利，斩首二十七级，缴获马牛骆驼数以千计，蒙古人被迫向北迁移。这次他向朝廷报捷，得到了嘉奖，他的俸禄被提升一级，并赐给银币。

曾铣感激皇上，会同当地巡抚和巡按御史上疏陈述边防事务十八条，并献上《营阵八图》。嘉靖看后，很是赞许，交付兵部讨论施行。

嘉靖二十七年（1548）底，曾铣上书弹劾甘肃总兵仇鸾，陈述他不听调遣、贪婪放纵、残酷暴虐、恣为不法的许多事实。皇上震怒，即命锦衣卫派官校去边境逮捕仇鸾，押送至京审讯。

仇鸾被关押在锦衣卫狱中，倒给了严嵩罗织罪名陷害夏言的机会。仇鸾本来就是严嵩的党羽，严世蕃买通锦衣卫官校前去探监，与仇鸾密议谋划，并代仇鸾在狱中起草奏疏，诬告曾铣掩盖第一次袭击河套失败不上报；侵蚀克扣军饷巨万，派遣他的儿子曾淳赴京通过亲信苏纲贿赂当权者。苏纲是夏言继妻的父亲，这道奏疏矛头所指不言而喻。

嘉靖本是个猜疑心极重的皇帝，本来收复河套虽是曾铣提议，但如果没有皇帝支持，仗也打不起来。几年下来，收复河套没有任何实质性进展，于是狡猾的严嵩此时又借着大内失火、方皇后崩逝上书道："天降灾异原因，原由曾铣开启边衅，误国大计所致。夏言主持淆乱国事，应并罪惩处，以借天麻。"

于是廷臣们陆续上本，将收复河套战事失败归咎于曾铣、夏言二人。这时嘉靖似乎忘了这场战争是他自己的决策，反而对辅臣们说："如今征战河套，不知是不是真的师出有名？也不知兵粮是不是果真有余？是不是一定成功？一个曾铣何足道，荼毒生民怎么得了！"

于是朝廷舆论一边倒，一致声讨曾铣、夏言擅开边衅。严嵩此时雪上加霜，说："以前拟旨褒奖曾铣，我听都没听说过，有人独断专行。"夏言不敢明说收复河套的战事是皇上做的决定，只是辩解说："严嵩起初并没有提出异议，如今为什么把一切罪责都推给了臣？"

嘉靖这时正要找一个替罪羊，便认定仇鸾的狱中上书是事实，曾铣、夏言有罪，派锦衣卫逮捕曾铣到京，并把夏言的官职全部撤销，命令他致仕。

曾铣经过审讯，没有适当的法律定他的死罪，但皇上一定要杀他，便牵强地以《结交近侍律》判其死刑，在刑场斩决。妻、子流放两千里。曾铣被杀后家无余资，天下的人都为他感到冤枉。

夏言担任首辅时，得罪了许多小人。锦衣卫指挥使陆炳，其母曾是嘉靖幼时乳母,嘉靖南巡承天时,行宫失火,陆炳曾将皇上从火中背出,遂深得皇上信任。后来陆炳与京山侯崔元遭御史弹劾,说他们与奸商徐二勾结,在卖盐中增加抽分,危害百姓。这是一项重罪,皇上命内阁拟罪。陆炳与崔元想用三千两银子买通夏言,被夏言严词拒绝。陆炳无法,长跪在夏言府第门口不肯离去,夏言方才答应代为转圜。可崔元、陆炳均是皇亲国戚,受此侮辱愈加怨恨夏言,因此与严嵩勾结在一起陷害夏言,必欲置他于死地。

夏言在致仕回乡途中被逮捕关入监狱。严嵩多次利用边防警报激怒皇上,说这是因为曾铣、夏言挑起边衅,致使蒙古人寻求报复,但嘉靖始终未下决心杀夏言。严嵩便编造流言,说夏言在狱中心怀怨恨,讥笑皇上不敢为自己做的收复河套决策负责,透过于臣下。还秘密上疏引用汉朝诛杀翟方进的故事,促使皇上下决心杀夏言。

刑部尚书喻茂坚、都御史屠侨负责审讯此案,他们建议说:"夏言有罪当死,但他值侍多年,应按议能议贵条例减轻处罚。"嘉靖却又被激怒了,忿忿地说:"他应死已久!朕赐他香叶冠,他不肯戴,玩亵神明,今又有此罪,还想活么?"

嘉靖下令扣发喻茂坚、屠侨的薪俸。夏言被牵至西市斩首,妻、子被流放到广西。其侄与侄孙都受牵连削除官职。

俺答犯京城,严嵩密令不抵抗

夏言被杀,严嵩终于去掉了最大的政敌,独掌内阁大权。嘉靖皇帝深居西苑,很久不上早朝了,一切政务都取决于内阁,严嵩俨然当上了二皇帝。而他的儿子严世蕃除了任工部左侍郎兼尚宝寺少卿外,又以党羽控制兵部、户部,不可一世。

后嘉靖任命南京吏部尚书张治为礼部尚书兼文渊阁大学士,国子监祭酒李本为少詹事兼翰林学士,双双进入内阁参与机务。严嵩作为首辅大权独揽,根本不把他俩放在眼里。二人根本不敢对政务说可不可以,仅唯唯诺诺而已。

当时仇鸾虽然从狱中出来,但仍待罪家中。他以数万两银子贿赂严世蕃，托他在兵部谋职。严嵩虽然对阴鸷毒辣的仇鸾有所警惕，但拗不过严世蕃，仍奏明皇上，以边藩重镇缺大将镇守为借口，恢复仇鸾太子太保衔，任命他为大同总兵官，即日赴任。

当时俺答正准备进犯大同，刚刚上任的仇鸾极为恐惧，万一战败必然会遭到朝廷重罚处死。于是派遣心腹时义、侯荣带了大量金银财宝去见俺答，让他移兵别处，不要侵犯大同。俺答接受了仇鸾的财物，以一支传箭为信物，与仇鸾结盟，移师东去，进犯蓟州。

嘉靖二十九年（1550）八月，蓟州镇的守军大败，于是俺答率领他的骑兵到达密云，围困顺义，抢掠怀柔，迅速入侵京畿近郊。

敌兵在夜间到达通州，被白河涨水阻隔，遂在河东二十里扎营，分兵抢掠昌平，进犯各皇陵，杀了许多守陵的官员和士兵。立刻震动了京师，宣布了戒严令。

敌人兵临城下，躲在西苑修道的嘉靖慌了，急忙下诏，传檄大同、宣府各镇兵马勤王，分派文武大臣把守京城九门。并且临时抱佛脚，释放关在监狱里的将领，允许他们戴罪立功。

当时京城禁军在册的仅四五万人，并且有一半还被分派在王公大臣家里服役，不能回到军队中。很久都不能组织一支像样的军队来抵抗敌寇的入侵。

这时，俺答已从通州渡过河向西开进，他的前锋七百名骑兵驻扎在安定门外教场。分兵抢掠西山、黄村、沙河等地，京畿危在旦夕。

幸亏大同、宣府的边军迅速赶来保卫京畿。仇鸾的兵马毫无纪律，肆意抢掠民财，而兵部尚书丁汝夔不敢惩治。嘉靖还任命仇鸾为平房大将军，节制各路兵马抗击俺答。

俺答派兵潜入东直门，抓走了管理御马厩的八名宦官，不过并没有杀害他们，而是将他们放回，给嘉靖皇帝带信，要求恢复马市，通商入贡，敲诈赏赐大量金帛，方肯罢兵。

嘉靖将俺答的信给严嵩看，严嵩推脱责任说："通商入贡该是礼部管的事。"礼部尚书徐阶却说："现在敌寇兵临城下，如不答应通商入贡会激怒他们；若答应他们，他们则会提出很多无理要求。只有派使者用假话哄骗他们，待援兵集中后，敌寇自会走的。"

在如此紧张的情况下，嘉靖仍然不上朝处理军国大事。只是催促兵部推举有作战经验的将领出来领兵作战。兵部尚书丁汝夔去向首辅严嵩请示。严嵩告诫他说："在边境作战失败了可以掩盖，在京城皇帝身边作战，倘若失败，皇帝没有不知道的，谁承担责任？敌寇抢掠饱足了，自然会扬长而去的。"

于是，丁汝夔便秉承严嵩的意图，告诫诸将不要轻举妄动。杨守谦以孤军靠近敌营，无后继力量，也不敢轻易应战，只得严守阵地，不发一矢。

俺答得不到朝廷的答复，愤怒地烧毁了城外的所有房屋，火光冲天。城西北隅本是宦官们的庄园和家产所在地，也被毁于一旦。宦官们纷纷向皇上哭诉。嘉靖怒而下令逮捕丁汝夔、杨守谦，在午门外审讯。

俺答在京畿各县抢掠了八天，数百辆勒勒车装满了值钱的财物，见各路勤王兵马陆续到达，双方兵力悬殊，也不敢轻启战端，于是满载着抢来的财物，往白羊口方向陆续撤出。

部分敌寇从昌平东北的古北口旧道出塞，仇鸾的部队仓促与敌军相遇，被敌寇杀伤了一千多人，仇鸾差一点被敌寇擒获，侥幸得以逃脱。但他见俺答已经撤走，便隐瞒败绩不报，反而命各将领收拾敌人遗弃的尸体，斩下头颅，共得八十余级。向朝廷谎报自己率军追击敌寇，获得大胜。嘉靖竟然不问青红皂白，赐敕奖掖，不久即加封仇鸾为太子太保，赐赏金帛。

而丁汝夔在被捕前秘密前往严嵩相府求救，严嵩怕他供出自己授意他不许诸将出战，稳住他说："只要我在，一定不让你屈死。"可是他一见皇上盛怒，便装病躲在家里，不参与此案的审讯。结果丁汝夔、杨守谦以"失误军机"律被判斩首弃市。丁汝夔被绑赴刑场时大哭道："我被严嵩老贼害死了！"

敌寇退走后，嘉靖深感后怕，下诏要求大臣们进献制敌之策。严嵩父子一味凭借权势贪腐，哪里提得出什么御敌的良策，尽拣一些小事和便利自己任用私人的措施应付皇上。刑部郎中徐学诗愤怒地对同僚说："大奸臣当国，这是祸乱的根本，乱本不除，能够抵御外侮吗？"

于是徐学诗上疏弹劾严嵩道：

今大学士嵩，辅政十载，奸贪日甚；内结勋贵，外比群臣；文武迁除，悉要厚贿，致此辈掊克军民，酿成寇患。近因都城有警，他秘密运输财产和贿赂所得回南方老家，动用大车数十辆，楼船十余艘，水路陆路接连不断，令人惊骇。他还接受被撤职总兵官李凤鸣二千两银子，让李凤鸣去镇守蓟州；接受年老去职的总兵郭琮三千两银子，让郭琮去督管漕运。举朝没有不感愤慨的，但没有一个人敢说这件事。他的儿子严世蕃，凶狠狡诈成性，擅自执掌父权，各衙门的章奏必先关白世蕃，然后上奏。他们借此掩盖自己罪责，乘机诬陷别人。凡劾奏严嵩者，即使不公开加祸，也通过他人在迁除考察时予以加害。天下为此而痛心，把严嵩父子视为鬼蜮。伏愿陛下罢免严嵩父子，另外挑选任用忠良。内治既清，外患自宁矣！

徐学诗的奏疏有理有据，严嵩父子的贪贿事实确凿，不容辩白。嘉靖深受触动，颇有几分震怒，他将此事与常伴身边的道士陶仲文说了。谁知陶老道久受严嵩的馈赠，拿了人家的手软，吃了人家的嘴软，他秘密地进言道："严学士独自一人尽忠皇上，徐学诗大概受人怂恿编造罪证陷害他，殊不可信。"

嘉靖受陶仲文蛊惑，于是不分青红皂白，下令将徐学诗关入诏狱，削除了他的官职。徐学诗与以前相继举劾严嵩得罪的叶经、谢瑜、陈绍同为浙江上虞人，时人赞誉他们为"上虞四谏官"。

仇鸾掌京营，兵败病死被戮尸

俺答举兵犯京城，暴露了京营守备的致命弱点。起初，京营设三大营：三千营、五军营、神机营，总兵力达三十余万。后改为十二团营，正德时又变为两官厅。逐渐裁并，到如今在册兵丁仅十四万。而且各级长官层层吃虚额，实际出操兵仅五六万人。兵部尚书王邦瑞上书请求将十二团营恢复为三大营旧制，得到嘉靖支持，任命仇鸾为京营总督，王邦瑞为副。仇鸾既揽兵权，大量任用私人，擅调边兵更番入卫，与王邦瑞发生分歧。仇鸾依仗严嵩势力，竟使王邦瑞被削职。此后，仇鸾益发肆无忌惮，扬言要大举北征。昏庸的嘉靖皇帝竟然听信于他，下令户部派员四出，搜刮各省贮积的军粮，作为兵饷。

后来俺答在开马市后，累累采取无赖手段，朝市暮寇，把所卖的马匹，统统又掠取回去。大同巡按御史与新任兵部尚书赵锦上书，要求派京营与边兵合力会剿。嘉靖遂下令仇鸾领兵出塞，征讨俺答。

那仇鸾虽是将门之后，但他毫无领兵打仗的经验，与俺答打交道，全靠手下的时义、侯荣等人用金帛贿赂俺答，让他转犯别处。这次他奉了皇上的命令出征，磨磨蹭蹭地到了迤北，连续吃了两次败仗。大同中军指挥王恭，战死管家堡。接着，仇鸾在镇川堡遇到俺答的伏兵，阵亡二百余人，伤二百十二人，损失马匹二百余匹。而仇鸾竟然恬不知耻地谎报此役斩贼首五级，缴获敌人马匹三十匹，请求朝廷奖赏。

之后，仇鸾背上生了一个疽，被召回京师养病。此时，他本应上表请辞，但他贪恋大将军印绶不肯交出。礼部尚书徐阶新入内阁，密疏举劾仇鸾隐瞒兵败等罪行。嘉靖大怒，命令兵部尚书亲往仇鸾家收回大将军印。仇鸾闻此讯，倒在床上，顿时疽疮迸裂，痛极死去。

嘉靖命锦衣卫陆炳彻底查清仇鸾的罪恶。正好仇鸾的亲信时义、侯荣出奔居庸关，准备往投俺答，被关吏阻截。陆炳将他们抓回严刑拷打，二人招供了仇鸾历次纳贿交结俺答的罪行。陆炳奏明皇上，嘉靖大怒，命将仇鸾剖棺戮尸，并将其父母、妻、子，连同时义、侯荣等一并处斩。

起初，仇鸾结交严嵩，相约为父子。仇鸾借助严嵩势力得掌兵权后，日益骄横。于是严嵩日益讨厌仇鸾，屡次上疏诋毁仇鸾。仇鸾也向皇上告发严嵩父子卖官鬻爵等贪婪情事，以致嘉靖渐渐疏远严嵩。严嵩入宫值侍，皇上好几天都不召见他。严嵩回到家里，竟与严世蕃相对掩面而泣。

杨继盛劾严嵩十大罪五奸，惨遭杀害

仇鸾得势时，与俺答勾结，奏请开设边境马市。兵部车驾司员外郎杨继盛上书痛陈马市是资敌卖国之举。被仇鸾挟嫌报复，抓进锦衣卫监狱，敲枷一百下，贬为狄道县典史。仇鸾败亡后，杨继盛官复原职。严嵩想拉拢他，将他调任兵部武选司。

杨继盛一身正气，深知严嵩是国家祸乱的根源，严嵩不倒，国无宁日！于是经过精心准备，呕心沥血，写出一篇弹劾严嵩十大罪五奸的奏疏，大意如下：

祖宗废丞相，而严嵩以丞相自居。坏祖宗成法，大罪一。

群臣感嵩，甚于感陛下；畏嵩，甚于畏陛下。窃君上之大权，大罪二。

陛下有善政，嵩必令子世蕃告人是自己建议所致。掩君上之治功，大罪三。

票拟令世蕃代行，故京师有大丞相小丞相之谣。纵奸子僭权，大罪四。

严效忠，严府厮役，严鹄，世蕃子，方十五岁，皆官锦衣。冒朝廷之军功，大罪五。

逆鸾下狱，贿世蕃三千金即荐为大将。引悖逆之奸臣，大罪六。

俺答犯京城，嵩戒令丁汝夔勿战。误国家之军机，大罪七。

郎中徐学诗、给事中历汝进，俱以劾嵩削籍，内外之臣中伤者何可胜计。专黜陟之大权，大罪八。

文武选拟，但论金钱之多寡。致令有司掊克百姓。致失天下之人心，大罪九。

自嵩用事，风俗大变，守法度者为迂滞，巧弥缝者为才能。坏天下之风俗，大罪十。

嵩有此十大罪，欲蔽陛下之耳目，又以五奸济之：

嵩厚结陛下左右侍从，凡圣意所爱憎，嵩皆预知。陛下左右皆嵩之间谍，其奸一。

嵩令义子赵文华掌通政司，凡疏到必有副本送嵩与世蕃。先阅而后进，其奸二。

嵩令世蕃笼络厂卫，与其缔结姻亲，陛下试诘彼所娶谁氏女？

陛下之爪牙为其瓜葛，其奸三。

厂卫既亲，犹畏科道之言。非通贿不得与给事御史之列。陛下之耳目，皆嵩之奴隶，其奸四。

嵩令子世蕃，将各部有才望者网罗门下。陛下之臣工，多为嵩之心腹，其奸五。

夫嵩之十大罪，赖此五奸济之。陛下听臣之言，察嵩之奸，或召问景裕二王，令其面陈嵩恶。或询诸阁臣，谕以勿畏嵩威。重则置之宪典，以正国法；轻则谕令致仕，以全国体。

这篇奏折洋洋数千言，能够全文保留在《明史》中，足见它的重要性。严嵩看了又怕又恨。但他里面提到景、裕二王，正触了皇上的忌讳。严嵩便挑拨道："杨继盛敢交通二王，诬劾老臣，请陛下明鉴！"

嘉靖又被触怒了，于是命令逮捕杨继盛下狱，让法司严加讯问。法司问他何故引入二王，杨继盛说："满朝都怕严嵩，非景、裕二王，何人敢言？"

刑部尚书何鳌是严嵩党羽，想以"诈传亲王令旨"罪判处杨继盛绞刑。郎中史朝宾辩道："奏疏中只说可召问二王，并未说传亲王令旨。朝廷三尺法，岂可滥加么？"

何鳌依仗手中权势，竟将史朝宾贬黜为高邮判官。但朝廷中主持正义的人前赴后继，兵部武选司郎中周冕负责调查严效忠、严鹄冒滥军功一事，查明严效忠原是严府仆役，十六岁时效力两广总督陈圭帐下，因功授锦衣卫镇抚。后严效忠病废，严鹄冒称他的亲弟袭职，并以效忠曾斩贼首七级的功劳升为锦衣千户。这是明显的冒功虚报。又严鹄明明是严世蕃之子，何能袭仆役严效忠之职？

但是，查明事实真相的周冕被抓进诏狱严刑拷打，最后罢官为民。杨继盛被关在诏狱，日夜刑讯拷打，竟致体无完肤，两腿上碎肉一片片，筋膜被损，愈牵愈痛。杨继盛咬紧牙根，砸碎饭碗，用瓷片将腿上腐肉刮掉，又割断两条腿筋。有友人见他受刑，送他一副蚺蛇胆，说是可解血毒。杨继盛却谢道："椒山自有肝胆，无需此物。"椒山是杨继盛别号。

杨继盛在牢狱中被关了三年,皇上本无意杀他。有人向严嵩求情,但严嵩死党胡植、鄢懋卿却说:"难道没看到养虎为患吗?"嘉靖三十四年(1555)因倭寇入侵,张经、李天宠被诬陷判处死刑,严嵩竟将杨继盛附在该案末尾判一并处决。杨继盛终于被绑赴西市斩首。

赵文华媚事严嵩,丑态百出

赵文华是嘉靖八年(1529)进士,他是严嵩任国子监祭酒时的学生。严嵩掌权后,将赵文华安排在通政司,凡各地弹劾严嵩父子的奏章,都预先得知,巧为弥缝掩饰,甚至诬陷打击报复,无所不用其极。赵文华恬不知耻地拜严嵩为义父,以儿子自称。与严世蕃狼狈为奸,卖官鬻爵,作恶多端。

当时东南沿海倭寇侵扰严重,民不聊生。赵文华已升任工部右侍郎,还想依仗严嵩权势立战功升更大的官,便上疏陈述防备倭寇七件事。第一件便是派遣官员祭祀海神。这正迎合了嘉靖拜神佞佛的嗜好。它本不是什么御敌之策,经过严嵩一番吹嘘,说赵文华颇熟悉兵事,可派他巡视东南沿海,祭祀海神,皇上准了,于是赵文华便以钦差身份前往江浙沿海,沿途索贿,颐指气使,不在话下。当时总督东南剿倭事宜的张经,原是南京兵部尚书,官阶在赵文华之上。他深知赵文华是严嵩奸党,十分瞧不起他,剿灭倭寇的军事调动,绝不与他商量。赵文华因此十分气愤,但兵权在张经手中,他也奈何不得。

恰逢巡按浙江御史胡宗宪,想抱严嵩大腿,他与赵文华联手,暗地诬陷张经与浙江巡抚李天宠养寇自重,丧失剿灭倭寇的战机。还说张经是福建人,与海寇是同乡,所以循情不发兵。由赵文华暗地参劾张经、李天宠。

张经曾在广东剿匪,深知湖广狼兵战斗力强,他因征调的永顺、保靖两地狼兵未到,一直未对倭寇大举用兵,遂使赵文华借此诬奏他养寇自重,贻误战机。嘉靖皇帝在征询严嵩意见后,派遣锦衣官校南下逮捕张经、李天宠。

恰在这时,永顺和保靖两支狼兵到达。张经下达了总攻令。王江泾一段,由宣慰使彭冀南率领的永顺狼兵和由宣慰使彭荩臣率领的保靖狼兵,配合抗倭名将俞大猷前后夹击,大败倭寇,斩首二千级。这是抗倭史上最大的一次胜仗。张经立刻向朝廷报捷。可是赵文华谎奏说:狼兵初至,张经不许出战,是臣与胡宗宪督师力战,方有此捷。糊涂的嘉靖转而向严嵩质询。严嵩自然维护干儿子赵文华,称张经、李天宠等治倭数年,越治越乱,全仗陛下派了赵文华去方见成效,对皇上一阵吹捧。于是张经、李天宠等便只有冤死西市的份儿了。

赵文华在治倭期间,专心搜刮民财,敛取珍宝。且因狼兵只服张经,并不听从他的调遣,赵文华克扣狼兵军饷,引发骚乱,狼兵转而骚扰民间。倭寇乘机兴起,又从海岛漫延至陆上。东南败报相继入京,嘉靖本是个多疑的人,于是不再相信赵文华的奏报,屡屡诘问严嵩。严嵩老奸巨猾,经过与赵文华密商对策,把责任推到吏部尚书李默身上。说他与张经同乡,吏部派遣到东南的将吏,都是无能之辈。恰巧李默所拟殿试策题中,有"汉武征四夷,海内虚耗,唐宪复淮蔡,晚节不终"之句。严嵩大喜,立即将策题封好,密奏李默"心怀不满,讪谤朝廷"。以此激怒嘉靖。果然皇上大发雷霆,将李默打入诏狱,严加拷刑。李默不久即瘐死狱中。

赵文华返回京都述职,先往严府请安,将自己在东南沿海掠得的各色奇珍异宝,敬献给义父严嵩。严嵩自然高兴,命设家宴款待。赵文华又入内庭,叩见义母欧阳氏,献上硕大的珍珠及翡翠宝石等物,并遍及严嵩的诸媵妾。妇人家最喜奉承,欧阳氏在席间对严嵩说:"相公年迈,诸事善忘。文华为国效力,南北奔走,这腰带难道相公不能为他更新么?"严嵩拈须笑道:"老夫正为此筹划呢,夫人何必着忙?"

果然,严嵩极力在皇上面前称颂赵文华忠勤王事,治倭数年成绩显著。嘉靖颁旨,擢升赵文华为工部尚书,并加封太子少保。

一天,赵文华见严嵩一个人在书斋里小饮,笑着问他:"义父为何在此独酌,莫非仿效李白举杯邀影么?"严嵩道:"我老了,哪里有此雅兴?有人授药酒一方,据说长饮此酒,可延年益寿。"赵文华道:"有此妙酒,儿子也要试服。可否将原方试抄一份?"严嵩命家人捡出原方,给赵文华抄了一份。

谁知第二天，赵文华便密奏皇上说："臣有仙授药酒一方，据说依方常服，可以长生不老。大学士严嵩试饮一年很有效，童颜鹤发，精力过人。臣不敢自私，谨将原方呈上。"嘉靖拿到药方，心想："严嵩为什么从未提此事，可见人心难测。"

嘉靖令内侍依方配制这百花仙酒，饮了觉得很甜。早有内侍将赵文华献药酒方之事告知严嵩。严嵩大惊失色道："这畜生坑死我了！"待皇上故意提及此事，严嵩只得矢口否认说："臣生平不近药饵，犬马之寿，诚不知何以然。"

严嵩痛恨赵文华坑害自己，把他召到内阁痛骂一顿，赵文华跪地哭泣。徐阶、李本等内阁阁臣进来，严嵩怕他们细究事情原委，才叱喝赵文华离开。

大概赵文华媚上进献的百花仙酒没什么功效，而他在浙江督师受贿邀功的劣迹逐渐暴露，皇上开始厌恶赵文华。他在掌管工部时，嘉靖命在西苑建造新阁，很久未完成。一天，嘉靖问及内侍新阁建造得如何了。内侍答："工部的大木料，大半为赵尚书新府第盖楼用掉，哪还有材料营造新阁？"由是皇上更加恼怒。

恰逢奉天殿等三殿遭灾，嘉靖命令工部在两天内建起正门的门楼，赵文华未能按时完工，嘉靖便想罢斥他。严嵩竭力为赵文华辩护，说他有病在身。于是皇上亲笔批示他回原籍休养。后来因赵文华的儿子又上书"骚扰"，于是揭发赵文华督理军队时受贿及杀害无辜等罪，将赵文华罢黜为民，他的儿子则发配充军。

赵文华罪恶昭彰，严嵩也没法救他。赵文华京中的豪宅也被充公，只得带着家眷买舟南下。他平时就患蛊疾，腹部鼓胀严重，因在舟中郁闷非常，忽觉肚子胀痛，他用力摩揉，忽然"扑"的一声，腹破裂肠而死！这个害人无数的大赃官，想是因为中饱太多，得此报应。

徐阶与严嵩斗法渐居上风

严嵩自从害死夏言后担任内阁首辅，独掌大权二十余年。其间内阁成员进进出出，张壁病死，翟銮被罢官，后来的张治、李本都仰其鼻息，不敢触动严嵩的权威，甘当配角。可是嘉靖三十一年（1552）入阁的礼部尚书徐阶却是一个狠角色。徐阶是嘉靖二年（1523）进士，短小精干，文学机敏，也曾担任过国子监祭酒。他为皇上写的青词更胜严嵩一筹，因此备受青睐，廷臣推举他担任吏部尚书嘉靖都不敢放他离左右。严嵩也感觉徐阶对自己的威胁，借徐阶请立太子之事，进谗说："徐阶所乏非才，但多二心耳。"杨继盛上书弹劾严嵩"十大罪五奸"，轰动京都，徐阶嘱咐陆炳不要拷虐过甚，不要牵涉到景、裕二王。严嵩遂怀疑杨继盛受徐阶主使，益愈恨之入骨。

嘉靖三十七年（1558），突然又兴起一拨弹劾严嵩父子的高潮。首先是检事中吴时来上疏弹劾严嵩父子：严嵩辅政二十年，文武官员的升降由他一手操纵。他暗地让其子严世蕃出入禁地，批答章奏。严世蕃因此招权纳贿大显淫威，对大臣颐指气使，视将帅为奴仆。接受的各种馈赠，可以用车载，堆积如山。严嵩用亲信万寀任文选郎，方祥任职方郎。每办一事、任一官必先禀明世蕃而后方奏请。他们欺瞒陛下，以为是议出部臣，岂知均是严嵩父子之私意！如果不迅速罢黜严嵩父子，陛下日夜操劳，边事终不可为也。

同一天，刑部主事张翀、董传策也同时上疏弹劾严嵩，他们的疏中说：自严嵩主政，文武官员都由贿赂进升。边臣不论战功，只要贿赂丰厚就越级提拔。甚至全军覆没者也能够荫子，滥杀无辜者也能转任他官。户部发放边饷，输送到边关仅十分之四，馈送给严嵩的达十分之六。臣每次过长安街，看到严府门前都是边镇来进贡的人。严府家奴严年的财富都超过数十万两，严家之富可想而知。严世蕃依仗其父虎狼之势弄权谋利，导致一时间无耻之徒奔走其门靡然成风。严嵩作恶多端，陛下岂不洞烛他的奸情？不过因其辅政才宽容他。但贼嵩毫不知节制，他在位一天，天下就要受其祸害！

恰好张翀、吴时来都是大学士徐阶的门生，董传策则是徐阶的同乡。于是严嵩秘密上疏说："他们三个人同一天诬陷我，必定有人在后面主使。"嘉靖听信了他的话，立刻将张翀、吴时来、董传策捕入诏狱，严刑审讯。后来三个人都被发配到边远地区充军。

此时严嵩也装模作样地请求致仕，嘉靖尽管好言慰留，但对他的贪横也有所觉察,慢慢地开始疏远他。

后来,嘉靖居住的永寿宫发生火灾,严嵩建议皇上搬到南城居住。南城是英宗被景帝幽禁的地方,一向迷信的嘉靖很不高兴。而徐阶则建议利用修三大殿剩余木料修建新宫,一百天即可修成。皇上很高兴,任命徐阶之子徐璠为工部主事,主持工程。果然不到三个月新宫就建成了。皇上入住,命名万寿宫,晋升徐阶为少师,兼领尚书俸,升徐璠为太常少卿。

以后,严嵩逐渐被冷落,军国大事皇上每多咨询徐阶。严嵩仅仅做一些斋醮符策之类的事。

御史邹应龙劾倒严嵩父子

嘉靖四十年(1561),严嵩的妻子欧阳氏病殁,按制严世蕃应该护送母亲灵柩回江西安葬。严嵩以自己年老为由,请求留下严世蕃侍奉自己,派孙儿严鹄护送祖母灵柩回籍。严世蕃名为居丧,实际上拥着他的二十七名姬妾,日夜欢歌乐舞,大宴宾客,闹得乌烟瘴气。

严世蕃因为服丧不能去西苑,严嵩年老昏聩,有时皇上的诏书语言晦涩,他无法回答,便派人送回家,正值严世蕃抱拥姬妾纵情淫乐,无暇回答,严嵩只好自己撰答,往往不合皇上心意。他所进献的青词也是别人代笔,很不雅致工整。严嵩逐渐失去嘉靖的欢心。

不久,道士蓝道行因扶乩受皇上宠信。一天,蓝道行作法在米盘中书写乩语。皇上问:"天下何以不治?"乩语答:"贤不用,不肖不退。"又问:"谁为贤?谁为不肖。"乩语答:"贤者阶(徐阶)博(杨博);不肖嵩父子。"皇上又问:"上天何不殛之?"乩语答:"留待皇上正法"。

嘉靖是个极为迷信的人,乩仙的话哪能不信?恰好有一位御史邹应龙在某内侍家避雨,听说了这段故事,便起心弹劾严嵩父子。他吸取过去许多言官弹劾严嵩均遭失败的教训,采取"欲射大山,先射东楼"的策略,集中攻击因贪腐恶名远扬的严世蕃:

世蕃凭借权势,专利无厌,私擅爵赏,广致馈遗。每一开选,则视官之高下而低昂其值。以致选法大坏，市道公行。如刑部主事项治元以一万二千金转吏部；举人潘鸿业，以二千二百金而得知州。至于交通贿赂，为之通关节者，不下十余人。而伊子严鹄、严鸿，家奴严年，中书罗龙文为甚。严年尤为狡黠，世蕃倚为心腹，凡在世蕃处纳贿鬻爵者，严年都抽取十分之一。不才士夫竞相媚奉，称他萼山先生。每遇严嵩生日，严年都进献万金为寿。嵩父子原籍江西袁州，乃广置良田美宅于南京、扬州等处，不下数十所，而以恶仆严冬主之，怙势侵夺，民怨入骨。尤有甚者，世蕃遭母丧，陛下以嵩年老，令其孙鹄代为扶梓南归。世蕃名虽居忧，实喜得计纵欲，狎客曲宴，抱拥姬妾，纵舞高歌，夜以继日！至于鹄本豚鼠无知，视祖母丧为奇货，一路骚扰百姓，大肆勒索，诸司望风奉承，郡县为之一空。由于世蕃父子贪婪无度，掊克日棘，政以贿成，官以赂授。凡四方小吏，莫不竭民脂膏，偿己买官之费。如此民安得不贫？国安得不竭？臣请斩世蕃首，以示为臣不忠不孝者戒！其父嵩受国厚恩，不思报而溺爱恶子，挟势弄权，亦宜亟令休退，以清政本！如臣言不实，乞斩臣首以谢嵩、世蕃，幸乞陛下明鉴！

严嵩大奸似忠，他秉政二十余年，长期伴随皇上，嘉靖对他是有感情的。但对于严世蕃擅权纳贿，作恶多端，声名狼藉，以致屡遭言官不屈不挠地弹劾，他不能不厌恶。尤其听说严世蕃拥有二十七个姬妾，岂不是与朕的三宫六苑比肩吗？严世蕃曾夸口说："朝廷不如我富，朝廷不如我乐。"这些话传到嘉靖的耳朵里，不能不让这位唯我独尊的皇帝极度气愤。好吧，朕抄了你的家，没收你的田地，看你是不是比朝廷更富？朕即使不杀你，把你这逆臣发配到远边充军，看你还能不能乐起来？

皇上一声令下，锦衣卫立即出动包围了严府，将严世蕃捕入诏狱。同时被捕的还有其子严鹄、严鸿，宾客罗龙文和家奴严年。当时严嵩还在西苑值班，嘉靖命太监赐给他手谕，慰问其辛劳，但又谴责他溺爱严世蕃，纵子犯罪，有负圣恩，令他致仕，恩准其乘驿传回原籍，有司每年发给米一百石。

严世蕃下狱后，严嵩知道自己败给了徐阶，大势已去，便再次上书宁愿放弃权力，哀求皇上释放严世蕃回籍侍奉自己晚年。嘉靖不予理睬，法司奉旨审讯严世蕃后拟罪："严世蕃及子严鹄、严鸿、罗龙文发极边充军，疏内提到的人员都逮送镇抚司拷问。"

嘉靖批准了刑部的决定，恩旨释放严鸿，撤职为民，让他侍奉严嵩回籍。同时表扬御史邹应龙不畏权势举劾有功，擢升为通政司参议。

严嵩在西苑陪伴了嘉靖二十多年，一旦没有了他，皇上觉得空落落的，很不习惯。想起严嵩襄助了自己修道的虔诚，是徐阶等人远不能及的，便闷闷不乐。他试探地对徐阶等内阁成员说，想传位给裕王，退居西内，专心修道祈求长生。徐阶等极力劝阻。嘉靖于是说："卿等不想让朕退位，就必须奉君命辅助朕修道，"又说，"现在严嵩已致仕，他的儿子已服罪，再有敢于上疏弹劾严嵩者，与邹应龙一起斩首。"

皇上的这些话传到严嵩耳中，他知道皇上心意已动，便秘密贿赂侍奉皇上左右的人成千上万两银子，让他们揭发蓝道行受贿编造乱语的罪行。于是蓝道行被捕下狱。

邹应龙心生恐惧，不敢去通政司上任——皇上仍然怀念严嵩，说不定哪天拿自己开刀呢？还是徐阶从中调护，他才战战兢兢地赴任。

严嵩既退，他在朝中的党羽陆续遭言官弹劾，先是大理寺卿万寀、总理盐务都御史鄢懋卿因贪污纳贿、朋比为奸被撤职，勒令闲住，太常少卿万虞龙被降职，贬为四川按察司佥事。

接着，严嵩的亲戚工部侍郎刘伯跃、严嵩的女婿广西按察副使袁立枢，以及敛送钱财结为严党的南京刑部侍郎何迁、南京通政胡汝霖、光禄少卿白启常、右春坊谕德唐汝楫、南京太常管祭酒事王材等均被削职为民，勒令闲住。

严世蕃从戍所逃回，继续横行不法

严嵩被迫致仕，回到江西。他在江西南昌等地到处有房产，住处轩昂，堪比王侯。地方官员对致仕的宰相也恭敬非凡。正值万寿节临近,严嵩仍想逢迎信道的皇上,重新获得他的欢心,以期东山再起。便与地方官员商议,在南昌铁柱宫中,延请道士蓝田玉为皇上建醮祈福。蓝田玉神通广大,他登坛念咒,将符纸焚化,居然从空中招来一只白鹤,绕坛飞了三匝。严嵩遂厚赂蓝田玉,叫他传授召鹤的秘法,并亲撰祈鹤文,托巡抚上奏。

恰好那时虔诚修道的嘉靖皇帝差遣御使姜儆、王大任巡行天下,访求方士。严嵩便托他们向皇上敬献蓝田玉的招鹤秘法符箓。他深知这是笃信仙道的皇上最爱的东西,说不定献上去圣心大悦,回心转意复召自己回京复职呢?

果然,不久严嵩得到皇上温词嘉奖,还赐给他金帛。严嵩随即上表谢恩,并乘机以可怜巴巴的语调请求皇上:"臣年八十有四,唯一子世蕃及孙鹄,赴戍千里。臣一旦填沟壑,无人可托后事。惟乞陛下格外垂怜,特赐臣儿放归,养臣余年。"

也许是严嵩进献的祈鹤符箓不灵,嘉靖帝感到受了愚弄,竟冷冰冰地说:"朕恩准他的孙子严鸿免戍奉养他,已是特别加恩,还想意外侥幸么?不准!"

没过多久,严世蕃和严鹄双双回到南昌家中。他们父子俩并没有去雷州戍所,而是公然行贿,买通押送官校,中途逃回。并说罗龙文也未去浔州戍所,潜回了安徽歙县,准备招买刺客,潜入京都刺杀徐阶,以报仇泄恨。

在此之前,河南洛阳的伊王朱典楧贪婪狡诈,性尤好色。御史上任经过洛阳,他竟拦截鞭笞。官员从城外绕道经过,他又使人追截车马,责骂其不朝见伊王。郎中陈大壮家与王府相邻,伊王想侵占他的房屋,派数十人到他家同起同卧,不让他吃饭,陈大壮竟遭饿毙。伊王下令关闭河南府城,大量抓捕民间女子七百余人,挑选其中貌美者九十人留下淫乐,其余的命家属出金钱赎回。

都御史张永明等将朱典楧罪状奏报朝廷。朝廷两次派人去调查,拟革减其禄米三分之二,朱典楧方才恐惧,派人带了数万两银子进京,托严嵩代为转圜。严世蕃满口答应,谁知不久自己也失了势。那朱典楧岂是好惹的人,闻知严氏父子回了江西,便差遣三十名校尉和二十名乐工气势汹汹地来到南昌严府，索要原来行贿的银子。严世蕃还想抵赖，严嵩怕事情闹大，只得忍痛将受贿的数万两银子如数退给来人，来人方得意洋洋地车载而去。

谁知他们刚到鄱阳湖湖口便遇到一伙强盗，明火执仗地抢银。经过一番恶战，伊王所派索回贿银三十名校尉被杀得只剩八九名仓皇逃窜。那数万两赃银尽归强盗所得。原来这帮抢银的强盗竟是严世蕃蓄养的家仆勾结外来的亡命之徒扮成的。此时伊王朱典英已经获罪，被废为庶人，这场劫银案也就无人过问了。

经过这次事件，严世蕃越发胆大。他父子在京敛集的财富以亿万计，屡次以数十辆大车、十多艘楼船载运南归。除了用在南京、扬州等地置房买地外，大部分运回了袁州老家。至严嵩致仕归来，袁州四县百分之七十的良田均归严家所有。袁世蕃从雷州逃回，料想京城是难以回去了，干脆在江西当个土皇帝。于是召集数千工匠，大建私第。亭台楼阁极尽奢华。开凿大面积的水塘象征西海，在袁州城建五座府第，雕梁画栋，奢华直比六宫。

严世蕃一介逃军，竟敢在江西闹出这么大的动静，有司忿忿不平。一天，袁州掌勘问刑狱的推官郭谏臣路过严府，见里面数百工匠搬砖运木，忙碌不停，内有几名穿着狐裘的监工模样的人颐指气使。郭谏臣带着随从刚要进去看个究竟，竟遭那人呵斥："出去！"随从上前道："这是本州推官。"那人喝令手下道："什么推官不推官，都给我推出去！"

郭谏臣受了这番羞辱，益发不能容忍严世蕃的违法活动。正值南京御史林润巡视江防，来到江西。郭谏臣谒见林润，将他所掌握的严世蕃从戍所逃回，私掠土地大建宫室，并勾结从浔州戍所逃回的罗龙文，搜罗江湖盗匪，啸集深山，企图暗杀徐阶等复仇之情悉数告知林润。林润是嘉靖三十五年（1556）进士，年轻有为，疾恶如仇。他返回南京立即上书驰奏朝廷：

臣巡视上江，备访江洋群盗，悉窜入逃军罗龙文、严世蕃家。龙文卜筑深山，乘轩衣蟒，有负险不臣之志，推严世蕃为主。世蕃自罪谪之后，愈肆凶顽，日夜与龙文诽谤朝政，动摇人心，近者假治第为名，聚众至四千人。道路汹汹，咸谓变且不测。乞早正刑章，以绝祸本！

权奸的末日：严世蕃被斩决，严嵩饿死墓庐

通政司将林润奏章呈上，嘉靖看了勃然大怒，立即下令巡江御史林润协同有司将逃军罗龙文、严世蕃抓捕押解来京，交刑部审讯治罪。

严世蕃还有一个儿子严绍庭在锦衣卫做官，听到消息立即飞报江西，让严世蕃赶快动身返回戍地。谁知第二天林润就带兵赶到江西，严世蕃束手就擒。罗龙文也在梧州被抓获。

严世蕃被押解到京后，林润根据他在江西州府配合下详细调查的严家罪状，汇集成案，再次上疏弹劾严嵩父子：

世蕃罪恶，积非一日。任彭孔为主谋，罗龙文为羽翼，恶子严鹄、严鸿为爪牙，占省城廒仓，吞宗藩府第，夺平民房舍；又改厘祝之官以为家祠，凿穿城之池以象西海，巍然朝堂之规模也。袁城之中，列为五府：南府居鹄，西府居鸿，东府居绍庆，中府居绍庠，而嵩与世蕃，则居相府。招四方亡命为护卫壮丁，森然分封藩王之仪度也。总天下之货宝，尽入其家，世蕃已逾天府，诸子各冠东南；虽豪仆严年，谋客彭孔，家资亦称亿万。民穷盗起，职此之由。甚者蓄养厮徒，招纳叛卒数十百人，出没江广，劫掠士民。其家人寿二、银一等阴养刺客，昏夜杀人，夺人子女金钱，半岁之间事发者二十有七。而且包藏祸心，阴结典英，在朝则为宁贤，居乡则为宸濠。严嵩不顾子未赴戍，朦胧请移近卫。既奉明旨，居然藏匿。世蕃稔恶，有司受词数千，尽送父嵩。嵩阅其词而处分之，尚可诿于不知乎？既知又纵之，又曲庇之，嵩不能无罪也。

现将世蕃、龙文等拿解京师，伏乞皇上尽情惩治，以为将来之罔上行私，藐法谋逆者戒！

嘉靖晚年，最怕的是有人谋逆。严世蕃你不去戍所倒还罢了，居然在家乡大建宫室，啸聚匪徒，这不是阴谋造反吗？于是下令刑部会同都察院、大理寺三法司严审此案。严世蕃、罗龙文被捕解送京，因是钦犯，羁系在北镇抚司的诏狱，恰是锦衣卫的势力范围。严世蕃还有一个儿子，在锦衣卫做官，案情进展有人向他通风报信。他闻听三法司拟定的狱词，便与党羽计议道："贪污受贿罪无法遮掩，好在此并非皇上所深恶，我朝没惩几个贪官，唯有聚众通倭之说，得设法删去。"于是他让党羽大肆宣扬杨继盛、沈炼被冤杀案是严世藩的主要罪行，让三法司写进狱词中去。严世蕃听闻，兴奋地拍手欢呼道："任他燎原火，自有倒海水。"

负责审理此案的刑部尚书黄光升、左都御史张永明和大理寺卿张守直果然中计，在狱词中加进了严嵩进谗冤杀杨继盛、沈炼二人案。定稿后他们为了慎重，拿去征求内阁首辅徐阶的意见。徐阶看了一遍将二人请入密室，笑着问："诸君意见，严公子是当死，还是当活？"众人异口同声地说："死有余辜！"徐阶道："你们要他死，为什么要牵扯入杨继盛、沈炼案？"黄光升道："用上冤杀杨继盛、沈炼案，正是要他抵死。"徐阶正色道："诸君弄错了！杨、沈冤死，自然人神共愤。但杨继盛死是皇上特旨，沈炼是附入其他人一起杀的，都是由皇上下的旨。皇上怎么会承认自己错了呢？如照这样申奏，皇上必然怀疑法司借严案攻击自己而大发雷霆。参与审理此案的人将受到惩罚，而严公子则可轻车快马从容出都门了！"

三位法司大臣恍然大悟："阁老高见，令晚辈们敬服。奏稿如何裁定，还请指教。"

徐阶微微一笑，从袖中取出一纸道："老朽已拟定一稿，请诸君过目是否可用？"

三位大臣凑过来一同阅稿，大致以林润上奏为底本，增加了三条：一是罗龙文与人交通，贿赂世蕃为人求官；二是世蕃信方士之言，南昌仓地有王气，故设法夺取建府第，规模胜过藩王府；三是勾结朱典英谋逆，北通胡虏，南结倭寇，互相呼应。

三位大臣看毕连呼："好极！到底是阁老法笔！"当即将写本吏招进来，关上门迅速誊就。三法司带回用印后，由刑部尚书黄光升上奏。嘉靖看了这篇奏疏满怀怒火。疏中提到严世蕃阴结了他最痛恨的两个死敌，朱典英和北房俺答，致使他心中残存的一点对严嵩的留念都消失了。严世蕃敛集了富可敌国的家产，能任由这个该死的配军继续享受吗？于是他毫不犹豫地提起御笔批示道：严世蕃、罗龙文二犯斩立决，并抄没全部家产。

严世蕃还在狱中庆幸奸计得逞，法司将冤杀杨继盛、沈炼案载入狱词，必将因触怒嘉靖皇帝而获罪。说不定皇上顾念老爹相助玄修之功，放自己一条生路。老子回去仍然过我的逍遥日子。天高皇帝远，林润、郭谏臣敢和我作对，等老子回去了叫你们死无葬身之地！

可忽闻晴天霹雳，旨令将严世蕃、罗龙文双双押赴西市处斩。奸党闻讯齐来狱中探望，只见严世蕃俯首沉吟，一言不发。有人备了纸笔，送到他面前，请世蕃寄书回家，与老父诀别。世蕃执笔在手，泪珠簌簌而下，手也发颤，不能成书。没多久监斩官率刑卒来到监房，提取犯人。将严世蕃、罗龙文五花大绑，押至西市斩决。京城不少市民闻知严世蕃被判死刑，大感畅快，纷纷带着酒赶到西市观刑。

严世蕃处斩后，又有旨将致仕大学士严嵩削职为民，褫夺俸禄。他在朝中任职的孙子一律解职，有罪者戍边。又下令江西巡抚、按察使籍没严氏家产。江西当局不敢怠慢，率兵包围严府，严加查抄，共得黄金三万余两，白银二百余万两，其他珍宝玩物折价又值数百万两。至于严氏在江西、南京、扬州各地的田舍房产，则花费了偌大功夫方才逐渐查清，一律充公变卖，收归国库。嘉靖皇帝着实捞回不少。

老迈的严嵩被驱逐出门，只得寄食于当地的墓庐，每日捡食人家上坟的供果充饥。两年后，人们发现他凄凉地饿死在墓庐道旁。

据说严嵩考中进士时，有术士为他相面，说他日后必当大贵，但有饿纹入口，将来恐将枵腹亡身。当时严嵩意气风发地大笑道："既云我当大贵，又怎会遭饿毙呢？荒谬至极！"谁知人算不如天算，二十余年权倾天下，未为世人谋福祉，倒为自己"谋得"饿毙的恶果。

十 "九千岁"魏忠贤

- ▲ 为逃赌债,忿而自宫
- ▲ 抢夺客氏,结成"对食"
- ▲ 谋夺司礼监大权,恩将仇报
- ▲ 木匠皇帝朱由校
- ▲ 残害宫妃,谋害皇后
- ▲ 崔呈秀夜谒魏忠贤,乞作养子
- ▲ 杨涟劾魏阉二十四大罪状
- ▲ 六君子惨遭报复,冤死诏狱
- ▲ "九千岁"生祠遍及全国
- ▲ 信王登基,魏阉自缢

为逃赌债，忿而自宫

魏忠贤原名魏尽忠，是河北肃宁县的一个市井无赖。他原来小有资产，娶了一房妻室，还生育了一个女儿。因无正当职业，他整日与当地的一群恶少聚众赌博。赌场上风云诡谲，瞬息万变，没多久他把家产输了个精光，为了还赌债，竟把女儿都卖了。老婆没法跟他过日子，跟着别的男人跑了。

魏尽忠家徒四壁，还欠了一屁股赌债，天天被赌徒们催逼。肃宁地近京畿，朝廷每年去那里招收阉奴，因此当地在宫中当太监的大有人在。魏尽忠想：只要进了宫，那班恶少就不敢找他逼债了。可是想要进宫当太监，先要找净身师把自己阉割了。那活可不简单，祖传三代的净身师做一个阉割术要收十两银子。魏尽忠哪有这些钱？他把心一横，找来一把割草的镰刀，把它磨得锋利无比。然后掏出胯裆里的阳物，咬牙一刀，生生自己把它割了下来！这时他已痛得晕了过去，醒过来后忍着痛敷上一些事先准备的草药。就这样躺了几天，居然痊愈了。那班讨债的赌徒见他这样犯浑，怕惹上人命官司，也就一哄而散。

于是他改名李进忠，去招收阉奴的太监那里报名。可人家的规矩是只招收十岁以下的小孩，那年他已经二十二岁，显然不符合入宫的要求。想当太监当不成，胯裆里的家伙又已经割掉了，他变成了一个不男不女的人。家里是待不住了，他只得到京城里流浪。幸亏一个叫孙暹的太监收留了他，让他在自己家里干杂活。

孙暹是宫中司礼监秉笔太监，有一定的权势。他见李进忠为自己干活颇为勤勉，又已阉割净身，便表示愿意介绍他入宫。李进忠终于得遂心愿，千恩万谢。

与太监魏朝争夺客氏得逞

万历十七年（1589），李进忠入宫当了一名阉奴，开始干的自然是打扫清洁、洗马桶之类的低贱工作。但他善于逢迎宫中有权势的太监，不久就进入甲字库,当了一名管库工。宫中有一名老太监魏朝,是司礼太监王安的心腹。李进忠尽力设法巴结他,说自己本姓魏,与他结拜为兄弟。并通过魏朝设法接近司礼太监王安,让他对自己有个好印象,以谋求升迁。

万历三十三年(1605),李进忠被安排作王才人的"典膳"。当时王才人刚生下皇长孙朱由校,朱由校自呱呱落地就注定要成为将来的皇帝。李进忠看着他从婴儿慢慢长大,朱由校小时候很多玩物都是李进忠从宫外设法弄来的。

皇长孙朱由校的乳母客氏只有二十来岁,她刚死了丈夫,淫荡妖艳,难耐寂寞,遂与太监魏朝结成"对食"。所谓"对食"就是宫中太监与宫女相好,一同起居的假性伙伴(因为太监没有性能力)。皇太孙朱由校渐渐长大,客氏本来没有理由留在宫中,但由于朱由校对她的依恋,使她长期羁留宫中,造成后来客魏专权的严重后果。

万历四十八年(1620),神宗皇帝驾崩,光宗朱常洛继位。这位短命皇帝在位只有一个月,就因为误食红丸死去。十五岁的朱由校匆匆登上皇位。他登基不到一个月,就颁旨封乳母客氏为奉圣夫人,荫封客氏年仅十五岁的儿子侯国兴及其弟客光先为锦衣卫千户。不久又赐太监李进忠复姓魏,赐名忠贤,将他由惜薪司晋升司礼监秉笔太监。还荫封其兄魏钊为锦衣卫千户。

客氏本来与太监魏朝结成"对食",后来她看上了更为年轻的魏忠贤。她本就水性杨花,淫荡成性,魏朝老而无用,魏忠贤虽然自宫,割去了男根,但未伤及阴囊中的睾丸,经延医秘治,居然恢复了部分能力。他深知小皇帝依恋客氏,抓住她便抓住了权势。于是使出浑身解数勾引客氏。久渴的客氏如鱼得水,开始与魏忠贤私通苟合。

一天,魏朝发现客氏与魏忠贤在喁喁情话,愤怒地冲上前去,与魏忠贤扭打在一起。魏忠贤力大,将魏朝打翻在地。魏朝爬起来,将客氏拉住就走,径直拉到小皇帝朱由校前去告状。小皇帝觉得可笑,说:"你们都是同样的人,为何也争风吃醋?这事朕也不好硬断,还是令客媪自择为好。"

客氏自然倾向魏忠贤,且绝情地请旨将老太监魏朝撵出宫去。那魏忠贤更是狠毒，毫不顾及当初魏朝提携之恩，假传圣旨将魏朝发配到凤阳守陵。后来魏朝竟遭缢毙。

谋夺司礼监大权，害死王安

老太监王安为人刚直不阿，他在拥立朱由校继位时立了大功，深得小皇帝信任。魏忠贤与客氏想在宫中专权，他们撵走魏朝后最大的障碍就是王安。天启元年（1621）五月，熹宗朱由校任命王安为司礼监掌印太监。这个职位是统辖后宫二十四衙门的总头目，按照资历和声望非王安莫属。可是按照惯例他要上书再三谦辞。客氏想让魏忠贤谋夺这个位置，可是魏忠贤大字不识几个，几乎是个半文盲，而司礼监却要代皇上批红书写诰敕，魏忠贤无法胜任。恰巧太监王体乾也觊觎这个职位，他知书达礼，还写得一手好字。客氏与魏忠贤便联合王体乾排挤王安。先由客氏私下向朱由校进谗，说王安年老昏聩，已不能胜任司礼监之责，让皇上准了王安的辞呈。十五六岁的小皇帝哪里识得其中的阴谋，便听信了乳母客氏的话，准了王安的辞呈，任命王体乾为司礼太监。

魏忠贤曾得到过王安的提携，可是狠毒的客氏欲置王安于死地，要魏忠贤唆使给事中霍维华弹劾王安贪赃受贿，又让移宫案中因偷盗珠宝获罪的太监刘朝、田诏上疏辩冤，说他们全是王安诬陷所致。年轻的朱由校让他们绕晕了，听信了乳母客氏的话，饬令王安降职闲住。

后来魏忠贤与司礼监王体乾勾结，矫旨赦免刘朝，且命他为提督南海子；又把王安降为南海子净军。刘朝奉魏忠贤密令，断绝王安的饮食。王安不得不摘篱笆上的树叶充饥，饿了三天还未死，刘朝便亲手将他扼死。

斥逐正直朝臣，谋夺内阁大权

王安被谋害后，王体乾窃据司礼监位置。他唯魏忠贤之命是听，成为魏阉有力的笔杆子。魏忠贤又在宫监内各重要位置安置心腹李永贞、石元雅、徐文辅、李明道、崔文升等。他自己担任东厂总督，掌握宫禁武装大权。此时，他的势力还只限于宫廷内部，没有涉及外廷。可是他通过王体乾等掌握了"批红"的权力，每每假借皇帝的名义干预和批驳内阁施政和任免官员的建议。

朱由校年方十六岁，登基后很少举行经筵进讲（明代规定年轻皇帝每月三次由饱学儒臣讲课，传授治国之道），却痴迷于木工活，往往亲操斧锯，于庭院中制作三四尺高的乾清宫模型，惟妙惟肖，巧夺天工。魏忠贤往往趁他聚精会神引绳削墨时，捧着大叠的奏章前来请示。小皇帝不耐烦地说："朕知道了，你去照章办理就是。"魏忠贤当然就可借此为所欲为，诸如处罚和任命官员，他就可假皇帝的名义夹带自己的"私货"。

天启二年（1622），未满十八岁的朱由校举行大婚，册立皇后张氏。大婚礼成，魏忠贤又得荫封二侄为锦衣都督，客氏赐田二十顷做护坟香火费。给事中周之纲、御史王一心等上书反对封赏客、魏。给事中侯震旸更为激烈地要求驱逐客氏出宫，结果被魏忠贤矫旨撤销职务，贬谪为民。

吏部尚书周嘉谟反对处分侯震旸等官员，上疏营救他们，魏忠贤将他的奏折留中不报，给事中霍维华是言官中的败类，屡屡为魏忠贤歌功颂德。周嘉谟利用掌管吏部的权力，将他调至外省巡视，因此得罪了魏阉，魏忠贤要对外廷的官员下手，他阴嘱给事中孙杰出面弹劾吏部尚书周嘉谟受内阁刘一燝指使，将霍维华外调，是为被贬谪南海子的王安报仇。

吏部尚书是朝廷文官之首，小皇帝朱由校轻率地顺承魏忠贤和客氏的意志，将周嘉谟免官为民。内阁大学士刘一燝见皇上日益倾向于魏忠贤、客氏，吏部尚书周嘉谟被罢官后，自己势更孤单，时局势难扭转，便一次两次地上疏要求致仕。魏忠贤本就想去掉这个眼中钉，便怂恿朱由校批准了大学士刘一燝致仕回乡。

内阁不能没有名臣掌舵，熹宗起用祖父神宗时的名相叶向高。叶向高到任不久，对魏、客专权有所察觉，他上书道："客氏出宫后复又回宫，刘一燝是顾命大臣，他的地位竟比不上一个保姆，这让人揣摩陛下的意图，值得警惕。"

这时内阁中也出了败类，大学士沈㴶见魏忠贤势大，便有意卖身投靠。他派遣门客晏日华潜入大内，向魏忠贤建议宫中太监组成武装，练习使用火器。这正合魏阉心意，遂从锦衣卫调派军士携带火铳钢炮入宫，训练年轻太监使用。一时铳炮的声音，震动宫阙。朱由校年轻爱玩，有时与太监们一起试铳。一个名叫王进的太监点火不慎炸伤左手。朱由校却谈笑自若，不以为意。可是悲剧终于发生，皇长子慈燃出生不多时，竟遭铳炮之声惊吓而死！然而魏忠贤为了不可告人的目的，继续扩大内操军，竟达到万人之多。

内阁首辅叶向高、阁员韩爌都是正直的大臣，不肯屈从魏忠贤阉党，魏忠贤便采取掺沙子的策略，将谄媚他们的礼部侍郎顾秉谦、魏广微塞入内阁。内阁成员一下猛增到八位，连值侍办公的座位都不够了。

到了天启四年（1624），因巡城御史林汝翥鞭笞宦官曹进、傅国兴，魏忠贤假传圣旨对林汝翥处以杖刑。林汝翥逃往遵化避祸。魏忠贤竟发动数百名宦官包围首辅叶向高的府邸，要他交出林汝翥。林汝翥是叶的外甥。叶向高愤而上疏道："国家二百年来，无中使围阁臣府第者，臣今不去，有何面目见士大夫？"他认为当时局势不可挽回，连续上疏二十余次，终获准致仕还乡。数月后，另一位正直的阁臣韩爌也被迫致仕。于是内阁成了顾秉谦、魏广微之流助纣为虐的帮凶。

客氏滥施淫威，残酷迫害宫妃

客氏只是朱由校幼时的乳母，被奉为"奉圣夫人"，按理无论如何不该赖在宫中。可是由于魏忠贤势大，她俨然以国母自居，在宫中横行无忌。先帝光宗在世时，她与光宗妃子赵选侍曾吵过架，那时她仅是一个保姆，挨了赵妃一顿骂只好忍气吞声。现在客氏倚仗魏忠贤之势，权倾后宫，便恶毒地报复赵选侍。经与魏忠贤密商，矫旨赐赵选侍自尽。

赵选侍知是客氏挟嫌报复，但皇上偏向她，自己投诉无门，只有到阴曹地府向先皇去哭诉了。于是她把光宗赐给她的物品陈列在庭院中，痛哭一场后，上吊自尽。

熹宗的裕妃张氏，因为言语间暗刺过客氏仅是一个保姆却在宫中擅作威福，被客氏记恨，便在熹宗耳边进谗言，说裕妃素有外遇，所怀并非龙种。朱由校竟相信了她的话，把裕妃打入冷宫。客氏又让膳夫不要送饭菜给裕妃，可怜一位受过册封的皇妃，生生饿了几日，手足疲软，气息微弱。待天下雨时，裕妃爬至屋檐下接雨水喝，竟无力返回，死于檐下！

冯贵人才德兼备，因为内操铳炮声惊死小皇子，她劝皇上下令停止内操，触怒了魏忠贤。趁熹宗去南郊举行郊祀大礼时，魏忠贤假传圣旨，迫令她自尽。

慧妃范氏曾生育悼怀太子慈焴，也莫名其妙地夭折了。她因客氏和魏忠贤在皇上面前进谗而失宠。成妃李氏在侍寝时为慧妃乞求怜悯，为客氏所知，竟将成妃囚禁在冷宫中。成妃鉴于裕妃饿死的教训，预先将食物密藏在墙壁夹层中，囚禁半个月尚未饿死。成妃曾为熹宗生育过两个女儿，均已夭折。熹宗念及旧情问到成妃，她被囚禁半个月后被放出来，仍被贬斥为宫女，迁居乾西所。

熹宗的皇后张氏知书达礼，深恶客氏与魏忠贤秽乱宫闱，经常在朱由校面前痛陈他们的罪恶。朱由校嫌她絮叨，便尽量少去坤宁宫。一天他来到宫中，见张后正凭案看书，便问她看的是什么书，张后答是《赵高传》。其实当时张后看的并不是此书，不过想借秦代指鹿为马的大宦官赵高故事，提醒熹宗汲取历史教训。秦二世宠任赵高，后竟为赵高弑杀。

魏忠贤和客氏蓄意陷害张皇后，便买通坤宁宫侍女。当时正值张后怀孕，感觉腰间疼痛，由侍女替她捶腰，乘机暗施手法，将其胎孕损伤。过了一天，张后竟致小产，胎儿堕将下来，已经是成形的男儿。熹宗后妃所生三个小皇子，都莫名其妙地夭折，以致绝后。

张皇后是祥符张国纪之女，张国纪被封为太康伯。客氏和魏忠贤想方设法陷害张后，竟编造谣言，称她并不是张国纪之女，而是海寇孙官儿所生。他们还准备修复原来宪宗纪妃住过的安乐堂，将张后迁居于此。幸亏熹宗不肯答应。客氏回家省母，她母亲大骂她一顿，说这是忤逆灭族的罪行。客氏才罢休。

都御史杨涟弹劾魏忠贤二十四大罪状

杨涟是万历三十五年（1607）进士，光宗因误食红丸，在位仅一月驾崩。当时李选侍挟持皇太子，企图垂帘听政。辅臣方从哲态度暧昧，杨涟、左光斗等小臣勇斗李选侍，逼其移宫，扶持幼主登位，立下大功。

天启四年（1624），已升为左副都御史的杨涟对魏忠贤勾结客氏擅权乱政的罪行深恶痛绝，经过周密调查，上书朝廷痛劾魏阉二十四项大罪——

忠贤本市井无赖，中年净身入宫，敢为大奸大恶。祖制：拟旨由阁臣专责，自忠贤擅权，多出传奉，或经自内批。坏祖宗政体，大罪一。

刘一燝、周嘉谟乃顾命大臣，忠贤命孙杰攻击罢劾，不容直臣，大罪二。

先帝宾天，直臣孙慎行、邹元标被忠贤排斥，而维护李选侍的沈㴶却升入内阁。亲乱贼而仇忠义，大罪三。

王纪为司寇，执法如山；钟羽正为司空，清修如鹤，忠贤均构罪斥逐，不容正直之臣，大罪四。

忠贤操纵用人大权，极力阻止廷推第一内阁人选孙慎行、盛以弘出任内阁大臣，岂真要用门生宰相吗？大罪五。

任用朝廷官员，莫重于廷推。去年的南京吏部尚书、北京吏部侍郎均出于陪推。颠倒次序，玩弄权术，大罪六。

对于触犯忠贤的官员如文震孟、江秉谦、毛士龙、侯震旸等立刻贬黜。京城传言："天子之怒易解，忠贤之怒难调。"大罪七。

宫中有一位贵人（冯贵人）以贤惠得陛下宠爱，忠贤恐她揭露自己罪行，编造她得急病的谎言，置之死地。陛下不能保护自己宠信的贵人，大罪八。

裕妃因怀孕将得到封号，举朝庆幸。忠贤恶其不阿附自己，矫旨勒令其自尽。陛下不能保护自己的嫔妃,大罪九。

皇后怀孕,却忽然流产。传说忠贤与奉圣夫人施以阴谋得逞。陛下不能保护自己的儿子,大罪十。

先帝在东宫,四十年来于危难中保护服侍他的唯王安一人。忠贤却因私心将他杀害在南苑。其他内臣被他擅杀的何止百千。大罪十一。

今日要赏赐,明日要题写祠堂碑坊,并将其祖坟修得近似皇陵,大罪十二。

今日荫封中书,明日荫封锦衣官,天子侍卫官都是乳臭未干的孩童。司诰敕者目不识丁,如魏良弼、良材、良卿、希礼及甥傅应星等。滥肆荫封,大罪十三。

用枷号酷刑迫害外戚,外戚有家人一个个被砍头杀害。妄图诬陷国戚,动摇皇后的地位。大罪十四。

良乡生员章士魁,开煤窑伤忠贤祖坟脉,被诬私开银矿。大罪十五。

王思敬的牧地小事,责任在有司。魏忠贤却私设牢房,滥施刑罚,把士子的生命视若草芥,大罪十六。

给事中周士朴,查出织造官员的过错,魏忠贤竟停其升迁,使吏部不能行使任免官员,言官不能履行纠察职务。大罪十七。

北镇抚司刘侨,不肯用杀人来讨好魏忠贤,竟因不罗织罪名而被削除官职。大明的法律可以不执行,魏忠贤的命令不敢不执行。大罪十八。

给事中魏大中遵旨赴任,魏忠贤忽又传旨责问他。等到魏大中回奏,魏忠贤又再次亵渎王言。朝令夕改,玩弄言官于股掌之中,大罪十九。

魏忠贤主持东厂,诬告陷害日夜不停。稍违他的意愿,立刻下达谕令,必兴大狱而后已。大罪二十。

奸细韩宗功潜入京师侦探虚实,目标是魏忠贤私邸,事情败露才离去。如果天意成全他,韩宗功刺探成功将会有何恶果?大罪二十一。

祖制不许武装内官，魏忠贤与奸相沈㴶创立内操军至万人之多，怎知没有大盗刺客混入其中？大罪二十二。

魏忠贤去涿州进香，传呼地方官侍奉，清扫传道，人们以为皇帝驾幸。返回时改乘驷马之车，羽旗青盖，护卫森严，俨然皇帝仪仗。忠贤自视为何人？大罪二十三。

今年春季，魏忠贤在陛下面前骑马疾驰，陛下射杀其马，饶他不死。他不主动服罪，反而有骄横之色和怨恨之言。历来乱臣贼子妄为最终不可收拾。即将他碎尸万段不足抵罪。大罪二十四。

凡此种种叛逆的迹象，昭然若揭。不过内官惧祸不敢说，外廷犹豫不敢奏。间或奸状败露，又有奉圣夫人为他掩饰补救。他们互为表里，互相呼应。望陛下振作天威，召集文武勋戚，敕令刑部严厉审讯，以正国法。并将奉圣夫人客氏逐出宫外，以消除隐患。臣死亦不朽！

杨涟把奏疏写好，准备在早朝时亲自呈上。魏忠贤闻得风声，连续三天阻止熹宗上朝。第四天皇上临朝时，他又派数百名宦官全副武装围在皇上周围，敕令左班文臣不得奏报任何事情。不过最后杨涟还是通过通政司将奏折递上。魏忠贤十分恐惧，到内阁求韩爌帮他解脱，韩爌拒绝了他。他只好到皇上面前哭诉，要求辞去东厂职务。而客氏也帮他出主意，司礼监王体乾也帮他说话。熹宗朱由校懵然不辨真假，竟温言安慰他。第二天将杨涟奏疏公开，并且严词谴责杨涟。

杨涟弹劾魏忠贤二十四大罪状字字有据，振奋人心。朝臣们大受鼓舞，一时间接连上疏弹劾魏忠贤的有：御史黄遵素，吏科给事中魏大中，河南道御史袁化中及同僚等达数十份。

御史李应升曾上疏要求停止内操，不被理睬，他愤而弹劾魏忠贤十六大罪，奏稿被其兄毁掉，这次响应杨涟再次上疏，要魏忠贤自杀以谢天下。

国子监祭酒蔡毅中率领千余名监生上疏，要求追究魏忠贤的二十四大罪状，将杨涟奏疏发给九卿、御史、给事中讨论，即使不能像武宗那样将刘瑾处死，也要像神宗皇帝那样将太监冯保发配南京戍守。这样才能显示皇上的英明，与祖宗媲美。

魏忠贤对弹劾他的朝臣恨之入骨，暗地筹划他的报复计划。

疯狂报复，杖死工部郎中万燝

在众多弹劾魏中贤的官员中，有工部郎中万燝，他在奏疏中说："魏中贤性狡诈而贪暴，他掌握代天子起草谕旨的大权，左右任命官员的大权，荫其子侄为官，一辈又一辈，赡养费达千万金。他残害士夫百姓，窃取生杀大权。他是侍奉先帝的宦官，对修建先帝陵寝却一点也不放在心上。臣路过香山碧云寺，发现魏忠贤为自己建的陵墓，规制宏伟，可以同帝陵媲美。墓前建有生祠和庙宇，题额辉煌，珠玉闪烁，耗费金钱何止百万！造自己的坟墓如此糜费，造先帝陵却是那样，完全够诛杀的呀！魏忠贤窃据陛下的大权，朝廷内外只知有魏忠贤，而不知有陛下，岂可一日滞留左右？"

这份奏疏深深触怒了魏忠贤，皇上若较真，玩忽先帝陵寝可是死罪呀！这个万燝一个小官竟敢如此恶毒，他要杀鸡给猴看，便矫旨对万燝施以廷杖，重责一百下。他派宦官到万燝宅邸，揪住一顿拳打脚踢，然后揪至阙下施以廷杖。重杖一百下以后，万燝苏醒过来，宦官们更拥上疯狂地踩踏，过了四天，万燝即气绝身亡。

接着，巡城御史林汝翥因为鞭打过两名宦官，也被魏忠贤矫旨处以廷杖。林汝翥是首辅叶向高的外甥，宦官们还包围过叶向高的府邸。叶向高顾虑魏忠贤正受圣宠，扳倒他不是一件容易的事，便上奏道："魏忠贤勤劳，陛下宠信，盛满难居，宜解事权，听归私第，保全始终。"

即使他这样折中妥协，魏忠贤仍然很不高兴，便矫旨叙述自己的功劳，长达数百字。叶向高听了说："这份谕旨决不是宦官们能写得出来的，一定有人代笔。"经了解，果然是朝臣中的一个败类徐大化写的。

贪官崔呈秀夜谒魏忠贤，乞作养子

御史崔呈秀奉命巡按淮扬，发现霍邱县知县郑延祚有严重贪污问题，经他查实后准备向都察院举报。郑延祚害怕了，两次私谒御史官邸，向崔呈秀进贿千两黄金。崔呈秀见钱眼开，随即毁了准备寄给都察院的举报文书，转而推荐郑延祚政绩斐然应予提升。此事恰被与郑延祚竞逐知府的王某侦知，王某连夜赴京，向都察院举报崔呈秀受贿千金举荐郑延祚之事。

当时主管都察院的是左都御史高攀龙，他是万历十七年（1589）进士，与主管官员升迁的吏部尚书赵南星有师生之谊。赵南星素来对贪官疾恶如仇。御史本来是朝廷派往各地查处贪腐的官吏，竟敢执法犯法，必须严惩不贷。他建议都察院不仅将崔呈秀撤职，还要以贪赃罪遣戍远边三千里，以儆效尤。

都察院将崔呈秀案报上去后，熹宗下令将崔呈秀撤职，听候审查处理。

崔呈秀走投无路，心想只有卖身投靠势焰熏天的魏忠贤，或许还有一条生路。于是他半夜闯到魏忠贤的府中，买通门房求见魏公公。魏忠贤听说有一位御史要拜见他，倒也愿意一见。崔呈秀一见魏阉就叩头跪地哭诉说："高攀龙、赵南星都是东林党人，他们极端仇视魏公公，只因我说了公公扶助皇上有大功，他等便把我视作仇敌，故意排挤陷害我。"崔呈秀还拼命为魏忠贤歌功颂德，表示愿做他的义子，今后死心踏地跟定魏公公，与东林党人为敌。

魏忠贤正要大肆搜罗朝廷中的官员做自己的帮手，他见崔呈秀能说会道，又是专门伺察别人阴私的御史出身，必能对自己大有帮助。于是就受了他的拜，认他做干儿子，大有相见恨晚之意。

崔呈秀随即向魏忠贤献计道："赵南星掌管吏部官员的升迁调动大权，高攀龙把持都察院，想举劾谁就举劾谁。不驱除赵南星、高攀龙等人，吾辈将来还不知死在何处？"

魏忠贤点头赞同他的观点，于是便同他慢慢商量对策。他们一直密谈至深夜。

恰好当时山西缺巡抚官，吏部按制度举行廷举，即由朝廷大臣推举谁出任该职。赵南星因太常寺卿谢应祥有清廉的声望，便把他列为出任山西巡抚的第一人选，得到了皇上的批准。

崔呈秀与魏忠贤密商，可借任命山西巡抚一事发难，攻击赵南星徇私舞弊，任用私人。于是魏忠贤指示内阁阁员魏广微，让他物色一名打手。魏广微选中了御史陈九畴。此人猥琐卑劣，正想抱权贵大腿求取晋升。于是便按照魏忠贤的指示，上书举劾道："太常卿谢应祥曾任嘉善知县，魏大中是嘉善人，是谢应祥的门生。因为师生关系，魏大中与吏部铨选司郎中夏嘉遇商议，任命谢应祥为山西巡抚。魏夏二人伙同徇私舞弊，应予罢黜。"

主管吏部的赵南星随即上书驳斥道："谢应祥是因为他本人的声望被举荐任巡抚一职，魏大中、夏嘉遇没有营私舞弊，陈九畴的妄言不可信。"魏大中和夏嘉遇也上书为自己辩解。

魏忠贤有意借此发难，岂肯罢休。于是立即矫旨罢免魏大中和夏嘉遇的官职，贬为平民。同时也免去陈九畴的御史一职，并谴责赵南星、高攀龙结党营私。

这是崔呈秀与魏忠贤精心策划的一次阴谋，借任命山西巡抚一事罢黜魏大中、夏嘉遇，同时斥责赵南星和都御史高攀龙。按照惯例，大臣遭到皇上书面斥责，便要上书引咎辞职。于是赵南星便以身体有病请求辞去吏部尚书一职。

吏部尚书是百官之首，魏忠贤早就想赶走耿直而声望卓著的赵南星。便又以谕旨斥责他"有负朕望"，允其辞职归乡。

仅过了一天，左都御史高攀龙也被迫辞职还乡。崔呈秀尤为仇恨这位揭发处理他的赃罪的直接上司，必欲置他于死地。两年后假借周起元赃案，牵入高攀龙，派缇骑去无锡逮捕他。高攀龙当时已六十五岁，闻讯对家人说："吾视死如归，今果然也！"当晚即投太湖自溺死。

赶走了赵南星和高攀龙，崔呈秀与魏忠贤仍然不肯罢手，又借廷推代替赵南星、高攀龙的人选发难，由宫中发出谕旨："此次推荐的人，仍然是赵南星的党羽，显然这是陈于廷、杨涟、左光斗等有意徇私情。"于是借此又将吏部侍郎陈于廷和杨涟、左光斗削职为民。

魏忠贤陷害驱逐朝中正直的大臣，使首辅韩爌异常愤慨，他与朱国桢等随即上书道："陛下一天之内罢免两位大臣，顿使臣民失望。况且罢免他们的谕旨经由宫中传出，不经过内阁。高攀龙的奏疏臣等草拟了处理意见,却又被更改。这种做法有骇听闻,有伤国体,臣不能苟同,乞赐臣骸骨,归回故里。"

魏忠贤在内阁里安插了魏广微、顾秉谦等人,但叶向高致仕后,首辅韩爌德高望重,牢牢把握内阁的权力,魏广微等处心积虑地想把他排挤出内阁。于是怂恿熹宗批准了韩爌致仕的请求,并下旨指责他"妄将过错归于皇上,耿耿于怀地要求辞职"。按例首辅致仕归乡,都要赏赐金币敕书,给予传乘优礼,韩爌都没有享受到。

朝廷中正直的大臣都被驱逐殆尽。韩爌罢官,魏广微、顾秉谦等遂窃据内阁大权。陈于廷罢官,任命徐兆魁代替他任吏部侍郎;杨涟罢官,乔应甲取代他担任副都御史;左光斗罢官,用王绍微代替他任佥都御史。这三个人都是魏忠贤搜罗的御用走狗。

《同志录》《天监录》和《点将录》

自从赵南星、高攀龙去职,内阁首辅韩爌致仕,杨涟、左光斗等削职为民后,朝中正直之士驱逐殆尽。魏忠贤掌握了任命文武官吏的大权,只是他一个宫中太监,哪里能识别贤愚,甚至闹出派文官出任武职的笑话。还是干儿子崔呈秀孝顺,立刻进呈《同志录》和《天监录》。《同志录》罗列东林党人名字,都是与魏忠贤为敌的人。昔日顾宪成、高攀龙等创建东林书院,忧国忧民关心时政,吸引了无数读书士子,"风声雨声读书声,声声入耳;家事国事天下事,事事关心。"赵南星、杨涟、左光斗等都是东林党人。而《天监录》则罗列与东林党为敌的人,也是忠于魏忠贤的人。最近被任命取代杨涟、左光斗的乔应甲、王绍徽、徐兆魁等都是。

有了这两部名录,魏忠贤便可按图索骥,不至于在任命官吏时敌我不分,闹出笑话来了。

新任命的佥都御史王绍徽,因怕魏公公识字不多,便用梁山泊一百单八将的绰号,编了一部《点将录》,上载:及时雨宋江——叶向高,知多星——缪昌期,圣手书生——文震孟,大刀关胜——杨涟,霹雳火——惠世杨,等等。用工整的蝇头小楷抄在白色细绢上,托崔呈秀进献给魏公公。那魏忠贤正苦于东林党人数众多，记不胜记，有了这《点将录》，倒还省事，便视为圣书，令司礼监王体乾各抄一份。每遇廷臣章奏，检阅《点将录》，凡任命或处罚事项，也不致搞错对象，敌我不分。

那《天监录》中所列，均为投靠魏阉的党羽，其中"五虎"为专司谋略的文臣：崔呈秀、田吉、吴淳夫、李夔龙、倪文焕。"五彪"为专管杀戮的武官：田尔耕、许显纯、孙云鹤、杨寰、崔应元。还有"十狗"周应秋、曹钦程等日夜奔走权门为虎作伥。此外还有"十孩儿""四十孙"等名目的喽啰走狗，都以奉承权阉残害正直的臣民为业。

其中最有权势的要算崔呈秀。他一个犯赃的贪官，自从投靠魏忠贤做了干儿子，前罪遂一笔勾消，不久即恢复原职淮扬道御史，第二年就连越数级，晋升兵部尚书，兼左都御史，权倾朝堂。许多残杀忠臣的大案都是由他兴起，以致后来以崔、魏并列。

假借汪文言案，杀害六君子

崔呈秀卖身投靠魏忠贤，不仅以前犯的赃罪一笔勾消，迅速复职，还以干儿子的身份成为魏忠贤的首席谋士。他知道魏忠贤最恨的人是举劾他二十四项大罪的杨涟，必欲置之死地而后已。杨涟、左光斗等人虽被罢官，但在士大夫中仍有巨大影响。于是崔呈秀献计：利用尚关在镇抚司狱中的汪文言，严刑拷打逼他供出杨涟、左光斗、魏大中乃至赵南星等在"移宫案"中有罪，借此将东林党人一网打尽。"十狗"之一大理寺丞徐大化献策说："移宫案纷繁复杂，不能坐他们赃罪。不如给他们安上接受杨镐、熊廷弼贿赂的罪名，牵涉到辽东疆土战事，杀他们更有借口。"魏忠贤很以为是，于是命令锦衣卫指挥使许显纯重新审理汪文言案，严刑拷打，五毒俱下，逼汪文言供出杨涟等人接受熊廷弼的贿赂。汪文言被打得血肉模糊，仰天大呼："世上哪有贪赃的杨大洪！"大洪是杨涟的别字。许显纯又追逼左光斗等犯受贿罪，汪文言跳起大呼："用这种罪名诬蔑清廉之士，我宁死不从！"许显纯亲手起草一份汪文言的供词，令锦衣卫士兵揪住汪文言强行按下血手印。汪文言当晚即被打死。

当晚缇骑四出，杨涟、左光斗、魏大中、袁化中、周朝瑞、顾大章等六人被逮捕，关在锦衣卫的镇抚司监狱。杨涟、左光斗被安上受贿二万两，魏大中受贿三千两，袁化中受贿六千两，周朝瑞受贿一万两，顾大章受贿四万两的罪名。

魏忠贤一不做二不休，想借此案将东林党人一网打尽，下令将赵南星、邓渼、毛士龙、王之寀、季若星、邹维涟、惠世扬、缪昌期、施天德、黄龙光、徐良彦、钱士晋、熊明遇、黄正宾、卢化鳌等十五人，在职的撤职查办，已退休的令当地巡抚拿回追缴赃款。就这样，生生炮制了天启朝一次最大的冤狱。

杨涟、左光斗等在锦衣卫狱中，许显纯秉承魏忠贤意旨，日夜严刑拷打，逼他们承认受熊廷弼贿赂。杨涟被打得血肉横飞，仍不肯招供。左光斗私下与他计议道："魏忠贤欲杀我有二法：一是使用酷刑打死，二是夜半派狱卒暗杀。如果招供将交刑部处理，或许还有重见天日之时。"于是他们都违心招供。后来魏忠贤矫旨五日一上报，并不移交刑部，他们才后悔失策。许显纯秉承魏忠贤意旨，将杨涟、左光斗、魏大中三人转移到秘密监狱，严刑处死。杨涟被害死时，土囊压身，铁钉入耳，极为凶残毒辣。左光斗、魏大中都体无完肤。死后三天才公布消息，三个人尸体都已腐烂难以分辨。

当杨涟被捕时，数万百姓拥在道路上哭号，所过村镇焚香为他祈祷。杨涟死后家产没收入官，全部家产不到千两银子。他的母亲和妻子只好在城楼上过夜，两个儿子甚至乞讨为生。百姓争相拿出银子为他缴赃。

魏大中的儿子魏学洢因父亲被逮捕，他追随到京，隐姓埋名在旅馆中，四处借贷替父亲缴纳被追索的赃款。魏大中被打死后，他痛哭欲绝，护灵回乡，日夜痛哭，绝食而死。

此案被捕的六君子中，袁化中和周朝瑞先后被打死在狱中，只有顾大章身体比较硬朗，虽经锦衣卫多方刑讯折磨而未死。最后将他移交刑部定罪。刑部尚书李养正秉承魏忠贤意旨，将杨涟、左光斗等六人均定为死罪，矫旨布告四方，仍命将顾大章送往锦衣卫镇抚司。顾大章愤愤地说："我怎么能再入此狱？"他让其弟准备酒菜诀别，暗在酒中放置毒药。但饮之仍未死，深夜撕衣作带自缢身亡。

六君子是以接受熊廷弼贿赂罪名被杀。此时熊廷弼还被关在狱中浑然不知此事。魏忠贤怕万一他出面否认曾向杨涟、左光斗等行贿，这一大案必将大白于天下。便急着将熊廷弼处死。便借着市面上流传熊廷弼所著《辽东传》，是他为自己评功摆好，企图摆脱罪过。以此激怒熹宗，下令立将熊廷弼斩于西市，将他的首级传到九个边镇以儆效尤。

退休的吏部尚书赵南星也受此案牵连，他家在保定，离京都较近。保定巡抚郭尚友是魏忠贤的党朋，接到魏阉密令即将赵南星抓进监狱，给他加上贪赃一万五千两的罪名。还鞭打其子清衡和外孙王钟庞。赵南星家境清贫，亲戚朋友设法将赃款还清。赵南星被谪戍代州，其子谪戍庄浪。崇祯即位后，魏党败亡，赵南星被赦回。代州巡抚故意延迟执行，他竟死于戍所。

炮制苏州大冤案，激起民变

东林书院创建于无锡，江浙地区士子众多，思想活跃。当时有名的文臣如高攀龙、魏大中、顾大章、缪昌期、周顺昌、周宗健、黄尊素等都是江浙人，他们都是有名的东林党人。

当时苏州一带有流言，说被罢黜的御史黄尊素打算仿效正德朝杨一清诛杀刘瑾的故事，把提督苏杭织造的太监李实当张永，联合他诛杀魏忠贤。流言传到京都，魏忠贤极为害怕，派人来苏州调查。侍郎沈寅家住乌程县，去信告密说："此事确有迹象是真的。"魏忠贤立即派人来责问太监李实。李实恐惧，派人持空印文书到京师表白，向魏阉示忠。

左都御史高攀龙被罢官回无锡。崔呈秀对揭发他贪污罪的这位顶头上司恨犹未已，必欲置他于死地。便在魏忠贤面前进谗说："东林党人势正猖獗，他们与前应天巡抚周起元勾结，扮演张永的实际上就是周起元。"他提了一个要杀的黑名单：周起元、高攀龙、周顺昌、缪昌期、黄尊素、李应升、周宗键。

于是魏忠贤令太监李永贞利用李实送来的空印文书，以李实的名义劾奏"周起元担任巡抚时贪污公币十余万两，镇日与高攀龙、周顺昌等往来，资助他们聚众讲学，诽谤朝廷。"

阉党要杀的这七个人都是有原因的。周起元巡抚应天，为官清廉，屡屡弹劾李实贪婪横暴，恣意索取，不守法度，因此遭李实忌恨。

周顺昌家居吴县，魏大中被逮捕路过吴县时，周顺昌为他饯行，还将女儿许配给魏的孙子。他对押解人员说："你们尽管去告诉魏忠贤，世界上有一个叫周顺昌的人不怕死。"

据说杨涟劾魏忠贤二十四大罪的奏疏是缪昌期起草的。杨涟等离开京师时，缪昌期毫不避嫌地送至郊外。因此遭魏忠贤忌恨。

黄尊素、李应升都是继杨涟之后猛烈上疏弹劾魏忠贤的御史。黄尊素特别有谋略和远见，被视为当代的杨一清。

周宗建则是最早揭发魏忠贤的人，他在天启二年（1622）即上疏称："近日政事，外廷啧啧，谕旨之下，有物凭焉。如魏进忠者，目不识一丁，而陛下日与相亲，一切用人行政，堕于其说。"你想，魏忠贤能不恨他吗？

魏忠贤派了他亲自管辖的东厂旗校数十名到苏州抓捕周顺昌。周顺昌过去做过许多有益于乡民的事，宣读逮捕令的那天，数万市民手捧香火为他请命。东厂的旗校仗势厉声叫骂："东厂逮人，你们这些鼠辈敢于阻挡吗？"他们把手铐掷在地上铛铛响。民众被激怒了，大叫："我们以为捕人是天子的命令，原来是东厂的魏太监！"于是一拥而上，群殴那些东厂旗校，当场打死一名，打伤多名，其余的抱头鼠窜。经苏州知府劝谕，民众才散去。周顺昌自行到官府投案。

东厂旗校乘船去浙江抓捕黄尊素，商人们闻城中发生民变，雇水鬼将船凿沉。东厂旗校泅水逃生，把逮捕文书丢了，不敢去浙江。黄尊素怕连累更多的人，自己穿上囚服投案自首。

后来，打死东厂旗校的颜佩韦等五个人被逮捕，遭到杀戮。但这五位主持正义的普通市民竟留名于史册。

江浙七君子除了高攀龙都被逮至京都。高攀龙闻东厂旗校即将来逮捕他，泰然自若地与两个学生和胞弟在家里花园池塘边饮酒，从容书写遗表："臣虽削夺，旧为大臣，大臣受辱则辱国，谨此向北叩首，循屈子之遗则。"半夜，他穿戴衣冠投水自尽。

最早被押解到京都的是缪昌期，审讯时他慷慨陈词，对簿公堂。他被加上贪赃三千两，备受酷刑。过了两天，监狱里宣布他的死讯。收敛他的尸体时，发现他的十个指头都已被砍去。可能是魏忠贤恨他为杨涟起草奏疏，审讯时即将他的十指剁去。

许显纯亲自审讯周顺昌，讥讽道："你就是那个不怕死的周顺昌吗？"周顺昌毫不胆怯地大骂魏忠贤，许显纯便命令将他的牙齿敲掉。周顺昌含血唾许显纯的脸，含混不清地骂得更厉害。许显纯便在夜里嘱狱卒将他打死。

周宗健被诬赃款最多，达到一万三千两。每隔五天严刑拷打一次。最后一次审讯周宗健已经瘫痪，说不出话来了。许显纯大骂道："你还能骂魏公目不识丁吗？"命狱卒用装满沙土的布囊压在他身上，活活将他压死。

周顺昌死后，领尸埋葬时皮肉全都腐烂，仅存头发胡须可以辨认。

黄尊素在狱中预感到魏忠贤会杀害自己，便叩首遥谢君父，赋诗一章。他知关在隔壁的李应升还活着，隔墙大喊："仲达，我先走了。"半夜，撕衣为带，自缢身亡。

李应升在黄尊素死后第二天，也被打死在狱中。

周起元被押解到京都时，周顺昌等五人均已死于狱中，许显纯对他严刑逼供，逼他承认贪赃十余万两。周起元任巡抚多年，家中虽富裕，但全部家财还不到十万两。他终于被打死在狱中。

当时，缪昌期、李应升被逮捕到常州，常州知府曾樱颇为同情他们，资助他们路费。知府衙门外突然了数千人，哄然而起地叫道："为什么要逮捕忠臣，放了他们！"曾樱怕激起事变，尽情解释，民众才散去。东厂旗校对苏州民变心有余悸，有一个旗校跳墙摔伤，一个卖甘蔗小孩从旁经过，说："我恨透了你们，可惜不能宰了你！"竟用砍甘蔗的刀从他身上割了一片肉扬长而去。

窃据权位，疯狂敛财

魏忠贤本出身无赖，既无家室，又无后人，入宫时连姓名都改了。

现在骤然大贵，执掌国家权柄，自然想要光宗耀祖。朝廷制度：太监无论多大的功劳，本人在宫中升到顶只是一个四品司礼监。但亲属中的男丁可以荫袭锦衣官职，甚至可封侯封伯。

天启二年（1622），明光宗庆陵完工，魏忠贤想借此大封自己的亲属，阁臣刘一燝根据典章奏称："内臣除了司礼掌印太监和提督陵工者，不得享受封荫其子弟的恩典。"但魏忠贤仍然依仗手中的权力，将他的侄儿魏良卿封为锦衣卫指挥佥事，并且担任实职。

后来，借口卤簿大驾落成，又将魏良卿晋升为锦衣卫都督佥事。

天启元年（1621），东厂抓到一个叫武长春的间谍，经过许显纯拷掠，事情越闹越大，武长春被磔死。许显纯将此事归功于魏忠贤："长春敌间，不获将为乱。赖厂臣忠智立奇勋。"于是又由皇上颁诏，封魏忠贤侄良卿为肃宁伯，赐予世袭铁券，并赐养赡田七百顷。

到了天启元年（1621）冬天，因为皇极陵建筑完工，熹宗朱由校登殿受贺。该殿是魏忠贤与崔呈秀督修的。经太监李永贞与左都御史周应秋大肆吹捧请奏，竟破格加恩，特封魏忠贤为上公。其侄魏良卿前已晋封侯爵，复又进封宁国公，加赐铁券。从孙鹏翼只有二岁，竟封为安平伯，太子少师。从子良栋只有三岁，封为东安侯，太子太保。额外加赐魏忠贤庄田二千顷。魏忠贤与魏良卿岁禄竟达五千石。

半年之中，魏忠贤家族中被封为锦衣卫指挥使的十七人，被封为都督同知的三人。他的族孙魏希孟、魏希孔只有八九岁，都被任命为可世袭的都督同知。外甥傅之琮、冯继先被封为都督佥事。

魏良卿是魏忠贤的侄儿，因魏忠贤无后，他便以其从子身份得封为宁国公。他在朝中职务虽然只担任锦衣卫的一名官员，文武大臣无不仰其鼻息。魏良卿爱吃猪蹄，身为左都御史的周应秋竟奴颜婢膝地亲自下厨，为他烹烧猪蹄。被京中人士嘲为"煨蹄总宪。"

按制，宫中司礼太监没有公事不得出宫。魏忠贤却每年几次游历京畿。乘坐装饰华丽的四驾马车，笙笛鼓乐声轰然远传。身穿锦衣、足蹬高筒靴的持刀卫士簇拥在车驾两侧，侍从的人包括厨师、优伶、蹴鞠、皂隶，动辄以万计。他曾去琉璃河祭水神，沿途伏拜参见的地方官员齐声高呼"九千岁"，竟至阻塞了道路。

客氏被封为奉圣夫人,她在宫北置有华丽宽敞的私宅。她每出宫侍从的宫女如云,她的车路过乾清宫时,竟然不下车。客氏服装华丽,化妆精美,侍卫仪仗俨然如皇后出行,前呼后拥。到私宅后,管家仆媪挨次叩见请安,"老太太""千岁"的呼叫声不断。她在私宅自然与面首肆意纵淫取乐,有时数天不回宫。

魏忠贤窃据国家权力后,通过他的党羽大肆买卖官爵,敛集钱财。当时京城有谚语:"官要起,问三李。"魏忠贤的心腹御史李蕃、给事中李鲁生、李恒茂三个人官虽不大,能量却不小,日夜奔走于兵部、吏部之间,买卖官爵得的钱财,大部分归魏阉所有。因为没有他点头,谁敢任命一个官吏?

边镇将领的贪腐更为严重。当时仅以边将送给魏忠贤的名马为例。边将梁汪朝、杨国栋、马世龙、满桂等,以及魏忠贤派往边镇监军太监王象乾、刘诏等,进献的名马近千匹。每匹马何止值数千两银子,况且所附鞍辔奢侈华美,亦价值不菲。

《明史》称:魏忠贤贪赃集敛的财富,收归国库,可供支付九边将士数年的军饷,可见其贪腐的严重。

魏忠贤派遣亲信太监涂文辅总督太仓银库和节慎库,崔文升总督漕运,李明道管河道,将国家经济命脉掌握在阉党手中。南京内库藏有大量金银珠宝,魏忠贤竟然矫旨将那里的库藏盗取一空!

阉党阿谀奉承,生祠遍全国

由于魏忠贤擅权,内阁中仅存的正直阁臣朱国桢、朱延禧相继致仕,内阁遂由顾秉谦、魏广徽把持。魏广徽票拟政事处理方案,先以函请示魏忠贤,名为"内阁家报",故人称他为"外魏公"。有一段时间,内阁拟旨竟以"朕与厂臣"开头,将魏忠贤抬到与皇帝并列的位置。翰林出身的内阁大臣们无耻谄媚到了无以复加的地步。

天启六年(1626),浙江巡抚潘汝桢想了一个取媚魏忠贤的绝招。他上疏极力颂扬厂臣魏公功绩,建议在西湖畔关羽、岳飞墓旁为魏忠贤建造生祠。中国数千年来,只为死去的圣贤建祠祭拜,从没有为在世的人建祠的先例。况且魏忠贤只是一个太监，怎能与孔孟等圣贤比肩？可是潘汝桢的大胆创新碰上一个糊涂皇帝，立即予以批准。于是潘汝桢立刻召集工匠，大兴土木，在风景秀丽的西子湖畔，建造起一座规模宏大的生祠，其壮丽远超毗邻的关羽、岳飞墓祠。

提督苏杭织造太监李实见潘汝桢抢了先，连忙补上奏章，建议派遣杭州百户沈尚文等永久守护祠堂，上香拜祝。中旨自然批准，将该祠赐名"普德祠"，并由阁臣撰文刻石，颂扬祠主功德。

此祠建成，各地谄媚之徒竞相效尤，纷纷拆民房，择地基，为魏阉建造生祠，且一处比一处壮丽。半年时间内，由江南的松江、淮安、南京、扬州而至山东济南、河南开封、山西大同、湖广武昌、承天、均州、陕西固原，以至于边陲宣府，山东的蓬莱阁，保定的五军营教场，上林苑的养牧场、嘉蔬署。数十所祠堂雨后春笋般拔地而起。每座祠堂少则数万两银子，多则数十万两花费，皆为民脂民膏。

其中尤以蓟辽总督阎鸣泰建祠最为积极，他为魏忠贤建祠多达七座，其颂词有"民心依归即天心向顺"等句，令人咋舌！河南巡抚郭增光等在开封拆毁民舍二千余间，修建九楹宫殿，其规制如天子宫殿。陕西巡抚朱童蒙在延绥建的祝恩祠，竟铺盖御用琉璃瓦。刘诏在蓟州建祠，给魏忠贤铸了一尊金像，居然戴了皇帝的旒冕。

而京城数十里间，祠宇相望。顺天府尹李春茂、巡抚刘诏、户部主事张化愚等争相取媚魏忠贤，竟在崇文门、宣武门大街上拆毁民居、商铺，你建一座"广仁祠"，他建一座"懋勋祠"。还有一座建在东华门外，工部郎中叶宪祖私下与人议论说："这是天子通往国子监辟雍讲学的道路，土偶岂能立在此处？"这话传到魏忠贤耳中，立即将他削职罢官。

最可笑的是上林监丞张永祚，为了谄媚魏阉，竟在养牧场、嘉蔬署、林衡署建了四所祠堂，让魏忠贤与牛马、果蔬、林木相伴。

最后在南昌为魏忠贤建生祠的巡抚杨邦宪，为了扩展魏忠贤生祠的建筑面积，竟然拆毁周敦颐、程颐、程颢三位先贤的祠堂，卖掉孔子学生澹台灭明祠，毁其塑像。等到杨邦宪将魏忠贤生祠建成奏请赐名的奏疏送到京都，熹宗朱由校已经驾崩。崇祯一边看这份奏疏，一边暗暗发笑。魏忠贤察觉其意，连忙上疏伪辞，说这是下面胡闹，请皇上不要批准。

所有各地生祠中都供有魏忠贤的塑像。大多用沉香木雕凿而成。有的腹中脏器用金玉珠宝制成，糜费甚巨。据说有一祠中像头过大，金冠戴不上，匠人取斧锉将头削小。守祠的太监抱头大哭，罚匠人长跪三日三夜。

督饷尚书黄运泰在生祠建成后，迎接塑像到来，率领文武将吏五拜三稽首，然后亲跪像前念念有词：某事赖九千岁扶持，叩一个头。某月蒙九千岁提拔，又叩一个头。惹得旁观者直发笑。

但也有不愿谄媚魏阉为其建祠的官员，蓟州道胡士容对筑祠有不恭的议论，被魏忠贤知道了，竟然矫旨逮入锦衣卫拷问。遵化道耿如杞，入祠不拜，居然成为大罪，被锦衣卫逮捕，许显纯严加拷问，竟至九死一生。

国子监内有祀奉孔子的大成至圣先师庙，天启七年（1627）五月，监生陆万龄上疏，请以魏忠贤配孔子，忠贤父配启圣公。他在奏疏中说："孔子作《春秋》，厂臣作《三朝要典》；孔子诛少正卯，厂臣诛东林党人；礼宜并尊。"他拿着拟好的奏疏去见国子监司业林釪，林釪提笔将这段话删去。他知道这样势必得罪魏忠贤，当晚将乌纱帽挂在棂星门上，辞官而去。另一名司业朱之俊将陆万龄的奏疏呈上去，这个荒谬绝伦的提议居然被批准。林釪竟因此得罪而被削职为民。

诬陷国丈，谋夺中宫之位

熹宗的皇后张氏刚正严明，且好读史书，她深恨客氏和魏忠贤结党乱政，几次在熹宗面前劝谕。无奈这位糊涂皇帝沉溺太深，嫌张后絮聒，渐渐疏远她，很少去皇后住的坤宁宫。张后无奈，唯有以文史自娱。

天启六年（1626）十月，有人在厚载门张贴匿名传单，揭露魏忠贤的罪恶以及他的七十多名党羽。恰好张皇后父亲太康伯张国纪住在附近，魏忠贤遂怀疑是他干的。召打手邵辅忠、孙杰商议，打算借此事大兴冤狱，打击张国纪来动摇中宫的地位。他们的如意算盘：若张后被废，则立魏良卿之女为皇后。邵辅忠和孙杰草拟了一份奏疏，因他们俩名声太臭，想雇一个人出面上奏。此事涉及皇后，责任太大，没人敢出面。偏偏顺天府丞刘志远受家人怂恿，认为自己年纪老了，一定比魏忠贤先死，便出面将这份奏疏上奏。

这份奏疏将匿名传单归罪于国丈张国纪，说是他雇人书写张贴。还重提张皇后不是张国纪亲生女的旧事。因为东厂四处侦缉，并未抓到张贴匿名传单的人，事情查无实据，熹宗只是告诫张国纪自新。后来张国纪被迫离开京城，回祥符原籍去了。熹宗朱由校虽然已经二十余岁，但心智仍是一个长不大的孩子。他好动恶逸，玩心重，斗鸡、走马、捕鸟、弄獒、荡秋千、蹴鞠，样样都喜欢。停下来就沉迷于木工房，砍削斧刨，做出各种小巧玩物，乃至房屋宫殿的模型。他还会雕刻玉石印章，赏赐魏忠贤金印"钦赐顾命元臣"，赐客氏金印"钦赐奉圣夫人"，都是他亲手雕凿而成。他还在懋勤殿中设置一个戏台，令太监招入梨园子弟，登台演剧。经常召客氏与魏忠贤一同观剧。他还与太监高永寿等亲自登台，扮演宋太祖夜访赵普的故事。

一天，熹宗游幸西苑，与客氏、魏忠贤登上龙舟，泛舟湖中，一面饮酒饱览湖中景色。偏偏朱由校生性好功，见旁边有太监驾小舟经过，他喝令停住，一跃登上小舟，与两个小太监径直划向湖心而去。

这时龙舟上只剩下魏忠贤和客氏，他俩乘机一边喝酒一边调情欢笑，顾不上那个贪玩冒险的皇帝了。偏偏一阵大风吹过来，竟把那小舟吹翻倾覆水面。朱由校不会游泳，咕噜咕噜灌了一肚子水。幸亏湖面上船只多，大家七手八脚把他救上来。这位贪玩的皇帝早已淹得七荤八素不省人事。这时龙舟上的魏忠贤和客氏还在只顾饮酒调笑，怡然自得。张皇后闻知，急召御医诊治，皇上总算苏醒过来。但也从此落下病根，常有头晕腹泻诸多症状。

熹宗驾崩，御弟信王登基

天启七年（1627）八月，熹宗朱由校病情恶化。这位贪玩的年轻皇帝由于纵欲过度，面无血色。魏忠贤的死党霍维华曾进献过一种灵露饮，系用粳糯蒸煮滗汁流入银瓶，汁如醍醐。霍维华进供御食，熹宗饮了几口，颇觉清甘可口。哪知饮了数月之后，竟觉腹胀如鼓，胸膈饱闷。后来竟浑身臃肿，卧床不起。

熹宗病危，但他没有后嗣。他的妃子们曾为他生了三个儿子：怀冲太子慈然、悼怀太子慈焴、献怀太子慈炅和两个小公主，尽皆早殇。故只能传位给他的皇弟。

光宗朱常洛生有七个皇子，其中五个皇子均在八岁前早殇。熹宗若殡天只能传位给仅存的五弟信王朱由检。

熹宗病势越来越重，自知时日无多，于是急召信王朱由检入宫嘱托后事说："皇后德性幽娴，你嗣位以后当善为保全。魏忠贤、王体乾等均恪谨忠诚，可任大事。"信王含泪点头允诺。

八月二十二日，熹宗驾崩，终年仅二十三岁。他在位七年，可谓是魏、客专政灾难的七年。第二天早晨，大臣们应召入宫哭临。兵部尚书崔呈秀刚到灵柩旁，就有十余个宦官急切地传呼他。他入宫与魏忠贤单独密议很久才出来。其谈话内容极端隐秘，有人猜测是魏忠贤想发动政变篡位，崔呈秀认为时机未到而阻止他。

信王朱由检当时年仅十七岁，但沉稳坚毅，洞悉魏忠贤、客氏篡权乱政的罪恶。他在熹宗皇后张氏的支持下登上皇帝宝座，改元崇祯。魏忠贤为了试探新皇帝对自己的态度，故意上书以年老为由请求辞去东厂提督太监的职务。崇祯皇帝朱由检温言慰留他，希望他一如既往地像辅佐先皇一样辅佐自己。对他的党羽窃据高位的也都没有动。还给他的子侄魏良卿等颁发公侯永久承袭的铁券。

不过，作为先皇乳母的奉圣夫人客氏却没有理由再留在宫里了，崇祯下令命其出宫。客氏在宫中耀武扬威惯了，犹有几分不舍。在出宫前，取出一黄色龙袱包裹的小木盒，里面盛着朱由校幼年的胎发痘痂及历年掉落的牙齿以及剪下的发辫，一一检出焚化，然后痛哭掩面而出。其用意无非表示：我从小将朱由校抚养大，没功劳也有苦劳，你们怎么这样对待我？殊不知她伙同魏阉擅权乱政残害忠贤，为恶作孽之剧已是人神共愤，罄竹难书！你还能赖在宫里吗？天网恢恢，更大的惩罚还在等着你哩。

魏阉自缢，客氏杖死

年轻的崇祯皇帝当时处境非常险恶。外朝从内阁到各部几乎全为阉党把持，正直的东林党人被黜逐殆尽；皇宫内部从司礼监到各监司几乎全是魏忠贤的爪牙。他们随时可以将皇上的一举一动报告给魏阉。于是崇祯与张皇后商议，首先将乾清宫贴身太监全部换成信邸或张皇后宫中的人，使魏忠贤无法监视皇上的行动。接着又将宫中各重要监司的掌印太监换成张后信得过的人。

魏忠贤又使了一个阴招，他给皇上送来四个绝色美女。偏偏年轻的朱由检素来不喜好女色，对魏忠贤送来的女人尤其警惕，命内侍搜检她们全身，竟在裙腰夹层里搜出迷魂香丸。据说这种迷魂香能使男人亢奋而迷失本性。崇祯皇帝压根就没有动这几名美女，也不让她们回去。

魏忠贤移留在宫中的数千名内操兵使崇祯皇帝如芒刺背，他们随时可能发动兵变控制宫廷。一天，崇祯让太监通知内操兵去兵部领取赏银，每个士兵白银三十两，长官从一百两到五百两不等。内操兵高高兴兴地从兵部领到赏银后，随即得到通知：从即日起废止内操，尔等各回戍所担任原职。顷刻之间即将危机化解，此举如没有高人指点，年轻的崇祯皇帝可算是一个了不起的军事天才。

崇祯即位的头两个月，都在忙着处理宫廷事务：为生母刘贤妃追赠皇太后谥号，册封嫔妃周氏为皇后，追尊抚养他长大的李选侍（东李）为庄妃，并赐庄妃之弟庄田。为已故兄长朱由校上尊谥哲皇帝，庙号熹宗。

毕竟改朝换代了，朝廷中大大小小的官员尽都忐忑不安，想试探一下崇祯皇帝对魏忠贤及其党羽的态度。右副都御史杨所修首先上疏弹劾兵部尚书崔呈秀、工部尚书李养德、太仆寺少卿陈殷和延绥巡抚朱童蒙。说他们身为大臣，父母去世都不回家守孝，"夺情"视事有违孝道。

这四个人都是阉党成员，其中尤以崔呈秀是魏忠贤最得力的助手。皇上如何对待此事？阉党成员都很关注。结果崇祯皇帝并没有批准杨所修的奏请，反而指示："此奏率性轻诋，不准。"

魏忠贤和他的党羽都松了一口气。其实崇祯这一招使的是缓兵之计。这时朝堂上下全是魏忠贤的党羽，从内阁到各部全为阉党掌握。阉党毒如蛇蝎，万一打蛇不死反被蛇咬怎么办？年轻的崇祯皇帝还在等待时机。

可是这时阉党倒沉不住气了，御史杨维垣两次上疏弹劾兵部尚书兼左都御史崔呈秀滥用职权，贪赃枉法。称他"立志卑污，居身佞浊"。紧接着，阉党贾继春也从南京派人急送奏折弹劾崔呈秀。这让人们猜魏党打算抛出劣迹斑斑的崔呈秀来"丢卒保车"。因为这些奏折都不约而同地在痛批崔呈秀的同时，歌颂"厂臣"盛德和辅佐先皇的丰功伟绩。

恰在此时，给事中许可征揭发崔呈秀之子崔铎参加乡试文字粗俗，崔呈秀通过考官孙之獬将其录取为进士；又任命其弟崔凝秀为浙江总兵，女婿张元芳为吏部主事，妾弟萧惟中是一个演戏的优人，竟也当了密云参将。

崇祯原来只是让崔呈秀回家守制，至此便下令逮捕他交吏部议处。接着，崇祯又下了一道旨意，命令将第一个倡议为魏忠贤建立生祠的浙江巡抚潘汝桢削职为民。

这无疑是一个信号。接着主事钱元悫第一个出来弹劾魏忠贤。说他本性凶残，窃据权力，家族乳臭未干的小儿也得到爵位，他像历史上的王莽、董卓、曹节一样阴谋篡位。皇上不将他处死，也要勒令他回归私第。

接着，员外郎史躬盛、主事陆澄源也相继上疏弹劾魏忠贤。嘉兴贡生钱嘉征，更是具体地弹劾魏忠贤十项大罪：

一曰并帝：内外奏章将自己与天子并列，宣读圣旨时称"朕与厂臣"，自古以来无此体例。

二曰蔑后：皇亲张国纪面斥奸逆，竟遭罗织诬陷，欲置之死，危及中宫。

三曰弄兵：历史上从未有过内操兵，魏忠贤竟在禁宫中练兵，居心叵测。

十 "九千岁"魏忠贤 | 267

四曰无祖：高皇帝垂训，宦官不许干预朝政。魏忠贤却一手遮天，迫害朝廷大臣。

五曰克藩：三位亲王就藩，庄田赐赉甚薄，而魏忠贤家族封公侯伯，赏赐良田万顷。

六曰无圣：孔子是万世师表，魏忠贤何人，竟敢建祠于太学之侧。

七曰滥爵：古制无军功不许封侯，魏忠贤居然以建三殿功得封上公，恬不知耻。

八曰掩边功：辽左用兵，名城陷落，大将阵亡，魏忠贤却冒功封侯封伯。

九曰伤民财：魏忠贤生祠遍天下，一祠所费不下五万金，敲骨剥髓尽皆民之膏脂。

十曰亵名器：崔呈秀之子目不识丁，却在进士名录中列在前茅。

这份奏疏送到御前，崇祯召见魏忠贤，让内侍朗读给他听。魏忠贤惊恐万分，魂飞魄散，只是一个劲地磕头，旋被崇祯斥退。魏忠贤回到私邸，取出贵重的珠宝偷偷献给原信王府太监徐应元，托他说情。徐应元原是他在赌场上的朋友，便入宫谒见皇上为魏忠贤说情。崇祯不待他说完，便一顿训斥，将他撵出宫门。

第二次便传出严旨，魏忠贤有罪谪配凤阳守陵，同时将徐应元发配谪守湖北显陵。

魏忠贤知大势已去，只得准备行装去凤阳。他家中数百名仆人忙碌了六七天，将金银财宝细软装了满满四十辆大车。离开京城时竟还耀武扬威地派遣千余名骑兵护卫上路。

一个受贬谪的太监竟敢如此威风，他离开京城后难保复生叛逆之心，又有言官交相劾奏，于是崇祯皇帝命令兵部派兵追赶逮治。圣旨中说："逆恶魏忠贤，盗窃国柄，诬陷忠良，罪当死。姑从轻降发凤阳。竟不思自惩，犹蓄亡命之徒，环拥随护，势若叛然。着锦衣卫速逮讯，究治勿贷！"

天启七年（1627）十一月初，魏忠贤的车队到达河北东南部的阜城县。这时他听到一个坏消息：兵部奉皇上旨意，已派部队赶来捉拿他。

在阜城简陋的旅店里，魏忠贤与陪伴他的干儿子太监李朝钦面对一盏昏黄的孤灯，愁容满面。皇上派兵来捉拿他，等待自己的将是逮捕入狱、审讯、定罪、斩首或是凌迟，他知道自己罪大恶极，赦无可赦。一想起将被绑赴西市的那个场景，心中就不寒而栗！

这时，窗外有人唱起了《五更断魂曲》：

> 鸡声茅店里，月影草桥烟。
> 真个目断长途也，一望一回远。
> 随行的是寒月影，吆喝的是马声嘶。
> 似这般荒凉也，真个不如死！

那歌声绝望、凄凉，把一切生的奢望尽皆浇灭。是啊，真个不如死，那就死了吧！于是，走投无路绝望中的"九千岁"魏忠贤找来一根绳子挂在房梁上，把脖子套进去，悬梁自尽。

隔壁房间的李朝钦睡一觉醒来，发现魏忠贤自缢身死，自知没有好下场，也学着干老子的样，上吊自缢。

魏忠贤自杀身死，后来清算他的罪恶，仍被判处极刑，将他的尸体砍成寸段，悬首河间府示众。抄没其家财，仅银元宝就有七百余万锭，其他珍宝、字画无数。他所敛聚的资财籍还太府，可裕九边数年之饷。

崔呈秀在河北家中听到魏忠贤的死讯，又闻朝中有人弹劾他是"五虎"之首，情知逮捕自己的命令马上会到来。于是吩咐置办一桌丰盛的酒菜，把妾姬们都召集拢来，罗列家中的奇珍异宝于厅前。喝一口酒就掷杯于地，开始砸那些奇珍异宝和花瓶瓷器。吃够喝够也砸够，开始号啕大哭。哭够之后，躲进书房里上吊身亡。他也被抄了家，身为兵部尚书卖官鬻爵敛集了亿万家财，仅房产就有26处共七百多间。

他的尸体也被挖出来处以磔刑，崇祯下令将他的首级挂在蓟州示众。

客氏原名客印月，出宫后她仍十分嚣张，以国母自居。魏忠贤自杀后，言官要求清算她的罪行。崇祯下令将她逮到浣衣局处以笞刑。这个坏事做尽养尊处优的老妖婆不经打，死于杖下。

抄客氏的家时发现她家藏有八个怀孕的宫女。原来是因为熹宗无子，她将宫女带出来藏于家中陪子侄睡觉，使其怀孕后准备送回宫中冒称龙种。这是仿效秦朝吕不韦以吕易嬴的做法，崇祯大怒，下令将这些宫女全部鞭笞处死。

魏忠贤和客氏的家人魏良卿、侯国兴、客光先都被斩首弃市。其家属不分老幼都被杀掉。

拨乱反正，惩治阉党

崇祯皇帝果断地处死魏忠贤和客氏后，决心拨乱反正，肃清其余毒。他首先在宫中给被客氏迫害的先皇嫔妃恢复封号。裕妃张氏被迫害致死，成妃李氏被贬为宫女。他们都被恢复先帝皇妃封号，抚恤其家属。

接着崇祯又下一道诏令，全国各地所建魏忠贤生祠，一律拆毁变卖，并追究原建祠人的责任。又下令逮捕国子监生陆万龄及其同伙，他们建议将魏忠贤牌位放在文庙中与孔子并列祭祀。陆万龄被判处死刑，秋后处决。

由于内阁阁员多为阉党成员，虽然顾秉谦、魏广徽先后致仕，后来入阁的黄立极、施凤来、张瑞图等无一不奉魏忠贤意志行事。崇祯决心改组内阁，让这些人一一滚蛋（因未最后论罪，先按致仕处理。）然后让九卿与科道推荐阁臣，将姓名放入金瓯，仿古时用枚卜方法，由皇上焚香肃拜，依次探取。得到钱龙锡、李标、杨景辰、周道签、刘鸿训等人。由于这些人多数没有执政经验，崇祯急召原首辅韩爌来京主持内阁。

崇祯还给被魏忠贤迫害而死的杨涟、左光斗、魏大中、周顺昌、缪昌期、袁化中、顾大章、周宗建、黄尊素、李应升、万燝等追赠官爵，安慰抚恤后人。接着又抚恤已故迫害官员高攀龙、冯从吾、邹元标等二十三人，荫其子弟为官。

嗣后经过一番激烈的辩论，崇祯采纳编修倪元璐的建议，销毁阉党炮制的《三朝要典》，摧毁他们借以迫害东林党的理论根据。

首辅韩爌到京后，崇祯命他从速拿出魏忠贤逆案的处理方案。韩爌不想打击面太广，仅列了一个四十五人的名单报上。崇祯很不满意，面谕韩爌道："魏忠贤不过一内竖，乃作奸犯科，无恶不作，若非内外臣僚助他为虐，哪有这般凶暴？现在无论内外要一律查明论罪，方显得明刑敕法。"韩爌以外廷难以清楚皇宫内部的事为由申述困难，崇祯道："只怕未必，大概不想结怨吧？明日朕当示卿。"过了一天，又召韩爌入宫，指着桌上一布囊说："囊中一份份章奏，皆是逆阉党羽所进，颂美谄附之辞令人作呕。你们可按这些奏章一一检索，包管无一漏网。"

韩爌知帝意已决，于是会同吏部、刑部、都察院经过审慎讨论，提出魏阉逆案名单上报，经皇上亲自裁定，于崇祯二年（1629）三月颁旨布告天下：

首逆魏忠贤、客印月依《大明律》谋反大逆罪处以磔刑（凌迟），魏忠贤已死只能戮尸。

首逆同谋决不待时者六人：崔呈秀、魏良卿、客氏子侯国兴、太监李永贞、李朝钦、刘若愚。

结交近侍秋后处决者十九人：刘志选、梁梦环、倪文焕、田吉、刘诏、薛贞、吴淳夫、李夔龙、曹钦程、许志吉、孙如冽、陆万龄、李承祚、田尔耕、许显纯、崔应元、杨寰、孙云鹤、张体乾。

交结近侍次等充军者十一人：魏广徽、周应秋、阎鸣泰、霍维华、徐大化、潘汝桢、李鲁生、杨维垣、张讷、郭钦、李之才。又魏忠贤的族人魏志德等三十五人。

交结近侍又次等论徒三年输赎为民者：大学士顾秉谦、冯铨、张瑞图、来宗道、尚书王绍徽、郭允厚、张我续、曹尔祯、孟绍虞、冯嘉会、李春晔、邵辅忠、吕纯如、徐兆魁、薛凤翔、孙杰、杨梦衮、李养德、刘廷元、曹思诚、南京尚书范济世、张朴、总督尚书黄运泰、郭尚友、李从心、巡抚尚书李精白等一百二十九人。

交结近侍革职闲住者黄立极等四十四人。

魏忠贤逆党定案后，全国大快人心。但仍然有人阴谋为魏忠贤及其党羽翻案。但崇祯皇帝态度极为坚定。后来有上书举荐阉党霍维华等重新为官，崇祯愤怒下诏，将举荐人谪戍重罚，才刹住这股翻案的歪风。但福王朱由崧在南京建立流亡政府，漏网的阉党阮大铖得势，又将杨维垣、徐得阳等引入复起，大肆残害东林党人，直至南明灭亡才止。

后　记

　　写完《大明王朝之祸国巨蠹》后，似觉余意未尽。明朝二百七十余年岁月悠悠，贪官污吏多如过江之鲫，我这支秃笔怎么写也难写尽。

　　本书所录"十蠹"，他们危害最剧，乱国最凶；他们几乎都在或长或短的时间内篡夺了政权，掠夺侵吞了数不清的财富，残害了无数的忠良，他们是名副其实的窃国大盗。然而历史的车轮始终在前进，在广大的主持正义的臣民前仆后继的殊死斗争下，这些穷凶极恶的窃国大盗最终难逃覆灭的命运。

　　明朝是历史上宦官为害最烈的朝代，从明初的王振，到明朝中期的曹吉祥、汪直、刘瑾，以及晚明的魏忠贤，这五名穷凶极恶的大宦官都一度窃权乱政。他们占了本书的半壁江山。其余的则是胡惟庸和严嵩两名奸相，朱高煦和朱宸濠两名叛藩，边将石亨和浪荡无度的皇帝朱厚照。

　　关于朱厚照多说几句。这位历史上有名的皇帝贪图玩乐，不理朝政，造成宦官刘瑾窃权乱政，几致不可收拾的地步。刘瑾伏诛后，宁王朱宸濠举兵叛乱，被王守仁擒获。他竟下旨要将叛藩放归鄱阳湖，让他"御驾亲征"再将其擒获。如此将国事视为儿戏的君王，历史上绝无仅有！朱厚照借南征游幸江南，遍尝美色，最后因在清江浦捕鱼落水，一病不起，死于豹房。这位放荡一生，给国家带来巨大灾难的荡子皇帝，实是明朝国运衰败的罪魁祸首，本书自然应有他一席之地。

图书在版编目(CIP)数据

大明王朝之祸国巨蠹/周建行著. —上海:上海社会科学院出版社,2019
 ISBN 978 - 7 - 5520 - 2864 - 5

Ⅰ.①大… Ⅱ.①周… Ⅲ.①长篇历史小说—中国—当代 Ⅳ.①I247.5

中国版本图书馆 CIP 数据核字(2019)第 157009 号

大明王朝之祸国巨蠹

著　　者：周建行
责任编辑：王　勤
封面设计：陆红强
出版发行：上海社会科学院出版社
　　　　　上海顺昌路 622 号　邮编 200025
　　　　　电话总机 021 - 63315947　销售热线 021 - 53063735
　　　　　http://www.sassp.cn　E-mail：sassp@sassp.cn
照　　排：南京理工出版信息技术有限公司
印　　刷：上海信老印刷厂
开　　本：890×1240 毫米　1/32
印　　张：8.875
字　　数：261 千字
版　　次：2019 年 12 月第 1 版　2019 年 12 月第 1 次印刷

ISBN 978 - 7 - 5520 - 2864 - 5/I・346　　　　　定价：49.80 元

版权所有　翻印必究